KRISTIN HANNAH

Blüte der Dämmerung

Buch

Das Schicksal hat der jungen Mariah grausam mitgespielt. Schuldlos gerät sie in einen üblen Skandal, und schließlich sieht sie sich gezwungen, sich mit gebrochenem Herzen in die Einsamkeit einer kleinen Apfelfarm zurückzuziehen. Nie wieder wird sie lachen können, nie wieder einem Menschen ihr Vertrauen schenken. Bis eines Tages Mad Dog Stone auftaucht, ein sorgloser, unverschämt gutaussehender Vagabund. Mad Dog nimmt das Leben von der leichten Seite: Er lebt von der Hand in den Mund und schert sich keinen Deut um das Gestern. Ein paar Tage lang verdingt er sich als Helfer auf Mariahs Apfelplantage – und erweckt durch seine unkomplizierte Fröhlichkeit alles in der jungen Frau, was sie zu verdrängen sucht. Beide entflammen in ungestümer Leidenschaft füreinander, doch der Preis dafür ist hoch …

Autorin

Kristin Hannah studierte in Washington Jura und arbeitete nach Abschluß ihres Studiums erfolgreich als Anwältin. Sie begann zu schreiben, als sie wegen einer komplizierten Schwangerschaft ans Bett gefesselt war. Auf Anhieb eroberte bereits ihr erstes Buch die Bestsellerlisten, und sie wurde mit mehreren Auszeichnungen preisgekrönt. Kristin Hannah lebt mit Mann und Sohn in Seattle.

Bereits von Kristin Hannah lieferbar:

Tanz im Sturm (43443)
Verborgener Zauber (43787)

KRISTIN
HANNAH

Blüte der Dämmerung

Roman

Aus dem Amerikanischen
von Ursula Maria Röder

BLANVALET

Originaltitel: If You Believe
Originalverlag: Ballantine Books, a division of
Random House, Inc., New York

Umwelthinweis
Alle bedruckten Materialien dieses Taschenbuches
sind chlorfrei und umweltschonend.
Das Papier enthält Recycling-Anteile.

Blanvalet Taschenbücher erscheinen im Goldmann Verlag,
einem Unternehmen der Verlagsgruppe Bertelsmann.

Deutsche Erstveröffentlichung Mai 1998

Umschlaggestaltung: Design Team München
Umschlagillustration: Johnson/Schlück, Garbsen
Satz: IBV Satz- und Datentechnik GmbH, Berlin
Druck: Elsnerdruck, Berlin
Verlagsnummer: 35038
SK · Herstellung: Heidrun Nawrot
Made in Germany
ISBN 3-442-35038-7

3 5 7 9 10 8 6 4 2

Prolog

Juli 1894, Irgendwo in Texas

Mad Dog nahm den ersten Schlag hin. Ein kräftiger rechter Haken traf ihn am Kinn und warf ihn gegen das Seil. Der herbe, metallene Geschmack von Blut breitete sich in seinem Mund aus.

Lauter Beifall toste durch die Menge.

Der Held schüttelte den Kopf und blinzelte, bis er wieder klar sehen konnte. Die Zuschauer richteten ihr Augenmerk auf ihn. Hunderte hochgereckter Gesichter, ovale rosa Flecke über einem Meer gleichförmiger dunkler Kleidung.

Sie flüsterten aufgeregt miteinander. Er schloß die Augen, lauschte und wußte, was kommen würde. Geduldig wartete er darauf. Denn das brauchte er.

Es begann leise, zögernd. Eine einzelne Stimme ertönte, ein einzelnes Händeklatschen. Ein anderer gesellte sich dazu, dann noch einer und noch einer, bis die heiße, trockene texanische Luft ganz von begeisterten Zurufen erfüllt war. Ein rhythmisch gleichmäßiges Anfeuern donnerte ihm entgegen: »Mad Dog, Mad Dog, Mad Dog ...«

Adrenalin strömte durch seinen Körper, beschleunigte seinen Atem. Himmel, wie er das liebte! Er stieß sich von den Seilen ab und schlenderte in die Mitte des provisorischen Rings. Knisternde Stille breitete sich auf dem Kirmesplatz aus.

Mit dem Handrücken wischte er sich die Blutspur vom Mund und grinste seinen Gegner lässig an, ganz nach seinem bewährten Motto: Was willst du eigentlich? Das soll weh getan haben? »War das alles, was du kannst, Sue?«

Der große behaarte Mann warf ihm einen finsteren Blick zu.

Seine prankenförmigen Hände ballten sich zu gefährlichen Fäusten. »Mein Name ist Stew, du Scheißkerl!«

»Stew? Also von Stewart?« Mag Dog blickte in die Zuschauermenge. Wie auf ein Stichwort neigten sie sich gespannt vor.

»Donnerwetter«, fuhr er fort. »Bei dem Schlag habe ich glatt gedacht, dein Name wäre Susan.«

Die Menge brach in Gelächter aus.

»Du arroganter Bastard ...« Stew machte einen Satz nach vorn.

Mad Dog hüpfte nach links, duckte sich und wirbelte herum.

Stew stolperte, hielt in der Bewegung inne und schaute suchend um sich. Verwirrung breitete sich auf seinem runden Gesicht aus.

»Oh, Stew ...«, veralberte Mad Dog ihn.

Stew folgte der Stimme und wandte sich um.

Mad Dog schlug zu. Kräftig.

Stew sackte rücklings in die Seile und hielt sich daran fest.

Sein Peiniger blickte auf seine Fäuste und schüttelte den Kopf. »Verdammt, das tut weh, nicht wahr, Sue?«

Erneutes Gelächter vermischt mit Applaus wogte durch das Publikum.

»Mensch, du ...« Stew stieß sich von den Seilen ab und wälzte sich Mad Dog entgegen.

Der war gewappnet. Sein Lächeln verschwand. Er wartete eine spannungsgeladene Sekunde, dann schlug er mit der Faust zu und traf Stew am Kiefer. Knochen traf auf Knochen.

Stew stöhnte schmerzerfüllt auf. Sein Atem roch nach Alkohol. Eine fast rührende Ungläubigkeit zeichnete sich auf seinem Gesicht ab, ehe er vornüber in den Staub fiel.

Die Menge spendete tosenden Beifall.

Mad Dog schaute auf und grinste die um die Seile gedrängten Menschen an. Er hob die rechte Hand und ballte sie in der Luft zur Faust. Dann schnappte er sich ein Handtuch und trocknete sich das Gesicht ab.

Er spürte, wie sich ein Arm um ihn legte und jemand ihn an sich riß. »Prima gemacht, Junge! Wie immer«, beglückwünschte ihn eine vom Tabak rauh gewordene Stimme.

Mad Dog nahm langsam das Handtuch vom Gesicht. Sneaky Joe, der Veranstalter des Kampfes, lachte ihn an. Seine wassergrauen Augen strahlten.

»Danke, Joe.« Mad Dog warf das Handtuch in die Ecke und klopfte Joe auf den buckligen Rücken. »Wo ist mein Anteil?«

»Hier.« Joe griff tief in seine ausgebeulten Taschen und zog einen Stapel Scheine hervor. »Hundertzweiundfünfzig Dollar. Sollte dir bis zur nächsten Saison reichen, wenn du sparsam damit umgehst.«

Mad Dog steckte das Geld ein, ohne es nachzuzählen. »Wann hast du jemals erlebt, daß ich sparsam bin?«

Joe lachte. »Noch nie.«

Mad Dog trat in die Ecke des Rings, nahm seinen Stetson, seinen Rucksack, die Stiefel und eine Flasche Tequila an sich. Das war seine ganze Habe.

Er zog den Korken aus der Flasche, trank einen langen, kräftigen Schluck und wischte sich den Mund und das unrasierte Kinn mit dem Handrücken ab.

Joe schlurfte hinter ihm her, so langsam wie sein mißgebildeter Körper es zuließ. »Sehen wir uns im Mai in Rochester wieder?«

Mad Dog nahm einen weiteren ausgiebigen Schluck und lächelte. In Rochester fand der erste Kampf der Saison statt – obendrein einer seiner Lieblingsorte. Dort wohnte eine besonders hübsche Witwe und seit sechzehn Jahren zog es ihn pünktlich im Mai in diese Stadt. Ihm kam es fast schon so vor wie eine feste Beziehung. »Was sollte mich davon abhalten?«

Joe wandte sich nach dem noch bewußtlos am Boden liegenden Stewart Redman um. »Der da bestimmt nicht.«

Mad Dog hielt inne. »Das erinnert mich an etwas, Joe. Die Talente, die du aufspürst und die mich besiegen sollen ...«

Joe zuckte zusammen. »Ja?«

»Die sind genau richtig. Mach weiter so.«

Joe lachte. »Ich werde mich mal im Veteranenheim in Rochester umsehen.«

»Tu das.« Mad Dog ließ seinen Blick über die langsam weiterziehenden Zuschauer gleiten. Papier und anderer Abfall lagen auf dem braunen, versengten Gras verstreut. Die glühendheiße Sonne prallte auf den Kirmesplatz, auf dem es von bunten Zelten wimmelte. Aus dem Hintergrund drang Musik und Gelächter an sein Ohr.

Er brauchte nur eine Sekunde, um sie zu finden. Sie stand ein wenig abseits von den übrigen Besuchern und blickte zum Ring herüber. Langes lockiges Haar umrahmte ihr blasses Gesicht, fiel ihr bis auf die Arme und glänzte golden in der Sonne. Ein unverschämt tiefer Ausschnitt stellte ihre beträchtlichen Reize zur Schau – Reize, an die Mad Dog sich seit seinem letzten Aufenthalt in dieser Stadt gut erinnern konnte.

Ein Lächeln glitt über seine Lippen. Er liebte es, wenn eine hübsche Frau nach einem Kampf auf ihn wartete – auch wenn er sich später nicht mehr an ihren Namen erinnern konnte – und winkte ihr. Sie reagierte sofort und kam auf ihn zu, langsam, mit einem verführerischen Hüftenschwenken.

Mad Dog warf seinen Beutel über die Schultern, setzte den Stetson auf und stieg in die Stiefel. »Ich muß jetzt weiter, Joe. Bis nächstes Jahr!«

Joe lachte. »Du haust das ganze Geld heute nacht auf den Kopf, nicht wahr?«

Mad Dog sprang schwungvoll über die Seile ins Gras. Nun stürmte die Frau auf ihn zu, umarmte ihn und drückte ihn an sich.

Er schloß die Augen. Himmel, duftete sie gut. Nach heißen, wilden Nächten unterm Federbett. Nach Leidenschaft.

Frauen liebte er, alle, aber besonders die leichtlebigen, katzenartigen, die es zu seinen Kämpfen zog. Zwar kosteten sie ihn eine Menge, aber sie waren es wert. Sie lachten mit ihm, küßten ihn und entkleideten ihn geschickt – für sein Geld durfte er das erwarten. Wenn er sich dann verabschiedete, winkten sie ihm lächelnd nach. So wie es ihm gefiel.

Erfreut blickte er in die bezaubernd blauen Augen. Plötzlich, für einen kurzen Moment, wünschte er sich, er könnte sich an ihren Namen erinnern – sie hieß Susannah oder Sunshine … jedenfalls fing ihr Name mit S an. Natürlich spielte das keine Rolle. Sie kam gar nicht auf die Idee, daß er ihren Namen noch wissen könnte. Das war das herrliche an Frauen wie ihr. Sie erwarteten nichts außer Goldmünzen und Keuchen.

»Mad Dog?« Geübt verlockend flötete sie seinen Namen, um gleich die zügellosen, feuchten Erinnerungen bei ihm zu wecken. »Willst du etwa den ganzen Tag hier herumstehen?«

Er senkte seinen Blick auf ihren vollbusigen Ausschnitt und zog sie dichter an sich. »Auf keinen Fall, Süße«, flüsterte er ihr ins Ohr. »Auf gar keinen Fall.«

1. Kapitel

Washington State, September 1894

Mad Dog lehnte sich gegen die bebende Wand des offenen Frachtwaggons. Der Artikel über Obdachlosigkeit, an dem er schrieb, lag vergessen neben ihm. Wind strich ihm übers Gesicht und zerzauste ihm das Haar. Selbst die Seiten seines Notizbuchs flatterten. Das metallische Klacken der Eisenbahnräder spürte er bis in die Wirbelsäule.

Zwei kurze, schrille Pfiffe übertönten das Rattern des Zuges. Das durchdringende Geräusch hing einen Moment lang in der Luft, vermischte sich mit dem schnaufenden Paffen der Lokomotive und verhallte. Kreischend blockierten die Räder.

Die nächste Stadt. Mit dem Wort war ein vertrauter Zauber verbunden, so verlockend wie ein noch ungeöffnetes Geschenk.

Er griff nach seinem Rucksack, der in der Ecke des Frachtwaggons lag. Der geflickte graue Stoff fiel regelrecht in sich zusammen, denn es war fast nichts darin – bis auf ein paar Sachen zum Wechseln, ein zusammengerollter Schlafsack und ein paar Notizbücher – sein stolzer Besitz und alles, was er brauchte.

Bis auf Lebensmittel und Geld.

Kopfschüttelnd sah er sich um. Zu dumm, daß er nicht wenigstens etwas vom letzten Kampf übrigbehalten hatte. So viel, daß er nach Mexiko fahren, sich ein paar Flaschen Tequila besorgen und eine willige Frau ausfindig machen konnte, die ihn im Winter warm halten würde.

Winter.

Er ließ den Kopf gegen die Wellblechwand sinken und schloß die Augen. Himmel, haßte er das Wort! Allein der Gedanke an diese Jahreszeit deprimierte ihn.

Noch war Herbst, ein Altweibersommer eigentlich. Doch von der warmen Sonne ließ er sich nicht irreführen. Lange genug zog er schon durchs Land, um zu wissen, daß die Natur trügerisch war.

Der Winter kam. Und im Winter war es kalt, die Felder lagen brach und Arbeit gab es fast keine. Winter. In der Jahreszeit wurden obdach- und arbeitslose Vagabunden wie Mad Dog oft tot im Straßengraben gefunden. Von den Gesetzeshütern, die keine Ahnung hatten, was es bedeutete, frei und sorglos oder allein, hungrig und verzweifelt zu sein, wurden sie in ein namenloses Armengrab geworfen.

Er mußte jetzt unbedingt eine Arbeit finden, zumal während der Erntezeit, in der immer Aushilfen gesucht wurden. Vor dem Frühjahr fanden keine Jahrmärkte mehr statt, und somit gab es für ihn keine Möglichkeit, sich das nötige Geld mit Boxen zu verdienen. Also hatte er keine andere Wahl, als sich einen Broterwerb zu suchen.

Mist …

Erneut stieß die Lokomotive drei kurze, schrille Pfiffe aus.

Mad Dog verstaute einen halbfertigen Leitartikel in seinem Rucksack und stolperte auf die Füße. Vom offenen Türrahmen aus blickte er in die vorüberziehende, eintönig braune Landschaft. Der Wind trieb ihm Staub ins Gesicht, der sich sandig auf seine Zunge legte. Er stülpte seinen zerbeulten Stetson auf den Kopf und sprang ab.

Hart kam er auf. Ein heftiger Schmerz fuhr ihm in die Beine und pochte in seinen Knien. Er stöhnte, taumelte hoch und klopfte sich den Staub von der Levis.

Verdammt und zugenäht, manchmal tat die Freiheit weh.

Mad Dog wanderte bis an den Rand einer Stadt namens *Lonesome Creek* und machte halt. Verschieden bewachsene Felder erstreckten sich wie eine riesige Patchworkdecke bis zum Horizont; die Farbflecke, von künstlichen Bewässerungsgräben durchzogen, schienen sich bis ins Unendliche zu dehnen. Am Horizont erhoben sich majestätisch bläulich graue Berge vor einem Himmel, der so blau strahlte, daß ihm die Augen schmerzten.

Eine kühle Morgenbrise umwehte seine stoppeligen Wangen und strich ihm über den langen, ungepflegten Schnäuzer. Er vergrub die Hände tief in den Taschen, um wenigstens etwas Wärme in dem durchlöcherten Stoff zu finden.

Zu so früher Stunde war die Stadt fast ausgestorben, was Mad Dog durchaus in den Kram paßte. Schon vor langer Zeit hatte er durch bittere Erfahrung gelernt, daß ehrbare Bürger Landstreicher wie ihn ungern sahen. Sie konnten nicht begreifen, daß es jemanden gab, der sich kein Haus mit weißem säuberlichen Lattenzaun und eine feste Arbeit wünschte, um seine Rechnungen zu bezahlen.

Ihrer Ansicht nach mußte die Welt ordentlich, ehrbar und geregelt sein.

Weder machte Mad Dog ihnen dafür Vorwürfe noch verurteilte er sie deswegen. Tatsächlich dachte er gar nicht über sie nach. Schnurstracks lief er an ihnen vorbei, redete nicht mit ihnen und tauchte in dem von Rum beherrschten, umtriebigen Stadtteil unter, dessen Existenz sie standhaft leugneten. Hier lebten die Leute im Schatten, lachten viel und ertränkten alles im Schnaps. Hier herrschte einzig das Vergnügen.

Er senkte sein Kinn tiefer in den ausgefransten Kragen seines Ölhautmantels und schlenderte gemütlich auf die Stadt zu. Der breite Feldweg wand sich einen niedrigen Hügel hinauf und mündete in die Hauptstraße ein. Mit Schindeln gedeckte Holzgebäude reihten sich zu beiden Seiten aneinander, deren Eingänge durch einen breiten, hölzernen Gehweg miteinander verbunden waren. Ein paar gutgekleidete Leute promenierten von Geschäft zu Geschäft und unterhielten sich leise miteinander.

Ein Schild stach Mad Dog unter den vielen anderen sofort ins Auge: *Ma's Diner*.

Lächelnd rückte er seinen Rucksack auf der Schulter zurecht, betrat den Bürgersteig und zwängte sich durch die Schwingtüren. Bei dem Aroma von frischgebackenen Zimtbrötchen und gebratenem Speck lief ihm gleich das Wasser im Mund zusammen, und sein Magen knurrte laut.

Bedächtig schritt er vorwärts und schaute sich dabei aufmerksam um. Die Tischdecken waren sauber und gebügelt, mit rotkariertem Muster, woraus man schließen konnte, daß sonntags Familien zum Abendessen herkamen. Staubfreie runde Lampen hingen in regelmäßigen Abständen von den dunklen Balken herab und warfen Lichtinseln auf die Eichendielenbretter.

Ma's Diner war fein, ehrbar und lukrativ. Kurz, der verkehrte Ort für ihn. Wenn er Pech hatte, würde er jeden Moment rausgeworfen werden. Er mußte zusehen, daß er schnell das schwarze Brett erreichte, an dem Aushilfen gesucht wurden.

Mad Dog hastete in die Ecke des Restaurants und spähte auf die vergilbten Zettel, die dort an die holzgetäfelte Wand gepinnt worden waren. Es waren die üblichen Angebote, wie er sie seit fünfzehn Jahren kannte und auf die er sich immer gemeldet hatte. *Apfelpflücker gesucht, harte, aber beständige Arbeit. Heupacker braucht zeitweise Hilfe, keine Trinker und keine Frauen. Sutton Ranch stellt einfachen Arbeiter ein, der Bewässerungsgraben zieht – Spitzenlohn.*

Er überflog die Texte mit geringem Interesse, wollte schon die Augen schließen und sich wahllos eine rauspicken, als er auf einen Satz aufmerksam wurde. Sein Blick glitt zurück zu der Anzeige auf der rechten Seite. Das Papier war zerknüllt und vergilbt von der Sonne, hing offensichtlich schon lange dort. Zögernd, so als fürchte er, es könnte verschwinden, glättete er den Zettel und las.

Einfache Hilfskraft für kleinen Obstgarten gesucht. Unterkunft, Verpflegung und minimaler Lohn werden geboten im Tausch gegen körperliche Arbeit. Hausmannskost und frisches Bettzeug selbstverständlich. Anfragen sind zu richten an Pro-

fessor Erasmus Throckmorton, Epoch Farm, Ecke Palouse und Mesozoic Straße, P. S.: Talent zum Erzählen ist ein Plus.

Grinsend dachte er an die frische Wäsche. Wenn er etwas konnte, dann war es reden.

Verdammt, der Job kam ihm wie gerufen.

Er riß den Zettel ab und ließ ihn in seiner Tasche verschwinden, dann hastete er aus dem Restaurant. Es war ein anstrengender Weg bis zu der Farm, aber Mad Dog fiel es kaum auf.

Er dachte nur an die verdammt frischen Laken.

Jacob Vanderstay sah Mad Dog kommen und geriet in Panik. Diesmal war er ihm zu dicht auf den Fersen geblieben, das wurde ihm klar. Verflixt!

Er preßte sich mit seinem gertenschlanken, jugendlichen Körper an die rauhe Holzwand von *Harriman's Mercantile,* zog sich den Hut tief in die Augen und versuchte krampfhaft, sich unsichtbar zu machen. Das Blut rauschte ihm durch die Adern wie ein herandonnernder Zug. Er hielt den Atem an und betete inbrünstig: *Bitte, laß ihn mich nicht erwischen. Bitte ...*

Mad Dog schritt an ihm vorbei, ohne ihm auch nur einen Blick zu schenken.

Jake sackte gegen die Wand und fühlte sich gleichermaßen erleichtert und enttäuscht.

Mad Dog hatte ihn nicht gesehen ... wieder einmal nicht.

Mit einem Seufzer stieß er sich von der Wand ab und rückte seinen Hut zurecht. Er kratzte sich mit schmutzigen Fingernägeln über die schweißnasse Stirn und strich sich das kupferrote Haar aus den Augen. Meine Güte, was hatte er es satt, sich im Schatten herumzudrücken, abscheulichen Fraß zu essen und ständig auf der kalten, harten Erde schlafen zu müssen. Er wünschte sich nur noch, daß es endlich vorbei wäre.

Aber es würde nicht vorbei sein, bevor er nicht direkt auf Mad Dog zuginge. Damit war er nicht einen Schritt weiter gekommen, seit vier Monaten, obwohl er dem Mann schon so lange folgte.

Er wartete eine Weile, ließ Mad Dog einen guten Vorsprung, warf sich seinen Rucksack über die Schulter und schlich hinterher.

Mariah Throckmorton trat einen Schritt zurück und betrachtete kritisch ihre Arbeit. Die Regale über dem Eichenschreibtisch ihres Vaters glänzten vom Bienenwachs. Die schneeweißen Papierstapel bildeten ein vollkommen angeordnetes Schachbrettmuster auf dem dunklen Holz. Exakt auf der Tischmitte standen ein kristallenes Tintenglas und ein Federhalter. Daneben lag ein Eureka-Tintenradierer. Auf den Regalen reihten sich zahlreiche Fossilien aneinander. Alles war perfekt aufgeräumt.

Aber trotzdem hatte sie das Gefühl, sie könnte es noch besser machen oder etwas tun, das ihrem Vater tatsächlich auffiele ... Sie wußte, daß ihr das niemals gelingen würde. Ihrem Vater entging einfach alles! Er merkte nicht einmal, welche Mühe sie sich gab, seine Sammlung zu entstauben, sauberzuhalten und zu ordnen. Das hatte ihre Mutter für ihn getan und seit sie nicht mehr da war, fiel Mariah die Aufgabe zu, für ihn zu sorgen. Bei der wunderlichen, unpraktischen Veranlagung ihres Vaters stellte das in der Tat eine umfangreiche Aufgabe dar.

Inzwischen redete sie sich ein, es spiele keine Rolle, daß Rass ihre Mühe übersah. Warum sollte es anders sein? Sie war zweiunddreißig Jahre alt. Wieso mußte sie da noch versuchen, ihren Vater zu beeindrucken, wo er sich erfahrungsgemäß kein bißchen beeindrucken ließ?

Sie kehrte an den Schreibtisch zurück und zog die lange Schublade heraus. Dutzende abgeschabter Radierer lagen auf einem Haufen. Jeden einzelnen nahm sie heraus und begann, sie sorgfältig in die vordere linke Ecke zu sortieren.

Als sie das letzte Exemplar hineinlegen wollte, hörte sie ein leises Knirschen, das wie das Knacken der Gelenke eines alten Mannes klang. Es kam vom offenen Fenster.

Der Radierer glitt ihr aus den Fingern und landete mit einem leisen *Plop* in der Schublade. Rasch schob Mariah sie mit der Hüfte zu, trat ans Fenster und zog die weiße Gardine beiseite. Auf den ersten Blick schien alles in bester Ordnung. Der Gemüsegarten war ein Stückchen begrünter Erde, das sich neben dem Kühlhaus erstreckte. Obstbäume zogen sich in einem Dutzend Reihen über die Wiese bis hin zur Grundstücksgrenze. Ihre symmetrische Anordnung wurde nur von einer verwitterten Holzscheune und ein paar kleineren Schuppen unterbrochen. Ein hübscher weißer Lattenzaun umfriedete den Garten mit dem gepflegten Rasen und den Blumenbeeten. Auf der Innenseite direkt am Tor hockte ihr Vater und grub nach Fossilien.

Plötzlich tauchte ein Mann aus dem Schatten eines Apfelbaumes auf und schritt auf ihren Vater zu.

Mariah schnappte entsetzt nach Luft. Sie stemmte sich mit beiden Händen gegen den Fensterrahmen. Ein halberstickter Schrei löste sich von ihren Lippen.

Schon im nächsten Moment wirbelte sie herum und tat, was jede unverheiratete Frau mit etwas Selbstrespekt tun mußte, wenn ein fremder Mann auf ihrem Grundstück auftauchte. Sie holte ihr Gewehr.

Mad Dog stand unter dem duftenden Blätterdach eines Apfelbaums, von niedrig hängenden Ästen umgeben. Dann und wann strich eine Brise durch die Zweige, ließ die Blätter rascheln und wehte ihm das köstliche Aroma der Früchte entgegen. Er schob den zerbeulten Stetson höher und spähte durch das Blattwerk.

Vor ihm lag eine stille, gepflegte kleine Farm. Inmitten des Grundstücks am Ende eines von Blumen gesäumten Kieswegs stand ein rechteckiges, zweistöckiges weißes Wohnhaus mit einer verschnörkelten Überdachung, unter der sich eine gemütliche Veranda befand. Mit Kletterpflanzen berankte, gleichmäßig angeordnete Säulen trugen das Vordach. Mehrere Bündel zum

Trocknen aufgehängter Blumen baumelten an dem weißen Geländer. Eine Schaukel knarrte leise, wie von unsichtbarer Hand bewegt, im milden Spätnachmittagswind. Alles an dem Haus deutete auf ein gemütliches Heim.

Das empfand Mad Dog als unangenehm. Sein Geschmack war das nicht. Irgendwo in dieser staubigen, kleinen Stadt fand er bestimmt etwas, was besser zu ihm paßte. Ein Raum, in dem sich kräftig zechende, hartgesottene, obdachlose Männer wie er trafen. Einen solchen Raum fand er in jeder Stadt. Oder aber auf einer heruntergekommenen Farm am Stadtrand, wo eine Gruppe von Vagabunden Gräben aushoben oder sich herumziehende Schafscherer trafen. Ohne zu suchen, fanden sie sich unweigerlich in den Randbezirken jeder Stadt, jedes Ortes und trafen sich in allen schmutzigen Gassen.

Unter diesen Menschen fühlte Mad Dog sich wohl und im allgemeinen nahm er auch nur solche Jobs an, die ihn mit seinesgleichen zusammenbrachten.

Bloß dort gab es keine frischen Laken.

Allein der Gedanke an duftende Bettwäsche entlockte ihm erneut ein Lächeln.

»Was hast du gesagt, Greta?«

Mad Dog spähte durch die Zweige. Diesmal entdeckte er einen alten Mann, der knapp zwölf Meter von ihm entfernt im Boden grub. Der Mann stand gebückt und umklammerte mit seinen krallenähnlichen, großen Händen einen kleinen Spaten. Schon lichtes, krauses Haar lag wie Federn auf seinem von Leberflecken übersäten Schädel. Ein schäbiges Baumwollhemd umhüllte seine schmalen Schultern und seinen eingefallenen Oberkörper. Schweiß glänzte unter dem offenen Kragen.

»Sieht nach einem Vogel aus«, murmelte der Alte. »Was meinst du, Greta?«

Mad Dog schaute sich um. In der gepflegten Umgebung war bis auf den Grabenden niemand zu sehen. »Suchen Sie jemanden?« fragte er.

Ruckartig hob der Mann den Kopf, entdeckte Mad Dog und blinzelte überrascht. »Wer sind Sie?«

Mad Dog schritt mit freundlich ausgestreckter Hand auf den alten Herrn zu und stellte sich vor: »Die Leute nennen mich Mad Dog.«

Der Mann verengte die Augen zu Schlitzen. »Indianer?«

Mad Dog mußte sich ein Lächeln verbeißen. Klar, ich bin ein blonder grünäugiger Indianer. Von unserer Sorte gibt's Millionen. »Boxer.«

Der Mann nickte, als hätte er verstanden. Doch Mad Dog war überzeugt, daß das Gegenteil zutraf. Sein Gegenüber legte den Spaten weg und richtete sich auf. Dabei knirschten seine müden Knochen protestierend. »Ich bin Professor Erasmus Throckmorton.« Er ergriff Mad Dogs Hand. »Sagen Sie ruhig Rass zu mir. Was kann ich für Sie tun?«

»Ich bin hergekommen, weil Sie eine Hilfskraft suchen.«

Rass runzelte die Stirn. Seine dichten weißen Brauen saßen V-förmig wie bei einem Kauz über den erstaunlich blauen Augen. »Tatsächlich? Sie wollen den Job haben?«

Mad Dog zuckte mit den Achseln. »Ich würde ihn gern für eine Weile annehmen.«

Rass nickte bedächtig. »Das kommt etwas überraschend ... Ich weiß nicht genau ...«

»Sie haben doch die Anzeige aufgehängt, oder nicht?«

»Hmmmh«, antwortete der und betrachtete Mad Dog aufmerksam von Kopf bis Fuß.

Das machte Mad Dog nichts aus. Er war es gewohnt, von Arbeitgebern abschätzend gemustert zu werden. Wie er beurteilt wurde, hing weitgehend davon ab, wie dringend sie jemanden suchten. Nur Leute, die niemand anders bekommen konnten, heuerten Mad Dog Stone an.

»Sind Sie verheiratet?«

Mad Dog lachte. »Nee.«

Rass runzelte immer noch die Stirn. »Für den Job gibt es acht

Dollar pro Tag zuzüglich Unterkunft und Verpflegung. Das ist Ihnen vermutlich nicht genug ...«

Mad Dog grinste. »Das reicht vollkommen.«

»So.« Fast widerstrebend wandte Rass sich dem Haus zu. »Kommen Sie mit.«

Nebeneinander gingen sie den geharkten Weg hinauf. Als sie fast am Haus angekommen waren, ließ Rass den Spaten auf den Boden fallen.

Mad Dog wollte sich schon danach bücken.

Rass hielt ihn jedoch zurück. »Lassen Sie ihn liegen. Ich mache das immer so. Dann hat meine Tochter wenigstens etwas zu tun.«

Mad Dog stutzte. »Ihre Tochter?«

Von irgendwoher aus dem Haus ertönte im selben Moment ein kreischendes: »Rass!« und gleich darauf hastige Schritte.

Rass seufzte. »Das wird sie sein. Sie kommt, um mich zu retten.«

»Wieso ...«

Die Haustür flog auf und knallte gegen die Wand. Etwas Großes, Braunes schoß heraus. Ein schriller Schrei ertönte, Silber blitzte auf.

Mad Dog streckte seine Hand nach Rass aus, um ihn zu beschützen.

»Fassen Sie ihn nicht an!« schrie das braune Ding.

Ehe Mad Dog darauf antworten konnte, knallte etwas gegen seinen Kopf. Es war der verdammt härteste Schlag, den er je hatte einstecken müssen. Schmerz durchzuckte seinen Schädel. Zuerst wankte er unsicher, dann kippte er der Länge nach um.

Alle viere von sich gestreckt lag er im feuchten Gras. Einen Moment lang verspürte er noch den unbändigen Schmerz, doch gleich darauf breitete sich tröstliche Dunkelheit um ihn aus.

Als er zu sich kam, war er allein.

2. *Kapitel*

»Bist du verrückt?«

Rass hob abwehrend beide knorrigen Hände. »Moment mal, Mariah …«

Sie wirbelte zu ihm herum. »Du spazierst hier herein, absolut seelenruhig, und erzählst mir, daß du diesen … diesen …« Sie schaute zur offenen Tür hinüber und sah den Mann, der dort mitten in ihren prächtigen violetten Dahlien lag. Er stützte sich jetzt auf seine Ellenbogen und strich sich das ungepflegte, fettige Haar aus der Stirn. Sein Blick war glasig, aber das würde sich bald ändern und der Mann würde in ihre Richtung schauen. Bei dem Gedanken lief Mariah ein Schauer über den Rücken.

Entrüstet bemühte sie sich, ruhig zu bleiben. »Du stellst diesen … Kerl ein, damit er mir auf der Farm zur Hand geht, und ich soll mich darüber freuen?«

Rass winkte ab. »Es ist bereits lange her, daß ich das noch von dir erwarte, Mariah.«

Für Mariah war es wie ein feiner Stich ins Herz. Warum? fragte sie sich zum wiederholten Mal tiefbetrübt. Warum tat alles, was ihr Vater sagte, so schrecklich weh?

Sie hatte sich so angestrengt, die Farm zu erhalten, verdammt. Wie ein Mann hatte sie geschuftet und es war ihr wirklich gelungen. Aber selbst das reichte Rass noch nicht. Er mußte hinter ihrem Rücken jemanden einstellen, um sie zu ersetzen.

Es war doch alles, was sie ihrem Vater zu bieten hatte, alles, was sie gut konnte. Und jetzt nahm er ihr diese Aufgabe einfach weg, sagte ihr mit anderen Worten, daß sie es ihm nicht gut genug machte …

»Ich will nicht, daß er bleibt«, wehrte sie sich.

Rass schlurfte auf sie zu und schaute sie betrübt an. »Wir sind schon viel zu lang allein, Mariah.«

Sie wich vor ihm zurück und hatte plötzlich Angst, ihm in die Augen zu sehen. Denn sie ahnte, was er als nächstes sagen würde und das wollte sie gar nicht hören. »So lange ist es nicht her, daß ...«

»Mama gestorben ist«, vollendete er ihren Satz. »Das Leben geht aber weiter.«

Seine Worte empfand sie wie eine Ohrfeige. »Ich bin trotzdem dagegen«, erklärte sie energisch und ballte die Hände zu Fäusten. »In mein Haus kommen keine Fremden.«

»Es ist mein Haus.«

Bei den leisen Worten zuckte Mariah zusammen. Sie hatte verloren. Ihr Vater hatte den Mann eingestellt, und Rass würde seine Meinung nicht mehr ändern. Irgendwann mußte sie etwas verkehrt gemacht haben, so daß Rass überzeugt war, sie könnte die Arbeit nicht allein bewältigen. Auf diese Erkenntnis folgte ein vertrautes, dumpfes Gefühl der Niederlage, bei dem sich ihr Magen verkrampfte.

Mein Gott, dabei hatte sie sich so angestrengt, es ihm recht zu machen. Rass sollte stolz auf sie sein und die Schande der Vergangenheit vergessen. Warum wollte ihr das partout nicht gelingen?

»Sieh ihn dir an.«

Sie sträubte sich. »Auf keinen Fall.«

»Sieh ihn dir an. Bitte«, fügte Rass hinzu.

Widerstrebend drehte sie sich zu der offenen Küchentür um und besah sich den Mann draußen vor dem Haus. Der Fremde hatte sich jetzt aufgerichtet. Seine Kleidung war alt, zerlumpt und schmutzig. Mariah konnte den Gestank, der von ihm ausging, bis in den Flur riechen.

Er mußte jünger sein, als sie zuerst geglaubt hatte – vielleicht fünfunddreißig oder sechsunddreißig. Wirkte aber viel älter.

Sein eingefallenes Gesicht wies darauf hin, daß er wohl lange Zeit einsam durch die Gegend gezogen war und zuviel Alkohol getrunken hatte. Ein buschiger, herabhängender Schnauzer verdeckte seine Lippen und ging auf den Wangen in Bartstoppeln über. Offenbar hatte er sich seit Tagen nicht mehr rasiert.

Sein Haar war zerzaust, viel zu lang und von der Sonne weizenblond gebleicht. Der ausgefranste, einst weiße Kragen seines Hemdes stand offen und gab den Blick auf eine dunkle behaarte Brust frei.

Ihr Anblick brachte die Erinnerung an verbotene Vorstellungen, an tausend längst begrabene Sehnsüchte mit. Plötzlich war Mariahs Mund wie ausgetrocknet. Der kaum sichtbare Puls an ihrem Hals klopfte heftig.

»Gefällt Ihnen, was Sie sehen, die Dame?«

Ruckartig schaute Mariah ihm ins Gesicht und ertappte sich dabei, wie ihr Blick in seinen grauen Augen versank. Er hielt ihrem Blick stand und fesselte sie so, daß sie es nicht wagte, ihm auszuweichen. Seine Augen waren klar, sein Blick durchdringend und so intensiv, daß er ihre Selbstbeherrschung ins Wanken brachte. Er besaß Stephens Augen.

Sie hielt den Atem an, wollte sich von ihm abwenden, aber schaffte es nicht. Auf eine verwirrende Art hielt er sie regelrecht gefangen. Furcht keimte in ihr auf.

Ganz ruhig, sagte sie sich. Das darf ich mir nicht von ihm gefallen lassen.

Langsam atmete sie aus, schloß die Augen und zählte im stillen bis fünf. Als sie sich besser fühlte, sah sie ihn erneut an.

Sie irrte sich. Seine Augen kannte sie nicht. Stephen hatte warme, braune lachende Augen gehabt. Die des Fremden waren jedoch kalt und grau. Vielmehr kam ihr die Art und Weise, wie er sie ansah, bekannt vor.

Ungebunden. Allein. Der Blick eines Mannes, der nie lange an einem Ort blieb.

Ihre Furcht verwandelte sich in Empörung. Für einen Mann

wie ihn hatte sie nur Verachtung übrig. Ein haltloser, nichtsnutziger Herumtreiber. Früher einmal hatte sie so etwas magisch angezogen – als sie noch jung und naiv gewesen war –, aber das würde ihr nie wieder passieren.

»Vertrau mir!« bat Rass leise.

»Schön, Rass. Ich vertrau dir ja.« Sie spuckte die Worte förmlich aus, dann maß sie den Fremden mit einem letzten abweisenden Blick. »Aber ihm bestimmt nicht.«

Mad Dog betastete die Beule, die sich schon an seinem Kiefer abzeichnete. Donnerwetter, womit hatte dieses gestrenge Fräulein ihn geschlagen? Etwa mit einer Axt? Doch dann fiel es ihm ein. Das braune verschwommene Ding, das er flüchtig wahrgenommen hatte, war wohl ein Gewehrkolben gewesen. Er schüttelte den Kopf, als könnte er dadurch die Benommenheit loswerden, und versuchte, auf die Füße zu kommen. Beim ersten Mal gelang es ihm nicht. Taumelnd sank er in die Pflanzen zurück und zerdrückte eine weitere Reihe violetter Blüten. Der süßliche Blütenduft wehte ihm in die Nase.

Gleich kotz ich. Dreck ...

Er schloß die Augen und kämpfte gegen die Übelkeit.

»Alles in Ordnung?«

Mad Dog sah auf. Rass stand direkt neben ihm und schaute mit einem wohlwollenden Lächeln auf ihn herab.

Er bemühte sich, die Freundlichkeit des Mannes zu erwidern. »Natürlich.«

Rass kniete sich hin und reichte ihm ein Taschentuch. »Bitte!«

Mad Dog musterte das umhäkelte Stück Leinen. Es war so groß wie eine Postkarte. Rass hatte offenbar noch nie einen Schlag mit einem Gewehr abbekommen. »Das soll helfen.«

Rass runzelte kurz die Stirn, dann erhellte sich sein Gesicht, als hätte er einen blendenden Einfall. »Bring dem Mann ein Steak, Mariah.«

»Das werde ich nicht tun. Er kann bis zum Abendessen warten.«

»In diesem Fall soll er es nicht essen«, erklärte der Professor, »sondern auf die Schwellung legen.«

Die Frau im Türrahmen rührte sich nicht von der Stelle. Mad Dog stemmte sich auf seine Ellenbogen hoch, um besser sehen zu können. Sein Blick war immer noch verschwommen, aber was er erkennen konnte, entmutigte ihn ziemlich. Sie wirkte wie eine riesige verärgerte Eule. Von dem sorgfältig frisierten Haar bis hin zu ihren Schuhen war alles an ihr braun. Braunes Haar, braune Augen, braunes Kleid und braune Schürze.

Reglos und unversöhnlich wie eine Statue stand sie da. Das Kinn vorgereckt, die Arme verschränkt und die Lippen fest aufeinander gepreßt musterte sie ihn. Ihre Miene schien aus Stein gemeißelt. Keine Lachfalten zeigten sich um ihre Augen oder um ihre geschürzten Lippen. Als er schließlich ihrem Blick begegnete, war er überrascht von den heftigen Gefühlen, die sich darin widerspiegelten. »Es ist nicht höflich, jemanden anzustarren«, bemerkte sie knapp. »Ich sehe, daß Ihre Manieren so mustergültig sind wie Ihre Kleidung.«

Mad Dog zuckte mit den Achseln. »Fast so wie Ihre!«

»Mariah!« mischte Rass sich ein. »Bring dem Mann das Steak. Es ist das mindeste, was du für ihn tun kannst, nachdem du ihn niedergeschlagen hast.«

Die Frau, die Mariah hieß, schnaubte verächtlich. Einen Moment lang glaubte Mad Dog, sie würde die Bitte ihres Vaters ignorieren. Dann, mit einem abweisenden Rascheln ihrer braunen Röcke, wirbelte sie herum und verschwand im Haus.

Rass machte eine entschuldigende Geste. »Sie ist ein wenig ...« Grob? Begriffsstutzig? Kampferprobt?

»Eigensinnig«, vollendete Rass seinen Satz. Langsam richtete er sich auf. »Ich hole Ihnen Purola Sizz. Sie werden noch ganz schöne Kopfschmerzen bekommen.«

Mad Dog nickte. »Danke, Rass.«

»Sie brauchen sich nicht zu bedanken, mein Sohn. Ich bin sofort wieder da.« Der alte Mann winkte ihm zu und ging ins Haus.

Gleich darauf tauchte Mariah auf, hielt ein winziges Stück Fleisch zwischen Daumen und Zeigefinger, als wollte sie einem streunenden Köter eine tote Ratte anbieten. Ganz leicht hob sie ihren Rock an, stieg die Stufen der Veranda hinunter und blieb zu Mad Dogs Füßen stehen.

Abschätzig ließ sie ihren Blick über seinen ausgestreckten Körper gleiten, der dann an den durchlöcherten Sohlen seiner Cowboystiefel hängenblieb. Angewidert verzog sie das Gesicht und hielt ihm das Fleisch hin. »Hier!«

Ihr offen zur Schau getragenes Mißfallen amüsierte Mad Dog. Als wäre es ihm wichtig, was sie von ihm hielt. Für voreingenommene, engstirnige alte Jungfern interessierte er sich jedoch zuallerletzt. Er richtete sich auf und grinste anzüglich. »Das ist aber ein furchtbar kleines Steak.«

»Es ist auch eine furchtbar kleine Beule!«

Mad Dog brach in schallendes Gelächter aus. »Sieh an, die Angehörige des Königlichen Marinekorps hat sogar Temperament.«

Langsam kam er auf die Beine.

Sie wollte schon zurückweichen, doch die unterste Stufe der Veranda hinderte sie daran. Mit gestrafften Schultern sah sie ihm offen ins Gesicht.

Für eine Frau war sie groß und hatte eine gerade Haltung, durch die sie noch größer wirkte. Sie reichte ihm bis ans Kinn, und er war immerhin über einen Meter achtzig groß. Kleine, lockige Strähnen kitzelten ihn am Kinn, und er erkannte sogleich, daß sie die Naturkrause in ihrem Haar nicht mochte.

Aus der Nähe betrachtet, stimmte die Bezeichnung Armeeschreck nicht mehr. Es war weitaus ... mehr an ihr.

Alles an ihr sprach von einem festen Willen, von ihrem energisch vorgestreckten Kinn bis zu ihren markanten Gesichtszügen, die nicht gerade weiblich wirkten. Stark hervorgetretene Knochen fielen über ihren schmalen Wangen auf. Blasse, farblose Lippen hatte sie zu einem dünnen unversöhnlichen Strich zusammengepreßt. Schön war sie auf keinen Fall, nicht mal hübsch. Aber sie besaß etwas Interessantes, das sie trotz ihres strengen Äußeren fast anziehend erscheinen ließ. Wenn sie nur ein wenig lächelte, könnte sie eventuell apart aussehen.

Es lag an den Augen. Zuerst hatte er geglaubt, sie wären braun wie alles andere an ihr, aber bei näherem Hinsehen stellte er fest, daß sie die außergewöhnliche Farbe von Ahornsirup hatten und von langen, dichten Wimpern umgeben waren. Durch die milchige Blässe ihrer Haut wirkten sie groß und lebhaft.

»Wollen Sie mich etwa den ganzen Tag anstarren?«

Er hob gleichmütig die Schultern. »Kann schon mal passieren, daß ich eine auffällige Frau so lange anstarre.«

Sie versteifte sich noch mehr. »Das mag zweifellos stimmen. Warum suchen Sie sich nicht so eine? Sapphire Lil's in Walla Walla wäre vermutlich genau die richtige Adresse für Sie.«

Grinsend hielt er ihr die Hand hin. »Man nennt mich Mad Dog, Verrückter Hund.«

Sie betrachtete seine verschwitzte Hand, als hätte sie eine Gartenschnecke vor sich. »Und das lassen Sie sich bieten?«

Er lachte. »Schlimmer noch. Es gefällt mir.«

»Und wie heißen Sie noch? Etwa Bissig?«

»Stone.«

Sie reagierte darauf, als wäre auch das ein unmöglicher Name, schnaubte abermals und reckte ihr Kinn kämpferisch vor. »Was stand in der Anzeige?«

»Einfache Hilfskraft gesucht. Unterkunft und Verpflegung im Tausch gegen leichte körperliche Arbeiten.«

»Offenbar hat mein Vater die Anzeige ohne mein Wissen und meine Zustimmung aufgehängt. Jedenfalls, da Sie sich darauf gemeldet haben, bleibt mir leider keine andere Wahl, als Sie notgedrungen zu akzeptieren.«

»Vielen Dank.«

»Sie können Ihre bissigen Bemerkungen für sich behalten, Mr. Stone.«

Er grinste. »Das werde ich gerne machen, wenn auch Sie sich daran halten.«

Daraufhin musterte sie ihn mit einem mißbilligenden Blick. »In der Baracke ist ein einziges Durcheinander, aber ich habe den Eindruck, Ordnung und Sauberkeit sind Ihnen sowieso nicht wichtig.«

Er hob gespielt empört beide Brauen. »Soll das eine ... Beleidigung sein? Und dazu noch von einer zweifellos christlich erzogenen Dame wie Ihnen?«

Sie ging gar nicht auf seine Äußerung ein. »Die Baracke wird aufgeräumt und geputzt. Am Samstag wird die Bettwäsche gewechselt. Wie immer.«

Er schlug die Augen gen Himmel und fühlte sich nur im ersten Moment enttäuscht. »Bis dahin kann ich meinen Schlafsack benutzen.«

Zum ersten Mal lächelte sie. Es wirkte nicht lustig, sondern grimmig, und ihre Ausstrahlung wurde noch kälter. »Ich kann mir kaum vorstellen, daß Sie so lange hierbleiben werden, Mr. Stone.«

»Sie hoffen also, daß ich mich wieder verziehe.«

»Ganz genau.« Sie deutete mit dem Kopf zu dem Gebäude neben dem Eingangstor. »Das da drüben ist die Baracke. Sie können Ihre Sachen dorthin bringen und sich in zehn Minuten bei mir melden. Ich habe Arbeit für Sie.«

»Jetzt soll ich schon anfangen?« erkundigte er sich verwundert.

»Aber ja, Mr. Stone. Sie wollten doch arbeiten ...« Sie hielt inne, »... und das sollen Sie auch!«

Mad Dog betrachtete die kleine, weiß getünchte Baracke. Ein zufriedenes Lächeln huschte über seine Lippen. Er zog den Riegel zurück, stieß schwungvoll die schmale Tür auf und trat ein. Die Tür knarrte überlaut und prallte gegen die Wand, daß das ganze Gebäude wackelte. Staub regnete aus dem Dachgebälk herab. Ein schmaler Sonnenstrahl fand seinen Weg bis ins Innere. Deutlich sichtbar tanzten die Staubpartikel in der Luft.

Mad Dog hustete und blinzelte.

In dem kleinen, überfüllten Raum herrschte ein buntes Durcheinander. Es roch nach Moder und schlechter Belüftung. Nur schwach nahm er den Duft von altem Bienenwachs wahr. An der gegenüberliegenden Wand stand ein schmales Bett mit einer dicken blauen Wolldecke verhüllt. Zwei stark verblichene Kissen lehnten am metallenen Kopfende. Als Nachttisch diente eine umgedrehte Holzkiste, auf der eine verstaubte Petroleumlampe stand und eine Streichholzschachtel lag.

Linker Hand befand sich eine alte Eichenkommode, die sich merkwürdig zu einer Seite neigte. Darüber hing ein ovaler Spiegel an der Wand, von der die Farbe großflächig abgeblättert war. Es gab nur ein Fenster. Die alten Baumwollvorhänge ließen schwach das Sonnenlicht herein. Der kräftige Holzdielenboden war zerkratzt und fleckig. Eine Ecke füllte ein niedriger dickbäuchiger Ofen aus.

Donnerwetter, wie hübsch! Das Zimmer hatte er ganz für sich. Niemand würde ihn neugierig beäugen, kein Schaffner ihn mitten in der Nacht entdecken und an die Luft setzen, kein Wirt ungeduldig von ihm Geld verlangen. Er konnte seinen Rucksack getrost auf den Boden legen, in der Gewißheit, ihn am anderen Morgen da auch wiederzufinden, ohne daß sich jemand daran zu schaffen gemacht hatte.

Prompt warf er sein Gepäck ab und setzte sich aufs Bett. Es quietschte und ächzte unter seinem Gewicht. Er verschränkte die Arme hinterm Kopf, ließ sich zurücksinken und starrte zu der mit Teer abgedichteten Holzdecke hinauf.

Aus einem unerfindlichen Grund wanderten seine Gedanken sofort zu Mariah Throckmorton.

Die anständige, spröde Mariah mit dem verächtlichen Blick.

Sie gehörte genau zu der Sorte Frauen, von der er sich sonst fernhielt. Solche Persönlichkeiten wollten mit einem Mann, der Mad Dog hieß, sowieso nichts zu tun haben. Wäre sie ihm in der Stadt begegnet, hätte sie eiligst die Straßenseite gewechselt und einen schmutzigen Landstreicher wie ihn nicht mal eines Blickes gewürdigt.

Das erkannte er schon allein an dem straffen Knoten, den sie im Nacken trug – und natürlich an der abweisenden, unnahbaren Art, in der sie auftrat. Und der braunen ... Mein Gott, schaute sie denn nie in einen Spiegel? Durch diese schreckliche Farbe sah sie aus wie eine Leiche.

Die Frau tat ihm leid. Ihr Haar hatte sie so stramm nach hinten gekämmt, daß sie eigentlich ständig unter Kopfschmerzen leiden müßte. Das Leben war viel zu kurz, um es in derartiger Anspannung und Verkrampfung zu verbringen.

Und zu kostbar, um zu arbeiten.

Er seufzte und stemmte sich hoch. Nachdem er den Staub von seinen Stiefeln geklopft hatte, stand er langsam auf und schritt zur Tür.

Himmel, wie er Farmarbeit haßte!

3. Kapitel

Mariah stand auf der Veranda und sah dem Mann entgegen, der auf sie zugeschlendert kam. Mißbilligend preßte sie ihre Lippen aufeinander.

Alles an ihm strotzte vor Schlampigkeit und Vernachlässigung, von den abgelaufenen Spitzen seiner Cowboystiefel bis hin zu seinem zerbeulten schwarzen Hut. Er bewegte sich so langsam und gleichmütig, hatte die Hände faul in die Taschen gesteckt, als interessiere es ihn kein bißchen, ob er irgendwo pünktlich ankam, im Grunde scherte er sich vermutlich nicht einmal darum, ob er überhaupt irgendwo ankam. Außerdem starrte er sie unverfroren an. Ein warmes Prickeln lief ihr dabei über die Haut.

Jedem hart arbeitenden Menschen war er entschieden ein Dorn im Auge.

Sie verschränkte ihre Arme vor der Brust und musterte ihn finster. Hoffentlich beeilte er sich wenigstens jetzt.

Doch statt dessen verlangsamte er sein Tempo. Trotz des Schattens, den sein Hut auf sein Gesicht warf, konnte sie sein spöttisches Lächeln sehen. »Sie wirken mächtig angespannt, Miss Throckmorton«, behauptete er und blieb direkt vor dem Haus stehen. Lässig setzte er einen Fuß auf die unterste Stufe. Den dumpfen Knall seiner Stiefelsohle spürte Mariah bis in die Wirbelsäule. Sofort bekam sie das Gefühl einer nahenden Migräne.

Sie knetete die Hände, aber ließ sich sonst nichts anmerken. »Es überrascht mich, daß Sie das Wort ›angespannt‹ kennen, Mr. Stone.«

Er legte den Kopf in den Nacken und grinste unverschämt. »Hat das nicht etwas mit Pferden zu tun?«

Sie atmete verärgert aus. Es geschah ihr ganz recht. Warum redete sie auch mit diesem Individuum? Empört schnaubend bückte sie sich und griff nach ihrem Korb und dem Hammer. Dann reckte sie ihr Kinn vor, marschierte die Treppe hinunter und segelte an ihm vorbei, ohne ihm einen Blick zu gönnen. »Folgen Sie mir.«

Er wartete volle zehn Sekunden, ehe er auf ihr Geheiß reagierte. Deutlich hörte sie seine Schritte hinter sich. Die Herbstblätter raschelten unter seinen Stiefelsohlen. Das Knacken eines Astes oder das Zerdrücken eines abgestorbenen Blattes traf sie jedesmal wie eine Ohrfeige.

Mariah konnte einfach nicht fassen, daß ihr Vater diesen ... diesen Landstreicher in ihr Leben gelassen, ja, in ihr Haus eingeladen hatte!

Innerlich knirschte sie mit den Zähnen und wehrte sich dagegen. Verdammt, verdammt! Das stumme Fluchen paßte sich dem Rhythmus ihrer Schritte an und hallte in ihrem schneller klopfenden Herzen wider.

Irgendwie mußte sie ihn loswerden. Auf der Stelle. Ihre Einschätzung paßte genau. Offenbar war er ein Mann, der keine festen Bindungen einging und nirgends allzulange verweilte. Harte Arbeit schien ihm nicht zu schmecken.

Also mußte sie ihm ordentliche Strapazen aufhalsen – richtig anstrengende Sachen – dann würde er sich bis Sonnenaufgang aus dem Staub machen.

Vor dem großen Walnußbaum hinter dem Waschhaus blieb sie stehen und wirbelte entschlossen herum.

Mr. Stone stieß prompt mit ihr zusammen.

Mariah stöhnte überrascht auf, ließ den Korb fallen und ruderte hilflos mit den Armen.

Doch schon umfaßte er sie und hielt sie fest. »Halt, langsam«, murmelte er.

Sein Blick begegnete Mariahs. Ihr stockte der Atem. Sie blinzelte zu ihm auf. So aus der Nähe sah man ihm an, daß er lachen konnte und Charme besaß. Eigenschaften, die eine Frau anzogen. Auch seine Augen waren so vertrauenerweckend, daß es einem leichtfiel, ihm die schönsten Versprechungen zu glauben. Auf solche Augen war sie früher einmal hereingefallen.

Ruckartig löste sie sich von ihm und wich hastig zurück. »Fassen Sie mich ja nie wieder an!«

»Dann halten Sie gefälligst Abstand. Wenn eine Frau sich mir an den Hals wirft, nehm ich sie natürlich.«

Hitze stieg Mariah in die Wangen. »Ich habe mich Ihnen nicht an den Hals geworfen.«

»Na gut, Sie sind mir an den Hals gesprungen.«

Mariah spürte, wie ihre Beherrschung auf die Probe gestellt wurde. Leise Furcht breitete sich in ihrem Innern aus. Sie reagierte vollkommen falsch auf Mr. Stones Verhalten. Den sollte man ignorieren und sich nicht auf Dispute mit ihm einlassen.

Sie biß sich auf die Unterlippe, wandte sich ab und richtete ihren Blick auf die grünen Kugeln, die zu ihren Füßen verstreut im Gras lagen. Nachdem sie sich gefangen hatte, bückte sie sich und hob eine der Walnüsse auf. Langsam holte sie Luft und atmete tief durch, ehe sie sich ihm zuwandte. »Dies sind Walnüsse.«

»Wie faszinierend!«

Sie überging seine Bemerkung. »Sie werden die Zweige schütteln, damit möglichst viele von ihnen herabfallen. Dann schälen Sie die weiche Hülle ab, holen die Nüsse heraus und legen sie in den Korb.«

Er zuckte mit den Achseln. »Klingt einfach.«

»Für einen Mann, der so ... geschickt ist wie Sie, dürfte es das sicher sein.« Mit einem knappen Nicken raffte sie ihre Röcke und lief zum Haus zurück. Bei jedem Schritt ermahnte sie sich, nicht zu kontrollieren, ob er bereits angefangen hatte.

So, dachte sie, *ernten Sie ruhig mal zehn Stunden lang*

Walnüsse und erzählen mir dann, ob Sie morgen noch hiersein werden.

»Gut geschlafen, Mr. Stone?«

Die scharfen Worte rissen ihn aus seinem traumverlorenen Nickerchen.

Mad Dog zuckte zusammen. Herrje!

Vorsichtig öffnete er ein Auge. Die zugeknöpfte Schreckschraube musterte ihn. Begeistert sah sie nicht gerade aus. Solch einen Zustand kannte sie vermutlich gar nicht.

»Hallo, Miss Throckmorton.« Er richtete sich auf und war mit einem Mal hellwach.

Sie ging mit raschelnden Röcken zu dem Korb hinüber, bückte sich und holte ein paar geschälte Walnüsse heraus. Mißbilligend begutachtete sie seine Arbeit. »Das nennen Sie geschält?«

Er hob die Achseln. »Plattgedrückt nenne ich es jedenfalls nicht.«

Sie hielt ihm eine Nuß hin, an der noch Schalenreste klebten. »Da ist ja noch Grünes dran.«

Er schaute auf und begegnete ihrem Blick. »Was soll ich damit machen – es etwa ablecken?«

Zornig ließ sie ihre Hand zuschnappen. »So brauchen Sie gar nicht bei mir anzufangen.«

Er lachte. »Ich habe gesagt lecken, nicht fi ...«

»*Mister* Stone!«

Er konnte sich das Lachen nicht verbeißen. »Ich habe mich redlich bemüht und bin auch nicht sofort eingeschlafen.« Voller Unschuld zeigte er ihr seine schmutzigen Hände. »Hier ist der Beweis.«

Achtlos glitt ihr Blick über seine Finger. »Ich schätze, dann werden Sie jetzt wohl Ihre Sachen packen ...«

Es zuckte verdächtig um seine Lippen. Plötzlich verstand er, was sie mit der ihm zugewiesenen Arbeit bezweckt hatte. Die zugeknöpfte Schreckschraube hatte das mit voller Absicht gemacht. Sie kannte die Mühen des Walnußschälens und in der Annahme, daß er harte Arbeit nicht mochte, hatte sie sie ihm kurzerhand aufgebürdet.

Normalerweise hätte er sich darüber geärgert, aber statt dessen zollte er ihr Respekt, wenn auch ungern. Es war eine verdammt gute Idee, und fast hätte sie auch Erfolg damit gehabt. Nach dem heutigen Nachmittag wollte er nichts lieber als seinen Lohn kassieren und unverzüglich aufbrechen.

Selbst frische Laken konnten ihm unter den Umständen gestohlen bleiben. Sein Daumen fühlte sich an, als wäre ein Ochsenkarren darübergefahren, und sein Arm schmerzte von der Schulter bis zum Handgelenk. Ja, er würde gehen.

Aber vorher mußte er sich mit dieser eisernen Jungfer noch einen Spaß erlauben. »Nee. Wo soll ich denn hin?«

»Irgendwo ...«

Langsam stand er auf und schritt auf sie zu. Sie bewegte sich nicht vom Fleck, wich nicht zurück, obwohl sie das am liebsten tun wollte. Er konnte es an ihren bebenden Nasenflügeln und der Art, wie sie sich bei seinem Näherkommen zurückbog, sehen.

Er spürte ihre Furcht, und das reizte ihn. Es war eine Herausforderung für ihn, ähnlich wie im Ring. Plötzlich fühlte er sich nicht mehr müde. »Wenn es mir aber hier gefällt?«

»Ich ... gebe Ihnen auch Ihren Lohn.«

Er schob seinen Hut in den Nacken und musterte sie eingehend von Kopf bis Fuß, ließ keinen Zentimeter aus. Intensiv schaute er ihr in die Augen, betrachtete ihr Gesicht und ließ seinen Blick vielsagend über ihre wohlgeformten Rundungen gleiten, die sie unter dem weiten braunen Kleid zu verbergen suchte. Wenn es etwas gab, wovon Mad Dog etwas verstand, dann bestimmt weibliche Formen, und die Frau hier war wirklich nicht schlecht gebaut. Er verbiß sich ein Lächeln und räusperte sich vielsagend. »Wie denn?«

Wütend und haßerfüllt schaute sie ihn an. »In barer Münze.«

Spöttisch hob er eine Braue. »Etwa aus Ihrem Sparstrumpf, um Strauchdiebe loszuwerden?«

»Sechzehn Dollar«, erwiderte sie. »Bar auf die Hand.«

Mad Dog lachte. Nun, das überraschte ihn wirklich. Sechzehn Dollar war ein hoher Lohn für so wenig Arbeit. Damit konnte er sich eine Zeitlang durchschlagen.

Sie bemerkte sein Interesse und lächelte bereits triumphierend. »Ich habe geahnt, daß Ihnen das entgegenkommt.«

Zum Teufel, schimpfte er bei sich. *Tun Sie das nicht. Sehen Sie mich nicht so an.*

»Ein Mann wie Sie hält es doch auf unserer Farm nicht aus.«

Er warf einen ungeduldigen Blick himmelwärts. Auch das noch! Diese Herausforderung. »Hölle und Pest!« stieß er zischend hervor. Am liebsten wollte er sich auf den Weg machen, wahrhaftig. Aber mit ihrem Verhalten bedeutete sie eine Herausforderung.

Es gab nur zwei Dinge, an denen Mad Dog festhielt: Vor einer Auseinandersetzung, einem Streit, schreckte er grundsätzlich nicht zurück und niemand hatte ihm zu sagen, wohin er gehen sollte. Diese hochnäsige Miss hier entfachte erst einen Streit mit ihm und wollte obendrein bestimmen, wohin er zu gehen hatte.

»Nee«, entgegnete er mit drohendem Unterton. »Ich will mir meinen Lohn verdienen.«

Ihr Lächeln verschwand. »Aber ...«

»Kein Aber. Ich bleibe.«

»So etwas kann nur mir passieren. Ausgerechnet hier wollen Sie sich Ihren Unterhalt verdienen?«

»Ja, irgendwo muß es ja sein.«

Sie bückte sich nach dem Korb, warf den Hammer zwischen die Nüsse und ihm einen bösen Blick zu. »Abendessen gibt es in einer Stunde. Ich stelle es Ihnen auf die Veranda.«

»Wie bitte? Sie laden mich nicht ein zu Tisch?«

Sie runzelte die Stirn. »Wohl kaum.«

»Das ist nicht sehr gastfreundlich von Ihnen, meine Liebe. Ich fühle mich ja förmlich rausgeschmissen.«

Sie hob den Korb auf und drückte ihn fest an sich. Mit vorgerecktem Kinn marschierte sie an ihm vorbei. »Und ich dachte schon, Sie wären begriffsstutzig.«

Ihre Worte wehten ihm über ihre Schulter zu. Er konnte nicht anders, als in schallendes Gelächter ausbrechen.

Mariah starrte auf die Königsberger Klopse und verspürte das überwältigende Bedürfnis, den Topf zu schnappen und samt Inhalt durch die Küche zu schleudern.

Mit unterdrücktem Zorn nahm sie den Schaumlöffel und begann, die Klopse aus der Brühe zu heben. Als sie damit fertig war, goß sie in Wasser angerührtes Mehl in die kochende Flüssigkeit und rührte die Soße, bis sie dickflüssig wurde.

Da hörte sie die langsamen, gleichmäßigen Schritte ihres Vaters auf der Treppe und straffte sich.

»Guten Abend, Mariah.«

Sie schaufelte die Fleischklöße in die Soße zurück und teilte das Essen auf. Mit zwei Tellern in der Hand wandte sie sich ihrem Vater zu. »Hallo, Rass.«

Er nahm am Kopfende des Tisches Platz. »Das riecht aber gut.«

»Ja, es gibt Königsberger Klopse.«

Er lachte. »Aha, kein Wunder.« Erstaunt schaute er sich um. »Hier fehlt ja ein Gedeck für den jungen Mr. Stone.«

Darauf wollte sie schon antworten, Mr. Stone ist so jung wie ich, aber sie hielt sich zurück und rang sich zu einem Lächeln durch. »Er ißt nicht mit uns. Ich habe ihm kaltes Hühnchen auf die Veranda gestellt.«

»Warum zieht er es vor, allein zu essen?«

Mariah trat an den Tisch und schenkte beiden ein Glas Milch ein. »Vermutlich will er zuerst mit Gabel und Messer üben.«

Rass schnalzte tadelnd mit der Zunge. »Nun, Mariah, das ist nicht sehr nett von dir.«

Sie stach mit der Gabel in einen der Klopse. »Du bist nett genug für uns beide.«

Rass legte sein Besteck beiseite. Das leise Klirren, mit dem es auftraf, hallte laut in der Stille des Raumes wider.

Mariah verspannte sich. Sie fühlte den Blick ihres Vaters prüfend auf sich ruhen. *Immer mit der Ruhe,* sagte sie sich. *Bloß nicht aus der Haut fahren.*

»Veränderung gehört zum Leben, Mariah.«

»Wie Naturkatastrophen auch.«

Rass schnaubte tadelnd. »Mad Dog läßt sich wohl kaum als Naturkatastrophe bezeichnen.«

»Du hast ihn nicht die Walnüsse knacken sehen.«

»Gib dem Mann eine Chance, Mariah«, erwiderte er leise.

Da wandte sie sich ihm voll zu. Zorn blitzte in ihren Augen auf. »So etwas solltest du nicht vorschlagen. Das habe ich bereits einmal getan.«

Rass' Gesicht veränderte sich sichtlich. Trauer zeichnete sich in seinen Augen ab. »Ach, Mariah ...«

Für einen kurzen Augenblick wollte Mariah schon nachgeben. Hastig wich sie seinem Blick aus. »Sieh mich nicht so an.«

»Du bist doch nicht mehr sechzehn.«

Panik erfaßte sie, verdrängte ihre Selbstbeherrschung. Sie sprang auf, ballte ihre Hände zu Fäusten, um das Zittern, das sich in ihrem Körper ausbreitete, zu unterdrücken. »Darüber will ich jetzt nicht reden.«

»Sicher nicht. Wolltest du ja nie.«

Abrupt drehte sie sich zu dem Windsor-Herd um, auf den ihre Mutter immer so stolz gewesen war. »Ich werde es auch nie wollen.« Sosehr sie sich auch um Festigkeit in der Stimme bemühte, es wollte ihr nicht gelingen. Ihre Worte klangen eher wie ein schwaches Flehen.

»Ist schon gut, setz dich wieder.«

Sie riß sich zusammen und kehrte an ihren Platz zurück. »Sprich nicht mehr von Mr. Stone. Ich möchte ungestört essen.«

Vertrautes Schweigen breitete sich zwischen ihnen aus und wurde nur unterbrochen von dem leicht rasselnden Atem des Professors und dem Klirren des Bestecks auf Porzellan.

Schließlich schob Mariah den halbleeren Teller von sich und lehnte sich im Stuhl zurück.

»Hat geschmeckt«, sagte Rass leise.

Sie sah ihren Vater an und war überrascht von dem deprimierten Klang seiner Stimme. Im selben Moment wünschte sie, sie hätte sich ihm nicht zugewandt.

Er wirkte richtig traurig heute abend. Seine sonst leuchtenden Augen waren stumpf und glanzlos. Gegessen hatte er nur wenig, sicher dachte er wieder an Mama.

Hätte sie ihm doch gut zureden können, ihm die Hand reichen und ihm sagen, daß sie seinen Kummer verstand. Aber es war bereits Jahre her, seit sie so etwas getan hatte. Sie wußte nicht mal mehr, worüber sie mit ihm sprechen sollte. Und jedesmal, wenn sie ein Thema anschlug, ging es daneben oder sie sagte etwas Falsches oder schwieg an der verkehrten Stelle. Sie hatte nie gemerkt, wie schlimm es in Wirklichkeit um ihre Beziehung stand. Erst nach dem Tod ihrer Mutter kam es ihr zu Bewußtsein. Seither hatten Mariah und Rass sich immer mehr entfremdet.

Sie wollte das gar nicht, sondern wünschte sich gegenseitiges Vertrauen …

Er rückte vom Tisch ab. »Nun, ich glaube, ich gehe nach oben und lese etwas. Den Aufsatz von Professor Mittlebaum habe ich zur Hälfte schon durch.«

»Tatsächlich? Ist er gut?«

Er lächelte, aber das fiel kläglich aus im Vergleich zu sonst. »Seine Beweisführung stützt meine Theorie, daß Pikes Peak der Ort ist, wo man mit den Ausgrabungen beginnen sollte.«

Niedergeschlagenheit beschlich sie, aber sie verdrängte dieses Gefühl. »Das ist ja wunderbar.«

»In der Tat«, tönte es wehmütig. »Vielleicht können wir eines Tages zusammen dort hinreisen.« Er sprach sehr leise, und Mariah hörte seinem Tonfall an, daß er sich nur hoffnungsvoll gab. Aber es wollte nicht überzeugend klingen. Kein Wunder. Dasselbe hatte er früher geäußert, und zwar viel zu oft. Trotz ihrer mühsam errichteten Abwehr trafen die Worte sie bohrend ins Herz. Das war eine weitere Enttäuschung gewesen, die sie ihrem Vater zugefügt hatte.

Natürlich wußten sie beide, daß Mariah ihn niemals auf eine Wanderung nach Colorado begleiten würde. Schließlich hatte sie die Farm seit über zehn Jahren nicht mehr verlassen.

Langsam erhob er sich. »Also, dann bis morgen früh.«

Mariah rang sich ein Lächeln ab. »Gut. Ich habe schon eine ganze Reihe Aufgaben für Mr. Stone. Wenn er noch da ist.«

»Vielleicht gefällt es ihm hier.«

»Das bezweifele ich, aber in diesem Fall können wir für unser Geld auch was verlangen. Es ist ja nicht abzusehen, wie lange er bleiben wird.«

»Mit was soll er denn morgen anfangen?«

»Ich weiß noch nicht. Die Veranda muß gestrichen werden ... und die Äpfel sind wohl reif.«

»Die Äpfel ... nach deiner Methode?«

Sie straffte sich. Seine unterschwellige Kritik tat ihr weh. »An meiner Erntemethode ist nichts auszusetzen.«

»Natürlich nicht«, lenkte er müde ein. »Gute Nacht.«

»Nacht, Rass. Bis morgen um zwanzig nach fünf.«

»Zwanzig nach fünf.« Er schüttelte sich. »Meine Güte, wie ich diese frühe Uhrzeit hasse.«

Mariah überging die vertraute Beschwerde und stand auf. Sobald ihr Vater die Küche verlassen hatte, räumte sie den Tisch ab und stellte das schmutzige Geschirr in den Spülstein.

Vielleicht können wir eines Tages zusammen dort hinreisen.

Sie schaute aus dem Fenster und wehrte sich gegen die Trübsal, die sie beschleichen wollte. In der schattigen, vom Mondlicht erhellten Dunkelheit um die Farm sah sie ihn quer durch das Grundstück laufen. Den Lattenzaun.

Sie schloß die Augen. Unmöglich konnte sie zu ihm hinübersehen. Nicht mal die Dunkelheit half ihr, nahm ihr den beschämenden Schmerz der Vergangenheit. Oder zumindest ihre unerklärlichen Ängste.

Früher einmal hatte sie keine Angst gehabt, die Farm zu verlassen. Freudig und lachend war sie durch das Tor gesprungen und den ganzen Weg bis zum Bahnhof gerannt. Sechzehn war sie damals gewesen, lebenslustig, begierig, alles kennenzulernen, und den Kopf voller Träume. Unerschrocken.

Ihr Lächeln erstarb. Wie kam es nur, daß sie daran denken mußte? Es war Jahre her, seit sie sich Erinnerungen gestattet hatte. Warum fiel ihr das ausgerechnet jetzt ein?

Aber sie ahnte durchaus warum. Es lag an ihm. Er beschwor Vergangenes herauf, was sie vergessen wollte.

Sie umklammerte den kühlen Stein der Spüle und starrte in die Finsternis. Durch ihn empfand sie Dinge, von denen sie nichts mehr wissen wollte.

»Verdammt!« flusterte sie. Fünfzehn Jahre ihres Lebens hatte sie damit verbracht, sämtliches Auf und Ab, alle Gemütsbewegungen daraus zu verbannen, ihr Herz und ihre Seele zu verschließen. Und jetzt kam Mr. Faulpelz dahergeschlendert und brachte alles ins Wanken.

Das würde sie nicht zulassen. Endlich war Gras über das Gestern gewachsen, und nun sollte ausgerechnet ein Landstreicher ihre Mühen zunichte machen?

Irgendwie mußte sie ihn loswerden.

Mad Dog stellte seinen Teller weg und stand auf, um sich zu recken. Die kühle, nächtliche Herbstluft umfing ihn und hüllte ihn in den starken Duft nach reifen Früchten und herabgefallenem Laub ein. Millionen Sterne leuchteten am dunklen Himmel.

Donnerwetter, er fühlte sich richtig gut. Er hatte ein Dach über dem Kopf, frisch gewaschenes Haar und einen vollen Magen. Mehr konnte er sich nicht wünschen.

Aus den Augenwinkeln nahm er eine Bewegung wahr. Langsam ließ er die Arme sinken. In der Ferne hob sich die Scheune als schwarzer scharfkantiger Klotz gegen den Nachthimmel ab. Ein großer Baum, die belaubten Äste zu den Sternen emporgereckt, stand Wache.

Erneut regte sich dort in der Dunkelheit etwas. Mad Dog fühlte es mehr als er es sah. Im Nacken sträubten sich ihm die Haare.

Er schaute genauer hin.

Doch konnte er nichts entdecken. Nicht mal eine Brise wehte über die viel zu stille Landschaft.

Mad Dog entspannte sich und lockerte seine Fäuste.

Zahllose Nächte hatte er allein draußen unter freiem Himmel verbracht, wo er auf jedes Anzeichen von Gefahr hatte achten müssen. Jetzt sah er schon Bedrohungen, wo nur Frieden und Stille herrschten.

Mit dem leeren Teller in der Hand ging er zur Tür. Leise drehte er den Knauf und öffnete. Ein Lichtstrahl fiel durch den Spalt und wärmte ihn.

Mariah stand an der Spüle und starrte nach draußen. Ihre Augen waren trocken, aber eigenartigerweise hatte Mad Dog das Gefühl, sie sei den Tränen nahe. Offenbar hatte sie nicht bemerkt, daß er hereingeschlüpft war.

Mad Dog folgte ihrem Blick. Verständnislos runzelte er die Stirn. Draußen gab es nichts zu sehen, bis auf die dunklen Felder und den Lattenzaun.

Wonach hielt sie Ausschau?

Er musterte sie. Ihre sonst so steife Haltung hatte sich verändert. Sie wirkte weicher, weiblicher. Ein paar eigenwillige

Strähnen hatten sich aus ihrer straff nach hinten gekämmten Frisur gelöst und bildeten einen durchsichtigen Vorhang vor ihrer hellen Wange. Doch am auffälligsten war der krampfhafte Griff, mit dem sie die Spüle umklammert hielt.

Sie erinnerte ihn an eine Frau, die er in seiner Jugend gekannt hatte. Etta Barnes. Etta hatte ihren Mann im Krieg verloren und sich davon nie richtig erholt. Ihre Haut war ziemlich bleich geworden und das Leuchten in ihren Augen erloschen. Manchmal wenn Mad Dog sie in einem unbedachten Moment überraschte, hatte sie ohne jeglichen Grund Tränen in den Augen gehabt.

Aber da gab es natürlich keinerlei Parallelen. Mariah Throckmorton war eine zurückhaltende Jungfer, die sich von Vorurteilen leiten ließ. Welchen Verlust sollte sie erlitten haben, wo sie doch ihr ganzes Leben hier auf der sicheren Farm verbracht hatte? Den Kummer auf ihrem Gesicht mußte er sich eingebildet haben. Welche Schwierigkeiten konnte sie in einem so geruhsamen, wohlgeordneten Alltag je erlebt haben?

Vermutlich hat sie aus Versehen die Petunien in den Rosengarten gepflanzt.

Er räusperte sich.

Sie zuckte zusammen und wirbelte erschrocken herum. »Mr. Stone!«

»Entschuldigung«, sagte er. »Ich wollte Sie nicht erschrekken.«

»I ... ist schon gut.« Nervös strich sie sich die herausgerutschten Strähnen aus dem Gesicht. »Ich bin nur grade mit meinen Gedanken woanders gewesen.« Sie lächelte. »Bestimmt kein besonders nützlicher Zeitvertreib.«

»Keine Ahnung. Ich träume die ganze Zeit.«

Bei diesen Worten veränderte sie sich. Ihre Haltung wurde straffer, und Mad Dog spürte förmlich, wie es im Raum kalt wurde. »Genau das meine ich.«

Schweigend starrten sie sich an. Mad Dog wußte nicht, was er jetzt sagen sollte. Der sanfte Ausdruck ihrer Augen war verschwunden, aber er bewahrte ihn in sich und fühlte sich davon sehr angetan. Plötzlich übte sie einen gewissen Reiz auf ihn aus. Und er wollte gern wissen, was für eine Frau sich unter dem eintönigen Braun verbarg.

»Frühstück gibt es um zwanzig nach fünf«, erteilte sie schließlich Auskunft. »Kommen Sie nicht zu spät.«

Er lachte. »Zwanzig nach fünf, ja? Nicht etwa viertel nach fünf oder halb sechs, sondern zwanzig nach fünf. Ziemlich straffes Regiment, nicht wahr?«

»Mir gefällt das so. Wenn es Ihnen nicht paßt ...«, sie hielt inne und schaute ihn hoffnungsvoll an, »... wissen Sie ja, wo die Tür ist.«

»Sie wollen nur freundlich sein, richtig?«

Empört reckte sie ihr Kinn vor. »Einen Freund wie Sie brauche ich nicht.«

»Das ist die Frage«, entgegnete er und ließ sie nicht aus den Augen. »Vielleicht bin ich genau das, was Ihnen fehlt.«

»Gehen Sie schlafen, Mr. Stone. Morgen wird ein langer Tag.« Abweisend und kalt war ihr Ton, aber es lag ein leichtes Beben in ihrer Stimme, das sein Interesse noch verstärkte. Sie klang, als koste sie ihre Reserviertheit große Mühe, und als hätte sie Angst, persönlich zu werden.

»Gute Nacht, Miss Throckmorton. Bis morgen früh um neunzehn nach fünf.«

»Gute Nacht, Mr. Stone. Hoffentlich sehe ich Sie doch nicht mehr wieder.«

Jake stand am Zaun und blickte über die nächtliche Landschaft hinaus. Die Farm erhob sich aus der Dunkelheit wie eine blasse, weiße Krone auf einer braunen Decke. Rauch stieg aus dem Kamin auf und sein beißender Geruch strömte in die Nachtluft. Rotgoldenes Licht schimmerte hinter den Fenstern und vermittelte den Eindruck von Wärme und Gemütlichkeit.

Ein heftiger Schmerz durchzuckte den heimlichen Beobachter. Das Haus erinnerte ihn an einen anderen Ort und eine andere Zeit. Eine Zeit, zu der er nie hungrig und einsam gewesen war, keine Kälte gekannt hatte und ihm nie eine Tür vor der Nase zugeschlagen worden war.

Er schloß die Augen. Das unvergessene fröhliche Lachen aus jener Zeit hallte ihm noch jetzt in den Ohren wider und trieb ihm heiße Tränen in die Augen.

Sie würde hassen, was aus ihm geworden war und was er tat.

Reine Zeitverschwendung, Jacob. Du kannst niemanden dazu zwingen, daß er sich für dich interessiert ...

Er wünschte, er könnte sagen, daß es ihm gar nicht darum ging und er auch nicht deshalb hier war. Doch er vermochte nicht sich selbst zu belügen. Nicht nach den vielen langen, kalten, einsamen Nächten, die er auf Wanderschaft verbracht hatte. Ihm war absolut klar, warum er Mad Dog folgte, und er hatte sich längst eingestanden, daß er einem unerfüllbaren Traum nachjagte.

Er würde nur erneut verletzt werden. Das wußte er genau und es machte ihn krank. Jahrelang hatte er versucht, nicht daran zu denken, nicht an Wunder und ein Happy-End zu hoffen, aber das gelang ihm nicht. Eine innere Stimme, die das Gegenteil behauptete, wollte nicht verstummen. Sein Herz gab nicht klein bei. Seine Mutter und sein Großvater hatten unzählige Male versucht, ihm die Wirklichkeit einzuhämmern. Und hatten versagt. Insgeheim ließ sich sein Traum nicht verscheuchen.

Aber allmählich begann seine Hoffnung doch zu verblassen, verlor durch die vielen kalten Nächte, drückenden Tage und ständige Einsamkeit an Deutlichkeit.

Wieder schaute er zu der Farm hinunter. Bei ihrem Anblick durchzuckte ihn etwas aufs heftigste. Er sehnte sich danach, wieder an einem solchen Ort zu leben, voller Geborgenheit und von jemandem geliebt zu werden.

Geliebt. Bei dem Wort lief ihm ein Schauer über den Rücken. Mit geschlossenen Augen gab er sich Mühe, möglichst wie ein

Erwachsener zu denken. Doch er hatte solchen Hunger, solche Angst und fühlte sich schrecklich allein. Das Leben auf der Straße tötete ihn Stück für Stück ab. Er wollte nicht mehr mit der Angst leben, er könnte krank werden und sterben, von einem Zug überfahren werden oder im Winter erfrieren. Er wollte jemanden um sich wissen, der ihm das viel zu lange Haar aus den Augen strich oder ihm die Hand auf die Stirn legte, wenn er sich krank fühlte.

Seine Mutter sollte wieder dasein ...

Dicke Tränen schossen ihm in die Augen und rannen ihm über die Wangen. Aber das merkte er kaum. Sie waren ihm längst so vertraut, diese Tränen, so vertraut wie die Feigheit, die ihn auf Trab hielt, aber am letzten Sprung hinderte. Er war es leid, sich stark zu geben ...

Verzagt ließ er den Kopf hängen und wandte sich von der Farm ab, die zu viele Erinnerungen in ihm wachrief. In der Ferne heulte ein Tier. Der Klang wurde ihm von der leichten Brise zugetragen und verhallte im Nichts.

Im Schutz der Dunkelheit schlich er zur Scheune hinüber. Kleine Äste knackten unter seinen Fersen, die trockenen Herbstblätter ihm zu Füßen raschelten; aber bis auf das nervöse Wiehern des Pferdes auf der Weide herrschte vollkommene Stille.

Er kam an einem Apfelbaum vorbei und pflückte sich ein paar der reifen Früchte, die er sofort in seinem Rucksack verstaute. Dann huschte er über den Hof und verschwand in der Scheune.

Die große, mit Balken beschlagene Tür fiel hinter ihm zu. Irgendwo muhte eine Kuh. Staubige Dunkelheit umfing ihn, undurchdringlich und erdrückend. Er umklammerte seinen Rucksack, bewegte sich vorsichtig über den festgestampften Lehm und tastete nach der Leiter zum Heuboden. Als er sie gefunden hatte, kletterte er die knarrenden Holzsprossen hinauf und ließ sich in das weiche Heu fallen.

Er schloß die Augen und schnupperte glücklich den vertrauten Duft. Das war himmlisch. Auf so einer weichen Unterlage hatte er seit vier Monaten, so lange folgte er Mad Dog bereits, nicht mehr geschlafen.

Lange Zeit lag er nur so da und döste vor sich hin. Der Hunger hielt ihn wach. Deshalb stand er noch einmal auf, wühlte in seinem Rucksack und holte die Äpfel heraus. Hungrig aß er drei Stück nacheinander, fiel ins Heu zurück und wälzte sich schlaflos hin und her.

Die Krämpfe traten plötzlich auf. Sein Magen zog sich zusammen. Er stolperte zum Heubodenfenster hinüber, schob es auf und beugte sich in die frische Nachtluft hinaus. Er übergab sich so lange, bis er hohl und leer war.

Zitternd schloß er das Fenster wieder und kroch in die Ecke zurück, wo er, so elend wie er sich fühlte, wie ein Häuflein liegenblieb. Tränen traten ihm in die Augen und vermischten sich mit dem Schweiß auf seiner Stirn. Heu klebte an seinen feuchten Wangen. Der saure Geruch des Erbrochenen umwehte ihn.

Mein Gott, wie leid war er dieses Leben …

Er schloß die Augen und hoffte auf eine ruhige Nacht, ohne Alpträume. Der Schlaf sollte ihn erlösen, er brauchte ihn dringend, denn morgen würde alles von vorn beginnen. Mad Dog würde diese herrliche kleine Farm verlassen und sich auf den Weg zu irgendeiner rauchgeschwängerten Lasterhöhle in der Stadt machen. Jake würde ihm folgen.

Woanders konnte er nicht hingehen.

4. *Kapitel*

Rass betrachtete seine kostbare Sammlung, die sich ihm, peinlichst geordnet, auf dem Regal über seinem Schreibtisch präsentierte. Mariah hatte sich wieder darum gekümmert.

Bedächtig schüttelte er den Kopf und trat ans Fenster. Er schob die Gardine beiseite und schaute hinaus. Das Land, sein Land, sah so aus wie immer an den ersten kurzen Herbstabenden. Die Dämmerung zog bereits herauf. Der Himmel glich einem endlosen, mitternachtsblauen Meer, auf dem Diamanten gleich unzählige Sterne funkelten. Gretas Grab hob sich als schwacher grauer Schatten vom samtenen Gras ab. Die Baracke glich einem verschwommenen weißen Fleck in der sich ankündigenden Nacht.

Er starrte auf das kleine Gebäude hinunter und machte sich Gedanken über den Mann, der dort hauste. Obwohl er es Mariah gegenüber niemals zugegeben hätte, hatte auch Rass seine Bedenken. Seine Zweifel.

Was er sich dabei gedacht hatte, als er den Zettel in *Ma's Diner* an die Wand geheftet hatte, wußte er nicht recht; aber das Ziel war ihm stets gegenwärtig: für Mariah einen Mann zu finden. Jemand, der sich um sie kümmerte, wenn er nicht mehr lebte.

Was er für seine Mühe bekommen hatte, war ein verantwortungsloser Landstreicher mit einem freundlichen Lächeln und flinken Füßen, ein Mann, der durch die Lande zog, aber sich nirgends niederließe. Zuerst hatte Rass Mad Dog sagen wollen, der Job sei nicht mehr zu haben. Die Worte waren ihm schon auf der Zunge gelegen, da hatte er Mad Dog in die Augen gesehen, so richtig, wie er es von Greta kannte. Und dabei fiel ihm auf, daß sich hinter dem dreisten Grinsen und der unbeschwerten Art die gleiche Einsamkeit verbarg, wie er sie in den Augen seiner Tochter und in letzter Zeit auch in seinen eigenen oft entdeckte.

In gewisser Weise glichen sie sich alle drei. Wie aus heiterem Himmel war ihm dieser überraschende Gedanke gekommen. Im selben Moment hatte eine zarte Brise seine Stirn gestreift, und er hätte schwören mögen, daß sie den feinen Lavendelgeruch seiner verstorbenen Frau mitbrachte. Daraufhin zögerte er nicht, Mad Dog in sein Haus einzuladen.

Aber jetzt, wo er die Brise nicht mehr verspürte, war er sich seiner Sache nicht mehr so sicher.

Er seufzte und lehnte seine Stirn an die kalte Scheibe. »Was soll ich nur machen, Greta? Ich muß doch für sie sorgen ...«

Den Bruchteil einer Sekunde erwartete er tatsächlich eine Antwort auf diese Frage. Aber natürlich geschah nichts dergleichen. Bis auf seinen rasselnden Atem vernahm er kein Geräusch im Raum. Ich bin allein, erinnerte er sich zum unzähligsten Mal. Seine Frau war vor acht Monaten gestorben. Mit niemandem konnte er seine Gedanken mehr teilen, niemand gab ihm den Rat, den er so dringend brauchte.

Er wich vom Fenster zurück und ließ den Vorhang an seinen Platz zurückfallen. Ohne das fröhliche Lachen, das Rass so vermißte, erstarrte das Haus in Stille. Seit Greta nicht mehr da war, war für ihn aus dem Zuhause eine Behausung geworden; und er begriff nicht, wie die Veränderung vonstatten gegangen war. Er wußte nur, daß er die anheimelnde Atmosphäre, die er so selbstverständlich hingenommen hatte, furchtbar vermißte. Seit Greta nicht mehr zwischen ihnen vermittelte, waren er und Mariah Fremde geworden, hörten einander, ohne zu verstehen, unterhielten sich, ohne sich dem anderen wirklich mitzuteilen. Alles, was er zu seiner Tochter sagte, war falsch oder zumindest gab ihr Verhalten ihm das Gefühl, unnütz daherzureden.

Er merkte das an kleinen Gesten. Sie straffte den Rücken oder musterte ihn eigenartig. Er hörte es auch an dem scharfen, abweisenden Ton, den sie ihm gegenüber anschlug. Dann wußte er sofort, daß ihm wieder ein Fehler unterlaufen war; vergebens zermarterte er sich das Hirn, wie er es ändern könnte. Sie war manchmal so ... unerreichbar. Und so leicht verletzlich.

Ach, Mariah, dachte er und empfand ein tiefes Bedauern. Noch waren sie zusammen, aber eines Tages würde sie in diesem großen Haus allein übrigbleiben und niemanden um sich haben, mit dem sie ein Wort wechseln konnte.

Er war ein alter Mann, und im Alter mußte jeder sterben.

Was würde sie dann anfangen? Genau die Frage hatte ihn dazu veranlaßt, den Zettel an die Wand des Restaurants zu heften.

Die Vorstellung war ihm zuwider, daß sie hier einsam, allein und von der Welt abgeschlossen den Rest ihres Lebens verbrachte. Viel zu lange hatte er mit angesehen, wie sie sich hier versteckte. Vor Jahren, als sie zurückgekommen war, erniedrigt und zutiefst enttäuscht, hätte er sie gleich wegschicken und dazu zwingen müssen, sich in der Welt draußen durchzuschlagen und etwas aufzubauen. Statt dessen hatte sie ihren Kummer in der Abgeschiedenheit ihres Elternhauses nähren können. Weil er und Greta sie wohlwollend aufgenommen und ihr nichts nachgetragen hatten, hatte Mariah diesen Tiefschlag nie überwunden.

Eine Zeitlang hegten sie den Eindruck, es ginge ihr besser. Sie lächelte wieder und ihr Schritt wurde schwungvoller. Wenn sie auch nicht so ungestüm und lebenshungrig war wie als Kind, so wirkte sie zumindest zufrieden. Dann fiel ihnen auf, daß sie die Farm niemals verließ. Zuerst hatten sie das nicht ernst genommen, sondern einen Witz daraus gemacht. Mariah kann das Tor nicht aufmachen, deshalb kommt sie auch nicht bis in die Stadt. Greta und Rass hatten herzhaft darüber gelacht, dann nur noch im stillen und schließlich gar nicht mehr.

In dieser Hinsicht hatten er und Greta versagt. Das erkannte er jetzt überdeutlich. Sie hätten nicht zulassen dürfen, daß Mariah sich hinter dem weißen Lattenzaun verschanzte. Ein Anstoß zu einem Neuanfang wäre fällig gewesen.

Inzwischen hatte er eine Lehre daraus gezogen. Damals war ihr Kummer einfach zu groß gewesen, weil sie soviel verloren hatte.

Das durfte sich nicht wiederholen. Das Risiko war zu hoch. Gleichgültig, wie hart er ihr gegenüber sein mußte oder wie kaltherzig, er mußte sie aus ihrer Abwehr aufrütteln. Sie hatte lange genug getrauert – oder nie richtig, darüber bestand Unklarheit. Dennoch war die Zeit reif für eine Veränderung. Jetzt mußte sie endlich der Furcht, die sie hinter diesem schlichten Lattenzaun gefangenhielt, die Stirn bieten.

Vielleicht war Mad Dog ein Mißgriff. Aber immerhin brachte er eine willkommene Abwechslung in ihren so geordneten, eintönigen Alltag. Ignorieren konnte Mariah ihn nicht. Möglicherweise brachte er sie zum Lachen, vielleicht aber auch zum Weinen oder Schreien. Es mochte ihm sogar gelingen, sie völlig in die Verzweiflung zu treiben. Das interessierte Rass nicht. Hauptsache, Mariah fühlte überhaupt etwas.

Diesmal würde ihr Vater sie vor nichts bewahren. Gleichgültig, was geschah, was Mad Dog auch zu ihr sagen mochte oder wie sehr sie sich aufregen würde, Rass würde sich nicht einmischen und sie schützen.

Diesmal mußte sie mit allem allein fertig werden.

Pünktlich um fünf Uhr klingelte der Bienenwecker.

Mariah war bereits wach. Sie saß stocksteif da und starrte ins Nichts. Geistesabwesend schlug sie nach dem Störenfried.

In der unheimlichen Stille um sie herum vernahm sie nur ihr ungleichmäßiges Atmen.

Der zweite Tag mit Mad Dog Stone.

Mariah seufzte verdrossen und stand auf. Sie schlüpfte in ihre Pantoffeln, schlurfte zur Kommode und goß sich einen kräftigen Schwall Wasser in die Steingutschüssel, wusch sich das Gesicht und putzte sich rasch die Zähne. Ihr widerspenstiges Haar kämmte sie mit den Fingern und band es im Nacken zu einem schlichten Knoten. Nur die feinsten Seitenlöckchen entkamen dabei ihren geübten Händen.

Gestern hatte sie einen Fehler gemacht. Den wollte sie auf keinen Fall wiederholen. Sie hatte es zugelassen, daß Mad Dog ihr nahe kam. Schon bei der Erinnerung daran überlief sie ein Schauder. Das war unverzeihlich und dümmer als dumm.

Wieso hatte sie sich von ihm Angst einjagen lassen? Sie war doch wesentlich reifer geworden, seit sie sich damals in Stephen verliebt hatte. Niemand konnte sie jemals wieder so enttäuschen – und bestimmt nicht so ein fauler, verlogener Versager wie damals. Leidenschaft lockte sie nicht mehr. Sie war zufrieden und fühlte sich hier in Sicherheit. Ein Landstreicher mit einem freundlichen Lächeln bedeutete keine Bedrohung mehr.

Ich habe keine Angst vor ihm, redete sie sich nachdrücklich ein. *Seine Gegenwart reizt mich nur. Er gehört nicht hierher, deshalb soll er verschwinden.* Sie sehnte sich danach, wieder so friedlich in der Abgeschiedenheit zu leben wie zuvor.

Mit den Walnüssen hatte sie nichts erreicht. Deshalb mußte sie etwas anderes versuchen. Irgend etwas. Die scheußlichsten Arbeiten würde sie ihm auftragen, bis er schreiend davonlief.

Auf einmal wußte sie, was als nächstes drankam.

Lächelnd trat sie an den Kleiderschrank, öffnete eine der spiegelbesetzten Türen und griff blindlings ins Dunkle. Es spielte keine Rolle, welches Kleid sie anzog. Seit sie nach Hause zurückgekehrt war, hatte sie nur noch braune Sachen getragen. In dieser Tarnfarbe fühlte sie sich unauffällig. Sicher. Niemand bemerkte eine Frau in Braun.

Sie schlüpfte in ein kaffeefarbenes Wollkleid und band sich eine verwaschene Schürze um. Dann griff sie nach einem weißgestreiften Hut, den sie sich locker um den Hals hängte, und verließ ihr Schlafzimmer. Mit einem raschen Klopfen an seine Tür weckte sie ihren Vater und lief die Treppe hinunter.

Kurz darauf hatte sie bereits ein Feuer im Ofen entfacht und den Kaffee aufgesetzt. Sie hob die schwere Eisenpfanne aus der Schublade und stellte sie auf den Ofen. Während die Pfanne warm wurde, holte sie Maisfladenreste und ein paar hartgekochte Eier aus der Kühlkiste. Diese Sachen wickelte sie zusammen mit ein paar sauren Gurken und Apfelwein in ein Handtuch und legte alles zusammen in einen geflochtenen Korb, den sie nach draußen trug.

Fast wäre sie auf der Veranda mit Mad Dog zusammengestoßen.

Alles was sie sah, war seine bloße, behaarte Brust. Sie bemühte sich, den Blick abzuwenden, schaute nach unten und sah das lockere Gummiband seiner Unterhose. Hitze wallte in ihr auf und stieg ihr in die Wangen.

»Miss Throckmorton«, begrüßte er sie und rieb sich über die bloße Brust. »Was für eine nette Überraschung!«

Sie reckte das Kinn vor – Hauptsache, sie mußte nicht auf seine Brust starren – und ertappte sich dabei, wie sie in seine warmen, grauen Augen blickte. Er lächelte freundlich und die Lachfalten vertieften sich. Auch sein Schnäuzer bog sich nach oben. Sie holte tief Luft, straffte sich und hielt ihm den Korb hin. »Hier ist Ihr Frühstück.«

»Danke.«

Mehr antwortete er nicht darauf, nur ›danke‹, aber an einem frühen, kühlen dunklen Herbstmorgen klang seine Stimme voll und verlockend – aufreizend sympathisch. Mariah erschauerte.

»Ist Ihnen kalt?«

Sie zuckte zusammen. Er besaß eine gute Beobachtungsgabe, und plötzlich fühlte sie sich durchschaut. »Nein«, erwiderte sie unwirsch. »Mir ist nicht kalt, und selbst wenn es so wäre, würde es Sie nichts angehen.« Sie verschränkte ihre Arme vor der Brust und musterte ihn finster. »Ziehen Sie sich an und kommen Sie pünktlich in einer Stunde wieder her. Farmarbeit beginnt in aller Frühe.«

»Das ist nur einer der Gründe, warum ich Farmarbeit hasse«, bemerkte er und lachte herzhaft. »Sicher haben Sie sich heute etwas besonders Hübsches für mich ausgedacht.«

Leiser Jubel keimte in ihr auf. »Habe ich.«

Sein unverschämtes Lächeln verblaßte. »Was denn?«

Sie lächelte. »Den Schweinestall ausmisten.«

Gegen vier Uhr nachmittags erkannte Mad Dog, daß er belogen worden war. Sein ganzes Leben lang hatte er gehört, Schweine wären kluge Tiere. Aber jetzt, nachdem er seit sechs Stunden ihren Mist wegkarrte, entlarvte er das als einen schlechten Scherz. Schweine waren die lästigsten, schmutzigsten Viecher, die er je erlebt hatte.

Müde stach er die Schaufel in den dicken, triefenden Sud und stützte sich auf dem Holzgriff auf.

Unter allen Umständen wollte sie ihn loswerden.

Er schloß die Augen und spürte die manchmal tröstliche, aber jetzt so unerträgliche Wärme der Sonne auf seinem Gesicht. Während er den Hut tiefer in die Stirn zog, überlegte er, ob der Mensch wohl auch im Stehen schlafen konnte.

Prompt stieß ihn ein Eber gegen das Bein und beschnüffelte seinen Schritt.

Mad Dog stolperte zur Seite, blieb mit dem Stiefel in dem stinkenden Schlamm stecken und fiel mit dem Gesicht zuerst in den Matsch. Als er aufsah, erblickte er ein paar saubere, geschnürte Leinenstiefel.

»Brauchen Sie eine helfende Hand, Mr. Stone?«

Mad Dog knirschte mit den Zähnen, stützte sich mit den bloßen Händen in den Matsch und stemmte sich hoch. Durch den brennenden Schleier vor seinen Augen erschien ihm die zugeknöpfte Schreckschraube wie ein gefährlicher brauner Raubvogel.

Sie stand hinter dem niedrigen Gatterzaun, die Füße dicht aneinander, die zierlichen hellen Hände in die Hüften gestemmt.

Ein braungestreifter Sonnenhut beschattete ihr Gesicht, aber er verbarg nicht ihr überhebliches Lächeln. Es war so strahlend wie der Sonnenschein. Und ihre Augen funkelten begeistert.

Wieder sah sie ihn so herausfordernd an.

Er reagierte schnell, reckte sich vorwärts und faßte mit seiner verschmierten, stinkenden Hand nach ihrer, um sich hochzuziehen. »Vielen Dank auch, Miss Throckmorton«, erwiderte er und richtete sich direkt vor ihr auf. »Eine helfende Hand war tatsächlich mein größter Wunsch.«

Abscheu malte sich auf ihrem Gesicht ab. Sie starrte angewidert auf ihre schmutzigen Finger und ihren besudelten Rock. Dann sah sie ihn an und diesmal lächelte sie nicht, weder überheblich noch herablassend. Blanker Zorn blitzte in ihren Augen auf. »Ich hätte wissen müssen ...«

Er grinste dreist und schob sich den schmutzigen Hut in den Nacken. »Natürlich hätten Sie das!«

»Sind Sie fertig?«

Er nickte und deutete auf den Stall. »Die Boxen sind sauber, die Lagerplätze geharkt, der Wassertrog ist repariert, das Heu eingefüllt; der Schlamm ist nicht mehr klumpig und diese verdammten Viecher glänzen so rosig wie Kinderpopos.«

Sie runzelte mißbilligend die Stirn. »Gut.«

»Und vor allem bin ich immer noch da!« Er klatschte freudig in die Hände. Mist flog in sämtliche Richtungen. »Ist das nicht ...«

Sie wich eine Sekunde zu spät zurück. Dunkle Spritzer landeten auf ihrem Kleid.

»Oh, das tut mir aber leid.« Er lächelte vergnügt. »Schätze, Sie hätten den Ort, wo gearbeitet wird, meiden sollen.«

»Ich habe nicht gedacht, daß hier überhaupt etwas geschieht.«

»Sieht aus, als sei das Gegenteil der Fall.«

Darauf erwiderte sie nichts, sondern musterte ihn nur grollend. Er versuchte, den Matsch von seiner Hose zu wischen, verschmierte ihn jedoch nur noch mehr. »Verflixt, ich rieche ja nach ...« Er schaute sie an und grinste: »... Mist.«

»Keine Sorge, das fällt kaum auf. In einer halben Stunde gibt es Abendessen. Kommen Sie nicht zu spät, um es sich abzuholen.«

Ehe er etwas darauf erwidern konnte, wandte sie sich zum Gehen.

Mad Dog sah ihr nach. Sie hielt sich stocksteif und hatte die Hände an den Seiten zu Fäusten geballt. Ihr Gesicht brauchte er nicht zu sehen, um zu wissen, daß er ihr gründlich die Laune verdorben hatte. Die vollen sinnlichen Lippen hatte sie vermutlich verbissen aufeinander gepreßt.

Der Anblick gefiel ihm. Sie mochte zwar wie eine Schreckschraube aussehen, aber dennoch schwenkte sie ihre Hüften unter den verwaschenen braunen Sachen nicht wenig verlockend ...

Er nahm den Hut ab, schlenderte zur Pumpe und wusch sich in dem beißend kalten Wasser, um wenigstens so viel Mist und Matsch aus seinem Haar und von der Kleidung zu waschen wie irgend möglich. Zum Donnerwetter, er wünschte sich, er hätte seinen Rasierer nicht in Abilene verloren. Jetzt hatte er ihn dringend nötig.

Während er sein nasses Hemd auswrang, starrte er zu dem gepflegten Farmhaus hinüber. Gedankenversunken zwirbelte er seinen Schnäuzer. Warum er immer noch hier war, verstand er selbst nicht. Es ging ihm alles gegen den Strich – er schuftete wie ein gewöhnlicher Arbeiter und mistete für diese Schreckschraube den Stall aus. Den Schweinestall!

Mittlerweile hätte er fast in Sonora sein können.

Doch dort gab es nichts, was ihm nur halb so viel Spaß gemacht hätte, wie das Geplänkel mit dieser zugeknöpften Dame.

Sie herauszufordern, auf die Probe zu stellen war das reinste Vergnügen. Bis jetzt hatte sie sich als überraschend ebenbürtige Gegnerin erwiesen und besaß die Ausdauer einer Bulldogge.

Schwungvoll sprang er die Stufen der Veranda hinauf und blieb vor der Haustür stehen. Ehe er noch anklopfen konnte, ging sie von selbst auf.

Rass erschien im Rahmen und lachte ihn an. »Da sind Sie ja, junger Mann. Ich wollte Sie gerade holen kommen.«

Mad Dog preßte sein Hemd noch einmal kräftig aus und zog es dann über. Der feuchte Stoff klebte ihm auf der Haut. »Nicht nötig, Professor. Da bin ich schon. Ich nehme mein Essen gleich mit.«

Rass überquerte die Schwelle. »Mitnehmen? Das ist nicht nötig, mein Sohn. Sie sind herzlich eingeladen, mit uns zu speisen. Sicher hat Mariah Ihnen das ...«

Mad Dog grinste. Im stillen konnte er förmlich hören, wie Mariah mit den Zähnen knirschte. »Nee, das muß sie vergessen haben.«

»Gut, kommen Sie trotzdem herein.«

Mad Dog folgte dem Professor in die gemütliche, mit dunklem Holz verkleidete Eingangshalle, wo eine wunderschön verzierte Bank zum Verweilen einlud. Ein von Gaslichtern erhellter Flur führte zu zwei verschlossenen Türen. Auf der rechten Seite lag das Wohnzimmer, ein hübscher Raum, rosarot gestrichen und mit verzierten mahagonifarbenen Möbeln ausgestattet. Familienfotos hingen an den Wänden und standen auf den Tischen

Rass wandte sich nach links und betrat die Küche, ein großer quadratischer Raum mit einem glänzenden Parkettboden und einem ovalen Eßtisch. Ein gewaltiger Ofen mit sechs Kochstellen und eine freistehende Spüle befanden sich an der einen Wand. Das kleine Fenster über der Spüle mit Ausblick auf die Veranda war von hellgelben Vorhängen umrahmt. Dutzende von Steinguttellern, Tassen und Schüsseln reihten sich ordentlich aneinander in einer polierten Eichenvitrine. Eine kleine Kühlkiste stand in der Ecke neben der Spüle. Die Wände waren mit einer gelbrosa gestreiften Tapete beklebt.

Mariah musterte ihn und verzog die Mundwinkel.

Er grinste und tippte an den Hut. »'n Abend.«

Sie starrte ihn reglos an.

Rass lächelte seiner Tochter zu. »Gestern hast du vergessen, ihn zum Abendessen einzuladen. Aber heute habe ich daran gedacht.«

Mühsam rang sie sich ein Lächeln ab. »Freut mich.«

»Nun ...« Rass' Blick wanderte von Mariah zu Mad Dog und wieder zurück. Das Schweigen, das zwischen ihnen herrschte, wurde bedrückend.

»Setzt euch«, sagte sie schließlich und wandte sich zum Ofen um.

Mad Dog folgte Rass an den Tisch und nahm Platz. Mariah trug das Essen auf und setzte sich ihm gegenüber.

Mad Dog starrte auf seinen Teller und fühlte sich vorübergehend unwohl in seiner Haut. Er spürte, daß Mariahs Blick prüfend auf ihm ruhte. Zweifellos rechnete sie damit, daß er sich wie ein Tier auf das Essen stürzen würde. Vermutlich hatte sie damit recht. Von Tischmanieren hatte er keine Ahnung.

In seiner Kindheit war kein gedeckter Tisch vorgekommen. Eine Mutter, die ihm Tischmanieren beibrachte, hatte er nicht gekannt. Er hatte sich einfach ein Brot von vorbeifahrenden Karren genommen und gegessen. In letzter Zeit, als er mit dem Zug unterwegs gewesen war, hatte er nicht anders gelebt. Es fiel ihm schwer sich zu erinnern, wann er einmal zum Essen am Tisch gesessen hatte.

Er schaute nicht auf, wagte es nicht, jemanden anzusehen. Langsam, in der Hoffnung, er machte nichts falsch, nahm er die Gabel zur Hand.

Rasch warf er einen verstohlenen Blick in die Runde. Mariah stach gelassen mit ihrer Gabel in eine Kartoffel, und Rass türmte alles, was er auf dem Teller hatte, mit dem Löffel zu einem Haufen übereinander.

Mad Dog atmete zuversichtlich auf. Niemand beachtete ihn.

Keiner interessierte sich für seine Kinderstube. Die anfängliche Beklemmung wich. Lächelnd nahm er sein Messer in die Hand und schnitt sich etwas von dem glasierten Schinken ab.

»Also, mein Sohn«, begann Rass mit vollem Mund, »wo kommen Sie her?«

Mad Dog aß zuerst noch eine schmackhafte Kartoffel, ehe er antwortete: »Chicago.«

»Haben Sie Familienangehörige dort?«

»Nein.«

»Keine Eltern?«

Mad Dog wählte seine Worte sorgfältig. »Meine Mom starb, als ich noch ein Kind war.«

Rass schloß mitfühlend die Augen und erwiderte: »Das tut mir leid. Und was ist mit Ihrem Vater?«

»Eines Tages ist er wegen einer Dose Tabak aus dem Haus gegangen und nie mehr zurückgekehrt. Ich hörte, er soll gestorben sein.«

Er begegnete Mariahs Blick. Sie senkte sofort ihre Lider. »Schlimm ... für Sie.«

»Keineswegs. Er war sowieso ständig betrunken und ging keiner geregelten Arbeit nach.«

Sie hob den Kopf. Ihre Blicke trafen sich erneut, aber keiner von beiden sagte etwas. Mad Dog kam es so vor, als herrschte plötzlich Einvernehmen zwischen ihnen, als verstünde sie, was es hieß, verlassen zu werden, was natürlich absurd war.

Der Rest der Mahlzeit verlief in angenehmer Stille. Als sie aufgegessen hatten, stand Mariah auf und räumte das Geschirr ab. Neben dem Spülbecken stapelte sie es ordentlich und stellte den Wasserhahn an. Wasser rauschte durch die Leitung und ergoß sich in die Metallbecken der Spüle. »Mr. Stone«, sagte sie über die Schulter zu ihm. »Morgen ist Waschtag. Sie können Ihre Sachen auf die Veranda legen.«

»Was mache ich, wenn ich nichts zu waschen habe?«

Sie wischte sich die Hände an ihrer Schürze ab und drehte

sich zu ihm um. Kritisch musterte sie ihn von Kopf bis Fuß und sah natürlich den Schmutz auf seinen Ärmeln und an seinem Hemd. »Haben Sie wohl.«

»Dann erledige ich das selbst.«

Sie lächelte geringschätzig. »Eines Tages vielleicht. Mir wäre es lieber ...« Sie schnupperte vielsagend, »... wenn es nicht so lange dauert.«

Gleichmütig zuckte er mit den Achseln. »Meinetwegen. Wenn Sie mein Zeug so wichtig finden ...«

Sie schnappte nach Luft. Verlegenheit oder Zorn – er war nicht sicher, was von beidem es war – zeichnete sich auf ihren Wangen ab. Ihr Mund öffnete sich – sicher zu einer bissigen Bemerkung.

Er grinste und ermunterte sie, als kein Wort über ihre Lippen kam. »Ja, Miss Throckmorton?«

Hörbar biß sie die Zähne aufeinander. Er konnte deutlich sehen, welche Mühe es sie kostete, nicht ausfällig zu werden. »Mr. Stone, von mir aus dürfen Sie morgen die Äpfel ernten.«

Verblüfft runzelte er die Stirn. *Dürfen Sie die Äpfel ernten.* Das klang so, als würde sie ihm eine seltene Belohnung anbieten.

»Es ist sicherlich eine schwere Arbeit, aber ich denke mal, wenn Sie sich darauf konzentrieren, werden Sie es schon schaffen. Man benötigt ungefähr eine Woche für die Apfelbäume. Wir sollten vielleicht damit anfangen, solange Sie noch hier sind.«

Jetzt verstand er. Sie hielt ihn wohl nicht für besonders intelligent. »Eine schwere Arbeit ... Äpfel pflücken?«

Unfreundlich entgegnete sie: »Es ist nicht so leicht, wie es klingt, Mr. Stone. Als erstes, morgen früh, werden Sie in den Vorratskeller gehen. Dort finden Sie fünf Körbe. Sie sind beschriftet: rot, fast rot, gelb, grün und Fallobst. Damit werden Sie den Obstgarten aufsuchen – er befindet sich auf der Westweide, längs des Baches – und beginnen, die reifen Früchte zu pflücken und zu sortieren. Ich werde Ihre Arbeit stündlich überprüfen. Sind Sie im Bilde?«

»Ich soll die Apfel pflücken, ihre Farbe einstufen und sie in die entsprechenden Körbe legen?«

Sie strahlte. Als ob sie nicht erwartet hätte, daß er es verstünde. »Genau.«

»Lagern Sie das Obst nach Farbe?« erkundigte er sich.

Die Frage schien sie zu verwirren. Sie stutzte. »Nein.«

»Verkaufen Sie es nach Farbe?«

»Nein.«

»Warum soll es dann nach Farbe sortiert werden? Kein anderer Obstfarmer, für den ich gearbeitet habe, tut so etwas. Und ich habe, weiß der Himmel, eine Menge Äpfel gepflückt.«

Von der Frage fühlte Mariah sich brüskiert. Das sah er ihr an. »Es interessiert mich nicht, was andere Farmer machen, Mr. Stone. Hier habe ich immer das Obst geerntet, und ich mache das so. Wenn Sie das stört ...«

Er lachte und stand auf. »Nein, das macht mir nichts. Ich habe mich nur gewundert, warum; aber die Antwort darauf habe ich ja bekommen.«

Sie musterte ihn verblüfft. »So?«

»Ja, weil Sie es gern ordentlich und gründlich machen.« Er schob seine Daumen in den breiten Taillenbund seiner Bluejeans und schlenderte auf sie zu. Direkt vor ihr blieb er stehen. »Kein Wunder, daß Sie mit mir solche Schwierigkeiten haben.« Sie wollte zurückweichen, doch hinter ihr war die Spüle.

»Glauben Sie mir, ich habe mit Ihnen keine Schwierigkeiten, Mr. Stone!«

Er lächelte und beugte sich über sie. Dabei kam er ihr so nah, daß er die Sommersprossen auf ihrer Nase und die rötlichgoldenen Flecken in ihren dunkelbraunen Pupillen sehen konnte. »Prima, dann werden wir ja gut miteinander auskommen.«

Sie regte sich nicht, stand stocksteif da, dicht vor ihm. »In der Hinsicht irren Sie sich, Mr. Stone. Es besteht keine Notwendigkeit, miteinander auszukommen.«

5. Kapitel

Der Baum verdeckte die warme Morgensonne. Licht durchflutete die Blattkronen und sprenkelte die mit Äpfeln übersäte Wiese.

Mad Dog schaute Mariah bei ihrer Durchsicht zu. Sie stand auf der untersten Sprosse der Holzleiter, überprüfte die Äpfel mit derselben Genauigkeit auf ihren Reifegrad, wie ein General seine Truppen inspiziert.

Sogar jetzt hatte sie etwas an sich, das sein Interesse weckte. Selbst auf dieser dummen, wackeligen Leiter stand sie ohne zu wanken wie eine Statue da, das Kinn vorgereckt.

Mühsame Beherrschung, entschied er. Das zog seine Aufmerksamkeit auf sich. Nie zuvor war er jemandem begegnet, der derlei Selbstkontrolle aufbrachte. Alle, die er kannte, ob Mann oder Frau, tranken zu viel, zogen zu häufig um und starben zu jung.

Nicht so Mariah Throckmorton. Sie hatte vermutlich nie in ihrem Leben getanzt oder getrunken oder war aus der Rolle gefallen. Sie war auch kein junges Mädchen mehr. Nur so schrecklich … angespannt. So verkrampft. Und trotz ihrer strengen Disziplin besaß sie etwas Weiches, Weibliches, das ihn immer wieder überraschte und magisch anzog. Wie an dem Abend zuvor, als er mitbekommen hatte, wie sie aus dem Küchenfenster ins Dunkle hinausschaute. Sie hatte ganz … anders gewirkt. Einen Moment lang hatte er eifrig darüber nachgedacht, was für eine Frau sich unter der nonnenhaften Kleidung verbarg. Absurderweise erschien sie ihm wie jemand, der Probleme hatte.

Er faßte sie aufmerksam ins Auge. Wie mochte sie wirklich sein? War sie vielleicht eine Frau mit einer geheimen Vergangenheit? Oder war sie so, wie sie sich gab: eine stahlharte Jungfer voller Vorurteile, die es nicht vertragen konnte, wenn ihre alltägliche Routine aus den Fugen geriet?

Diese Frage beschäftigte ihn unentwegt. Aus einem merkwürdigen unerklärlichen Grund fühlte er sich zu ihr hingezogen. Nicht durch das übliche Augenzwinkern und die üppigen Brüste, mit denen die meisten Frauen, die er kannte, die Männer lockten, sondern auf eine feinere ... und wesentlich verführerische Art. Sie war ein Rätsel für ihn und eine Herausforderung zugleich.

Er wünschte sich, diese Abwehrmauer wenigstens einmal zu durchbrechen, um herauszufinden, wieviel Menschliches sie an sich hatte. Auch reizte es ihn deshalb, weil er sehen wollte, ob er es schaffte.

Da er im stillen wußte, wie sehr Miss Throckmorton das »Stillgestanden« aus der Fassung bringen würde, mußte er lachen.

In dem Moment wandte sie sich zu ihm um und verschränkte die Arme vor der Brust. »Was finden Sie hier so amüsant, Mr. Stone?«

»Es macht mir Spaß, Ihnen bei der Arbeit zuzusehen, Miss Throckmorton.«

Sie schnaubte verächtlich. »Zweifellos liegt das daran, daß es für Sie etwas Neues ist, überhaupt jemandem bei einer Arbeit zuzusehen, Mr. Stone.«

Ein anzügliches Lächeln huschte über sein Gesicht. Sie war auf seine Herausforderung eingegangen, obwohl sie das eigentlich nicht hatte tun wollen. Er hatte es an der Art und Weise gemerkt, wie sie ihren Rücken abweisend straffte und ein wenig von ihm wegrückte. Aber eine Antwort hatte sie sich doch nicht verkneifen können. »Da haben Sie wohl recht«, stellte er gelassen fest.

»Also wie ich eben sagte, ist das Obst an diesem Baum erntereif.« Sie runzelte die Stirn. »Zum Lagern, natürlich.«

»Natürlich.«

Sie nickte. »Manche Äpfel schmecken besser, wenn sie erst eine Zeitlang ruhen.«

Er musterte sie ungeniert von Kopf bis Fuß. »Das trifft auch auf Frauen zu.«

Sie zuckte nicht zusammen, aber ihr Blick wurde noch abweisender. »Eine sehr faszinierende Beobachtung, Mr. Stone. Jetzt muß ich Ihr Augenmerk jedoch auf die Arbeit vor uns lenken.« Sie spähte von ihrem etwas erhöhten Standpunkt auf ihn herab. »Sie haben das Wort mitbekommen, nicht wahr? A-r-b-e-i-t. Etwas müssen Sie schon tun, wenn Sie nachher ein Abendessen haben möchten. Außer Sie wollen weiterziehen ...«

»Aber, Miss Throckmorton, ich möchte Sie keinesfalls enttäuschen.«

»Glauben Sie mir, Mr. Stone, das schaffen Sie nie.«

Er überquerte das kleine Stück Wiese, das sie voneinander trennte und trat neben sie. Ganz dicht. Da sie auf der Leiter stand, waren sie gleich groß. Sie sträubte sich innerlich gegen seine Nähe, wich aber nicht zurück, obwohl er überzeugt war, daß sie das am liebsten getan hätte. »Sind Sie bereit zu beginnen?« erkundigte sie sich und vermied es, ihn anzusehen.

»Ich bin zur Stelle.« Mit einem Seufzer zog er das Hemd über den Kopf und warf es auf den Boden.

Ihre Augen wurden groß. Sie blickte auf seine bloße Brust, aber nicht länger als zwei Sekunden, dann wandte sie ihren Blick hastig ab. »Z-ziehen Sie das Hemd wieder an, Mr. Stone.«

Er stand so dicht vor ihr, daß er den leichten Pulsschlag sehen konnte, der wie verrückt an ihrem Hals klopfte. Sie hatte Angst. Er sah es ihr an. In den Augen und an den leicht bebenden Nasenflügeln. Aber sie bewegte sich nicht, hielt sich nicht an der Leiter fest. Sie schaute ihm offen in die Augen. Angst ... vor ihm. Mad Dog fühlte sich seltsam beschämt.

Schweigen breitete sich zwischen ihnen aus. Von irgendwoher drang das Zwitschern eines kleinen Vogels herüber. Eine leichte Brise kam auf und strich über ihren schweren Rock.

Er wollte ihr sagen, daß es ihm leid täte, aber die Worte blieben ihm im Hals stecken. Statt dessen hob er sein Hemd auf und schlüpfte stillschweigend hinein.

Die Spannung löste sich.

»So, was soll ich jetzt machen?« fragte er.

Sie starrte ihn noch einen Moment an. Eine leichte Furcht blieb auf ihrem Gesicht zurück. Dann reckte sie ihr Kinn vor und drehte sich Richtung Leiter um. »So greifen Sie nach den Äpfeln und halten den Stiel mit Daumen und Zeigefinger fest. Mit einer kurzen Drehbewegung läßt sich die Frucht vom Baum lösen. Reife Früchte gehen leichter vom Ast ab. Wenn Sie zu kräftig daran ziehen müssen, lassen Sie sie hängen. Dann sind die Äpfel noch nicht so weit.«

»Das ist so ähnlich wie bei der Liebe«, sagte er, ohne zu überlegen.

Sie zuckte zusammen, als hätte sie eine Biene gestochen.

»Ich wollte damit nicht sagen, daß ...« Unsicher brach er ab.

Langsam wandte sie sich ihm zu. Ihr Gesicht war unbeweglich wie Stein, und es lag keine Gefühlsregung in ihren Augen. »Sicher halten Sie sich für sehr witzig, Mr. Stone. Unter den Huren von hier bis Abilene mögen Sie vielleicht als junger Apoll gelten. Aber bei uns in Lonesome Creek liegen die Dinge etwas anders.«

»Wirklich. Wie kommt das?«

Sie ignorierte seine dreiste Frage und pflückte den Apfel. Nach einer Kostprobe nickte sie. »Die sind reif, Mr. Stone. Mit dem Baum können Sie beginnen.«

Eine Stunde später widmete sich Mariah endlich der großen Wäsche. Sie goß den letzten Eimer kochendes Wasser in die Metallwanne. Dampf stieg auf und benetzte ihr Gesicht, als sie die

Seife hinzufügte. Ein Film bildete sich auf der Oberfläche, und Stück für Stück nahm das Wasser einen matten, undurchsichtigen Grauton an.

Sie holte einige Petticoats, Unterwäsche und Hemden aus dem Wäschekorb zu ihren Füßen. Eins nach dem anderen ließ sie die Kleidungsstücke in die Lauge fallen.

Während sie darauf wartete, daß die Wäsche ganz im Wasser verschwand, schaute sie zum Obstgarten hinüber. Mad Dog war gut achtzehn Meter von ihr entfernt und halbwegs in dem großen Apfelbaum verschwunden. Seit zwei Stunden pflückte er nun bereits.

Es war das erste Mal, daß sie ihm bei der Arbeit zusah, und sie mußte sich ihre Überraschung eingestehen.

Genaugenommen wunderte sie sich über alles, was er machte. Es war schon verwunderlich genug, daß er noch da war, und sie wußte nicht, was sie dazu sagen sollte. Ein Mann wie er blieb niemals drei Tage lang auf einer kleinen, weitabgelegenen Farm. Hatte sie das nicht auf bitterste Art selbst erlebt?

Er kletterte vom Baum, sah, daß sie zu ihm herüberschaute und winkte ihr.

Automatisch winkte Mariah zurück.

Als ihr klar wurde, was sie da tat, hielt sie mitten in der Bewegung inne, zog ihre Hand zurück und schob sie tief in ihre Schürzentasche.

Zur Hölle mit ihm!

Was hatte Mad Dog Stone an sich, daß sie gegen ihren Willen so spontan auf ihn reagierte?

Sie erschauerte bei dem Gedanken an das, was im Obstgarten geschehen war. Zunächst war alles ganz gut gelaufen, hatte sie geglaubt. Sie hatte ihm gezeigt, was sie von ihm erwartete, hatte genügend Abstand bewahrt und sogar seine anzüglichen Bemerkungen ignoriert. Alles in allem hatte sie sich ziemlich an ihre Entscheidung gehalten.

Dann hatte er sein Hemd ausgezogen.

Sie schluckte schwer. Selbst jetzt wurde ihr noch mulmig bei der Erinnerung daran.

Anstatt ihre Aufmerksamkeit an ihn zu verschwenden, hätte sie wegsehen müssen.

Aber sie war nicht mehr fähig gewesen, sich zu bewegen. Sie hatte sich wie erstarrt gefühlt, gefangen wie ein Hase von dem durchdringenden, unfehlbaren Blick eines Falken. Ihr Atem ging rascher und dröhnte in ihren Ohren.

Du meine Güte, in jenem Moment hatte sie ihn anfassen, sein kräftiges Brusthaar streicheln und seine gebräunte, glatte Haut berühren wollen.

Ungeduldig verdrängte sie die Vorstellung und griff nach der Rührstange. Sie umklammerte sie mit beiden Händen, damit ihre Finger nicht mehr bebten und stieß die Stoffblase ihres Petticoats unter Wasser.

Auf unerfindliche Weise hatte Mad Dog Stone es geschafft, ihr altes Ich, das sie jahrelang so erfolgreich ausgeschaltet hatte, wiederzubeleben.

Eine Woge der Verzweiflung wallte bei dieser Erkenntnis in ihr auf. Das war nicht gerecht. Sie hatte so hart an sich gearbeitet, um diese leidenschaftliche Ader zu unterdrücken; endlich hatte sie ihre heftigen Gefühle so stark verdrängen können, daß sie fast in der Versenkung verschwanden.

Bis Mad Dog Stone sie mit einem simplen Augenzwinkern oder einer beiläufigen Bemerkung daran erinnerte. Oder mit seinem entblößten Oberkörper.

Warum? fragte sie sich. Aber das war eine sinnlose Frage, sie wußte genau Bescheid.

Der wahre Grund war so offensichtlich – selbst für sie. In Wirklichkeit war es ihr nämlich nicht gelungen, ihre Leidenschaft zu bändigen. Sie hatte auf dieser friedlichen Farm nur vor sich hingeschlummert und auf eine Herausforderung gewartet, um zum Vorschein zu treten. Und ausgerechnet Mad

Dog Stone, ein Landstreicher, Faulpelz und Tunichtgut stellte eben diese Herausforderung dar.

Sie seufzte und wollte den letzten Gegenstand aus dem Korb holen. Ein schmutziges graues Hemd lag noch darin.

Sein Hemd.

Widerstrebend griff sie danach. Der grobe Stoff fühlte sich an ihrer Haut rauh an. Der verschwitzte maskuline Geruch vermischte sich mit dem feuchten Dampf, der von der Wäsche aufstieg, und wehte ihr deutlich wahrnehmbar entgegen. Sie konnte einfach nicht anders, schloß die Augen, hob das Hemd hoch und atmete seinen kräftigen unbekannten Duft ein. Es war so lange her, daß etwas Fremdes, etwas Unerwartetes in ihr Leben getreten war; sie vermochte einfach nicht zu leugnen, welche Gefühle dieses Wäschestück in ihr weckte.

Einen diffusen, unwirklichen Augenblick lang kam es ihr so vor, als würde sie träumen. Es schien ihr, als wäre der Mann, der für sie arbeitete, der ihre. Nur eine Sekunde lang vergaß sie den Kummer und die Enttäuschung der Vergangenheit und stellte sich eine Zukunft vor, an die sie niemals mehr denken wollte und in der sie etwas anderes war als eine verschrobene Jungfer, die sich wegen der Schande auf der Farm versteckt hatte.

»Wollen Sie an allen meinen Sachen riechen?«

Mariah erstarrte. Hitze stieg ihr in die Wangen, und ihr Gesicht brannte vor Scham.

Betont langsam atmete sie aus und zwang sich, ihn anzusehen. »Sind Sie aus einem bestimmten Grund hier?«

»Soll ich das als philosophische Frage auffassen?«

Sie hob eine Braue. »Das ist aber ein kompliziertes Wort für Sie, Mr. Stone.«

Er grinste verschmitzt. »Ich stecke voller Überraschungen.«

Nicht beachten. »Sicher. Und was wollten Sie?«

Er hielt ihr einen Apfel hin. »Rot oder fast rot?«

Sie musterte ihn mit kundigem Blick. »Rot.«

»Und dieser?«

Da verstand sie, auf was er hinauswollte. »Mr. Stone, wollen Sie Ihr Spiel mit mir treiben?«

Ein amüsiertes Lächeln huschte über sein Gesicht. »Miss Throckmorton, sollte ich das vorhaben, so werden Sie es rechtzeitig erfahren.«

Bei dieser unmöglichen, absolut ungehörigen Bemerkung errötete sie erneut. Ein warmes Prickeln rann Mariah über den Rücken, und sie schluckte beklommen. »Ich hoffe, Sie haben damit nicht etwa vor, sich tatsächlich mit mir einen Scherz zu erlauben.«

»Ich kenne Sie nicht gut genug, um das zu sagen.«

Sie strich sich das feuchte Haar aus dem Gesicht und gab sich gleichmütig. »Sie versuchen es mit Ehrlichkeit. Wie ungewöhnlich!«

»Das bin ich immer.«

Solche großen Töne hatte sie bereits einmal gehört – und dazu von einem Mann, der diesem hier vor ihr ziemlich ähnlich gewesen war. »Aber sicher.«

Er zuckte mit den Achseln. Ihm schien es gleichgültig, ob sie ihm glaubte oder nicht. Aber gerade deshalb glaubte sie ihm.

Sie musterte ihn und fühlte sich gegen ihren Willen zu ihm hingezogen. »Sie sagen immer die Wahrheit? Auch wenn Sie andere Menschen damit verletzen oder sie dadurch schlecht über Sie denken?«

»Manchmal tut Wahrheit weh. Aber so ist das Leben.«

»Dann sind Sie ein gefährlicher Mann, Mr. Stone.«

Er schüttelte den Kopf. »Nur wenn jemand etwas von mir erwartet. Zum Glück tut das niemand. Und was ist mit Ihnen, Miss Throckmorton. Sind Sie ehrlich?«

Fast hätte sie die Frage bejaht, doch dann hielt sie sich zurück. Ohne es zu wollen, mußte sie nämlich an die schäbig gekleidete Jungfer in Braun denken, die sich über einen weißen Lattenzaun nicht hinauswagte. »Nein«, erwiderte sie, und als sie ihre

Stimme hörte, war sie selbst von dem Eingeständnis überrascht. »Wahrscheinlich nicht.«

Lächelnd machte er sich auf den Weg. An der Pumpe blieb er stehen und wandte sich zu ihr um. »Mariah?«

»Ja?«

»Eine echte Lügnerin hätte ja gesagt.«

Da konnte sie nicht anders. Sie mußte lachen.

Entzückt zog er seinen Hut in die Stirn und ging ohne ein weiteres Wort. Mariah schaute ihm nach.

Erst eine geraume Weile danach fiel ihr auf, daß er sie mit Vornamen angesprochen hatte.

Rass kniete sich ungelenk hin und legte eine Hand auf Gretas Grabstein. Der Granit fühlte sich glatt, kühl und tröstlich an.

Träumend lehnte er sich gegen die riesige Eiche, die ihren Schatten auf das Grab seiner Frau warf. Über ihm raschelten die bunten Blätter sacht in der Spätnachmittagsbrise. Ab und zu löste sich eines von ihnen, tanzte und segelte durch die Luft, bis es auf dem Boden landete. Sonnenstrahlen fielen durch die Zweige auf den grasbewachsenen Boden und bewegten sich unaufhörlich. Dabei zeichnete sich ein ständig wechselndes goldenes Muster ab.

Hallo, Greta!

Die Brise nahm zu und fuhr ihm wie ein zärtliches Streicheln durchs Haar. Er merkte immer, wenn sie bei ihm war. Am Wind, an der Sonne, dem Regen und in der Stille. Sie saß ihm unsichtbar zur Seite.

Er schloß die Augen und griff nach ihrer Hand. In seiner leeren Faust fühlte er ihre Wärme und ihr Verständnis.

Von seinem Platz auf dem grasbewachsenen Hügel starrte er hinunter auf die Farm. Mariah stand vor dem Waschhaus und hielt große Wäsche. Neben ihr stand der Korb, doch die Leine zu ihrer Linken war noch leer. Bald würden die Kleidungsstücke dort in der Brise flattern.

Leichte Trauer befiel ihn bei dem Gedanken. Das Leben war für sie kaum anders als sonst samstags auch und das seit sechzehn Jahren ...

Ach, Greta, was sollen wir nur machen?

Ein Hustenanfall schüttelte ihn. Als er vorbei war, sackte Rass entkräftet an den Baumstamm zurück. Du liebe Güte, er war so müde, und ständig quälte ihn dieser Schmerz in der linken Schulter.

Alt werden war die reinste Hölle.

In letzter Zeit fühlte er sich sehr abgespannt, ihm tat alles weh und er mußte so oft husten. Morgens wachte er sogar schon müde auf.

Unten am Hügel nahm er aus den Augenwinkeln eine Bewegung wahr.

Er schaute hinunter. Mad Dog ging zu Mariah, blieb am Waschzuber stehen und hielt ihr einen Apfel hin. Dann einen zweiten. Kurz darauf hörte er unmißverständlich – und zu seinem Erstaunen – Mariah lachen.

Rass richtete sich auf. »Hast du das gehört, Liebste? Sie hat gelacht.« Er schüttelte den Kopf. »Unser kleines Mädchen ist vergnügt.«

Bei dem Klang wurden ein Dutzend verschwommener, liebgewordener Erinnerungen aus Mariahs Kindheit wach. Sie hatte immer gelacht, war so lebenshungrig gewesen, so lebhaft. Es hatte Greta viel Kraft gekostet, mit ihrer unternehmungslustigen Tochter fertig zu werden.

Und jetzt lachte sie wieder. Zum ersten Mal seit Jahren.

Rass pfiff leise vor sich hin. Vielleicht hatte er doch die richtige Entscheidung getroffen. Mad Dog Stone war offenbar genau der Mann, den Mariah brauchte.

Sie hatte gelacht.

Hoffnungsvoll schüttelte er den Kopf. Es mochte nicht weltbewegend sein, auch nicht zur Hochzeit führen, aber um Himmels willen, es war ein neuer Anfang.

6. Kapitel

Mariah wrang Mad Dogs jetzt weißes Hemd aus und warf es über die oberste Stange des hölzernen Wäscheständers. Dicke, klare Tropfen glitten an den Ärmeln herunter und fielen in das sonnenüberflutete Gras. Neben und unter dem Hemd schaukelten Petticoats, Damenunterhosen und Laken in der kühlen Brise.

Sie trat einen Schritt zurück und bestaunte das makellose Weiß. Dann entfuhr ihr ein Seufzer, als sie ihre aufgerauhten, wunden Hände ausstreckte.

Eine unbeschreibliche Anstrengung! Samstag war der furchtbarste Tag der Woche für sie. Zuerst trug sie eimerweise heißes Wasser vom Herd zum Waschzuber hinaus, dann schwang sie stundenlang die hölzerne Kurbel, wrang dutzendweise schweres Bettzeug aus und schob es durch den Wäschestärker. Damit war die Arbeit aber noch nicht getan. Montag würde sie etliche Stunden damit verbringen, die ganzen Sachen zu bügeln.

Bereits der Gedanke ans Bügeln raubte ihr die letzte Kraft. Und brachte sie zum Schwitzen.

Am liebsten wäre sie jetzt schwimmen gegangen.

Sie seufzte, tauchte ihre Hände in das kühle Waschwasser und befeuchtete sich das Gesicht.

Als sie wieder aufsah, stand Mad Dog Stone dicht vor ihr. Er sah genauso müde aus, wie sie sich fühlte.

»Himmel!« sagte er und wischte sich mit dem Ärmel die Stirn. »Was war das für ein Tag! Heißer als frisch geschissene Pferdeäpfel.«

Mariah brachte ein schwaches Lächeln zustande. Es war die Sache nicht wert, sich mit ihm wegen seiner Redensarten zu streiten – oder wegen irgend etwas sonst. »Obstpflücken ist hart.«

»Große Wäsche auch.«

Sie strich sich das feuchte Haar aus dem Gesicht. Ihre Hände bebten vor Erschöpfung. Natürlich wartete er auf eine ausführliche Antwort, aber sie war zu müde, um sich irgendwelche Gedanken zu machen. Nicht einmal ein Nicken brachte sie zustande.

Mein Gott, Schwimmen wäre jetzt genau das Richtige …

»Also, wenn das alles war für heute, dann lege ich mich einen Augenblick hin.«

Mariah horchte auf. »Tatsächlich?«

Er wischte sich erneut mit dem Ärmel über die Stirn. »Ja, außer …«

»Außer was?«

Er versuchte gleichmütig dreinzublicken, doch das wollte ihm nicht so ganz gelingen. »Außer Sie würden mir erlauben, ein richtiges Bad zu nehmen.«

Mariah empfand eine erstaunliche Erleichterung. Sie hätte sich keinen besseren Plan ausdenken können. »Sicher, Mr. Stone. Ein Bad und etwas Schlaf wären jetzt am besten für Sie.« Wie als hätte sie neue Energie geschöpft, wirbelte sie herum, stürmte zum Haus hinüber und rannte durch den dämmrigen Flur zum Bad.

Einen Moment lang war sie allein. Sie holte zwei dicke Badetücher aus dem Wäscheschrank. Als sie nach der Seife griff, hörte sie seine Schritte schon hinter sich. Er sagte nichts, aber sie spürte seinen eindringlichen Blick überdeutlich im Rücken und erstarrte. Denn im selben Moment wurde ihr klar, daß sie ihm eine Erklärung für das zweite Handtuch geben mußte.

Ihr fiel jedoch nichts ein.

Mad Dog schaute verblüfft der zielstrebigen, anständigen jungen Frau zu. Sie wühlte in dem Wäscheschrank, als ob dort die

Kronjuwelen versteckt wären. Und murmelte dabei etwas Unverständliches vor sich hin.

Nun, in einem Punkt war er sich sicher: Mariah Throckmorton gehörte nicht zu den Menschen, die vor sich hinmurmeln. »Ist irgend etwas, Miss Throckmorton?«

Sie sprang auf und wandte sich ihm langsam zu. »W-wie gefällt Ihnen das Bad?«

Da erst fiel Mad Dog auf, wie es um ihn herum aussah. »Himmeldonnerwetter ...«

Sie zuckte zusammen bei seinem deftigen Ton. »Wie ... beredt, Mr. Stone!«

Mad Dog erwiderte nichts darauf. Ihm fehlten die Worte, so sehr überraschte ihn die unerwartete Luxuseinrichtung des Raumes. Er hatte natürlich schon gehört, daß es in manchen Häusern solche Badezimmer geben sollte wie dieses hier, aber das war in den Oststaaten gewesen.

Es war ein großer Raum, so groß wie ein Schlafzimmer. Waldgrüne Tapete bedeckte die obere Hälfte der Wände und ging in eine kühn geschnitzte mahagonifarbene Holzverkleidung über. Die burgunderfarbenen Fliesen glänzten wie die glattgeschliffenen Facetten eines großen, einzigartigen Rubins. Darüber ausgebreitet lag ein Frotteeteppich in Grün, Burgund und Schwarz mit goldenen Quasten. Der schwache Geruch von Gas wehte aus den Blechhalterungen der Leuchten längs der Wände. Schimmernd fiel das Licht herab auf den eleganten Fußboden.

Und erst die Einrichtung! Mad Dog pfiff anerkennend. Sie war weit entfernt von der städtischen Wasserpumpe, die er im allgemeinen benutzte.

Die Dusch- und Badekombination war vollkommen mit geschnitztem Mahagoni verschalt. In dem dunklen Holz glänzte das Porzellan wie eine offene Austernschale, sauber, glatt und einladend. Sechs polierte Armaturenknöpfe waren die einzige Zierde auf dem sonst makellosen Holz.

»Ich weiß, es ist sehr ausgefallen ... aber meine Mutter liebte das Baden.« Mariahs Stimme klang weich und wehmütig. Mad Dog fühlte sich mächtig davon angezogen.

Er suchte nach der passenden Antwort. »Sie ist ...«

»Vergangenen Winter gestorben«, erläuterte Mariah leise.

»Das tut mir leid ...« Kaum hatte er sie ausgesprochen, bedauerte er seine lahme Beileidskundgebung.

Sie schüttelte den Kopf und schaute zu ihm auf. Obwohl sie versuchte, es zu verbergen, hatte sie den Kummer noch nicht überwunden. »Der Rasierer meines Vaters liegt in der obersten Schublade. Ich ... hätte gern, daß Sie ihn benutzen, aber Sie müssen nicht.«

Erstaunt blickte er sie an. Sie bat ihn um einen Gefallen, nicht fordernd, nicht verurteilend oder abwertend. Einfach bittend. Der Augenblick schien ihm plötzlich kostbar. Er wollte ihn festhalten. »Danke für Ihr Angebot!«

Sie reichte ihm ein Handtuch und ein Stück Seife. »Gut, dann lasse ich Sie jetzt allein.«

Mit den Worten wandte sie sich zur Tür.

Aus einem unerklärlichen, verrückten Grund wollte er sie jedoch nicht gehen lassen. »Warten Sie ...«

Langsam drehte sie sich um. »Was ist denn?«

Er hatte ihr nichts zu sagen, hatte drauflos geplappert, ohne zu überlegen. Verlegen blickte er auf das Handtuch, das er an sich gedrückt hielt und sprach den ersten Gedanken aus, der ihm durch den Sinn ging. »Wollen nicht Sie zuerst duschen?«

»Nein!« lautete ihre spontane Antwort. Dann lachte sie. »Nein, danke. Machen Sie sich ruhig frisch. Ich warte.«

Mariah spürte seinen prüfenden Blick auf sich ruhen und wand sich verlegen. »Also, ich gehe jetzt besser.« Ehe er etwas darauf erwidern konnte, hastete sie schon hinaus und machte die Tür hinter sich zu.

In dem leeren Flur lehnte sie sich sekundenlang an die Wand. Dann lächelte sie. Sie hatte es geschafft.

Glücklich drückte sie das Handtuch an sich und stürmte aus dem Haus. Draußen prallte ihr die heiße Sonne ins Gesicht, aber diesmal war ihr die Hitze angenehm. Obwohl sie am liebsten gerannt wäre, zwang sie sich dazu, langsam den Hof zu durchmessen. An der Scheune blieb sie stehen und schaute sich um. Mad Dog war glücklicherweise aus dem Weg.

Freudestrahlend lief sie um die Scheune und hastete durch den duftenden Obstgarten. Weit hinten auf der Weide kam sie an eine Biegung am Fluß, die hier in einen stillen, grünen Teich mündete.

So lange Mariah sich erinnern konnte, war dieser Ort ihre Zufluchtsstätte gewesen. Schon als Kind hatte sie hier gespielt, im Wasser geplanscht, getobt und gelacht. Heute, als Erwachsene, suchte sie diese Stelle auf, um dem eintönigen, gewöhnlichen Alltag zu entkommen und sich von der teilnahmslosen, unerschütterlichen Person zu lösen, die sie sich bemühte zu sein.

In der Stille des Teichs konnte sie ihre starre Fassade ablegen und sich in dem rauschenden Strom treiben lassen. Ein paar kostbare Augenblicke in der Woche konnte sie sie selbst sein.

Eine geraume Zeit stand sie nur da, ließ alle Spannung von sich abfallen, genoß die leichte Brise und die Sonne auf ihrer Haut. Fast fühlte es sich wie eine sachte Berührung an. Unwillkürlich erschauerte sie. Es war so lange her, seit jemand sie angefaßt hatte, richtig angefaßt. Jahre …

Sie schloß die Augen, versuchte nicht daran zu denken und wehrte sich gegen den Kummer, der sie dabei beschlich. Das war der Preis der Sicherheit. Isolation bedeutete Sicherheit und die wiederum bedingte Einsamkeit. Das hatte sie gewußt und versuchte schon seit Jahren sich damit abzufinden. Aber manchmal, so wie jetzt, empfand sie ihre Einsamkeit, die Abgeschiedenheit von der Welt so quälend, daß sie hätte heulen können.

Menschliche Berührung war so etwas Einfaches, und doch würde es ihr so ungeheuer viel bedeuten …

Mit geübter Leichtigkeit verdrängte sie die niederschmetternden Gedanken, überquerte den Fluß an der seichten Stelle und ging zu ihrem Platz auf der anderen Seite hinüber. Langsam öffnete sie ihr schweres Haar und schüttelte den Kopf, bis sämtliche aufgesteckten Strähnen auf ihre Schultern herabfielen. Dann streifte sie ihr häßliches braunes Kleid ab und warf es beiseite. Durch die leichte Brise legte sich die dünne Unterwäsche an ihren Körper.

Sie erschauerte bei der zärtlichen Berührung des Windes. Die Spitze ihrer Unterwäsche flatterte sacht. Mariah schlüpfte aus ihren Stiefeln und schubste sie beiseite. Mitsamt den Strümpfen landeten sie auf den übrigen Kleidungsstücken.

Gemächlich watete sie in den Fluß und genoß das einzig wirkliche Vergnügen in ihrem rechtschaffenen Leben. Das kalte Wasser drang durch ihre dünne Wäsche, so daß der Stoff auf ihrer Haut klebte.

Weiter und weiter ging sie hinein.

Das Wasser umspülte ihre Knie, ihre Taille und ihre Brüste wie die sanfte Berührung eines Geliebten. Eine kühle Brise erzeugte immer größere Kreise im Wasser um sie her. Sie ließ den Kopf in den Nacken sinken und bog sich in das erfrischende Naß, bis Wassertropfen ihr über die Stirn rannen und ihre Lippen benetzten. Sie schmeckte die frische Reinheit und stellte sich ganz kurz – nur einen Wimpernschlag lang – vor, sie würde geküßt. Mit der Zungenspitze strich sie über ihre volle Unterlippe und genoß des Wassers Süße.

Hinter ihr lag das Seil bereit, wie jeden Samstag seit Jahren. Sie griff danach und spürte das grobe Material des geknoteten Hanfs unter ihren feuchten Händen. Sie löste die Füße vom Boden, ließ sich treiben und glitt leichtgewichtig an die Oberfläche des Teichs.

Sie schloß die Augen, lag reglos da, schwamm auf dem Wasser und spürte das leichte Plätschern auf ihrer Haut wie die Brise auf ihrem feuchten Gesicht. All ihre Sinne waren geschärft. Die

Luft erschien ihr nun klarer und kühler. Der erdige, fruchtbare Geruch des Bodens wehte ihr vom Ufer in die Nase.

Tief und zufrieden atmete sie durch. Himmel, fühlte sich das köstlich an!

Mad Dog schlich Mariah durch den Obstgarten nach. Er wußte, er sollte das nicht tun – hatte kein Recht dazu. Aber er konnte es nicht lassen. Sie hatte sich im Badezimmer so verflixt seltsam benommen, ganz anders als sonst. Er spürte, daß sie etwas im Schilde führte, und wollte unbedingt wissen, was eine Frau wie Mariah Throckmorton für Geheimnisse hatte.

Das rauschende Geplätscher des Flusses wurde lauter und lauter. Am letzten einsam stehenden Apfelbaum verhielt er seinen Schritt und spähte vorsichtig um den Stamm.

Sie stand am Fluß, an der Biegung, wo ein grüner Teich entstanden war. Neben ihr erhob sich wie ein Wächter eine kräftige, vom Wind geformte Eiche, deren goldrote Blätter sacht im Luftzug raschelten.

Mariah schloß die Augen und griff nach den Haarnadeln. Eine nach der anderen zog sie aus ihrem Knoten, bis das dichte, wellige Haar ihr über die Schultern herabfiel und ihr Gesicht umrahmte. Sonnenlicht verfing sich in den zahlreichen rotschimmernden Strähnen und verwandelte ihr normalerweise gewöhnlich wirkendes Braun in ein feuriges Mahagoni.

Sie schüttelte den Kopf, lächelte und faßte hinter sich.

Mad Dog schluckte schwer. Sein Hals war wie zugeschnürt und der Atem stockte ihm. Das Herz klopfte heftig und laut gegen seine Rippen. Er wollte sich schon zum Gehen wenden. Hier dürfte er nicht sein, sollte ihre Intimsphäre respektieren …

Das weite braune Kleid glitt von ihren Schultern und landete auf dem Boden zu ihren Füßen. Sie trat es beiseite.

Damit war es um seine Entschlußkraft geschehen! Verdammte Versuchung! Mad Dog atmete aus. Seine Hände begannen zu beben. Hastig schob er sie in die Taschen.

Sie öffnete die Augen.

Er machte einen Satz hinter den Baum und wartete stumm darauf, daß sie zu ihm herüberkommen und ihm eine Ohrfeige verpassen würde.

Schließlich hielt er es in seinem Versteck nicht mehr aus.

Das Herz klopfte ihm bis zum Hals, als er um den Baum spähte. Zuerst sah er nichts.

Er wagte sich ein Stück vom Baum weg. Weit genug, um etwas wahrzunehmen.

Sie stand mitten im Wasser, fröstelte leicht und hatte nicht mehr an als ein beiges Unterhemd mit rundem Halsausschnitt und die dazu passende Kniehose. Der dünne Stoff legte sich eng um ihre Rundungen, die Formen ihres schlanken Körpers zeichneten sich deutlich ab.

Bei diesem Anblick verspürte Mad Dog sofort eine Reaktion. Langsam atmete er aus. Himmel, diese Veränderung war schier unglaublich! So entspannt und ohne diesen scheußlich verkniffenen Gesichtsausdruck war sie fast schön. Die Strenge in ihren Zügen schien plötzlich klassischem Ebenmaß zu weichen.

Sie watete ins Wasser und tauchte unter, bis er nur mehr ihren hellen Hals und das Gesicht sah. Ihr Haar breitete sich wie ein Fächer aus und schwamm auf dem grünen Wasser. Sie ließ den Kopf tiefer sinken, bis ihr Haar benetzt war und tauchte wieder auf.

Das Wasser rann ihr übers Gesicht. Sie leckte einen Tropfen von ihren Lippen und kostete ihn. Ihr nasses Haar nahm eine kaffeebraune Färbung an, die die Blässe ihrer Haut und das Rot ihrer Lippen schmeichelnd verstärkte. Und erst ihre Augen ... meine Güte, ihre Augen hoben sich wie glitzernde Topase von der hellen, weichen Haut ab.

Sie faßte hinter sich, hielt sich an irgend etwas fest und ließ sich treiben. So lag sie da, reglos wie eine Märchenprinzessin und wurde von dem rhythmisch plätschernden Wasser umspült. Mit jedem Atemzug hoben und senkten sich gleichmäßig ihre

Brüste. Die aufgerichteten Spitzen zeichneten sich unter dem nassen Stoff ab.

Mad Dog starrte zu ihr hinüber. Er konnte nicht anders. Es fehlte jede Spur von der ordentlichen, anständigen Jungfer in dieser Frau, die so seelenruhig auf der Oberfläche des Wassers trudelte. An ihre Stelle war ein Geschöpf getreten, so sinnlich und stark wie die Natur selbst.

Eine Frau, die sonst immer etwas mit sich herumschleppte und eine Menge Schwierigkeiten in der Vergangenheit gehabt haben mochte.

Unwillkürlich verspürte Mad Dog ein wildes Verlangen, das ihn fast übermannte.

Er stellte sich sogar vor, sich auf der Stelle zu ihr zu gesellen. Schwärmerisch malte er sich aus, wie sich ihre helle Haut anfühlen würde, wie die harten, rosigen Knospen auf seine Berührung reagierten.

Ein leises Stöhnen entfuhr ihm. Herrje, wie sehnte er sich danach, sie auf der Stelle in die Arme zu nehmen, an sich zu pressen, damit sie seine Erregung spürte, und sie zu küssen. Ihre Unschuld, Frische und Hingabe würde er beglückt genießen.

Plötzlich wollte er sie kennenlernen. Ihr wahres Ich, nicht die Fassade, mit der sie sich Rass und der restlichen Welt zeigte. Von der verbissenen Jungfer wollte er nichts wissen, sondern die Waldfee, die da halbnackt im Fluß schwamm, wollte er näher kennenlernen. Die Frau, die einiges durchgemacht haben mochte.

Er lächelte. Wer hätte gedacht, daß er auf einer netten, abgelegenen Farm wie dieser auf ein solches Rätsel stoßen würde? Himmel noch mal, war das faszinierend! Je länger er zu ihr hinüberschaute, um so mehr wollte er die Wahrheit wissen.

Unter der eintönigen braunen Kleidung und den gestärkten Blusen steckte eine Frau, die Leidenschaft besaß, die er, komme was da wolle, unbedingt kennenlernen mußte.

Er stieß sich vom Baum ab, wandte sich um und hastete zur

Farm zurück. Bei jedem Schritt dachte er daran, wie sehr er sie begehrte. Als er schließlich das Haus erreichte, stand eines für ihn fest. Nicht eher würde er locker lassen, bis er Mariah Throckmorton von ihrer Fassade befreit und ihr wahres Ich erblickt hatte.

Jubelnde Vorfreude erfüllte ihn.

Jake sah Mad Dog der zugeknöpft wirkenden Dame durch den Obstgarten folgen. Er wartete sehr lange – vielleicht zu lange –, bis Mad Dog unten am Fluß verschwand.

Das war Jakes Chance. Mit einem raschen Blick nach beiden Seiten stürmte er quer über den Hof und rannte die Stufen hinauf.

An der Tür hielt er inne und schaute sich um, dann schob er sie vorsichtig auf. Sie knarrte furchtbar laut.

Erschrocken hielt Jake den Atem an.

Niemand schrie ihn an. Es kam auch keiner gelaufen.

Er atmete erleichtert auf und huschte ins Haus. Bei dem Duft des Eintopfs lief ihm das Wasser im Mund zusammen und es zog ihn schnurstracks zur Küche. Sein Magen knurrte laut.

Er stürmte auf die Kühlkiste zu, fiel auf die Knie und riß den Deckel auf. In ihrem Innern fand er einen Rest Schinken und ein paar kalte Kartoffeln. Während er das Essen an sich drückte, schlug er den Deckel zu.

Halbwegs war er schon bis zu einem Regal gelangt, als er die Haustür quietschen hörte.

Im ersten Moment stand er wie gelähmt da, dann kroch er flink unter den Tisch.

»Rass, sind Sie das?« meldete sich Mad Dog von draußen.

Jake preßte sich gegen das Tischbein und hielt das kostbare Essen umklammert.

Die Haustür knarrte und fiel ins Schloß. Schwere Schritte stampften durch den Flur. Eine weitere Tür ging auf und gleich darauf zu.

Jake saß da, wartete und hatte alle Sinne angespannt.

Resigniert lehnte er seinen Kopf gegen das stämmige Tischbein. Er war es so leid, durch die Gegend zu wandern, sich irgendwo hineinzuschleichen, sich etwas zu stehlen und zu verstecken. Und diesen Wunsch, der ihn in seinen Klauen hatte, war er ebenso leid.

Dabei handelte es sich nur darum, in ein Haus wie dieses zu gehören, in einem richtigen Bett zu schlafen und sich nachts daheim zu fühlen.

Er schüttelte den Kopf. Am besten würde er es auf der Stelle hinter sich bringen, ehe Mad Dog eine Chance hatte, sich wieder davonzumachen. Jake schloß die Augen und stellte sich zum unzähligsten Male die Begegnung vor. Er würde zu Mad Dog hingehen und verlangen ...

Was denn? Bei der vertrauten Frage flammte sofort seine heftige Enttäuschung auf. Er wußte nicht mal, was er von Mad Dog wollte – wie um alles in der Welt konnte er sich dann ausmalen, wie es ablaufen sollte?

Vielleicht morgen, dachte er betrübt, aber schon seit langem hatten die Worte an Kraft verloren. Er glaubte nicht mehr daran. Morgen würde nichts anders sein als heute oder gestern oder vorgestern.

Das Geräusch von fließendem Wasser drang in sein Bewußtsein.

Er kroch unter dem Tisch hervor, hielt inne und schaute sich um. Dann sprang er auf und rannte zur Haustür.

Behutsam öffnete er sie und spähte nach draußen.

Dort sah es verlassen aus. Er drückte seine Beute an sich und stürmte davon.

So tief in seinem Kummer versunken, so betroffen von seinem Versagen, so enttäuscht über seine Feigheit merkte er nicht, daß ihm jemand nachschaute, als er zur Scheune zurück hastete.

7. Kapitel

Mariah stand am Herd und kochte das Abendessen. Der süßsaure Duft des Sauerbratens hatte sich in der warmen Küche ausgebreitet. Das kochende Salzwasser sprudelte bereits in dem großen schwarzen Topf. Weißer Spätzleteig floß in die brodelnde Brühe. Daneben schmolz ein Stück Butter in einer gußeisernen Pfanne und wurde zu einer dicken, goldbraunen Soße. Auf dem Regal über dem Herd stand eine Steingutschüssel mit Semmelbröseln. Alles lief wie am Schnürchen.

Sie lächelte. Das Gefühl, ihr Leben im Griff zu haben, tat ihr gut – es trug erheblich zu ihrem Wohlbefinden bei, das sie seit heute nachmittag empfand.

Stolz erfüllte sie, daß sie sich durch Mr. Stones Anwesenheit nicht von ihrem Bad in freier Natur hatte abhalten lassen. Es war so wichtig für sie, ja lebensnotwendig. Ohne das fühlte sie sich am Ende einer Woche wie zerschlagen.

Die Spannung setzte sonntags morgens ein – mit ihrem ersten unfreiwilligen Blick auf die Gräber – und wuchs von Tag zu Tag bis samstags nachmittags, wenn sie nahe daran war laut aufzuschreien.

Durch das Bad in freier Natur vermochte sie das alles abzustreifen. Hinterher fühlte sie sich wieder stark genug, es mit der Welt aufzunehmen. Oder auch mit einem müden Landstreicher, der keine Manieren besaß. Sie war überzeugt, daß sie ihre leidenschaftlichen Reaktionen jetzt unter Kontrolle hatte. Sollte Mad Dog sie wieder necken, würde ihr das nichts ausmachen.

»Nur zu«, murmelte sie und lächelte. »Versuchen Sie es ruhig. Ich bin bereit zu allem.«

»Ich auch«, erklang in dem Moment Mad Dogs gelassene Stimme von der Tür her.

Mariah zuckte zusammen. Zum Kuckuck, daß er sich aber auch so anschleichen mußte! Widerstrebend sah sie sich um.

Er hatte sich mit einer Schulter an den Rahmen gelehnt, die Arme vor der Brust verschränkt, den Hut tief in die Stirn gezogen. Unwillkürlich erinnerte er sie an einen Löwen, der im Schatten verharrte und sein Opfer belauerte.

Sein Anblick verschlug ihr den Atem. Sie vermochte ihre Augen nicht abzuwenden. Er hatte sich rasiert und umgezogen. Der leicht herabhängende, viel zu dichte Schnäuzer war weg, wie auch die Bartstoppeln auf seinen Wangen. Es kam ein markantes Gesicht zum Vorschein und auffallend sinnliche Lippen, auf denen ein betörendes Lächeln lag. Sein sauberes weißes Hemd hing ihm locker um die breiten Schultern und stand am Hals offen. Die langen Beine steckten in einer verwaschenen, abgetragenen Jeans. Das blonde Haar kringelte sich in dichten Locken bis auf seinen Kragen.

Hilfe, sah er phantastisch aus!

Nichts hätte sie mehr verwirren können. »Es ist nicht höflich, sich an andere Leute anzuschleichen«, hielt sie ihm vor.

»Haben Sie wirklich Höflichkeit von mir erwartet?«

Ein verräterisches Lächeln huschte über ihr Gesicht. Doch sie versuchte, es sofort zu verdrängen. Himmel, daß er sie aber auch so leicht entwaffnen konnte. »Nein.«

Er schob den Hut hoch und schlenderte auf sie zu. Seine Absätze klapperten auf den Holzdielen. Sie spürte seinen Atem in der Luft zwischen ihnen. Sein Blick war forschend auf sie gerichtet, als suche er etwas.

Sie strich ihre Schürze glatt, obwohl sie nicht zerknittert war und wandte sich von ihm ab. »Sie dürfen sich setzen, Mr. Stone. Das Abendessen ist gleich fertig.«

Nach einem Blick in die Pfanne meinte er: »Sieht aus wie Maden.«

»Netter Vergleich. Natürlich, wenn jemand eine Made erkennt, dann bestimmt Sie, Mr. Stone.«

Er lachte.

Der volle, tiefe Klang seiner Stimme ging ihr durch und durch. Dabei hatte sie ihn beleidigen wollen. Fast unabsichtlich schaute sie auf.

Direkt neben ihr stand er. So nah, daß sie den frischen, männlichen Duft seiner Haut wahrnahm. Sein Gesicht füllte ihr Blickfeld aus. Sie guckte geradewegs in zwei graue Augen und hatte das merkwürdige Gefühl, bis in ihr tiefstes Innere durchleuchtet zu werden.

Sie senkte ihre Lider und blieb zufällig an dem V-Ausschnitt hängen, den sein offener Kragen bildete. Dunkelbraune Locken kringelten sich auf seiner gebräunten Brust. Der Anblick wirkte verlockend, verführerisch auf sie.

Ruckartig hob sie ihr Kinn und zwang sich, ihm wieder in die Augen zu schauen. »Gibt es einen näheren Grund für Ihr Herkommen?«

»Jawohl.«

Sofort spürte sie, daß sie keine weiteren Fragen stellen sollte, aber sie konnte sich nicht zurückhalten.

»Wes ... weswegen denn?«

Er beugte sich vor. Mariahs Herz klopfte heftiger, aus Furcht oder wegen verborgener, gefährlicher und unbekannter Gefühle ...

»Ich will Sie näher kennenlernen.«

»Wie bitte?«

Er lachte leise. »Ich bin neugierig auf Sie, das ist alles.«

Oh, das hatte ihr noch gefehlt! Sie straffte sich und achtete darauf, seinem Blick nicht zu begegnen. »Ich wünsche nicht, daß Sie neugierig auf mich sind, Mr. Stone.«

»Deshalb bin ich es ja gerade.«

Sie seufzte empört. »Wollen Sie mich absichtlich aus der Fassung bringen?«

»Nein. Das geschieht meistens mehr oder weniger von selbst. Eine meiner wenigen Gaben.«

»Ihre Mutter muß stolz auf sie sein.« Zu spät fiel ihr ein, daß seine Mutter schon verstorben war. »Oh Gott, Mr. Stone. Entschuldigung ...« Sie wandte sich ihm zu und wußte nicht, was sie nun sagen sollte.

Er starrte sie an und diesmal lächelte auch er nicht. Ihre Blicke trafen sich. Es lag etwas in seinen Augen, das sie überraschte. Ein Gefühl der Einsamkeit, das ihr seltsam vertraut erschien. Doch gleich darauf war es verschwunden.

Hatte sie sich nicht getäuscht? War es wirklich da gewesen?

»Schon verziehen.«

Mariah weigerte sich, darüber nachzudenken, was sie in seinen Augen gesehen hatte. »Nun, das ging ja schnell«, erwiderte sie und lachte spröde.

Seine gute Laune war schon wiederhergestellt. »Ich bin ein umgänglicher Mensch. Denken Sie daran, wenn ich Ihnen zu impulsiv erscheine.«

»Ach? Wollen Sie mich etwa attackieren?«

Er zuckte mit den Achseln. »Nein, aber es überkommt mich manchmal. Das ist nämlich meine andere Gabe.«

»Wie? Mehr Gaben besitzen Sie nicht – nur die beiden?«

»Also, ich beherrsche noch einen ziemlich gemeinen Kinnhaken mit der Rechten.«

Sie rührte die Spätzle. »Donnerwetter, was für Fähigkeiten. Damit haben Sie es sicher leicht, eine Arbeit zu finden.«

»Ich suche sehr selten Arbeit.«

»Zu meinem Pech finden Sie aber gelegentlich einen festen Job.«

Erneut beugte er sich vor. Im ersten Moment dachte sie entsetzt, er fasse sie an. Sie wollte zurückweichen.

Er streckte keine Hand aus, sondern schaute sie nur an. Aber dieser Blick war so intensiv, so durchdringend und wesentlich stärker als jede körperliche Berührung, die sie je erfahren hatte.

»Sie sind gar nicht so, wie Sie sich geben, nicht wahr, Miss Throckmorton?«

Die leisen Worte trafen Mariah wie lauter scharfe Pfeilspitzen. Fieberhaft suchte sie nach einer kessen, spöttischen Erwiderung. Es wollte ihr jedoch nichts Passendes einfallen. So starrte sie ihn stumm an, hatte die Lippen leicht geöffnet, vermochte aber nichts zu sagen.

Hinter ihnen knarrte die Küchentür. »Hallo, ihr zwei«, meldete sich Rass aus dem Flur.

Der Bann brach. Mad Dog wich zurück.

Innerlich zitternd wandte Mariah sich ab. »Hallo, Rass!« Ihre Stimme klang etwas rauh, und selbst das Atmen fiel ihr schwer.

Rass sog die Luft ein und rieb sich den Bauch. »Hier riecht es nach Sauerbraten und Spätzle. Das ist mein Leibgericht. Gibst du mir eine Extraportion, ja?«

»Aber selbstverständlich.« Sie bückte sich und öffnete die Ofentür. Hitze schlug ihr entgegen, als sie das große Bratblech herauszog und es oben auf den Herd stellte.

Sie blickte auf den dampfenden Braten, ohne wirklich etwas zu sehen. Nervosität breitete sich in ihrem Innern aus. Mad Dog sollte sie nicht beobachten, sollte sie nicht bis an ihre Grenzen drängen, Fragen stellen, die jahrelang keiner ausgesprochen hatte. Fragen, die sie vor allem gar nicht hätte beantworten können. Sie wollte nicht, daß er sie näher kennenlernte.

Ihre Vergangenheit ging nur sie etwas an. Er hatte kein Recht, sich mit fremden Angelegenheiten zu beschäftigen.

Deshalb zitterte sie innerlich und hatte Angst vor Mr. Stone. Sie wollte ihre Geheimnisse für sich behalten. Nur das und sonst nichts.

Aber sie mißtraute sich ein wenig. Da war noch etwas anderes, das sie in seiner Gegenwart erschauern ließ und das sie seit ... sechzehn Jahren nicht mehr verspürt hatte.

Mad Dog rüttelte an ihrer Entschlossenheit, versuchte ihre

Abwehrmauern niederzureißen. Er brachte sie in Zorn, aber auch ebenso leicht zum Lachen, Donnerwetter noch mal.

In seiner Gegenwart lebte sie wieder auf.

Es war so lange her, seit sie etwas für einen Mann empfunden hatte. Damals hatte sie einen zu großen Fehler begangen, ihr Herz vollkommen hingegeben und nichts dafür verlangt. Ihre eigenen Gefühle hatten sie zermalmt.

Sie wollte nicht wieder aufleben, wollte nicht auf Mad Dog reagieren, wie eine Frau auf einen Mann reagiert. Ihr war das Verhältnis von Hausherrin zu Hilfskraft lieber, näheren Kontakt wollte sie nicht. Alles andere würde ihr nur weh tun.

Daran zweifelte sie nicht. Es hatte keinen Sinn, sich für einen Mann wie Mad Dog Stone zu interessieren und sich um ihn zu kümmern. Die abgelaufenen durchlöcherten Sohlen seiner Stiefel sagten ihr genug, um Bescheid zu wissen.

Er war genau wie Stephen. Und er erzeugte Gefühle bei ihr, genau wie Stephen es getan hatte ...

Aber damals war sie ein junges Ding gewesen, praktisch ein Kind. Mit dem Gedanken tröstete sie sich. Heute war sie nicht mehr sechzehn und wünschte sich auch nicht mehr das Märchenleben, an das sie damals noch geglaubt hatte.

Inzwischen war sie älter und klüger, genau das Gegenteil der jugendlichen Unschuld. Sie sah die Welt, wie sie war, als kalten, ungastlichen Ort, wo an jeder Ecke Enttäuschungen lauerten.

Aber auch stärker war sie geworden. Mad Dog mochte gewisse Gefühle bei ihr erzeugen – das konnte sie nicht leugnen – aber er konnte sie nicht verletzen, außer sie überließe ihm ihr Herz.

Und das würde auf keinen Fall geschehen.

Mad Dog zog einen Stuhl an den Tisch.

Ihm gegenüber saß Mariah so kerzengerade, als hätte sie einen Stock verschluckt, die Hände sittsam im Schoß gefaltet und den Blick auf ihren Teller gerichtet.

Sie versuchte ihn zu ignorieren, so zu tun, als kümmere es sie kein bißchen, wenn er in ihre Vergangenheit tauchen wollte. Aber so ganz überzeugend gelang ihr das nicht – oder er kannte sie schon so gut, daß er die winzigen Sorgenfalten auf ihrer Stirn und das leichte Zittern ihrer Finger bereits zu deuten wußte.

Es gab tatsächlich etwas in ihrer Vergangenheit. So schwer es ihm fiel, sich das vorzustellen, Mariah besaß ein Geheimnis. Inzwischen war er sich ziemlich sicher, und je mehr er darüber nachdachte, desto unwiderstehlicher zog es ihn an.

Aber er würde nichts über sie erfahren, wenn sie ihn nicht anschaute. Im Augenblick starrte sie auf ihren Teller, als lägen dort die Kronjuwelen von England. Sie ließ ihn einfach links liegen – und das störte ihn.

Er räusperte sich und stocherte mit seiner Gabel im Essen herum. »Diese Maden sehen wirklich lecker aus.«

Ruckartig hob sie den Kopf. »Das sind Spätzle, Mr. Stone.«

Rass sah auf. Seine blauen Augen wirkten verträumt. »Hat jemand etwas von Maden gesagt?«

»Natürlich nicht, Rass. Mr. Stone wollte uns nur von seinen Freunden erzählen.« Sie lächelte Mad Dog honigsüß an. »Das war nur ein kleiner Versprecher von ihm.« Ehe er etwas darauf erwidern konnte, wandte sie sich ihrem Vater zu. »Du hast kaum etwas gegessen. Ist dir nicht gut?«

Rass spießte eines der rutschigen Spätzle auf und hob die Gabel an seinen Mund. »Mmh … delikat«, antwortete er und schmatzte vernehmlich.

Sie lächelte. »Man hört es.«

Mad Dog ließ sie nicht aus den Augen und war wieder überrascht, wie sehr sie sich änderte, wenn sie lächelte.

Sie schien seinen forschenden Blick zu spüren. »Was sehen Sie mich so an?« fragte sie ihn.

»Mir ist nur gerade aufgefallen, wie hübsch Sie sind, wenn Sie lächeln.« Er staunte über sich selbst, wie ehrlich er seine Worte meinte.

Sie straffte sich, preßte die Lippen aufeinander und wich seinem Blick aus.

Mad Dog runzelte die Stirn. »Das sollte ein Kompliment sein.«

Sie beachtete ihn gar nicht und starrte wieder auf ihren Teller. Er stützte die Ellenbogen auf den Tisch, legte seine Fingerspitzen aneinander und musterte Mariah aufmerksam. Sie zog sich in ihr gewohntes Schneckenhaus zurück und tat so, als säße er gar nicht mit am Tisch. Das wollte er sich jedoch nicht gefallen lassen. »Miss Throckmorton, wie lange wohnen Sie eigentlich schon hier?«

Sie wurde noch steifer und hielt ihren Blick gesenkt. »Die meiste Zeit meines Lebens.«

»Mariah verläßt die Farm nicht«, erklärte Rass.

Man sah Mariah ihren Verdruß an. »Ich … ich bin sicher, Mr. Stone interessiert sich nicht für unsere privaten Angelegenheiten, Rass.«

Mad Dog beugte sich vor und lächelte sie aufmunternd an. »Im Gegenteil, Miss Throckmorton, gerade für Ihre privaten Angelegenheiten interessiere ich mich!«

Er war zu weit gegangen. Das erkannte er sofort.

Alles an ihr veränderte sich. Sie richtete sich noch steiler auf, wenn das möglich war. Ihr kalter Blick traf ihn, als wäre er eine Spinne auf einem weißen Tuch. Spöttisch hob sie eine Braue. »Ich kann mir nicht vorstellen warum, Mr. Stone.«

Rass legte seine Gabel hörbar beiseite und seufzte ungeduldig. »Also diese förmlichen Anreden Mister und Miss stören mich allmählich. Ihr habt doch Namen, Mariah und Mad Dog. Benutzt sie gefälligst!«

Mariah sah Mad Dog an.

Er reagierte mit seiner gewinnendsten Miene.

Sie blieb unbewegt. »Ich kann einen … Menschen nicht Mad Dog nennen. Wie heißen Sie richtig?«

Die Frage verblüffte Mad Dog. Es war Jahre her, daß ihn

jemand nach seinem Vornamen gefragt hatte und mindestens ebenso lange war es her, daß er darauf eine Antwort gegeben hatte. Längst hatte er sich daran gewöhnt, anonym, unerkannt und nicht auffindbar durch die Gegend zu ziehen. Es gefiel ihm, einer der Namenlosen zu sein.

Er lehnte sich in seinem Stuhl zurück und lächelte Mariah herausfordernd an – damit hatte er in seinem Leben immer die Oberhand gewonnen. »Kommen Sie, Mariah, sicher können Sie mich Mad Dog nennen – mit ein wenig gutem Willen.«

»Vermutlich kann ich Sie so ansprechen, aber ich will es nicht.« Sie beugte sich ebenfalls vor und stützte ihre Ellenbogen auf. »Nun, Mr. Stone, wie heißen Sie also?«

Er suchte nach Ausflüchten. Zum ersten Mal seit Jahren fühlte er sich von einer Frau verunsichert. »Das spielt keine Rolle.«

Dann lehnte sie sich zurück, ohne seinem Blick auszuweichen. »Es scheint, Mr. Stone, als hätten auch Sie ein paar Geheimnisse.«

Mad Dog richtete seine Aufmerksamkeit auf seine Spätzle. Einen Moment lang war sie ihm zu nahe getreten, viel zu nahe.

Und plötzlich fühlte er sich nicht mehr so verwegen wie zuvor.

Lieber Himmel, bin ich erschöpft. Das war heute der längste Tag ihres Lebens gewesen. Selbst das Bad in freier Natur hatte am Ende nichts geholfen. Sie fühlte sich ausgelaugt und hohl. Leer. Mariah stand am Fenster ihres Schlafzimmers und blickte hinunter auf den dunklen Hof der stillen Farm. Die Schatten der heraufziehenden Dämmerung huschten durch den Obstgarten und die letzten Lichtstrahlen fielen auf das spitze Dach der Baracke.

Mir ist nur gerade aufgefallen, wie hübsch Sie sind, wenn Sie lächeln.

Bei der Erinnerung an diese Worte zuckte sie zusammen.

Sie hatte sie überhören, ihm gar nicht zeigen wollen, was in ihr vorging, aber seine Aufmerksamkeit hatte ihr förmlich die Kraft geraubt. Das Kompliment, nicht weit von Stephens Lügen entfernt, hatte ihre eiserne Beherrschung gebrochen, so daß sie sich entblößt und verletzt vorkam.

Er schaffte es mühelos, ihr zu nahe zu rücken und sie aus der Fassung zu bringen. Die Wahrheit war offensichtlich und unleugbar. Sie konnte es spüren, wie er sich tückisch an sie heranschlich und sie schwächte.

Gleichgültig wie oft sie darüber nachdachte und danach strebte, sich ihre Empfindungen Mad Dog gegenüber rational zu erklären, die rätselhafte Anziehungskraft blieb.

»Ich fühle mich zu Versagern hingezogen«, schimpfte sie laut vor sich hin.

Aber das stimmte nicht ganz, wie sie wußte. Sie fühlte sich nicht wirklich zu Mad Dog Stone hingezogen. Sie ... nahm ihn deutlich wahr und wurde auf eine krankhafte Weise von ihm angelockt. Das war ein Unterschied. Wie hätte sie ihn nicht wahrnehmen sollen, hier auf dieser einsamen Farm weit entfernt vom Trubel der Welt, wo jahrelang nichts geschehen war? Auf sie wirkte er unbestreitbar wie ein wüster Tornado an einem ruhigen Herbsttag. Wie konnte man einen Tornado in seinem eigenen Garten übersehen?

Sie verschränkte ihre Arme noch fester, ging zum Bett hinüber und setzte sich auf den Rand.

Ihre Reaktionen auf ihn waren absurd. Eigentlich spielte es keine Rolle, sollte er das Geheimnis ihrer Vergangenheit tatsächlich erfahren. Es würde ihn bestimmt nicht weiter beschäftigen. Vermutlich lachte er sogar darüber.

Ihr Herz verkrampfte sich bei dem Gedanken. Es überraschte sie, daß nach all den Jahren die Geschichte immer noch die Macht hatte, sie zu beschämen.

Sie preßte die Augen zu und wünschte sich – dieses eine Mal – sie könnte weinen.

Im Augenblick hätte ihr das gut getan, hätte die ganze aufgestaute Enttäuschung und Bitterkeit gelöst, die sie gefangenhielten. Aber sie hatte seit einer Ewigkeit nicht mehr geweint, nicht mehr seit jenem Nachmittag vor langer Zeit, als der Kummer sie förmlich vernichten wollte. Selbst als ihre Mutter dann gestorben war, hatte sie verstört, betroffen und einsam an ihrem Grab gestanden, unfähig eine Träne zu vergießen. Die Trauer hielt sie wie in einem Schraubstock fest und wollte sich nicht lockern.

Müde sackte sie in sich zusammen. Er würde es schaffen, sie niederzudrücken, das fühlte sie, aber sie vermochte nichts dagegen zu halten. Sie war die Lügen, das Versteckspiel und die Heimlichtuerei satt. Es hatte sie schon Rass gegenüber ihre ganze Kraft gekostet, aber jetzt bei Mad Dog wurde es schier unerträglich.

Wenn sie nur ein bißchen Mut besäße – ein kleines bißchen. Alles andere hatte sie: einen starken Willen, einen starken Verstand, Entschlossenheit und Durchsetzungsvermögen. Wirklich alles bis auf Mut. Den hatte sie damals verloren und nie mehr zurückgewonnen. Wäre ihr das gelungen, wäre sie wohl kaum hiergeblieben. Kein enger weißer Lattenzaun würde einen Menschen aufhalten, der Mut besaß.

»O Gott ...«

Sie wußte nicht, was sie gegen Mad Dog ausrichten konnte, wie sich von ihm fernhalten – wie ihn dazu bringen, daß er das gleiche tat? Nur in Ruhe wollte sie gelassen werden. Alles sollte so bleiben, wie eh und je.

Sie wollte sich in ihrem eigenen Haus wieder sicher und geborgen fühlen.

War das denn zuviel verlangt?

8. Kapitel

Rass stand in der Küche und lauschte dem Ächzen der Dielenbretter im Obergeschoß.

Verhalten atmete er aus. Mariah war in ihrem Zimmer.

Er ging zu der Kühlkiste, holte das übriggebliebene Stück Sauerbraten heraus, schnitt es in Scheiben und legte sie mit ein paar Kartoffeln sowie Karottengemüse auf einen eingedellten Zinnteller. Dann klemmte er sich noch eine Flasche Apfelwein unter den Arm. Als er sich aufrichtete, warf er einen nervösen Blick zur Treppe. Dort rührte sich nichts.

So leise er es vermochte, schlich er zur Haustür und öffnete sie. Kalte Abendluft, angereichert mit dem süßen Aroma reifer Äpfel, wehte ihm entgegen. Die Obstbäume hoben sich wie schwarze Skelette vom grauen Nachthimmel ab.

Verstohlen zog er die Haustür hinter sich zu, und hastete, den Kopf gesenkt, mit dem Essen im Arm zur Scheune hinüber.

Vor dem verschlossenen Tor blieb er stehen. Erwartungsvoll beschleunigte sich sein müdes, altes Herz und gab ihm das Gefühl, wieder jung zu sein. In seiner Scheune spielte sich etwas ab. Das war ihm in dem Moment klar geworden, als er am Nachmittag den Jungen über den Hof seiner Farm hatte schleichen sehen. Hielt sich jemand auf der Throckmorton-Farm versteckt, so bedeutete das ein aufregendes Rätsel, das man nicht übergehen konnte.

Er balancierte den Teller mit dem Essen und stieß gegen das Tor. Es wackelte in den Angeln und schrammte in einem großen Bogen über die festgestampfte Erde bis zur Wand, wo es gegen das Holzgerüst prallte.

Oben auf dem Heuboden bewegte sich etwas.

Rass wagte sich in die Mitte der Scheune und schaute hinauf. Blasses, bläuliches Mondlicht fiel durch das kleine Fenster in der Dachschräge und warf schwarze wie auch nachtblaue Schatten in die Scheune. Der Heuboden hing wie eine bedrohliche Decke über ihm.

Er trat an die Leiter, stellte einen Fuß auf die untere Sprosse und spähte in das undurchdringliche Dunkel hinauf. »Hallo da oben!«

Nichts.

»Ich habe etwas Essen für dich.«

Eine Diele knarrte. Staub und Heu regnete durch die Ritzen herab und fiel Rass ins Gesicht. »Du bist mir heute im Hof aufgefallen.« Er hielt inne und wählte seine Worte mit Bedacht. »Ich tu dir nichts! Aber vielleicht hast du Hunger?«

Gähnendes, endloses Schweigen bekam er zur Antwort. Rass wollte es schon erneut versuchen, als etwas oder jemand über den Heuboden auf die Leiter zukroch. Langsam, bedächtig. Die alten Bretter knackten bei jeder Bewegung.

Rass hielt den Atem an. Das Herz klopfte ihm vor Aufregung. Er kommt, Greta. Er kommt ...

Ein schmales Gesicht erschien über dem Rand des Heubodens. Rass konnte in der Dunkelheit nichts erkennen. Er sah nur den rotgoldenen Haarschopf des Jungen, auf den das Mondlicht fiel. »Was haben Sie denn?«

»Sauerbraten, Kartoffeln und gekochte Möhren.«

»Was ist Sauerbraten?«

»Spielt das eine Rolle?«

Der Junge schüttelte den Kopf. »Nöö. Inzwischen würde ich auch tote Spinnen essen.«

Rass nickte zustimmend und wollte schon die Leiter hinaufklettern.

»Warten Sie ...«

Rass hielt inne und schaute nach oben.

Der Junge schwang ein Bein über den Rand des Heubodens und musterte Rass. »Sie sind … alt!«

Rass blinzelte überrascht. »So?«

Der Junge zuckte mit den Achseln. »Ich … komme wohl zum Essen besser nach unten.«

Da schmunzelte Rass und trat von der Leiter zurück. Nun wußte er mehr über den Fremden, der sich in seiner Scheune versteckt hielt. Der Junge besaß ein Herz. »Das freut mich, Herr Unbekannt.«

Der Junge wandte sich um und stieg herab.

Rass ging zu der Werkbank hinüber und zündete eine Lampe an. Die Flammen flackerten unstet in der Glaskugel und tauchten die Scheune in ein gedämpftes, pulsierendes Licht.

Der neue Gast musterte Rass mißtrauisch.

Da machte der Professor ein paar Schritte auf ihn zu. »Ich bin Rass Throckmorton«, stellte er sich vor.

Vorsichtig zwängte sich der Junge an der Leiter vorbei und nahm den Teller mit dem Essen entgegen. »Und mein Name ist Jake.«

»Also, Jake, sollen wir uns hinsetzen, während du ißt?«

Jake blickte auf den Teller in seiner Hand. Großer Hunger zeichnete sich in seinen Augen ab, aber er nahm sich nichts. »Was wollen Sie von mir?«

Die Frage betrübte Rass. Er stellte die Lampe ab und setzte sich. »Nichts«, antwortete er leise. »Ich dachte bloß, du hättest Hunger.«

Der Junge schien einen Moment nachzudenken, dann nahm er ungelenk neben Rass Platz, zog sich den Teller auf den Schoß und starrte eine Weile stumm auf das Essen. Rass glaubte, Tränen in seinen Augen zu sehen. Dann jedoch machte Jake sich über den Sauerbraten her und schmatzte laut.

Rass schaute ihm beim Essen zu. Erneut überkam ihn Mitleid mit dem Kind, das so früh schon erfahren mußte, was es bedeutete, allein zu sein und mit Angst und Hunger zu leben.

»Wie alt bist du denn?« erkundigte er sich, als Jake alles verdrückt hatte.

Jake trank einen kräftigen Schluck vom Apfelwein und wischte sich mit dem Handrücken einen feuchten Rest von den Lippen. Dabei warf er Rass einen unsicheren Seitenblick zu. »Entschuldigung. Im allgemeinen habe ich bessere Manieren. Ich bin fünfzehn – im März werde ich sechzehn.«

Es überraschte Rass, daß der Junge das Wort Manieren kannte und sich sogar schämte, wenig davon gezeigt zu haben. »Wo kommst du her?«

Ein Schatten huschte über Jakes Gesicht und wirkte etwas eigenartig auf seinem so ehrlichen und offenen Gesicht. »Zuletzt war ich in Abilene.«

Das war nicht die Antwort, die Rass hatte hören wollen, aber er drang nicht weiter in ihn. Statt dessen faßte er in seine Tasche, holte einen kleinen Lederbeutel heraus und öffnete ihn. Schätze glitzerten in dem schwachen Licht. Ein keilförmiger Stein, ein dünner Streifen Klapperschlangenhaut und ein kleines graues Wespennest.

Interessiert griff Jake nach dem Wespennest und untersuchte es aufmerksam.

Rass bemerkte sofort den verwunderten Blick des Jungen und war gerührt. Er fühlte sich fast so wie früher, als er in der Public School No. 27 in New York unterrichtet hatte. Es war so lange her, daß er die Wißbegier junger Menschen erlebt hatte – daß er anderen von dem etwas mitteilen konnte, was er sich an Kenntnissen angeeignet hatte. Zuletzt hatte er den Jungen der Digbys in Geologie und Geschichte unterrichtet. Und hier ist jetzt wieder jemand, der etwas wissen will, dachte er.

»Das habe ich in den Dachsparren einer verlassenen Farm außerhalb der Stadt gefunden. Vielleicht möchtest du morgen mit mir auf Exkursion gehen ...«

Jake schüttelte den Kopf. »Nee, ich glaube, ich muß weiterziehen ...«

»Ich brauche aber einen Assistenten«, unterbrach Rass ihn eifrig. »Jemanden, der meine Funde katalogisiert und für mich einordnet.«

Jake blickte auf den keilförmigen Stein. Leichter Unmut zeichnete sich um seine Mundwinkel ab. »Als ich noch ein Kind war, hat es mir Spaß gemacht, Steine zu sammeln.«

Als ich noch ein Kind war. Die Worte versetzten Rass einen Stich. Was für ein trauriges Bekenntnis eines Fünfzehnjährigen! »Ich bin schon vierundsiebzig und mir macht das immer noch Spaß.«

»Meine Mom hat mir ein Buch über Steine geschenkt, damit ich die vielen Sorten unterscheiden lernte.«

»Sie muß dich sehr lieb haben.«

»Ja.« Er hielt inne und senkte den Blick. »Hatte sie auch.«

Hatte sie auch. Nun verstand Rass die Traurigkeit, die den Jungen umgab. Er wollte schon sagen, es täte ihm leid, aber er wußte, wie sinnlos, wie hohl diese Worte klangen. Deshalb entschloß er sich zu etwas anderem. »Du kannst gern eine Zeitlang hierbleiben und erst weiterziehen, wenn du wirklich möchtest.«

Mit großen Augen schaute Jake ihn an. In dem flackernden Lichtschein wirkte sein junges Gesicht besonders blaß und fast zerbrechlich. Unsicherheit lag in seinem Blick. »Das, das würde mir schon gefallen, aber ...« Verlegen schaute er auf seine Hände hinunter.

»Aber was?«

»Ich habe die strenge Dame gesehen und ... den Mann, der hier lebt ...«

Rass zuckte zusammen, als er hörte, wie der Junge Mariah beschrieb. »Das eine ist meine Tochter Mariah«, erwiderte er leise, »und das andere ist unser neuer Helfer, Mad Dog Stone. Sie werden dich nicht belästigen.«

Jake schüttelte den Kopf. Etwas, das Rass wie Furcht anmutete, verdunkelte seine Augen. »Niemand soll ... erfahren, daß ich hier bin. Noch ist mir das zu früh!«

Rass zeigte Verständnis. Sicher war es lange her, seit der Junge sich irgendwo zu Hause gefühlt hatte. In der Scheune glaubte er sich sicher. »Das ist kein großes Problem. Für eine Weile kann das unser beider Geheimnis bleiben.«

Ungläubig sah ihn der Junge an, so, als hätte er auf eine solche Antwort nicht zu hoffen gewagt. »Ist das Ihr Ernst?«

»Natürlich.«

Schwerfällig stand Rass auf. »Also, ich glaube, ich sollte jetzt mal lieber zusehen, daß ich ins Bett komme. Jungen im Wachstumsalter und gebrechliche alte Männer brauchen ihren Schlaf. Morgen früh gegen sieben bringe ich dir dein Frühstück.«

»Danke, Rass.«

»Gern geschehen.« Rass wandte sich zum Gehen, verließ die Scheune und schloß das Tor hinter sich.

Draußen umfing ihn die Dunkelheit der Nacht, ein vertrauter Trost für Rass auf dem Weg zurück zur Farm. Später, als er allein in dem großen Doppelbett lag, starrte er an die Decke.

Du hast ihn mir geschickt, nicht wahr?

Plötzlich überwältigte ihn die Hoffnung auf eine Antwort von Greta. Er ertappte sich dabei, daß er auf ihren vertrauten Lavendelduft und den leichten Windhauch wartete.

Aber heute abend erhielt er keine Zeichen, bis auf das, das er in seinem Herzen spürte. Dennoch lächelte er zufrieden. Zum ersten Mal seit Monaten freute er sich wieder auf den kommenden Tag.

Mad Dog hatte jahrelang kein Bett mehr gemacht. Er breitete das frischduftende Laken über die unebene Matratze und strich es glatt. Dabei ließ er seine Hand etwas auf dem Stoff ruhen, um das wenig vertraute Gewebe abzutasten.

Begeistert streifte er seine saubere Kleidung ab, schlüpfte ins Bett und zog die Decken über die Brust. Die kühlen Laken umhüllten ihn wie ein behaglicher Kokon, was er schon seit Jahren nicht mehr erlebt hatte.

Himmel, war das herrlich!

Er räkelte sich, schaute zum Dach hinauf und versuchte trotz der Dunkelheit, die im Gebälk hing, etwas zu erkennen. Aber das war unmöglich, die Schwärze undurchdringlich. Ebensogut hätte er ins All blicken und versuchen können, die Entfernung zwischen Erde und Mond auszuloten.

Ganz von alleine wanderten seine Gedanken erneut zu Mariah Throckmorton. Inzwischen würde sie auch in den Federn sein, die Decken bis ans Kinn gezogen und das Haar auf dem Kissen ausgebreitet.

Nein, überlegte er. Sicher hat sie es geflochten. Sie würde ihr schönes, weiches Haar nicht aufmachen.

Bei der Vorstellung lächelte er. Sie besaß etwas Besonderes, das verlockend auf ihn wirkte. Nein, mehr als das, sie ... zog ihn magisch an. Gern hätte er gewußt, woran sie dachte, wovon sie träumte. Ob sie ihm in irgendeiner Weise ähnlich war? Sehnte sie sich vielleicht doch nach mehr in ihrem Leben, als sie hier auf dieser bescheidenen Farm bekommen konnte? Nach etwas, was man nicht benennen konnte?

Aus diesem Bedürfnis heraus war er durch die Lande gezogen, in der Hoffnung, jenes unbestimmbare Etwas zu finden, es dingfest zu machen; aber es war ein vager Traum, eine unerfüllte Sehnsucht geblieben, seit er denken konnte.

Dennoch wollte er weitersuchen und aus einem unerfindlichen Grund nahm er an, Mariah würde ihn verstehen.

Seltsam ...

Er schloß die Augen und streckte sich aus. Das kühle Laken streifte seine bloße Haut, fühlte sich fast wie ein Streicheln an. Dieses Gefühl war ihm einigermaßen neu und berauschte ihn nahezu. Hitze breitete sich in seinem Bauch aus und strömte ihm in die Lenden. Unruhig begann er sich zu wälzen und versuchte einzuschlafen.

Aber es hatte ihn gepackt. Schon wieder mußte er an Mariah denken.

Am nächsten Morgen schabte Mariah kleingeschnittene Wurst, Sauerbraten und Kartoffelstücke vom Schneidbrett in die heiße Bratpfanne. Sie fügte Gewürze und Zwiebeln dazu, und zerstampfte das Ganze zu einem Brei. Das beißende Aroma der gebratenen Zwiebeln wehte ihr entgegen und trieb ihr Tränen in die Augen.

Gedankenversunken wischte sie sie weg und rührte das heiße Püree. Die brodelnde Mischung köchelte und brutzelte vor sich hin. Dahinter stand eine Dose mit frisch gebackenen Maisplätzchen zum Aufwärmen auf dem Herd.

Nicht einmal wandte Mariah sich um oder schaute zum Tisch hinüber.

Dann hörte sie jedoch leises Gelächter von dort.

Am besten ich ignoriere das. Ignoriere ihn.

Aber das hielt sie nicht durch. Also drehte sie sich um und warf einen verstohlenen Blick zum Tisch hinüber.

Mad Dog saß auf Mariahs Stuhl und hatte die Ellenbogen auf die Tischplatte gestützt. Er unterhielt sich mit ihrem Vater, als wären sie die besten Freunde.

Ihr Blick glitt über sein Profil. Dabei bemerkte sie das Muskelspiel an seinem kantigen Kinn und seine sanft geschwungenen Lippen. Sonnenlicht fiel durch das Fenster hinter ihm und tanzte über sein langes, blondes Haar.

Mariah wurde es schwer ums Herz. Aus ihrer selbst auferlegten Einsamkeit erwuchs eine unklare Sehnsucht und breitete sich in ihrem Körper aus.

Sie wandte sich von den beiden ab. Es war nicht Mad Dog Stone, der den Schmerz in ihrem Innern verursachte, ermahnte sie sich nachdrücklich. Es lag nur an seiner Gegenwart und der vertrauten Weise, wie er sich mit ihrem Vater unterhielt und mit ihm scherzte.

Mariah hatte nie einen Freier gehabt. Das war eine Tatsache, die ihr bislang nichts ausgemacht hatte. Jetzt wo sie zu Mad Dog hinüberschaute, der sich an ihrem Küchentisch so wohl fühlte, empfand sie irgendwie Betrübnis. Traurig, was für ein Leben sie geführt hatte und weiterhin führen würde …

Unleugbar wünschte auch sie sich einen Mann an ihrer Seite, mit dem sie dieselbe ewigwährende, unsterbliche Liebe erfahren könnte, wie Rass und Greta sie erlebt hatten. Mariah war in der Gewißheit aufgewachsen, daß es dieses Märchen gab, da sie es täglich bei ihren Eltern sah.

Heute war sie natürlich klüger. Trotzdem – wenn sie an langen, kalten Winternächten allein in ihrem Bett lag und verloren zur Zimmerdecke aufschaute, empfand sie das Fehlen dieser wahren Liebe bitterlich.

Aber Mad Dog Stone war auf keinen Fall der Typ, sie aus dieser Einsamkeit zu befreien. Das durfte sie nicht vergessen. Obwohl er etwas in ihr weckte – das vermochte sie nicht abzustreiten –, lag es nur an ihrer Einsamkeit und an nichts anderem, daß sie überhaupt auf ihn reagierte.

Im Augenblick sollte sie aber nicht über Mad Dog nachdenken, sondern sich auf das Frühstück konzentrieren. Die Restemischung schob sie auf die eine Seite der Pfanne, und schlug sechs Eier in das heiße Fett.

Sobald die Eier gar waren, trug Mariah das Frühstück auf, nahm Mad Dog gegenüber Platz und vermied es, ihn anzusehen. Sie guckte nur auf ihren Teller und fixierte jeden Bissen, den sie zu sich nahm.

Aber sie spürte deutlich, daß Mad Dog sie unentwegt betrachtete.

Irritiert hielt sie den Kopf gesenkt und biß sich auf die Unterlippe, um das leichte Beben zu verbergen. Ihr Herz raste wie verrückt, und sie konnte kaum mehr durchatmen.

Ihre Strenge war äußerster Verletzlichkeit gewichen. Eigentlich hätte sie sich darüber ärgern und umgehend diese Gefühlsregung hinter ihrer gewohnten kühlen Feindseligkeit verbergen müssen. Auf diese Art hatte sie sich jahrelang dagegen gewehrt, wenn ihr mal jemand zu nahe trat, sogar gegen Rass.

Aber diesmal wollte das nicht funktionieren. Sie schaffte es nicht, ihre Gefühle mit Vernunft und eisernem Willen in Schranken zu weisen.

Die eigenartigen Empfindungen sprengten ihre Mauern, schoben sich bis in ihr Herz und ihre Seele. In ihr herrschte eine Verwirrung, die drohte, sie zu verzehren, und ihre Selbstbeherrschung, die sie sich so verzweifelt erkämpft hatte, außer Kraft zu setzen.

Es fiel ihr immer schwerer, ihn zu ignorieren. Ein Teil ihres Ichs, ein stummer Teil, den sie vermeintlich längst begraben hatte, erwachte zu neuem Leben. Ihre Reserviertheit wurde löchrig und sie begann, den schmerzlichen Mangel in ihrem Leben zu erkennen, sah die Einsamkeit und die Isolation, in der sie sich befand. Sie brauchte ihn nur anzuschauen, sein Lächeln mitzubekommen und sein Lachen zu hören, dann erinnerte sie sich sofort, wie es gewesen war, frei und unerschrocken durchs Leben zu gehen. Sich in die Arme nehmen und lieben zu lassen.

Um Himmels willen, wenn sie seiner nur gewahr wurde, fiel ihr ein, was sie vergessen wollte: wie es war, von einem Mann umfangen und zärtlich liebkost zu werden.

Gleichzeitig jagten ihr diese Vorstellungen jedoch größte Furcht ein.

9. *Kapitel*

»Es ist Zeit, zur Andacht zu gehen«, bemerkte Rass und schob seinen leeren Frühstücksteller von sich. »Deine Mutter wartet schon.« Er lächelte Mariah zu. »Sie war nie ein geduldiger Mensch.«

Mad Dog runzelte die Stirn. »Ich dachte ...«

»Meine Mutter ist tot«, erklärte Mariah sachlich. »Aber Rass besucht sie jeden Sonntag.«

»Manchmal auch zwischendurch«, fügte Rass hinzu.

Mariahs Gesichtsausdruck wurde weicher bei den leisen Worten. Sie lächelte ihren Vater an. »Sehr oft zwischendurch.«

Nun schob Mad Dog ebenfalls seinen Teller von sich. »Zur Andacht will ich nicht, danke.«

»Es ist nicht das, was Sie meinen«, hielt Rass ihn rasch zurück.

Mad Dog sah den alten Mann an. »Woher wollen Sie wissen, was ich meine?«

Mariah lachte und stand auf. »Niemand hat eine Ahnung, wie etwas wirklich gemeint ist.«

Der Klang ihres Lachens überraschte ihn. Es hörte sich so anders an als sonst, weich, melodisch und doch etwas kehlig. Unwillkürlich brachte es ihn auf dunkle Nächte und wilde Leidenschaft.

Sie sah stirnrunzelnd zu ihm auf. »Ist irgend etwas, Mr. Stone? Sie sehen so blaß aus.«

Er konnte nicht begreifen, warum er auf ein harmloses Lachen so auffällig reagiert hatte. »Es ist nichts.«

Sie wollte sich schon abwenden. Jedenfalls sah es für ihn so aus, aber sie stand nur auf. Ihre Blicke trafen sich. Es spielte sich etwas zwischen ihnen ab, etwas ... Unwiderstehliches.

Dann, ganz abrupt, wandte sie sich doch von ihm ab.

Verwundert blinzelte er. Diese merkwürdige Verbindung, die er sekundenlang mit Mariah empfunden hatte, war so rasch vorbei, daß es sich wohl um eine Einbildung gehandelt hatte. Er versuchte sich daran zu erinnern, über was sie gesprochen hatten.

Ach ja, Andacht.

»Entschuldigen Sie, Rass. Ich will Ihnen nichts vorheucheln.«

Rass warf ihm einen verwunderten Blick zu. »Wie meinen Sie das?«

»Ich glaube nicht an Gott.«

»Dann glauben Sie wohl an den Teufel?«

Mad Dog lachte. »Daß es den gibt, habe ich oft genug erfahren.«

»Und was sagen Sie dazu, wenn ich Ihnen Gott zeigen kann?«

Mr. Stone vermochte sich ein Grinsen nicht zu verbeißen. »Er wohnt hier, ja? In *Lonesome Creek?*«

Rass blieb ernst und nickte. »Sicher. Sie können mitkommen und sich selbst überzeugen ... Das wäre erst mal ganz neutral.«

Ihr neuer Farmgehilfe nickte. Eine Abwechslung! Warum also nicht? Wenigstens würde er mit Mariah zusammensein – sie vielleicht sogar lächeln sehen. »Na gut, Professor. Dann wollen wir uns mal auf den Weg zu Gott machen.«

»Tragen Sie das etwa zur Andacht?« wollte Mad Dog wissen, als Mariah eine gute Stunde später die Treppe herunterkam.

Sie warf ihm einen kühlen Blick zu. »Was stört Sie daran?«

Er musterte sie von Kopf bis Fuß. Sie stand vollkommen aufrecht da, ihre kleinen Hände sittsam vor der Taille übereinandergelegt. Ein schlichter Stehkragen, ohne Spitze oder sonstigen Zierrat, umrahmte ihren blassen Hals. Dutzende schwarze, runde Knöpfe – die einzige Farbe an dem sonst schmutzigbraunen Kleid – reihten sich von ihrem furchtbar hochgeschlossenen Kragen bis hinunter zu ihrer schlanken, gegürteten Mitte. Braune Schuhspitzen lugten unter dem glatten Saum hervor. Ihr Haar war straff und stramm hinten zusammengesteckt.

Langsam ließ er seinen Blick an ihrer Figur hochgleiten, und sah ihr in die Augen. »Hübsches Kleid«, versetzte er trocken.

Sie schnaubte verächtlich und marschierte zur Tür.

Am liebsten hätte Mariah sie wohl hinter sich zugeschlagen, so aufgebracht schien sie. Aber sie tat es nicht.

Er schob die Hände in die Hosentaschen, schlenderte aus der Küche und folgte ihr auf die Veranda.

Rass stand vor dem Haus und hielt einen Strauß violetter Blumen in der Hand. Er wirkte ... jünger. Freudige Erwartung schimmerte in seinen hellen Augen. »Sind Sie fertig, Mad Dog? Und du, Mariah?«

»Gehen wir«, antwortete sie knapp.

Mad Dog schaute sich nach dem Einspänner um, aber er stand nicht bereit. »Soll ich den Wagen holen?«

Rass lachte vergnügt, und der Klang hallte auf der einsamen Farm wider. »Wir brauchen keine Pferde, um zu Gott zu gelangen, Mr. Stone. Folgt mir.« Ohne ein weiteres Wort stapfte er über die herbstlichen Felder voran.

Mad Dog schaute Mariah unsicher an. »Wo geht er hin?«

Sie sah ihn nicht an, aber er glaubte ein schwaches Lächeln über ihre Lippen huschen zu sehen. »Gott wohnt auf der Westweide, Mr. Stone.«

Da begann auch er zu lächeln. »Nicht hinterm Haus?«

»Dort natürlich auch, aber wir besuchen ihn woanders.«

Er ging zu ihr, unwiderstehlich von der Ironie angezogen, die in ihrer Stimme mitschwang. »Glauben Sie daran, Mariah?«

Für einen Moment schloß sie die Augen, dann reckte sie ihr Kinn vor. Was sie ihm antwortete, kam wie ein Hauch frischer Morgenluft über ihre Lippen. »Mein Glaube geht Sie nichts an, Mr. Stone.«

Damit spazierte sie an ihm vorbei.

Nun hatte er sie vor sich und sah ihre unnatürlich gerade Haltung. Der runde, dicke Knoten in ihrem Nacken schimmerte samtig in dem schwachen Sonnenlicht und erinnerte Mad Dog an die Schmiegsamkeit, die sich unter der nach außen zur Schau getragenen Unbewegtheit verbarg.

Genüßlich ließ er seinen Blick über ihren schlanken Rücken gleiten, an der leichten Biegung ihrer Taille vorbei bis hinunter zu den wohlgestalteten Hüften. Der oft gewaschene Wollstoff ihres Kleides legte sich verführerisch um ihre Rundungen und bauschte sich bei jedem Schritt.

Lässig schob er seinen Hut in den Nacken und folgte ihr.

Sie liefen bis zu einem kleinen Berg etwas vom Haus entfernt. Die windumwehte Anhöhe wäre eigentlich nicht mehr als eine unauffällige Erhöhung in der sich endlos dahinziehenden Landschaft, aber selbst Mad Dog sah auf einen Blick, daß dem nicht so war. Es handelte sich um eine Stätte und nicht bloß einen Hügel.

Eine alte Eiche bewachte den Platz und breitete schützend ihre Zweige über eine kleine schmiedeeiserne Bank. Gleich daneben ragte ein abgerundeter Grabstein aus dem gepflegten Rasen. Sein weißer Marmor schimmerte golden im schwachen Licht der Herbstsonne. Vor dem Stein stand eine Steingutvase mit verblühten violetten Dahlien.

Mad Dog blickte auf die Inschrift. *Hier ruht Greta Wilhelmina Throckmorton, Ehefrau, Mutter und Freundin. 17. April 1820–23. Dezember 1893.*

Ein heftiger Schmerz durchzuckte ihn. Überwältigt schloß er die Augen. O Himmel …

Ein leichter Windhauch streifte fühlbar durch die Zweige des Baumes. Langsam schaute er wieder um sich und begegnete Mariahs Blick.

Zum ersten Mal verspürte er keine Feindseligkeit bei ihr und keine mühsam beherrschte Abneigung. »Ist Ihnen nicht gut?«

Plötzlich verspürte er das Bedürfnis, sich ihr mitzuteilen und ihr zu sagen, daß er verstand. Aber er vermochte nicht sich zu bewegen. Er stand nur da wie ein Idiot, starrte sie an und spürte, wie ihr Schmerz sich mit seinem vereinte und sich wie ein kalter schwerer Stein auf seine Lunge legte.

Zu guter Letzt sagte er nur: »Alles in Ordnung.«

Sie warf ihm noch einen Blick zu, dann drehte sie sich um. Langsam schritt sie zu der schmiedeeisernen Bank und nahm dort Platz. Verkrampft hockte sie sich auf den gebogenen Rand, preßte die Füße aneinander, legte ihre Hände in den Schoß und senkte den Kopf.

Rass trat an den Grabstein, kniete sich hin und tauschte die verwelkten Blumen gegen die frischen aus. »Setzen Sie sich doch, junger Mann«, forderte er Mad Dog auf und begann vor dem Grabstein leise zu murmeln.

Mad Dog lief um das Grab herum und ging auf die Bank zu.

Mariah schaute nicht auf.

Er zwängte sich an ihren Knien vorbei – streifte sie leicht – und ließ sich neben ihr nieder. Das Metall knarrte unter seinem Gewicht.

Sie straffte sich und schaffte Abstand zwischen ihnen.

Rass, der noch immer auf dem Boden kniete, räusperte sich. »Hallo, Greta!« Seine Stimme klang tiefer und weicher, als Mad Dog es bisher gehört hatte. Ein anrührendes Gefühl schwang in ihr mit – Liebe, aber womöglich auch Verehrung. Die leise Begrüßung hatte eine überraschend starke Wirkung auf Mad Dog. Sie erinnerte ihn an die Art und Weise, wie seine Mutter einst mit ihm gesprochen hatte.

»Heute haben wir Besuch mitgebracht, Greta«, flüsterte er. »Mr. Stone. Ich setze große Hoffnungen auf ihn. Was meinst du?«

Mad Dog warf Mariah einen prüfenden Seitenblick zu.

Sie saß stocksteif da, hatte den Blick unbewegt auf ihre Hände gerichtet, die sie immer noch im Schoß gefaltet hielt.

Nicht mal zu ihrem Vater oder zu dem Grabstein schaute sie hinüber, und selbst in ihrem Profil zeichnete sich jene Spannung ab, die sich auch in ihrer ganzen Haltung widerspiegelte. Die Lippen hatte sie fest aufeinandergepreßt. Zahlreiche Sorgenfältchen gingen von ihren Augenwinkeln aus.

Sie schien … innerlich empört – mehr noch als sonst – und rang offensichtlich um ihre Beherrschung.

Ein süßer Lavendelduft wehte übers Gras. Rass schloß die Augen und atmete ihn tief ein. Ein seliges Lächeln breitete sich auf seinem Gesicht aus. »Das finde ich auch«, flüsterte er, obwohl die Worte scheinbar mit der Brise davongetragen wurden.

Er wandte sich an den Besuch. »Fühlen Sie es?«

Mad Dog zwang sich, nicht über die Frau nachzudenken, die so stumm neben ihm saß, und sich nicht davon beeinflussen zu lassen, wie traurig, verloren und einsam sie wirkte. »Was soll ich fühlen, Rass?«

»Schließen Sie die Augen.«

»Meinetwegen.« Er tat, um was er gebeten wurde.

»Hören Sie den Wind …«

Über ihnen raschelten die Blätter, und die Brise klang wie ein melodisches flüsterndes Echo.

»Riechen Sie den Duft der Äpfel, der Birnen …«

Das schwache Aroma des Obstgartens umgab Mad Dog, regte seine Sinne an. Unwillkürlich verzog er die Mundwinkel.

Rass' Schritte schlurften im Gras, als der alte Mann auf ihn zukam. Gleich darauf vernahm er dessen rasselnden Atem.

Mad Dog öffnete die Augen und entdeckte ihn vor sich auf den Knien.

»Das ist Gott«, erklärte ihm Throckmorton leise. »Er ist nicht in irgendeiner Kirche zu finden, in einem Gebäude, das mit Hämmern und Nägeln erbaut wurde. Er wohnt in uns, in der Güte, die wir einander schenken. In der Liebe, die wir füreinander empfinden.«

Mariah gab einen erstickten Laut von sich. »Pah!«

Kummer überschattete Rass' Gesicht. Er setzte sich nach hinten auf seine Fersen und legte die Hände auf die Beine. »Meine Tochter glaubt nicht daran.« Tiefe Betrübnis schwang in seinen Worten mit.

Ausdruckslos schaute sie zu ihrem Vater hinunter. »Das war einmal.«

Rass begegnete ihrem abweisenden Blick voller Verständnis. »Gott ist kein Märchen, Mariah. Wenn nicht alle Wünsche gleich in Erfüllung gehen, gibt man deshalb nicht auf.«

Sie zeigte keinerlei Regung auf seinen sanften Verweis. »Laß es gut sein, Rass.«

»Du mußt dich verabschieden.«

Schwerfällig stand sie auf. »Mir hat die Andacht für heute gereicht.« Ihr Blick glitt zu dem Grabstein hinüber und blieb daran hängen. »Bestell Mama einen Gruß von mir.«

»Das kannst du selbst tun.«

Darauf erwiderte Mariah nichts. Sie schien seine Worte gar nicht gehört zu haben, sondern starrte auf den kleinen Flecken in dem kurzgeschnittenen Rasen neben dem Grab ihrer Mutter. Etwas Eigenartiges schimmerte in ihren vor Gram unergründlichen Augen. Dann wandte sie sich ab, raffte ihren langen Rock und hastete zum Haus zurück.

Beide Männer schauten ihr nach. Mad Dog von der halbleeren Bank aus und Rass vom Boden. Keiner von ihnen sagte etwas. Erst als sie im Haus verschwunden war, seufzte Rass traurig und richtete sich auf. Er wanderte bis an den Rand der Rasenfläche und schaute hinunter auf die Farm.

Mad Dog gesellte sich zu ihm und legte ihm eine Hand auf die schmalen, altersgebeugten Schultern. Gern hätte er Rass getröstet, aber dergleichen Worte waren ihm vollkommen fremd. Er hatte keine Ahnung, wie er sich verhalten sollte. Deshalb stand er wie ein Narr da, die Hand auf Rass' Schulter.

»O Greta«, flüsterte Rass bekümmert vor sich hin. »Unser Kind leidet so sehr ...«

Mad Dog schwieg. Es gab nichts, was er dazu hätte sagen können.

Dann wandte Rass sich ihm plötzlich zu. »Sie könnten ihr helfen.«

Zweifelnd runzelte Mad Dog die Stirn. »Ich kenne sie ja gar nicht.«

»Das ist eine Ausrede.«

Mad Dog wollte laut auflachen oder sich brüsk abwenden, aber den blauen Augen des alten Mannes vermochte er nicht auszuweichen. »Vielleicht«, erwiderte er schließlich gefaßt.

Das Zwingende in Rass' Blick ließ nach. Herzlichkeit lag jetzt darin. »Ausreden zahlen sich nicht aus. Nicht einmal auf einer so abgelegenen Farm wie unserer.«

Mad Dog blickte über Rass' weißen Schopf hinweg. Ihm lag eine drängende Frage auf der Zunge. Er sollte sie nicht stellen – sollte sich nicht darum kümmern –, aber es entschlüpfte ihm ganz von selbst. Etwas in Mariahs Gesicht hatte ihn aufgewühlt, und er verstand nicht, warum. »Was hat sie denn?«

»Das müssen Sie sie schon selber fragen.«

»Sie wird es mir nicht erzählen.«

»Möglicherweise nicht beim ersten Mal. Dann versuchen Sie es wieder.« Er begegnete Mad Dogs Blick. »Sie sind ein Kämpfer, nicht wahr?«

»Nicht in dieser Hinsicht.«

Rass musterte ihn aufmerksam. Zum ersten Mal seit Jahren fühlte Mad Dog sich ... wehrlos.

»Noch nicht«, korrigierte Rass.

Mad Dog wußte, er hätte es dabei beruhen lassen sollen, aber er mußte unbedingt noch etwas wissen. Er bemühte sich die sehr persönliche Frage möglichst beiläufig zu stellen. »Der Flecken neben dem Grab Ihrer Frau, wo der Rasen so kurzgeschnitten ist – hat er etwas mit ihrem ... Problem zu tun?«

Sofort merkte er, daß er den alten Mann nicht hatte täuschen können. Rass schaute mit einem dünnen Lächeln zu ihm auf.

Mad Dog kam es fast so vor, auch wenn das verrückt war, als freute Rass sich über seine Frage.

»Alles«, antwortete er leise und wandte sich zum Gehen.

Mad Dog stand noch eine geraume Weile dort und genoß die leichte Brise, die über das Land strich. Bunte Blätter tanzten und wirbelten durch die Luft, fielen ihm zu Füßen und bildeten einen goldbraunen Teppich.

Der alte Mann irrte sich. Mad Dog vermochte Mariahs Kummer nicht zu beheben, konnte ihr nicht die Last von den Schultern nehmen. Diese Erfahrungen mit Problemen hatte er bereits gesammelt. Lösen mußte sie jeder für sich.

Er schob die Hände in die Taschen und verfolgte mit seinem Blick den Rauch, der aus dem Schornstein stieg. Wenn er die Augen zumachte – er achtete darauf, daß es ihm nicht passierte –, würde er Mariah im Haus sehen, mit ihrer blassen Haut, fast durchschimmernd, und ihren zitternden Händen. Sicher bewegte sie sich langsam von Zimmer zu Zimmer, kerzengerade, die Finger ineinander verschränkt, und suchte nach einer Beschäftigung, um nicht nachdenken zu müssen.

Seltsamerweise wünschte er sich in dem Augenblick, Rass hätte recht, und er könnte ihr helfen.

Mariah stand an ihrem Schlafzimmerfenster und schaute auf die Baracke hinunter. Ein dumpfer Schmerz machte sich hinter ihrer Stirn bemerkbar. Ab und zu war ihre Sicht dadurch wie verschleiert. Sie massierte sich mit den Fingerspitzen die klopfenden Schläfen.

Schließlich beugte sie sich vor und lehnte sich mit der Stirn an die beruhigend kühle Scheibe. Mein Gott, sie fühlte sich so einsam und ausgeliefert. Das Schutzschild, das sie all die Jahre um sich hochgehalten hatte, war ihr entglitten, und zwar endgültig in dem Moment, als sie auf das winzige Stück Rasen neben dem Grab ihrer Mutter blickte.

Oh, sie hatte es auch davor schon verloren – jeden Sonntag,

eigentlich – und sie wußte, sie würde es wieder aufrichten können. Aber gegenwärtig fühlte sie sich ohne diesen Schutz allem hilflos ausgesetzt. Besonders Mad Dog Stone, der ihr hinter jeder Ecke auflauerte, sie bedrängte – immer aufs neue – und Gefühle in ihr erzeugte, die sie gar nicht haben wollte. Wünsche weckte, die ihr Angst einjagten.

Und Rass. Grundgütiger Himmel, er verstand sie nicht. Für ihn war der Tod ein Übergang, eine momentane, vorauszusehende Erfahrung im Leben des Menschen. Er zweifelte nicht daran, daß er und Greta wiedervereint werden würden, und glaubte ebenso fest, daß seine Frau sich an einem besseren Ort befand als er. Deshalb konnte er es nicht abwarten, zu ihr zu gelangen.

Aber Mariah glaubte seit langem nicht mehr an Gott oder den Himmel. Genaugenommen seit jenem Tag, als sie das erste Mal an jenem kleinen Stück Rasen gestanden hatte.

Bei der Erinnerung durchzuckte sie der Schmerz so heftig, daß sie fast in die Knie sank. Sie stützte sich am Fenster ab und schloß die Augen.

»Nein«, murmelte sie verzweifelt vor sich hin. »Nein …«

Aber die Bilder tauchten trotzdem vor ihrem geistigen Auge auf. Sie war zu schwach, sich dagegen zu wehren. Rotblondes Haar und fiebertrübe Äuglein. Eine hellblaue Decke …

Thomas.

Ein halberstickter Aufschrei entschlüpfte ihr. Die Erinnerung brach über ihr Gemüt herein, nahm ihr jegliche Kraft. Sein leises Wimmern. Die entsetzlichen Worte des Arztes: *Tut mir leid, Miss Throckmorton, aber da können wir nichts machen …* Und das Blut. Lieber Himmel, so viel Blut …

»Erbarmen!«

Sie bedeckte ihr Gesicht mit beiden Händen und wankte in ihrem einsamen Schlafzimmer hin und her. Gern hätte sie geweint, sie sehnte sich unendlich danach, es zu können; doch die Tränen schienen sie nicht erlösen zu wollen.

»Nicht mehr«, flüsterte sie bebend und ließ die Hände leblos herab sinken.

Sie wollte nicht mehr an Thomas denken, konnte es nicht.

Wenn sie es täte, würde sie verrückt.

Mad Dog stand neben dem Tisch und schaute zur Treppe, die nach oben führte.

Zu Mariah.

Er wich vom Tisch zurück und schüttelte den Kopf. Es ging ihn nichts an. Was auch immer für Erinnerungen Mariah Throckmorton verfolgen mochten, waren ihre eigenen.

Von oben drang ein wimmernder, halb erstickter Aufschrei der Verzweiflung an sein Ohr.

»Donnerwetter«, schimpfte er leise.

Er wußte jetzt, was mit ihr los war, zumindest ein wenig mehr als zuvor. Vor dem Grabstein hatte er es begriffen. Lieber Himmel, wie gut er ihren Kummer verstand. Stone kannte ihn aus eigener Erfahrung und empfand ihn heute manchmal noch. Sogar nach so vielen Jahren.

Am liebsten hätte er mit ihr gesprochen, doch er wußte nicht worüber. Wenigstens ... einen Satz ... Nicht etwa, weil er sie erschüttern oder necken oder ihr eine Reaktion entlocken wollte. Sie sollte nur erfahren, daß er sie verstand.

Er wußte nicht warum – wollte es auch nicht wissen –, aber plötzlich erschien es ihm wichtig.

Zögernd stieg er die Treppe hinauf, obwohl er wußte, daß es vielleicht falsch war. Jeder knarrende Schritt machte ihm klar, daß er sich in die Trauergefühle eines anderen Menschen einmischte, daß er zu jemandem ging, der ihn nicht willkommen heißen würde. So etwas hatte er noch nie in seinem Leben gemacht. An zu vielen Orten wurde er freundlich aufgenommen, da brauchte er sich nicht anderswo aufzudrängen.

Dennoch ging er weiter. Bei jedem Schritt zog sich sein Magen erneut zusammen.

Auf der obersten Stufe verharrte er. Drei Türen standen offen und eine war zu. Ohne sich umschauen zu müssen, wußte er sofort, daß das Mariahs Schlafzimmertür sein mußte.

Bei einem Blick auf die geschlossene Tür sagte er sich, jetzt ist es Zeit umzukehren.

Es war ihm unerklärlich, daß er so weit gegangen war. Er hätte gar nicht herkommen, nicht auf jemanden zugehen dürfen, der keinen näheren Kontakt wollte, aber umkehren ging auch nicht mehr.

Er ballte seine Hand zur Faust, trat an die Tür und klopfte.

Nichts.

Dann ertönten hastige, schlurfende Schritte. »Einen Moment, Rass«, rief sie.

Schon wurde die Tür aufgerissen. Mariah erschien im Rahmen. Kaum daß sie ihn sah, schnappte sie erschrocken nach Luft. Ihre Nasenflügel bebten und ihre Augen weiteten sich. Am liebsten wollte sie die Tür auf der Stelle zuschlagen.

Rasch streckte Mad Dog die Hand aus und hinderte sie daran. Während sie zurückwich, sah sie ihn entsetzt an.

Sie schien völlig durcheinander. Das Haar hing ihr in dichten, welligen Strähnen, die zum Teil noch aufgesteckt waren, über den Rücken hinunter. Ihre Haut war aschfahl und ihre Lippen nur mehr ein farbloser, dünner Strich.

Sie wirkte verzweifelt, ihm ausgeliefert ... und betörend schön. Zuerst konnte sie nichts sagen. »W-was wollen Sie?« stammelte sie dann.

Er trat ungeschickt auf sie zu und blieb so nah vor ihr stehen, daß er sie hätte berühren können, doch das tat er nicht. Dafür sah er ihr in die Augen und wollte etwas sagen, fand aber nicht die rechten Worte.

»Bitte«, sagte sie leise mit bebender Stimme. »Verschonen Sie mich mit Ihren Spielchen.«

Jetzt oder nie, dachte er, holte tief Luft und zwang sich, die Worte auszusprechen, die er nie zuvor über die Lippen gebracht hatte. »Ich ... meine Mutter ... starb an einem Weihnachtsabend.«

Mariah öffnete tonlos den Mund. Überraschung zeigte sich in ihrem Blick und verdrängte die Trauer aus ihren Augen. »Es tut mir leid.«

»Ich bin nicht hergekommen, weil ich von Ihnen bemitleidet werden will.«

»Warum dann?«

»Äh ... ach, verdammt, das ist verrückt ...« Verlegen wollte er sich schon zum Gehen wenden.

Da faßte sie nach seinem Arm und hielt ihn zurück. Er spürte die Wärme ihrer Finger bis auf seine Haut. Eine Woge der Erregung durchflutete ihn.

Langsam wandte er sich um, den Blick auf ihre Hand gerichtet, die so blaß und weich auf dem alten Stoff seines schwarzen Hemdes ruhte. Ihre Berührung gab ihm Kraft, machte es ihm leichter sie anzusehen und ihr sein Kommen zu erklären.

Er schaute auf. Ihre Blicke begegneten sich. »Ich wollte Ihnen nur sagen, ... daß ich Sie verstehe.«

Auf sein leises Geständnis hin sah sie ihn erstaunt an. Bei der Sanftmut und der Wärme in ihrem Blick erfaßte Mad Dog tiefe Sehnsucht. Sie bemühte sich um ein Lächeln.

Das leichte Beben ihrer Lippen bemerkte er sofort und fast hätte er aufgestöhnt. Zärtlichkeit keimte in ihm auf. Der gute Mad Dog hatte so etwas noch nie empfunden. Er wollte sie küssen, ihr Gesicht in beide Hände nehmen und ihre Lippen berühren, bis die Trauer aus ihren Augen wich.

»Wird das irgendwann leichter?« fragte sie leise.

Den Augenblick würde er nie in seinem Leben vergessen, so wenig wie ihre traurig schimmernden Augen. Ihre Ehrlichkeit so wie ihr Schmerz berührten etwas tief in seinem Innern. »Es verliert sich«, antwortete er.

»Es verliert sich.« Sie wiederholte seine Worte und hob den Blick.

Mad Dog beobachtete fasziniert, wie sich ihre Lippen bewegten. Er wollte noch etwas sagen, etwas Tiefgründiges und Anteilnehmendes, um ihr etwas von ihrem Schmerz zu nehmen. Aber es gab nichts hinzuzufügen. Trauer ließ sich nicht durch nette Worte oder Blumen oder Beileidsbezeugungen lindern. Sie verblaßte mit der Zeit auf ihre eigene Art. Wenn überhaupt.

Aber er mußte etwas unternehmen, um diesen Augenblick festzuhalten, der ihm so kostbar und plötzlich flüchtig erschien. Er empfand einen Einklang mit dieser Frau, wie er ihn noch nie bei einem anderen Menschen erlebt hatte. Es war, als verstünden sie sich auf geheime Weise.

»Vielleicht möchten Sie spazierengehen?« bot er ihr an.

10. Kapitel

Vielleicht möchten Sie spazierengehen?

Mariah starrte Mad Dog an und fühlte sich unglaublich erleichtert. Die niederdrückende Last ihres Kummers löste sich. Befreit von ihr, kam Mariah alles auf einmal einfach vor. Die Frage nach einem Spaziergang klang im Grunde alltäglich – aber es war so lange her, daß jemand den Wunsch gehabt hatte, mit ihr zusammenzusein.

Sie erinnerte sich an früher, als sie noch ein Kind gewesen war; da hatte sie sehnsüchtig darauf gehofft, daß ihr Vater sie zu einer seiner Abenteuerwanderungen mitnähme. Aber das hatte er nie getan. Statt dessen war er stundenlang mit Mama in Feld und Flur unterwegs gewesen und mit ihr durch die ausgedehnten, sonnendurchfluteten Obstgärten gelaufen. Mariah erinnerte sich, daß sie ihnen von ihrem Schlafzimmer aus nachgesehen hatte, bis sie eines Tages nicht mehr darauf hoffte, eingeladen zu werden.

Jetzt hatte sie endlich mal jemand gefragt. Ein Lächeln huschte über ihr Gesicht. Du meine Güte, sie hatte vergessen, wie herrlich bewegend es war, sich erwünscht zu fühlen. Und wie gefährlich.

Deshalb war sie mit Stephen durchgebrannt, weil sie endlich mal jemand angesprochen und zu ihr »Ich liebe dich« gesagt hatte.

Eigentlich sollte sie jetzt freundlich ablehnen und sich in die Stille ihres Zimmers zurückziehen. Aber im Moment wollte sie nicht das tun, was ihr sicherer erschien. Sie wollte die Verbundenheit mit der Welt fühlen, sich anerkannt und bestärkt sehen.

Denn mit seinem Angebot gab er ihr die Chance, so zu tun, als sei sie keine ängstliche alte Jungfer mit einer beschämenden Vergangenheit. Sie konnte sich wie jemand anders fühlen – wenn auch nur für ein paar Augenblicke.

Sie vermochte ihn ebensowenig zurückzuweisen, wie sie weinen konnte.

»Ich hole nur meinen Hut. Warten Sie bitte.« Sie ließ Mad Dog stehen und hastete in ihr Zimmer. Dort schnappte sie sich eine Handvoll Haarnadeln von ihrer Kommode und steckte ihr Haar auf, während sie zur Tür zurückkehrte.

Mad Dog stand abwartend im Rahmen.

Sie lächelte, zog eine Haarnadel zwischen ihren Zähnen hervor und stieß sie in den festgedrehten Knoten im Nacken.

»Mariah?«

Sie griff nach der nächsten Haarnadel. »Ja?«

»Tun Sie das nicht.«

Stirnrunzelnd schaute sie zu ihm auf. »Was denn?«

Er berührte ihr Handgelenk, umfaßte es mit seinen warmen Fingern und hielt sie davon ab, ihr Haar weiter aufzustecken. »Lassen Sie das.«

Fast hätte sie die restlichen Haarnadeln verschluckt. »Ich soll es herunterhängen lassen, meinen Sie?«

Bei seinem volltönenden Lachen wurde ihr ganz warm. »Für mich.«

Sie versuchte es mit einer Ermahnung. »Das ist höchst unangebracht.«

»Sicher.«

Ihr Gesicht hellte sich auf. Sie war versucht, auf seinen Wunsch einzugehen.

Er sah sie bittend an. »Kommen Sie, Mariah ...«

So wie er ihren Namen sagte, klang er hübsch und weiblich – genauso wie sie sich wünschte zu sein, wie sie einmal gewesen war und was sie verloren hatte. Doch im Augenblick wollte sie vorgeben, so zu sein.

»Wem tut das schon weh?« fügte er hinzu.

Wem tut das schon weh? Die verführerischen Worte nahmen ihr die Abwehr. Für sie war es eine neue Sichtweise. Im allgemeinen fragte sie sich eher, wie sehr etwas weh tun würde.

»Ja, wem schon«, pflichtete sie ihm bei. Morgen würde sie vermutlich dafür büßen müssen, aber heute wollte sie nicht darüber nachdenken. Wenigstens einmal wollte sie sie selbst sein. Sie zog die Haarnadeln aus ihrer Frisur und schob sie in ihre Tasche.

Mad Dog tat einen Schritt auf sie zu und hielt seinen Blick auf sie gerichtet. Einen Moment lang vermochte sie nicht mehr durchzuatmen. Er faßte nach ihrem Haar und lockerte es, bis es ihr breitgefächert und lose über die Schultern fiel. »Bestimmt fühlt es sich so besser an«, hauchte er.

»Tut es auch«, gab sie zu.

»Sollen wir jetzt gehen?«

Plötzlich fühlte sie sich wie ein junges Mädchen, das zum ersten Mal tanzen geht. Erfreut nickte sie und folgte ihm nach draußen.

Sie traten in den warmen, sonnigen Nachmittag hinaus und schritten Seite an Seite die Verandatreppe hinunter. Nebeneinander schlenderten sie über den Weg. Es duftete herrlich nach den Blumen, der Erde und der Sonne.

Mariah fiel nichts ein, was sie hätte sagen können. Aber Mad Dog wohl auch nicht. So schwiegen sie und lauschten den Geräuschen: Dem Windhauch, dem wiederholten Knarren der Gartenschaukel, dem Zwitschern der Vögel. Es spielte offenbar keine Rolle, daß sie kein Wort miteinander wechselten. Im Gegenteil, das Schweigen schien tröstlich.

Mariah schaute neben sich auf den Boden und blickte in das rotviolette Blütenmeer der Herbstblumen. Untertellergroße, rotbraune Chrysanthemen schaukelten in der leichten Brise. Der starke Duft der Blumen wehte ihr entgegen. Eigenartigerweise und ganz gegen ihre sonstige Art fühlte sie sich entspannt.

Eine Sekunde lang – die kaum mehr als einen Herzschlag andauerte – kam sie sich vor wie eine Frau, die mit ihrem Mann dahinschlendert. Sie fühlte sich ... wie etwas Besonderes.

Quietschend öffnete sich das Gartentor.

Mariah blieb abrupt stehen und schaute ruckartig auf. Ihr Herz klopfte wie verrückt. Furcht beschlich sie und breitete sich in ihrem Magen aus, so daß sie nicht mehr schlucken noch atmen konnte.

Mad Dog war ein kleines Stück vor ihr, hatte die Hand auf dem Metallriegel, öffnete ihn und schob das Tor auf. Es wehrte sich protestierend und flog schwungvoll zurück. »Mylady?«

Mariah starrte auf das Tor und vermochte sich nicht mehr zu regen.

Verständnislos musterte er sie. »Mariah?«

Seine Stimme nahm sie nur wie aus weiter Ferne wahr. Unwillkürlich wich sie einen Schritt zurück. Sie redete sich ein, sie hätte keine Angst. Aber sie konnte nicht mehr durchatmen wegen der Blumen. Der Duft war mit einem Mal so süß, daß ihr übel wurde. Das pausenlose durchdringende Gezwitscher der Vögel trat auf ihre Ohren und erzeugte heftige Kopfschmerzen. Entsetzt glaubte sie, sich übergeben zu müssen.

Mad Dog trat neben sie und faßte ihr unters Kinn. »Mariah?«

Sie riß ihren Blick von dem Tor los und schaute ihm in die Augen, geradewegs in die Augen. Ihr Herz klopfte so laut, daß sie seine Worte kaum verstehen konnte. »Ja?« Sie bemühte sich um einen gleichmütigen Ton, aber ihre Stimme klang gepreßt und unsicher.

Er sah sie verwundert an. »Ist irgend etwas?«

Die Besorgnis in seinem Blick versetzte Mariah einen Stich. Plötzlich war der Zauber des Nachmittags verschwunden, überdeckt von dem Kummer und der Bitterkeit ihrer Vergangenheit. Sie schüttelte den Kopf und befeuchtete ihre unglaublich trockenen Lippen.

Es verliert sich ...

Wieder fielen ihr seine Worte ein. Tröstliche, gutgemeinte Worte, die eine Hoffnung in ihr geweckt hatten, die es für sie längst nicht mehr gab. Sie wollte gern daran glauben, sehnte sich danach, ihm zu vertrauen; aber jetzt, da sie vor dem Tor stand, merkte sie, daß es lediglich Selbstbetrug war. Für sie würde sich der Kummer der Vergangenheit nie verlieren.

Er hob ihr Kinn. »Was ist denn los?«

Sie schaute ihm ins Gesicht und wünschte sich einen verrückten verzweifelten Moment lang, daß sie so sein könnte, wie er es gern hätte. Daß er ihr entgegenbrächte, was sie brauchte. Aber keiner von ihnen konnte sich derart verändern. Mit einem energischen Ruck verdrängte sie, so gut es ging, das Gefühl der Enttäuschung. »Ich ... muß mich ums Abendessen kümmern.«

»Ich verstehe«, behauptete er.

Wirklich? wollte sie fragen. Wie können Sie mich verstehen – wenn ich mich nicht mal selbst mit mir auskenne? Aber sie erwiderte nichts darauf. Sie stand nur da, sah zu ihm auf und wünschte sich – meine Güte, wünschte sich –, daß alles anders wäre.

Plötzlich legte er einen Arm um sie und drückte sie an sich.

Eigentlich sollte sie sich ihm entziehen. Es war vollkommen unanständig, sich so von ihm in die Arme nehmen zu lassen. Mehr noch als das, sie ging damit ein großes Risiko ein.

Aber im Augenblick, hier im Garten, war es einfach schön, von jemandem umfangen zu werden – von ihm, von Mad Dog! Die stumme Unterstützung, die er ihr damit bot, war etwas, das sie bislang nie bekommen hatte. Ein Gefühl der Wärme und Geborgenheit breitete sich in ihr aus ... auch wenn das unangebracht war, so schätzte sie es dennoch, und lehnte sich leicht bei ihm an.

In seinen Armen fühlte sie sich geborgen. Die unbegreifliche Angst, die Farm zu verlassen, nahm wieder ab, verschwand in den hintersten finsteren Ecken ihres Unterbewußtseins. Es war nicht so, als könnte sie die Farm nicht wirklich verlassen, redete sie sich ein. Es lag vielmehr daran, daß sie es nicht wollte. Jetzt nicht. Heute nicht.

Vielleicht morgen. Und falls sie wirklich gehen wollte, würde sie sich von dem verdammten Tor nicht aufhalten lassen. Nichts würde sie zurückhalten ... nicht, wenn sie wirklich bereit war.

Sie schloß die Augen. Ein Seufzer kam über ihre Lippen. »Danke«, flüsterte sie. »Das hat mir gefehlt.«

Er verstärkte seinen Griff. Sie spürte jeden seiner Finger durch den Stoff des Ärmels. »Du brauchst viel mehr als das, Mariah, aber ich schätze, im Moment reicht es.« Förmlichkeiten waren jetzt nur noch hinderlich und ehe sie etwas erwidern konnte, beugte er sich über sie und drückte ihr einen feuchten Kuß hinter das Ohr.

Sie erschauerte bei der intimen Berührung.

Doch gleich darauf wandte er sich ab und ließ sie stehen.

Sie schaute ihm nach, obwohl sie es nicht wollte, aber sie konnte nicht anders.

Heute hatte sich etwas zwischen ihnen verändert. Das hatte damit begonnen, daß er an ihre Tür gekommen war. Nicht um mit ihr zu streiten oder sie zu erschrecken – sondern einfach, um ihr sein Verständnis dafür kundzutun, daß sie einen nahestehenden Menschen verloren hatte.

Damit hatte er ihr sehr viel gegeben. Diese menschliche Nähe war etwas, das sie seit zehn Jahren nicht mehr erlebt hatte. Er war auf sie zugekommen, wenn auch zögernd, und hatte eine Seelenverbindung zwischen ihnen hergestellt. Eine solche Geste hätte sie von einem Mann wie ihm niemals erwartet.

Bei einem Mann, der Stephen ähnelt, dachte sie, aber diesmal versetzte ihr der Gedanke keinen Stich. Es stimmte nicht.

Mad Dog konnte man nicht mit Stephen vergleichen. Sicher, beide waren heimatlose Herumtreiber, die nicht seßhaft wurden; aber während Stephen unehrlich und egoistisch gewesen war, zeigte Mad Dog sich aufrichtig und fürsorglich.

Sie drückte ihre Augen fest zu und verspürte eine gewisse Panik. Sie wollte ja glauben, daß er wie Stephen wäre, mußte sich das einreden, um ihn auf Abstand zu halten. Wenn ihr das nicht gelang, würde sie nicht mit ihm fertig werden und sich nicht vor ihm schützen können.

Aber er hatte nichts mit Stephen gemein. Das erkannte sie jetzt. Mit einer Klarheit, die sie zutiefst erschreckte.

»Oh, nein ...« Sie schlug sich mit der Hand auf den Mund. *Lieber Gott,* dachte sie, *laß mich nie wieder solche Gefühle entwickeln. Laß mich nicht glauben, daß er anders ist.*

Aber es war bereits zu spät. *Gott steh mir bei, es ist zu spät.*

Rass lehnte sich mit dem Rücken an die Eiche und zog seine Knie hoch. Er schlang seine Arme um die Knöchel und schaute hinunter auf die Farm, die er zum Teil mit eigenen Händen aufgebaut hatte.

Tiefe Sorge schnürte ihm die Brust zu. In seiner linken Schulter klopfte es dumpf.

Es gibt noch so vieles zu tun.

So vieles, was er nicht schaffte.

Ein wehmütiges Lächeln huschte über seine Lippen. Der Getreideschuppen war sein erstes Werk. Was verstand er schon von Zimmern – ein Professor der Geologie aus New York? Aber er hatte sich systematisch alles zusammengesucht – Bücher, Nägel, Hammer – und sich dann große Mühe gegeben. Sein erster Schuppen war im strömenden Regen zusammengefallen. Der zweite hatte fast den ganzen Winter über gehalten. Und der dritte, nun ja, der stand noch, wenn er auch schon wackelte.

Damals und auch heute noch konnte er darüber lachen, weil er Greta hatte. Er erinnerte sich gut, wie sie während des Unwetters nebeneinander gestanden hatten, beide bis auf die Haut durchnäßt, als der Schuppen einstürzte.

Die Erinnerung an ihr heiseres Vergnügen hatte er heute noch in den Ohren, und sofort sah er vor sich, wie sie Hand in Hand im strömenden Regen dagestanden und herzlich über den mißglückten Versuch gelacht hatten.

Aber wo war eigentlich Mariah an dem Tag gewesen? Fragen wie diese plagten Rass, je älter er wurde.

In seinem Gedächtnis stapelten sich so viele gemeinsame Erlebnisse mit Greta und nur so wenige mit Mariah. In gewisser Weise hatten sie ihre Tochter ausgeschlossen. Das war nicht ihre Absicht gewesen. Um Himmels willen, das hatten sie nicht gewollt ...

Es lag vielmehr daran, daß sie sich so spät erst kennengelernt hatten. Beide hatten sie nicht mehr an ein Liebesglück geglaubt; und dann, als es doch so kam, wurde es für sie ein kostbares Geschenk. Daß sie einmal Kinder haben würden, damit hatten sie nicht gerechnet. Sie hatten eigentlich auch keine gewollt. Greta war nicht mehr die jüngste, und deshalb hatten sie diese Hoffnung gleich beiseitegeschoben.

Doch dann kam Mariah auf die Welt, ein schreiendes, anstrengendes kleines Bündel.

Sie hatten ihre Tochter innig geliebt. Aber war das jemals ihr gegenüber mit Worten oder den vielen stummen Gesten deutlich geworden, wie sie sich untereinander verständigten? Mein Gott, er konnte sich nicht mehr daran erinnern ...

Heute war Mariah einsam und so verdammt unabhängig. Genau die Frau, zu der ihre nicht mehr ganz jungen Eltern sie erzogen hatten. Sie sollte stark sein, sich wehren können und um ihre Klugheit wissen.

Aber sie hatten ihr nicht beigebracht zu lieben oder sich lieben zu lassen.

Wieder empfand er bei diesem Gedanken einen heftigen Stich im Herzen. Du große Güte, wie hatten sie nur so blind sein können?

Er schüttelte den Kopf und blickte mit feuchten Augen in das schmutzigbraune Gras.

Nie hatte sie zu ihm Daddy gesagt, nicht mal als Kind. Aus

»Vater« wurde bei ihr schon im Alter von sechs »Rass«. Ein ganzes Jahr lang nach dem Mißgeschick mit Stephen hatte sie nicht mal mehr mit ihm geredet, geschweige ihn um irgend etwas ersucht.

Warum, zum Teufel, hatte er es zugelassen, daß sie sich so weit in sich zurückzog? Gestern abend hatte er Jake – einem Fremden – in die Augen geschaut und sofort dessen Not erkannt. Wie konnte er das nur bei seinem eigenen Kind all die Zeit übersehen?

»Warum haben wir es nicht gemerkt, Greta?« Die Worte rutschten ihm unwillkürlich heraus.

Nie zuvor hatte es eine Rolle gespielt, daß Mariah ihn mit Vornamen ansprach. Verdammt, er war stolz darauf gewesen, daß sie schon früh die Persönlichkeit zu einem solchen Entschluß besessen hatte.

Aber heute machte es ihm eine ganze Menge aus. Es gab so viele Dinge, die er gern geklärt und ihr beigebracht hätte.

Er wußte nicht mal, wo er anfangen sollte.

Es bedrückte ihn nun furchtbar, daß er mit einem Fremden umgehen konnte, es aber nicht schaffte, eine Brücke zu seiner eigenen Tochter zu schlagen.

Das dürfte doch nicht so schwer sein!

Tut mir leid, Mariah. Ich liebe dich.

Tränen stiegen ihm in die Augen. Leider ist es doch schwer, dachte er bitter. Bei Mariah schon.

Er und Greta hatten ein Kind bekommen, das diese Worte nicht in sich aufnahm, ja, sie gar nicht hören wollte.

Hatten sie es ihr etwa schon als Kind nie gesagt? Hatte sie etwa dagestanden und auf diese Liebeserklärung gewartet, die für ihre Eltern selbstverständlich gewesen war?

Greta hatte er nie gesagt, daß er sie liebte. Selbst seine Eltern hatten das nie getan und doch hatte er es gewußt, so wie Greta auch. Seiner Ansicht nach konnte man Liebe mit einem Blick, einer Berührung, einem Lächeln ausdrücken. Man mußte es nicht aussprechen und an andere weitergeben wie ein Weihnachtsgeschenk.

Aber jetzt machte er sich Gedanken darüber. Welche Auffassung mochte Mariah von der Liebe haben? Hatte sie sehnsüchtig und angstvoll darauf gewartet, daß jemand die schlichten Worte aussprach, die sie nie zu hören bekommen hatte?

Eine tiefe Trauer erfüllte ihn. Er wußte es nicht, würde es nie erfahren, was er und Greta falsch gemacht hatten. Und vielleicht spielte das auch keine Rolle. Wichtig war nur noch, daß er es jetzt in Ordnung brachte.

Er mußte die Mauer ihrer Abwehr durchbrechen. Vielleicht fand er dann eine Möglichkeit, ihr die vielen Dinge zu sagen, die längst fällig waren.

Oder wenigstens das eine.

Die Nacht brach schon an, als Rass zur Scheune kam. Jake hörte den alten Mann rufen und atmete erleichtert auf. Heute fühlte er sich einsam, müde und traurig. Er konnte es kaum erwarten, sich mit Rass zusammenzusetzen und zu plaudern. Sobald er mit dem väterlichen Herrn zusammen war, fühlte er sich geborgen und umsorgt.

»He, Jake«, meldete Rass sich schon vor der Tür. »Komm herunter.«

Jake runzelte die Stirn. Rass klang ... erschöpft.

Zögernd kroch Jake bis zur Kante des Heubodens und spähte hinunter. »Hallo, Rass!«

Rass lächelte schwach. »Hallo, Jake.«

Ein seltsames Gefühl breitete sich in Jakes Magen aus. Irgend etwas stimmte nicht. Sein Stirnrunzeln verstärkte sich. »Sie haben nichts zu essen mitgebracht.«

Rass schüttelte den Kopf. »Komm herunter.«

Jake hantelte sich hinab und sprang auf den Boden. »Was ist denn los?«

Mit schlurfenden, schweren Schritten kam Rass auf ihn zu.

Seine blauen Augen schimmerten feucht. »Ich habe nachgedacht, Jake.«

Nervös befeuchtete Jake seine Lippen und bemühte sich, das ungute Gefühl, das ihn befiel, zu verdrängen. »Ach!«

Rass wich seinem Blick aus und schaute zu dem kleinen, verschmutzten Fenster auf der linken Seite der Scheune. »Es ist nicht richtig, daß du dich hier versteckst.«

»Aber ...«

Er winkte ab. »Aber nichts. Ich will nicht den gleichen Fehler zweimal machen. Du darfst dich hier nicht verstecken, gleichgültig, was dich dazu veranlaßt.«

Jake erstarrte. Ein Strom von Gefühlen – Angst, Beklemmung, schlechte Vorahnungen – durchflutete ihn so überraschend, daß ihm der Atem stockte und schwindlig wurde. »W-wie kommen Sie darauf, daß ich mich vor etwas verstecke?«

»Glaub mir, Jake, ich kenne die Anzeichen.«

»Ich verstecke mich vor niemandem«, er errötete und erkannte sogleich seinen Fehler, »also, vor nichts.«

Bei den Worten musterte Rass den Jungen aufmerksamer und schwieg eine geraume Weile. »Gut«, sagte er schließlich. »Dann gibt es auch keinen Grund, in der Scheune zu bleiben.«

Jake schüttelte den Kopf. Er versuchte zu schlucken, aber sein Hals war wie ausgetrocknet. Durch seine sichtbare Angst würde er bestimmt zuviel preisgeben, aber es übermannte ihn. »Ich glaube nicht ...«

Rass legte ihm beschwichtigend eine Hand auf die Schulter. »Es wird Zeit für dich, meine Tochter kennenzulernen ... und Mad Dog. Dieses fortgesetzte Versteckspiel hat keinen Sinn.«

Es wird Zeit. Jake seufzte schwer. Wie oft hatte er genau das gedacht? Vielleicht hatte Rass recht, und er durfte nicht mehr weglaufen, sich verstecken und Angst haben. Monatelang war er Mad Dog jetzt gefolgt und zu furchtsam, ihm gegenüberzutreten und auch nur hallo zu sagen.

»Komm mit«, verlangte Rass mit sanftem Nachdruck und wandte sich zum Gehen.

Jake vermochte nicht, sich zu bewegen. Seine Füße fühlten sich an wie mit Bleigewichten beschwert.

Ich muß ihm nicht folgen.

Er konnte sich ebensogut auf der Stelle umdrehen und davonlaufen. Einfach die Sache vergessen.

Aber das war fehlgeschlagen.

Jahrelang hatte er versucht, den legendären Mad Dog Stone zu vergessen – alles umsonst.

Er mußte mit Rass mitgehen, das wußte er, mußte es einfach tun. Seit Monaten war er Mad Dog gefolgt, hatte unaufhörlich von diesem Augenblick geträumt. Er konnte ihn nicht ungenutzt verrinnen lassen, nur aus Feigheit.

»Rass?«

Der alte Mann blieb stehen und wandte sich ihm zu. »Ja?«

Nervös flatterten Jakes Lider. »Bleiben Sie bei mir?« Er bemühte sich um einen gefaßten Ton, aber das gelang ihm nicht. Seine Stimme klang erbärmlich dünn.

Rass nickte und bedachte Jake mit einem wissenden Lächeln. »Das tue ich.«

Jake schloß die Augen und schickte ein kurzes, stummes Bittgebet zum Himmel. Dann verließen sie Seite an Seite die Scheune und schritten zum Haus hinüber.

Vor lauter Aufregung verkrampfte sich Jakes Magen. Er wollte keine Angst aufkommen lassen, aber sie war stärker als er. Und sie schnürte ihm fast den Hals zu.

Endlich, nach all diesen Jahren, würde er seinem Vater gegenübertreten.

11. Kapitel

Mariah stand vor dem Spiegel und steckte ihr Haar im Nacken zu einem festen Knoten. Sie stieß eine Haarnadel nach der anderen in das dichte Knäuel, bis nicht mal ein Hurrikan es mehr hätte lösen können.

Heute hatte sie Mad Dog zu nah an sich herankommen lassen. Viel zu nah. Wenn sie nur an den Augenblick dachte, wurde ihr angst und bange. Sie hatte sich von ihm beeinflussen lassen, nur ganz kurz, aber es war geschehen.

Ein Zittern durchlief sie, ihre Finger bebten. Sein leises Geständnis hatte sie berührt, Wärme und Mitgefühl bei ihr erzeugt und Hoffnung in ihr geweckt, als ob ihr Leben eines Tages wieder in Ordnung kommen würde. Den Gedanken hatte sie jahrelang nicht gehabt, ihn sich niemals gestattet.

Ein paar kostbare Augenblicke lang hatte sie fast an ihre alten Träume geglaubt und die Hoffnung gehegt, ihr Leben könnte anders werden.

Sie seufzte. Ausgelaugt und mit einem Gefühl, als sei sie uralt, verließ sie ihr Schlafzimmer und stieg die Treppe hinunter. In der Küche erledigte sie mechanisch die notwendigen Handgriffe ... entfachte ein Feuer im Herd und nahm die Lebensmittel aus der Kühlkiste. Aber selbst während sie sich hinter der vertrauten tröstlichen Routine verkroch, wurde sie die Ereignisse des Nachmittags nicht los.

Wie dumm von ihr!

Es war verrückt gewesen, sich etwas vorzumachen. Sie kannte doch den Preis für den Blick durch die rosarote Brille. Mad Dog Stone bot ihr ein freundliches Lächeln und Wärme für den Moment. Nichts, was wirklich währte, worauf sie zählen konnte. Das durfte sie nicht vergessen. Niemals. Er war nicht der Mensch, der sie aus der Einsamkeit der langen Stunden der Nacht befreien konnte.

Dieser Herumtreiber war nur zufällig hereingeschneit.

Nun gut, er mochte nicht wie Stephen sein, aber am Ende lief es auf dasselbe hinaus und würde sie nicht vor Kummer bewahren. Denn er hatte immerhin Ähnlichkeit mit ihrem ersten Verführer.

Auf jeden Fall würde er weiterziehen.

Bei dem Gedanken machte ihr Herz einen kleinen Satz. Ohne ihn würde sie zu ihrem alten Leben zurückkehren und ihre Tage isoliert, einsam und schwermütig verbringen.

Aber das will ich ja, erinnerte sie sich. Das gibt mir das Gefühl der Sicherheit. Sie mußte sich vor Mad Dog und sich selbst schützen. Sie mußte darauf achten, daß er, wenn er ging – eines Tages wäre er weg – nicht ihr Herz mitnähme. Das würde sie nicht noch einmal überleben. So stark war sie nicht.

Die einzige Möglichkeit, das zu verhindern, war die, ihm gar nicht erst ihr Herz zu schenken.

Sie holte eine große gußeiserne Pfanne unter dem Herd hervor und stellte sie auf die Kochfläche. Prompt kam sie mit einem lauten Getöse auf. Mariah gab eine ordentliche Portion Schmalz hinein, einige Wurststücke und übriggebliebenes Kartoffelpüree mit Zwiebeln. Die Lebensmittel vermischten sich knisternd und brutzelnd miteinander.

Plötzlich wurde die Haustür aufgeschoben. »Ab in die Küche«, hörte sie ihren Vater im Flur sagen.

Mariahs Herzschlag beschleunigte sich bei der Gewißheit, daß sie jeden Moment Mad Dog wiedersehen würde. *Bitte, hilf mir stark zu sein …*

Sie straffte sich, griff nach dem Pfefferstreuer und würzte das Gericht. »Hallo, Rass. Mad Dog«, rief sie, wandte sich aber nicht um. »Abendessen ist gleich fertig.«

Die Haustür fiel ins Schloß. Leise Schritte ertönten im Flur und jemand betrat die Küche. »H-hallo!«

Mariah wandte sich zur Tür um. Und blickte zu ihrer Verwunderung in das Gesicht eines Jungen, der sie mit erschrockenen, grünen Augen anschaute. Er hatte zerzaustes rotblondes Haar, war dünn, viel zu dünn, die Wangen hohl und das Gesicht kantig. Aber er besaß kräftige Wangenknochen und ein markantes Kinn, an dem man erkennen konnte, daß er eines Tages ein gutaussehender Mann werden würde. Er trug ein schmutziges, vielgeflicktes blaues Hemd und eine zu große Wollhose, die mit einem breiten, schwarzen Gürtel um seine spindeldürre Taille befestigt war.

Ihr blieb das Herz stehen. Der Pfefferstreuer entglitt ihr und fiel scheppernd auf den Fußboden. Einen verrückten, erschreckenden Moment lang glaubte sie, einen Geist zu sehen – dessen Gestalt ihrem Schuldbewußtsein und ihrer Einsamkeit entstammte. »Thomas«, flüsterte sie heiser.

Der Junge befeuchtete sich wie immer nervös die Lippen. »Ich heiße Jake«, erwiderte er unsicher. »Mr. Throckmorton hat mich zum Essen eingeladen. Ich bin sein neuer Assistent.«

Mariah blinzelte verwirrt. »Das verstehe ich nicht ...«

Rass kam hereingeschlurft. »Ach, Mariah, ich sehe, du hast unseren jungen Gast schon kennengelernt.«

Langsam richtete sich ihre Welt ins Lot. Mariahs Schreckensvision ging in die Realität über und erwies sich als überflüssig. Sie musterte den Jungen und erkannte ihn als das, was er war. Eine merkwürdige Enttäuschung durchflutete sie. Erschüttert und zutiefst betrübt, wurde ihr klar, daß es kein Geist war, sondern wahrhaftig ein Menschenkind. Ein schmutziger, in Lumpen gekleideter Junge mit rotblondem Haar und grünen Augen. Nicht Thomas.

Natürlich konnte es nicht Thomas sein ...

Sie rang um ihr inneres Gleichgewicht. »Jake.« Sosehr sie sich auch zusammennahm, ihre Stimme zitterte.

»Er wird mir helfen, meine Fossilien zu katalogisieren.«

Mariah nickte und war zu überrascht, um etwas darauf zu erwidern. Bisher hatte sie die Fossilien ihres Vaters katalogisiert. Sie war viel zu benommen, um es als Kränkung zu empfinden. »Das ist ... wunderbar.« Zögernd ging sie auf den Jungen zu. Am liebsten hätte sie seine Wange berührt und ihm das schmutzige Haar aus der Stirn geschoben. Gern wäre sie Mutter gewesen. Doch das war ihr verwehrt geblieben, und dazu würde es auch nicht mehr kommen.

Im letzten Moment hielt sie sich zurück. Sie wollte sich nicht zur Närrin machen. Fragend schaute sie ihren Vater an. »Wo bist du ihm begegnet?«

Jake warf Rass einen angstvollen Blick zu.

Rass zuckte mit den Achseln. »Der junge Mann ... eh ... hat sich auf meine andere Anzeige in *Ma's Diner* gemeldet. Er ist hier in der Gegend unterwegs und braucht etwas zusätzliches Geld.«

Hier in der Gegend unterwegs. Mariah bemühte sich tapfer um Gefaßtheit. Was konnte sie dem Jungen antworten? Vermutlich war er nicht älter als fünfzehn. Zu groß, um noch bemuttert zu werden. Und dennoch verspürte sie ein starkes, fast überwältigendes Bedürfnis, ihn unter ihre Fittiche zu nehmen. Es kostete sie ihre ganze Kraft und Selbstbeherrschung, ihm nicht zu nahe zu rücken oder ihm anzubieten, seine Sachen zu waschen. »Oh ...«

»I-ist Ihnen das überhaupt recht?« erkundigte sich Jake.

Mariah schaute den Jungen an und bemerkte die nervöse Spannung um seinen Mund. Verlegen rieb er sich die Hände an seinen Hosenbeinen. Eine vage Zuneigung erwachte in ihr. Er war allein auf der Welt. Das spürte sie. So allein wie sie und Rass. Seine Verlorenheit tat ihr in der Seele weh. Niemand, der so jung war, sollte allein oder einsam sein, oder Angst haben müssen.

Freundlich lächelte sie ihn an. »Natürlich ist das in Ordnung.

Du bist hier willkommen, Jake.« Die Worte hallten in ihren Ohren, weckten eine verzweifelte Sehnsucht, die sie längst vergessen geglaubt hatte. Sie verschränkte ihre Arme, die so leer waren.

Herzlich willkommen …

Er blickte zu Boden. Eine dicke Locke fiel ihm in die Augen. »Danke.«

»Hier«, meldete sich Rass und deutete zum Tisch. »Ich lege ein Gedeck für dich auf.«

Mariah vermochte ihren Blick nicht sofort von dem Jungen abzuwenden, zwang sich dann aber dazu und wandte sich zum Herd um, wo sie noch ein paar Wurststücke, Kartoffeln und Zwiebeln in die Pfanne gab.

Mit fahrigen Bewegungen widmete sie sich der Mahlzeit. Die beiden Ereignisse heute, Mad Dogs Berührung und Jakes Auftauchen hatten sie vollkommen aus dem Gleichgewicht gebracht. Ihr kam es so vor, als stünde die Welt, die sie sich bald sechzehn Jahre lang aufgebaut hatte, mit einem Mal Kopf. Und alles, was sie sich gewünscht, woran sie sich festgehalten und wofür sie gekämpft hatte, ihre Schutz- und Abwehrmauern stürzten zusammen wie ein Kartenhaus.

Plötzlich empfand sie Dinge, die sie ein halbes Leben lang nicht mehr verspürt hatte.

Gott, steh mir bei …

Aber diesmal half ihr Gebet nichts. Sie wußte nicht mal, in welcher Hinsicht er ihr beistehen sollte.

Jake saß kerzengerade am Tisch, die Knie dicht aneinander gepreßt. Er starrte auf seine Hände, die auf seinen Schenkeln ruhten. Sein Herz schlug so heftig, daß er nichts anderes mehr hören konnte.

»Warst du … lange … unterwegs, Jake? –Jake?«

Er blinzelte und hob ruckartig den Kopf. Rass, der ihm gegenübersaß, musterte ihn aufmerksam und besorgt.

»Eh ... Entschuldigung, Sir. Was haben Sie gesagt?«

Rass lächelte. »Ich habe nichts gesagt. Mariah hat gefragt, ob du schon lange so unterwegs bist.«

Jake schaute zu der Frau hinüber. Sie stand am Herd und sah ihn so gütig an, wie seine Mutter es getan hatte. Er raufte sich das Haar, es war ihm sehr peinlich. Sie schien sich aufrichtig ... für ihn zu interessieren, fast so, als ob er ihr wichtig wäre. Aber das bildete er sich natürlich ein. »Ziemlich lang.«

»So.« Bei ihrem Lächeln wurde ihm warm ums Herz.

Er überlegte, was er noch sagen könnte, aber ehe ihm etwas einfiel, klopfte jemand an die Haustür.

Jake erstarrte. Unwillkürlich ballte er die Hände zu Fäusten. Plötzlich war er nicht bereit, das mitzumachen. Am liebsten wäre er sofort aufgesprungen und hätte sich versteckt, um die unvermeidliche Begegnung, die ihm bevorstand, abermals aufzuschieben. Mad Dog würde einen längst verlorenen Sohn nicht akzeptieren, würde sich gar nicht nach ihm umschauen. Jake hatte kein Recht, hier ...

»Gehst du mal an die Tür, Mariah?« bat Rass.

Angstvoll wanderte Jakes Blick zu Mariah. Er hoffte inständig, sie würde etwas unternehmen, um Mad Dog am Eintreten zu hindern.

Eine Sekunde lang glaubte er schon, sie würde sich tatsächlich taub stellen. Sie schien genauso nervös wie er. Aber am Ende tat sie es doch nicht. Sie wischte ihre Hände an ihrer zerknitterten Schürze ab und verließ den Raum.

Jake hörte, wie die schwere Tür geöffnet wurde, dann ertönte Mad Dogs tiefe Stimme. Darauf erwiderte die Frau etwas, was er nicht verstehen konnte. Ihre Stimme bebte leicht und sie klang schüchtern – so wie Jake sich fühlte.

O Gott, Mama ... o Himmel ...

Mad Dog schlenderte in die warme, gemütliche Küche. Im Türrahmen blieb er stehen, den Hut weit nach hinten geschoben, so daß sein heiteres, sonnengebräuntes Gesicht zu sehen war. Sein abgetragenes, schwarzes Hemd hing ihm lose um die breiten Schultern. Aus dem offenen Kragen lugte das Brusthaar hervor. Alte verwaschene Jeans schmiegten sich wie eine zweite Haut um seine Beine.

»Nun«, sagte er und lächelte. »Wen haben wir denn da, Mariah?«

Jake sprang so überstürzt auf, daß ihm der Stuhl wegrutschte und zu Boden polterte. Hitze stieg ihm in die Wangen. Er riß seine Hände auseinander und ließ die Arme schlaff herabhängen.

Mad Dog nahm seinen Hut ab und warf ihn achtlos auf das Butterfaß, wo er mit einem dumpfen Laut landete. Der Hilfsfarmer fuhr sich mit der Hand durch seine schulterlange Mähne und schritt auf den Tisch zu.

Jedesmal wenn seine Absätze auf dem Dielenboden aufkamen, dröhnte das übermäßig laut im Raum. Jake zuckte bei jedem Schritt zusammen.

Mad Dog hielt ihm zur Begrüßung die Hand hin. »Hallo, Kamerad. Ich bin Mad Dog.«

Jakes Hals war hoffnungslos ausgetrocknet. Wie gelähmt blickte er auf die ausgestreckte Hand und dachte an seine eigenen verschwitzten Finger. Er räusperte sich und versuchte sie möglichst unauffällig am Hosenbein abzuwischen.

Mad Dog umfaßte Jakes Rechte und drückte sie kräftig. »Hast du einen Namen, mein Junge?«

Jake hob das Kinn. Er schaute Mad Dog in die grauen Augen und verspürte eine überwältigende Woge von unaussprechlichen Empfindungen. So nah war er seinem Vater nie zuvor gewesen. Von diesem Augenblick hatte er sein ganzes Leben geträumt, aber niemals damit gerechnet, daß er ihn eines Tages tatsächlich erleben würde. Sehnsucht durchflutete ihn.

»Ich heiße Jake«, wisperte er und fürchtete, ihm würde die Stimme versagen.

Mad Dog wollte die Begrüßung beenden, aber Jake ließ

ihn nicht los. Er umklammerte die Hand seines Vaters einen Herzschlag zu lang und versuchte mit Macht, die Verbindung aufrechtzuhalten, nach der er sich sein ganzes Leben verzehrt hatte.

Mad Dog runzelte die Stirn und zog etwas fester.

Jake zwang sich endlich loszulassen, auch wenn es ihm schwerfiel.

»So.« Mad Dog wandte sich Mariah zu, schob seine Daumen in den Taillenbund seiner ausgefransten Jeans, kehrte Jake den Rücken und trat an den Herd. »Was gibt es denn heute abend?«

Jake blickte unentwegt auf den breitschultrigen Rücken des Mannes und empfand unbändigen Zorn. Schon war Mad Dog mit ihm fertig und hatte ihn vergessen.

Eines mußt du bei deinem Daddy berücksichtigen, Jake. Er vergißt alles sehr schnell. Das ist einfach seine Art.

Die Worte seiner Mutter hatte Jake sorgfältig im Gedächtnis bewahrt und sie trösteten ihn. Er atmete langsam aus und spürte, wie sein Zorn nachließ. Es würde nicht leicht sein, Mad Dogs Aufmerksamkeit auf sich zu lenken und weitaus schwerer, sie zu behalten. Das wußte er seit jeher, seine Mutter hatte es ihm deutlich genug gesagt. Mad Dog war ein Einzelgänger, der es nirgends allzulange aushielt und sich nie um jemand anders kümmerte als um sich selbst.

Jake bemühte sich, den feinen Stich, den er bei diesem Gedanken verspürte, zu ignorieren. Damit mußte er nun einmal fertig werden.

Mama hatte ihn schon als Kind darauf hingewiesen, daß sein Vater unfähig sei, eine feste Bindung einzugehen.

Aber lieben, hatte sie behauptet! Das ist nicht dasselbe! Dein Vater versteht es, andere zu lieben – auf seine unbeschwerte Art. Er schafft es bloß nicht, seßhaft zu werden ...

Jake schluckte schwer. Das war alles, was er sich wünschte, alles, was er brauchte. Es war so einfach und klang dumm, aber er vermochte die Sehnsucht danach nicht zu verdrängen. Sie saß in seinem Herzen, seit er das erste Mal etwas über seinen Vater erfahren hatte. Und seit Mamas Tod war sie ständig gewachsen. Alles, was er sich jetzt wünschte, war ein bißchen Liebe.

War das zuviel verlangt?

Mad Dog saß am Tisch, hatte die Beine weit von sich gestreckt und an den Fußgelenken übereinander geschlagen. Der Junge, Jake, saß ihm gegenüber, stocksteif, und Rass döste auf seinem Stuhl vor sich hin. Mariah stand an der Spüle und säuberte das Geschirr.

Er konnte seinen Blick nicht von ihr abwenden. Sie hatte eine weiblichere Ausstrahlung bekommen, wirkte weniger schroff. Und das faszinierte ihn.

Plötzlich wandte sie sich um und wischte ihre feuchten Hände an der Schürze ab. Ihre Blicke begegneten sich.

Sie bekam große Augen. Er wartete darauf, daß sie sich wieder gegen die Außenwelt verschloß, aber das tat sie nicht. Langsam löste sie die Hände von der Schürze, so daß der Stoff herabfiel. In dem Moment sah Mariah unglaublich schön aus und in gewisser Weise schutzlos. Ein gefährlich starkes Verlangen keimte bei ihrem Anblick in ihm auf. Am liebsten hätte er sie auf der Stelle geküßt. Sehnte sich danach, sie zu küssen. Himmel ...

Rass' Stuhl knarrte laut. Er lehnte sich zurück und zündete sich eine Pfeife an. Der süßlich beißende Duft des Tabaks wehte durch den Raum. Feine graue Schwaden zogen an Mariahs Gesicht vorbei und verschleierten es kurz.

»Setz dich, Mariah! Ich habe eine Idee«, verkündete Rass und sog genüßlich an seiner Pfeife.

Ungelenk trat sie an den Tisch, setzte sich neben Mad Dog und wich nun seinem Blick doch aus. Ihr Stuhl stand so dicht an seinem, daß sie den schwachen Vanilleduft wahrnahm, der in seiner Kleidung hing.

»Wir könnten ein Spiel machen«, schlug Rass vor. »Da liegt

noch dieses neue College-Game.« Er grinste Mad Dog an. »Dabei lernt man, wie unser Präsident gewählt wird.«

Mad Dog bemühte sich um ein Lächeln – er strengte sich wirklich an. »Ja, klingt großartig.«

»Ich weiß nicht, Rass«, sagte Mariah leise. »Mr. Stone mag vermutlich keine Brettspiele.«

»Brett klingt fast nach Bett. So müde bin ich noch nicht«, versetzte Mad Dog amüsiert.

Mariah sah ihn nicht an, aber er spürte, daß sie seinen Scherz nicht guthieß. Schon wollte sie aufstehen.

Instinktiv faßte er nach ihrem Handgelenk. Ihre Haut war kühl und weich unter seinen rauhen Fingern.

Sie schnappte nach Luft, wandte sich ihm zu und setzte sich langsam wieder hin, bis ihre Gesichter nur knapp eine Handspanne voneinander entfernt waren. Überrascht öffnete sie ihren Mund und atmete unwillkürlich heftiger.

Er hielt ihren Blick gefangen. Sie wich ihm nicht aus. Vorwitzig erschien ihre Zungenspitze zwischen ihren Lippen, die sie nervös befeuchtete, bis sie glänzten.

Fast hätte er laut aufgestöhnt.

»Ich habe nicht gesagt, daß ich nicht spielen mag«, erklärte er. »Bloß dieses gefällt mir nicht.«

»Welches dann?«

»Wie ware es mit etwas ... Interessanterem. Wie Poker?«

Rass hieb mit der Faust auf den Tisch. »Großartige Idee.«

Sie zog ihre Hand zurück. Einen Moment lang wollte er sie noch festhalten, doch dann gab er nach und ließ sie, wenn auch widerstrebend, fahren.

»Also gut«, sagte sie und strich eine nicht vorhandene Falte aus ihrem Rock. »Dann pokern wir eben.«

Rass legte seine Pfeife beiseite und beugte sich vor. Er stützte die Arme auf der Tischplatte auf, legte die Finger aneinander und musterte Mad Dog. »Wie wäre es, wenn wir das Spiel etwas ... spannender gestalten?«

Mad Dog grinste. *Strip Poker.* Die vollkommen unangebrachte Bemerkung hielt er im letzten Moment noch zurück. »Wie denn?«

»Team Poker«, antwortete er. »Sie und Mariah gegen Jake und mich.«

Erfreut schaute Mad Dog Mariah an. Er hätte es selbst nicht besser arrangieren können. »Um was spielen wir denn?«

»Wie wäre es um Fisch zum Frühstück? Die Gewinner dürfen angeln und braten«, schlug Rass vor.

Mariah runzelte die Stirn. »Die Gewinner?«

»Paßt dir das nicht?«

»Ich dachte bloß ...«

»Ist schon in Ordnung«, schnitt Mad Dog ihr das Wort ab.

Rass freute sich. »Wunderbar.« Dann klopfte er Jake auf den Rücken. »Komm, Partner, wir denken uns eine Strategie aus.«

Mad Dog lächelte. Rass und Jake konnten sich soviel Strategien ausdenken wie sie wollten, es würde ihnen nichts nützen. Nur Mad Dog würde das Spiel gewinnen.

Nichts – aber auch gar nichts – konnte ihn davon abhalten, den Morgen mit Mariah zu verbringen. Selbst wenn er dafür angeln mußte!

»Ich lege ab.« Rass knallte die Karten auf den Tisch.

Jake grinste. »Ich auch.« Seine Karten landeten neben denen seines Partners.

Mariah blickte auf das verdeckt auf dem Tisch liegende Häufchen. Am liebsten hätte sie es in die Hand genommen, aber Rass war strikt dagegen, daß hineingespäht wurde.

Mad Dog fächerte seine Karten vor sich auf. »Was für eine Überraschung. Ich gewinne ... schon wieder. Und das mit einem Paar Dreier.« Er wandte sich an Mariah. »Wie sieht's aus?«

Mariah deckte ihre Karten auf und runzelte die Stirn. Allmählich wurde sie äußerst nervös. Sie und Mad Dog gewannen mit unglaublicher Regelmäßigkeit. Vielleicht überließ Rass ihnen mit Absicht die Trümpfe, was sie gar nicht wollte. »Nicht mal ein Paar. Zehn ist das höchste«, erklärte sie gepreßt.

»Also, ihr beide seid zu gut für uns«, behauptete Rass, schob seinen Stuhl zurück und stand auf. Er rekelte sich, gähnte und fuhr sich mit der Hand über den Mund.

»Wir sind noch gar nicht fertig!« beschwerte Mariah sich überlaut. Rass grinste nur. »Doch, ihr beide seid absolut die Sieger.« Er wandte sich an Jake und lächelte triumphierend. »Meine Güte, bin ich müde. Und du, Jake?«

Der Junge grinste den alten Mann an. »Zum Umfallen.«

Mariah sah Jake an und verspürte eine Woge der Zärtlichkeit. »Willst du im Gästezimmer schlafen?«

Der Junge warf Mad Dog einen nervösen Blick zu. »N-nein. Ich habe meine Sachen schon in der Scheune.«

Mariah wunderte sich, was Mad Dog mit Jakes Entscheidung, in der Scheune zu schlafen, zu tun haben mochte. »Nun, wenn dir das lieber ist ...«

Rass klopfte dem Jungen auf den Rücken. »Ich mag gebratenen Fisch. Du auch?« Dann blickte er von Mariah zu Mad Dog. »Wir finden uns pünktlich um sechs zum Frühstück ein. Seid ihr dann schon fertig?«

Mad Dog zuckte mit den Achseln. »Wir sollen ja nur angeln gehen und nicht Feuer spucken. So schwer kann das doch nicht sein?«

»Ich glaube, das letzte Mal war beim Äpfelpflücken davon die Rede – oder war es beim Ausmisten des Schweinestalls?« erinnerte Mariah ihn trocken.

Er lachte. »Das war Arbeit. Angeln macht Spaß.«

Sie konnte nicht darüber lachen. »Tatsächlich?«

»Etwa nicht?« wollte er wissen.

»Klar. Was könnte schöner sein als vorm Morgengrauen aufzustehen und ein paar glitschige lebendige Tiere auf Metallhaken zu spießen?«

Er neigte sich zu ihr hinüber. »Ist es um fünf Uhr etwa noch dunkel?«

Unwillig runzelte sie die Stirn. »Sicher.«

Er bedachte sie mit einem vielsagenden Lächeln.

Das hat mir grade noch gefehlt, dachte sie. Ein feiner Schauder der Erregung rann ihr über den Rücken.

»Glaub mir, Mariah, es wird trotzdem Spaß machen.«

12. Kapitel

Mariah saß auf der obersten Stufe der Verandatreppe und hatte die Knie dicht an den Körper gezogen. Außer zwei Angelruten und einem Weidenkorb für die Forellen hielt sie eine Dose mit Anglerzubehör bereit.

Sie schloß die Augen und lehnte sich an den berankten Eingangspfosten. Der Duft der trockenen Herbstblätter stieg ihr in die Nase und erinnerte sie an den Frühling, als der dichte Wein grüne Blätter und blaßviolette Blüten getragen hatte.

In der Stunde vor der Morgendämmerung herrschte absolute Stille, eine fast überirdische Ruhe. Keine Grillen zirpten, keine Frösche quakten in dem feuchten Dickicht längs des Baches, keine Vögel zwitscherten. Die Dunkelheit war undurchdringlich und lag wie eine schwarze Decke über der Landschaft.

Ein Pfiff zerschnitt die Stille und wehte durch die Luft. Gleich darauf ertönten knirschende Schritte auf dem Kiesweg.

Mariah verkrampfte sich der Magen, und Nervosität breitete sich in ihrem Körper aus. Widerstrebend hob sie den Kopf und schaute auf. Sie versuchte, Mad Dog trotz der Dunkelheit zu sehen, aber das war unmöglich. Nur seine Schritte konnte sie hören und sich seinen lässigen Gang vorstellen.

»Verdammt früh zum Aufstehen«, meldete sich seine rauhe Stimme. »Ist das Kaffee, was da so duftet?«

Sie nickte. »Ich habe eine Picknickflasche mitgebracht.«

»Und mit Kaffee gefüllt?« Es entstand eine Pause, und Mariah war überzeugt, daß er grinste. »Tequila wärmt schneller.«

Da mußte auch Mariah lachen. »So warm muß Ihnen meinetwegen gar nicht werden, Mr. Stone.«

Er trat auf sie zu. *Knirsch, knirsch, knirsch.*

Obwohl sie sich anstrengte, vermochte sie in der Dunkelheit nicht mehr auszumachen als seinen Schatten. Sie mußte sich auf ihr Gefühl verlassen, um seine Bewegungen wahrzunehmen. »Zu spät, Mariah«, gab er so anzüglich von sich, daß ihr ein wohliger Schauder über den Rücken rieselte. »Mir ist bereits wärmer als du ahnst.«

Die persönliche Anrede und der vielsagende Unterton seiner Stimme erzeugten eine Hitzewelle nach der anderen bei ihr. Tief in ihrem Inneren, wo sie seit Jahren kein Mann berührt hatte und sie nie wirklich eine Liebkosung gespürt hatte, empfand sie so etwas wie einen zündenden Funken, mächtig und fremd – war es Lust, Verlangen? Sie wußte es nicht.

Sehnsucht mußte es sein, erkannte sie dann. Das war es. Ihre verschüttete Leidenschaft sehnte sich vergeblich nach etwas, nach jemandem. So war es ihr schon immer ergangen.

Und so wird es auch bleiben, sagte sie sich. Mad Dog Stone, Herumtreiber, Landstreicher und Boxer war nicht der Mann, der die Leere in ihrer Seele füllen würde. Er wollte nichts von ihr, was er nicht bei einem Dutzend anderer Frauen auch hätte bekommen können. Außerdem würde er nicht lange genug bleiben, um zu erfahren, wonach ihr Herz verlangte.

Einesteils machte sie das traurig. Andernteils wütend.

»Mr. Stone«, versetzte sie gepreßt. »Dieses ständige Geplänkel paßt mir nicht. Würden Sie es bitte für eine Frau aufbewahren, die mehr daran interessiert ist, es zu hören?«

Eine fühlbare Spannung lag in der Luft, ehe er antwortete: »Ich glaube, es gefällt dir wohl, Mariah.« Er rückte nicht von der persönlichen Anrede ab, obwohl sie förmlich blieb.

Ihr Herz machte einen Satz. Über seine Reaktion ärgerte sie sich noch mehr.

»Offenbar irren Sie sich, Mr. Stone. Sie verwechseln mich wohl mit einer jener großzügig ausgestatteten Damen, mit denen Sie sich zweifellos sonst die Zeit vertreiben.«

»Wie kommst du darauf, daß mir üppige Kurven gefallen?«

In dem Moment wußte Mariah, daß sie es falsch angefaßt hatte. »Darüber will ich mich nicht mit Ihnen unterhalten, Mr. Stone.«

Er stieg noch eine Stufe höher.

Mariah wappnete sich gegen die Wirkung, die seine unmittelbare Nähe auf sie hatte. Sie schlang ihre Arme fester um ihre Knie.

Nun blieb er stehen. Sie hörte ihn atmen, dicht über ihrem Kopf, langsam und gleichmäßig, jeder Atemzug eine stumme Einladung.

In der Ferne entflammte der Horizont. Erste rotgoldene Sonnenstrahlen durchbrachen das Dunkel des Nachthimmels und erzeugten ein Gefühl der Erwartung.

Bedächtig ließ er sich vor ihr auf ein Knie sinken. Die Stiege gab unter seinem Gewicht nach.

»Zufällig mag ich kleine Brüste, Mariah.« Ihr Name kam in einem zärtlichen Flüsterton über seine Lippen. »Mit hellrosa Spitzen, die sich steil aufrichten, wenn ich ...«

»Hören Sie auf!« Überstürzt sprang sie hoch. Damit hatte er nicht gerechnet.

Er fluchte leise, verlor das Gleichgewicht, stolperte halbwegs die Treppe hinunter und landete mit einem dumpfen Aufprall im Blumenbeet.

Mariah wirbelte herum und schnappte sich die Anglerausrüstung. Sie klemmte sich die Sachen unter den Arm, raffte ihre Röcke und eilte die Stufen hinunter. Erst am Waschhaus erreichte seine Stimme sie.

»Mariah?«

Widerstrebend blieb sie stehen. »Ja?«

»Es ist doch pechschwarz und ich kenne den Weg zum Bach nicht.«

Mariah biß grimmig die Zähne aufeinander. Natürlich hatte er recht. Ohne sie konnte er den Bach nicht finden. Sie schlang ihre Arme fester um sich und klopfte ungeduldig mit dem Fuß auf den Boden.

Ich darf mich auf keinen Fall von ihm aus der Fassung bringen lassen. Immer auf Abstand bleiben!

»Schon recht, Mr. Stone. Ich warte.«

Er sprang auf und war mit einem Satz hinter ihr. Seinen begeisterten Schwung empfand sie wie eine Ohrfeige.

»Bist du da?«

»Ja, direkt hier.«

Schon war er bei ihr und faßte nach ihrer Hand. Kräftige, lange Finger schoben sich zwischen ihre kleineren.

Sie sträubte sich innerlich dagegen und wollte ihm ihre Hand entziehen.

Aber er hielt sie fest. »Bitte, ich möchte mich nicht verirren«, versetzte er und lachte leise.

Krampfhaft ignorierte Mariah das Vergnügen, von ihm angefaßt zu werden, seine warme Haut zu spüren. »Gut«, sagte sie nur. »Dann wollen wir gehen.«

Er zog sie dichter an sich und flüsterte ihr ins Ohr: »Ja, laß uns aufbrechen.«

Eine Fülle an Gefühlen durchflutete Mariah, während sie Mad Dog durch den Obstgarten führte. Ihre Sinne schienen in der Schattenwelt zwischen Nacht und Tag geschärfter als sonst. Seine Hand, die ihre schützend und warm umfaßt hielt, kam ihr in der Dunkelheit wie ein Rettungsanker vor. Eine Verbindung zu einem anderen Menschen, wie sie sie seit Jahren nicht mehr erlebt hatte!

Es war so lange her, daß ein Mann sie angefaßt hatte. Und das auch nur flüchtig. Jetzt hielt sogar einer richtig ihre Hand. Eine Vielzahl heftiger, unerwarteter Regungen brach über sie herein, daß ihr schwindlig wurde, Verzweiflung und Angst sie erfaßte.

Die Empfindungen waren ihr gleichermaßen fremd und doch erschreckend vertraut. Sie versuchte sich einzureden, daß sie

Mad Dog Stone nicht begehrte, nicht im entferntesten. Jede andere Frau würde an ihrer Stelle genauso reagieren. Sie war überzeugt, daß das unbestreitbar stimmte. Jede Frau mußte bei einem Mann wie ihm erschrecken.

Aber es war noch mehr. Um Himmels willen, selbst nach dem, was ihr alles zugestoßen war, und bei allem, was sie über Mad Dog wußte, gelang es ihm dennoch, etwas in ihr anzufachen. Etwas, das ein Leben lang in ihr geschlummert hatte und wonach sie sich unbändig sehnte.

Als sie schließlich ihr Ziel erreichten, kleidete die Dämmerung die Farm bereits in helles Rosa und Gold. Feine rosige Lichtstreifen zogen durch den allmählich heller werdenden Obstgarten und berührten schon die kleinen Wellen des Baches. Das leise Plätschern des Wassers am schlammigen Ufer war das einzige Geräusch auf dieser Welt.

Eine Sekunde lang wollte Mariah Mad Dog schon verschweigen, daß sie den Angelplatz erreicht hatten. In dem Augenblick würde er sie nämlich loslassen, und sie würde sich wieder fühlen wie vorher. Ohne Bindung und allein.

Sie seufzte, und in der Stille klang ihre Stimme erschreckend pathetisch. Fühlte sie sich tatsächlich so einsam, daß sie nur um des Händchenhaltens willen – sogar mit Mad Dog – zu solchen Winkelzügen griff?

»Wir sind da«, erklärte sie und wünschte sich, ihre Stimme würde fester klingen und nicht so wehmütig und enttäuscht, wie sie sich eben fühlte.

Er wartete einen Herzschlag lang, dann ließ er ihre Hand los. Die kühle Brise machte sich bemerkbar und wenn ihr auch eben noch warm gewesen war, so spürte sie jetzt die feuchte Kälte.

Sie ließ die Blechdose und die Ruten mit einem Plumps zu Boden fallen.

Mad Dog setzte sich und streckte seine langen Beine aus. Er lehnte sich auf seine Ellenbogen zurück und lachte sie an.

Allein davon zitterten ihre Fingerspitzen. Meine Güte, wie

lange war es her, daß ein Mann sie so angesehen hatte? Als ob sie jung und schön wäre ... als ob sie ihm nicht gleichgültig wäre. Der Humor in seinem Blick eroberte sich einen Platz in ihrem Herzen und schürte erneut ihre Sehnsucht nach diesem unsäglichen Etwas, das sie nie kennengelernt hatte.

»Willst du den ganzen Tag da herumstehen?«

Mariah kam es so vor, als würde sie dahinschmelzen. Sie schluckte schwer, versuchte sich daran zu erinnern, daß er ein nichtsnutziger Herumtreiber war, der nichts als schönes Getue und ein überstürztes Abschiedswort zu bieten hatte.

Ihre Blicke begegneten sich. Das impertinente Grinsen um seine Mundwinkel verschwand. Statt dessen sah er sie so schmachtend und durchdringend an, daß Mariah die Knie weich wurden.

»Mariah«, flüsterte er, richtete sich etwas mehr auf und hielt ihr seine Hand hin.

Sie hätte sich nicht mal zurückhalten können, wenn es den Verlust ihrer Seele bedeutet hätte. Mit den Fingerspitzen berührte sie seine warmen Hände. Ein leichter Schauder rieselte ihr bei der Berührung über den Rücken. Langsam ging sie neben ihm auf die Knie.

Bitte, dachte sie und vermochte sich nicht von seinem Blick zu lösen, *faß mich an, ehe mir einfällt, daß du nicht zu mir paßt ...*

Aber es war zu spät. Ihr war es bereits eingefallen.

Zitternd entzog sie ihm ihre Hand, rang sich ein Lächeln ab, blieb aber förmlich: »Wollen Sie eine Tasse Kaffee?«

»Jetzt will ich das nicht, und du weißt es.«

Sie wich seinem Blick aus und schaute in ihren Schoß. »Sehen Sie mich nicht so an.«

»Wie denn?«

Widerstrebend hob sie ihr Kinn und begegnete seinem Blick. »Als ob Sie etwas von mir wollten.«

»Aber das ist es doch! Ich will ...«

Sie wehrte ab. »Sagen Sie es nicht. Bitte.«

Mariah kniete neben ihm im kalten, feuchten Gras. Die Nässe drang durch ihren Wollrock und die dicke Winterunterwäsche, aber das merkte sie kaum. Ihre Sinne waren vollkommen auf den Mann, der lässig neben ihr lag, ausgerichtet.

Er wandte sich ihr halbseitig zu. »Du faszinierst mich, Mariah. Ist das denn so schlimm?«

Bei diesem schlichten Bekenntnis durchflutete sie eine heiße Woge der Erregung. Er verhielt sich in der Hinsicht genau so, wie sie erwartet hatte. Keine falsche Liebeserklärung, nicht mal die Andeutung von Förmlichkeit. Einfach eine entwaffnende Behauptung. *Du faszinierst mich.*

Plötzlich hatte sie Angst vor ihm, mit jeder Faser ihres Herzens. Sie mochte sich gegen nette Worte wehren, mochte die Stimme ihrer Natur unterdrücken; aber seine Ehrlichkeit war stärker und mächtiger als sie ertragen konnte.

Sie schloß die Augen und rang um Beherrschung. Wo blieb der Entschluß, ihn sich vom Leibe zu halten ... ihre eigene Sehnsucht im Zaum zu halten? Ein erschrockenes, trockenes Lachen entschlüpfte ihr. »Mr. Stone, müssen Sie immer gleich damit herausplatzen, was Ihnen gerade durch den Kopf geht?«

»Unbedingt.«

Darauf vermochte Mariah nichts mehr zu erwidern, nicht mal eine schnippische Bemerkung fiel ihr ein. Nach ein paar beklemmenden Sekunden öffnete sie wieder ihre Augen.

Und sah sich von ihm neugierig betrachtet.

Ihr stockte der Atem. Überdeutlich wurden ihr die frühmorgendlichen Geräusche bewußt: das Plätschern des Wassers, das sanfte Streicheln des Windes und Mad Dogs Atem.

»Komm her!« flüsterte er.

Sie sah ihm reglos in die Augen und hatte das Gefühl, sie würde fallen. Eigentlich wollte sie zurückweichen, empfand das dringende Bedürfnis auf Abstand zu gehen. Statt dessen beugte sie sich langsam – zögerlich – vor.

Er hob seine Hand. Sie spürte seine Finger, feucht vom Tau und rauh von der Arbeit, in ihrem Nacken. Mit dem Daumen strich er sacht über ihre Wange und zog sie dabei näher an sich, so nah, bis jeder seiner Atemzüge zärtlich ihren Mund streifte. Ihre Lippen berührten sich. Er schob seine Zungenspitze heraus und fuhr damit hauchzart über ihre Unterlippe.

Mariah erschauerte.

»Mariah«, flüsterte er und seine Lippen bewegten sich leicht über ihren. »Bitte ...«

Beschämt und zutiefst betroffen wich sie zurück und ballte ihre Hände zu Fäusten, die in ihrem Schoß zitterten. »Ich k-kann es nicht.«

»Was kannst du nicht?«

Sie weigerte sich, seinem Blick zu begegnen, ließ aber die förmliche Anrede fallen. »Du weißt schon.«

Er berührte ihr Kinn mit dem Zeigefinger und zwang sie, ihn anzusehen. »Sprich es aus.«

Sie schaute ihm in die von Leidenschaft verhangenen Augen und hätte fast nachgegeben. Er begehrte sie. Diese schwindelerregende Erkenntnis floß wie heiße Lava durch ihre Adern und entfachte ein wahres Feuer in ihr.

Ihre Selbstbeherrschung begann, ihr zu entgleiten. Sie war nur knapp davon entfernt, jegliche Vorsicht außer acht zu lassen. Aber sie mußte unbedingt etwas unternehmen, um einen weiteren Kuß zu vermeiden. Hastig durchwühlte sie ihre mangelhafte Erfahrung und dabei kam ihr ein Gedanke in den Sinn, den sie laut aussprach. »Ich kann schlecht ... einen Mann küssen, dessen Namen ich nicht mal kenne.«

Überraschung zeigte sich in seinen Augen. Das so vielversprechende Lächeln gerann. Stirnrunzelnd zog er sich zurück.

Mariah atmete aus. Sie hatte es geschafft, ihn auf Abstand zu bringen. Gott sei Dank!

»Du kannst das meisterhaft«, stellte er leise fest.

Mariah fröstelte bei seinem Blick. »Was denn?«

»Dich schützen. Das mit dem Namen war besonders klug, zugegeben. Aber es funktioniert nicht – zumindest nicht auf Dauer«

»W-wieso nicht?«

Er beugte sich weit genug vor, um sie erneut zu küssen, aber tat es nicht. Sie spürte seinen gleichmäßigen Atem wie einen vielversprechenden Hauch auf ihren Lippen. »Weil du mich willst.«

Das hatte sie nicht erwartet. Sie sprang auf, stolperte über die Anglerausrüstung und schaffte es, außer Reichweite zu gelangen. »Nein, das stimmt nicht.«

Er lachte. »Du läufst ziemlich schnell davon für jemanden, der sich unbeteiligt fühlt.«

Ich muß machen, daß ich wegkomme. Ehe ich mich noch auf eine Dummheit einlasse ...

Mariah raffte ihre Röcke und hastete zum Haus zurück. »Fangen Sie Ihren Fisch allein, Mr. Stone«, rief sie und wählte absichtlich wieder die förmliche Anrede. Nie mehr wollte sie ihn so nah an sich herankommen lassen. »Ich habe etwas Besseres zu tun.«

Sein amüsiertes Glucksen folgte ihr dicht auf den Fersen. Das konnte sie nicht so leicht abschütteln. Es war unüberhörbar.

Zum Kuckuck – wie schrecklich aber auch, daß sie so einsam war! Doch dann wurde ihr klar, warum sie die Distanz nicht wahren konnte, warum ihr die Berührung seiner Lippen nicht aus dem Sinn gehen wollte. Es lag unabweislich klar auf der Hand.

Er hatte nämlich recht.

Und das wußten sie beide genau.

Mariah stürmte die Verandatreppe hinauf und stieß die Haustür auf. Sie schlüpfte in die tröstliche Dunkelheit der Eingangshalle, sank auf die gepolsterte Bank, atmete zitternd aus. Sie sackte in sich zusammen und bedeckte ihr Gesicht mit beiden Händen.

Gegen das Beben am ganzen Körper konnte sie nichts ausrichten.

»Um Himmels willen ...«, flüsterte sie in ihre Hände und spürte die feuchte, drückende Hitze ihres eigenen Atems. Eine Sekunde lang hätte sie beinahe alles vergessen, ihre Vergangenheit, den Kummer und ihre Zukunft. Sie hatte sich tatsächlich von ihm küssen lassen wollen und sich so sehr danach gesehnt, daß sie sich schwach und kraftlos fühlte.

So nah war sie einem erneuten Fehltritt gewesen ...

Aber nicht nah genug. Sie verdrängte den erschreckenden Gedanken. Zum Glück war sie der Versuchung nicht erlegen. Das mußte sie sich vor Augen halten, und nur das. Es war ihr Erfolg und daran konnte sie sich klammern. Daß sie beinahe gestrauchelt wäre, zählte nicht. Sie hatte sich schwach gefühlt, aber nicht zugelassen, daß sie verletzt wurde.

Sie war der Versuchung nahe gekommen, hatte ihr aber nicht nachgegeben.

Allmählich normalisierte sich ihr Atem. Die Furcht ließ nach. Schleppend stand sie auf und ging in die Küche.

In der Tür blieb sie überrascht stehen. Jake saß bereits allein am Küchentisch. Die Ellenbogen hatte er auf das Wachstuch gestützt, und sein Kinn ruhte in den Händen. Er wirkte betrübt, verloren und einsam – genauso wie sie sich fühlte.

Sofort empfand sie Mitleid mit ihm. Wo mochten seine Eltern sein? Wer sorgte für ihn, wenn er Fieber hatte und gab ihm einen Kuß, wenn er niedergeschlagen war? Wer stopfte ihm die Strümpfe und beantwortete seine Fragen?

Sein Kummer lenkte sie von ihrem eigenen ab. Ehe sie es recht merkte, trat sie auf ihn zu. Die Dielenbretter knarrten unter ihren Schritten.

Da schaute er erschrocken auf. »Miss Throckmorton ...«

Sie lächelte. »Nenn mich Mariah.«

Seine Hände sanken unter den Tisch. »R-rass hat mir gesagt, ich soll rechtzeitig zum Frühstück herkommen.«

Sie schenkte zwei Tassen dampfenden aromatischen Kaffee ein, trug sie zum Tisch und setzte sich neben ihn. »Du mußt dich nicht rechtfertigen, Jake. Hier bist du herzlich willkommen.«

Er bekam große Augen und ließ seine Schultern sinken. Ein müder Seufzer entfuhr ihm. »Danke.«

Mariah hielt den Atem an. Sie spürte, wieviel ihm ihre schlichten Worte bedeuteten. Erneut machte sie sich Gedanken über sein Leben und hätte gern gewußt, wohin er gehörte. Ebenso dachte sie wieder an Thomas und das, was er vom Leben gehabt hatte.

Jake blinzelte ihr zu, und eine Locke seines ungepflegten Haars fiel ihm in die Stirn. Er errötete und schob sie hastig aus dem Gesicht. »Entschuldigung«, murmelte er. »Mein Haar ist etwas zu lang ...«

Unverzüglich reagierte sie auf sein beschämtes Verhalten. Leise Hoffnung keimte in ihr auf. Sie nestelte an ihrer eigenen Frisur und bemühte sich um einen neutralen Ton. »Ich ... ich könnte es dir schneiden.«

Er schaute überrascht auf. »Das würde Ihnen ... nichts ausmachen?«

»Keineswegs, aber ...« Betreten blickte sie auf den Tisch. Eine Reihe trauriger Erinnerungen tauchte vor ihr auf, ehe sie imstande war, sie beiseite zu schieben.

»Aber was?«

Sie schluckte und sah Jake an. »Ich habe noch nie einem jungen Mann das Haar geschnitten.« *Ich hätte es sollen, aber es ...*

»Ich mache das immer mit einer Rasierklinge.«

Der ruhige, sachliche Ton nahm dem Augenblick seine Trauer. »Und ich habe eine Schere.«

Er lächelte zögerlich. »Das ist auf jeden Fall besser«

Mariah schaute ihn an und spürte, daß dieser Moment ihm genausoviel bedeutete wie ihr. Es fühlte sich herrlich und richtig – wie ein Neubeginn – an, obwohl es ihr schwerfiel, daran zu glauben.

Sie stand auf und füllte eine Schüssel mit warmem Wasser, die sie zum Tisch trug. Als sie sie hinstellte, schwappten einige Tropfen über den Rand auf das Wachstuch. »Setz dich derweilen«, sagte sie zu Jake und deutete auf den Butterhocker. »Ich hole einen Kamm und die Schere.«

Unsicher schaute er herum. »In Ordnung.«

Mariah lief die Treppe hinauf, schnappte sich Schere und Kamm von ihrer Kommode und machte kehrt. Als sie nach unten in die Küche kam, saß er bereits auf dem Hocker mitten im Raum.

Sie legte ihm ein Handtuch um und feuchtete sein Haar an. Dann trat sie hinter ihn und musterte seine ungewaschenen Zotteln. »Wie lang hast du es am liebsten?«

»Meine Mama hat es mir bis auf den Kragen wachsen lassen.« Seine Stimme klang ein wenig wehmütig. »Sie mochte es nicht so kurz.«

Mit zitternden Fingern faßte Mariah nach der ersten Strähne und betastete die fransigen Enden. Erneut wunderte sie sich, wie er hierhergekommen sein mochte. Irgendwann einmal hatte er offenbar eine Mutter gehabt, die sich um ihn kümmerte, ihm das Haar schnitt und ihn umsorgte. Die es nicht gewollt hätte, daß ihr Junge so verwahrlost durch die Gegend lief.

Mariah griff nach dem Kamm und begann die Knoten zu entfernen. Für einen flüchtigen, verträumten Augenblick dachte sie an eine Zeit, die es nie gegeben hatte, aber hätte sein können. Thomas ...

Jake schluckte hörbar.

Durch das leise Geräusch wurde sie aus ihrer Abwesenheit gerissen. »Habe ich dir weh getan?«

»Nein«, erwiderte er verlegen. »Es fühlte sich ... gut an.«

Ein Lächeln huschte über Mariahs Gesicht. »Ach so.« Langsam kämmte sie sein verfilztes Haar aus und massierte ihm mit den Fingern die Kopfhaut. Dann biß sie sich auf die Unterlippe und schnitt ihm im Nacken das Haar am Kragen entlang ab.

Schnipp. Schnipp. Schnipp.

Gern hätte sie etwas gesagt, doch es war Jahre her, daß sie einfach so mit jemandem ins Gespräch kam. Außerdem hatte sie nie die Gelegenheit gehabt, mit einem jungen Mann zu reden. Plötzlich war es ihr wichtig, daß er sie leiden mochte. Sie wollte auch nichts Falsches sagen und damit alles verderben.

Er war ihr ähnlich, das spürte sie. Allein, einsam und ängstlich. Gern wollte sie eine Verbindung zu ihm herstellen, eine Art Freundschaft mit ihm knüpfen, aber sie wußte nicht, wie. Seit vielen Jahren verkroch sie sich schon im Abseits, lebte wie eine Einsiedlerin und hatte keine Ahnung, wie sie das ändern sollte. »Jake ...« Sie sprach seinen Namen leise vor sich hin und merkte erst, daß er es mitbekommen hatte, als er nachfragte.

»Eh-he?«

Im ersten Moment war sie wie gelähmt und überlegte fieberhaft, was sie sagen könnte. »Ich ... eh ... sehe gerade, dein Hemd hat einen Riß. Soll ich es dir flicken?«

»Das wär sehr nett, Miss ... Mariah! Vielen Dank.«

Sie fühlte sich angenehm erleichtert. Das war ein Anfang. Mehr jedenfalls, als sie seit Jahren erlebt hatte. »Gut.«

Er entspannte sich sichtlich und fühlte sich wesentlich wohler als zuvor. »Mit Nadel und Faden kann ich nicht allzugut umgehen.« Er sagte das entschuldigend, aber es klang so, als hätte er gelächelt.

Ja, dachte sie verwundert, wir haben einen richtigen Anfang gemacht. Wir beide.

13. Kapitel

Mariah rührte den dicken brodelnden Haferbrei und starrte aus dem Fenster, während die Morgendämmerung in rosa und goldschimmernden Tönen im Obstgarten aufstieg. Sie versuchte sich einzureden, daß sie nach nichts im besonderen Ausschau hielt – oder nach jemandem Bestimmtes. Aber ihr Blick wanderte wie von selbst zum Fluß hinunter.

»Ist das genug Schinken?« fragte Jake und wandte sich ihr erwartungsvoll zu.

Sie schaute ihn an und lächelte. Er stand neben ihr am Spülstein und schnitt sorgfältig den Schinken in Scheiben. Jetzt sah Jake ganz anders aus als vor einer halben Stunde. Er hatte gebadet und sein frischgewaschenes Haar leuchtete wie Kupfer im frühen Tageslicht.

Ihr Herz machte einen Satz, wenn sie ihn anschaute. Eine Sekunde lang kam es ihr so vor, als gehörte er hierher. Als wollte er sogar bleiben. Zustimmend nickte sie. »Das reicht, Jake. Danke.«

»Soll ich ihn in die Bratpfanne geben?«

»Gern.« Sie trat etwas zur Seite, damit er Platz genug hatte. Er kratzte ein Stück Schmalz aus dem blaugefleckten zerbeulten Tiegel und klopfte es in die heiße Pfanne. Zischend zerfloß das weißliche Fett.

»Hast du deiner Mutter beim Kochen geholfen?«

Jake schaute sie an. Ihre Blicke begegneten sich, und Mariah sah, wie tiefbekümmert er war. »Ja.«

Natürlich hätte sie es begrüßt, selber auch mit entsprechenden Erfahrungen aufwarten zu können. Doch sie streckte nur ihre Hand aus und schob ihm das Haar aus der Stirn. »Sie muß glücklich sein, einen Sohn wie dich zu haben.«

Schon wollte er etwas darauf erwidern, doch ehe er dazu kam, ging die Haustür auf.

Jake schnappte nach Luft und wich zurück. Seine Augen weiteten sich. »Mad Dog ist da.«

Mariah zuckte zusammen und ihr Atem ging heftiger. Beunruhigt schaute sie zur Tür. »Geh nur, setz dich hin, Jake. Den Rest mache ich schon.«

»In Ordnung!« Er schnappte sich seinen lauwarmen Kaffee und eilte an den Tisch zurück. Holz knarrte und Stuhlbeine quietschten, als er wieder Platz nahm.

Miss Throckmorton straffte sich und atmete tief durch. *Immer mit der Ruhe,* sagte sie sich. *Von Mad Dog habe ich nichts zu befürchten. Was am Fluß geschehen ist, ist vorbei. Absolut vorbei.*

Aber das war eine Lüge, und sie wußte es ganz genau. Da gab es auch keine noch so guten Gegenargumente. Die Stunde, die sie mit Jake verbracht hatte, hatte sie von ihren Gedanken abgelenkt, aber jetzt war die Denkpause zu Ende, und die jüngsten Ereignisse schoben sich in den Vordergrund, bis sie an nichts anderes mehr denken konnte.

Um Himmels willen, nach dem Kuß heute hatte sie sich wirklich gesehnt. Sie hatte so sehr darauf gewartet, daß ihr schwindlig geworden war. Und die törichte Närrin Mariah sehnte sich immer noch danach. Sie konnte Mad Dog im Moment weder in die Augen sehen noch mit ihm sprechen. Sie fühlte sich viel zu entwaffnet, um stark aufzutreten. Nicht mal die Kraft besaß sie mehr, ihn auf Abstand zu halten. Sollte er sie jetzt ansehen oder anfassen, so fürchtete sie, würde sie ihm willig in die Arme sinken.

Sie wandte sich vom Herd ab und machte sich auf, die Küche zu verlassen. Ehe er es schaffte, sie so aus der Fassung zu bringen, daß sie sich vergaß, mußte sie hier raus.

Er näherte sich zielstrebig, blieb im Rahmen stehen und lehnte sich mit einer Schulter an das Holz. »Hallo, Jake.« Er schob seinen Hut etwas hoch und grinste. »Na, Mariah?«

Im ersten Moment verhielt sie ihren Schritt, aber dann ging sie weiter, hob ihr Kinn an und wollte sich an ihm vorbeizwängen. »Entschuldigung.«

Er hielt sie am Handgelenk fest. Sie stolperte, stieß gegen ihn und protestierte leise.

»Das funktioniert nicht«, winkte er ab.

Fast gegen ihren Willen schaute sie zu ihm auf. Er lächelte, aber es war ein reizendes Lächeln, ohne eine Spur von Spott oder Sarkasmus. Fragend hob sie ihre Brauen. »Was funktioniert nicht?«

»Du kannst nicht davor weglaufen.«

Sie wünschte sich um alles in der Welt, ihn mißverstanden zu haben, aber leider war ihr nur zu klar, was er damit meinte. »Wovor?« Sie bemühte sich um einen arroganten Tonfall. Zu ihrem Entsetzen hörte sie sich jedoch eher atemlos an.

Er neigte sich ein wenig vor. »Es ist etwas zwischen uns geschehen, Mariah.«

Sie wollte sich abwenden. Doch er hielt sie fest. »Zwischen uns ist nichts. Ich weiß nicht, wovon Sie sprechen.«

»Du lügst.«

Sie fuhr sich mit der Zunge über die trockenen Lippen und schaute zu ihm auf. Ihr Atem ging verräterisch schnell. »Ich möchte nicht, daß etwas zwischen uns ist.«

Der Blick, mit dem er sie musterte, war so betrübt, mitleidig und verständnisvoll, daß ihr ganz eigen zumute wurde. »Das ist aber nicht dasselbe, oder Mariah?«

Sie schluckte beklommen, schnappte angstvoll nach Luft, riß sich von ihm los und stürmte blindlings davon.

Mad Dog schaute ihr nach und schüttelte den Kopf, als sie die Tür hinter sich zuschlug.

Er wandte sich um, schlenderte in den Raum und schenkte

sich eine Tasse Kaffee ein. »Einen schönen guten Morgen«, sagte er und setzte sich dem Jungen gegenüber.

Jake verschluckte sich an seinem Kaffee. »Morgen!«

»Frauen«, stellte Mad Dog fest und schüttelte erneut den Kopf.

Der Junge sagte nichts dazu. Er saß nur da und musterte Mad Dog mit großen Augen.

Lähmendes Schweigen breitete sich im Raum aus. Mad Dog fühlte sich unbehaglich. »Übrigens, kannst du boxen?« fragte er, weil ihm nichts Besseres einfiel.

»Nee.« Jake stellte seine Tasse ab und starrte Mad Dog an, als warte er auf etwas.

»Magst du Sport?«

»Nicht mehr.«

»Wie steht es zum Beispiel mit Baseball? Das ist doch ein verdammt guter Zeitvertreib, oder? Die Cincinnati Red Stockings sind meine Lieblingsmannschaft.«

»Meine nicht.«

Mad Dog stellte seine Tasse auf den Tisch. »Donnerwetter, jetzt mußt du mir aber helfen. Was macht dir denn Spaß?«

Jake zuckte mit den Achseln. »Keine Ahnung. Lesen, mich unterhalten, zu Hause sein. Wissen Sie, ganz alltägliche Dinge.«

Mad Dog grinste. »Klingt nicht allzu aufregend. Hat dein Dad dir denn gar nichts beigebracht?«

Eine Sekunde lang schien Jake den Atem anzuhalten. »Nein. Mein Dad hat mir nichts beigebracht.«

Mad Dog runzelte die Stirn. »Hör mal, Junge ...«

Aber Jake hörte nicht mehr zu. Er stieß sich vom Tisch ab und rannte aus der Küche. Mad Dog blieb allein zurück.

»Verflixt und zugenäht!« schimpfte er in die Stille. »Der Junge ist genauso empfindlich wie sie.«

Atemlos stürmte Mariah den Kiesweg hinunter und rang um ihre Beherrschung. Ganz plötzlich blieb sie stehen.

Vor ihr befand sich der weiße Lattenzaun. Sie starrte ihn an und versuchte sich daran zu erinnern, wie es jenseits davon aussah.

Das Tor hat mich früher einmal von nichts abgehalten ...

Sie stellte sich vor, wie sie nach der Klinke griff, sie herunterdrückte und das Tor aufstieß.

Furcht befiel sie und drohte, ihr die Luft abzuschnüren. Ihr Herzschlag beschleunigte sich, ihr Atem ging schwerer.

Sie schluckte, wandte sich vom Zaun ab und preßte die Hände gegeneinander. Dann hastete sie auf den Obstgarten zu.

Vielleicht morgen, dachte sie in ihrer Verzweiflung. *Morgen denke ich gar nicht erst nach, sondern ...*

Aber das waren leere Worte, und sie wußte es. Seit Jahren hatte sie die Farm nicht mehr verlassen wollen. Seit jenem Tag nicht mehr, seitdem sie damals erniedrigt, beschämt und in anderen Umständen zurückgekehrt war. Das Tor war hinter ihr zugefallen und hatte jeglichen Gedanken an die Welt, die da draußen außerhalb ihrer sicheren Zuflucht lag, verdrängt. Sie hatte es nicht ausdrücklich geplant, sich hier zu verkriechen, sondern war einfach nie wieder weggegangen.

Leidgeprüft schloß sie die Augen und fühlte sich von ihrer Niedergeschlagenheit überwältigt. Unwillkürlich erinnerte sie sich an das letzte Mal, als sie durch das Tor gegangen war: mit sechzehn Jahren, lebenshungrig und voller Träumen.

Stephen.

Langsam ging sie auf dem feuchten Gras in die Knie und senkte den Kopf. Erinnerungen an diese Zeit, an diesen Lebensabschnitt, schossen ihr durch den Sinn. Sie war zu müde, sie zu verscheuchen und zu schwach, sich gegen sie zu wehren.

An dem Abend, an dem sie Stephen begegnet war, hatte sie mit ihren Eltern in der Stadt eine Aufführung von »Romeo und Julia« herumziehender englischer Schauspieler gesehen.

Stephen trat natürlich in der Rolle des Romeo auf.

Sie hatte ihren Blick nicht von ihm wenden können. Auf der

Bühne wirkte er unwiderstehlich, so umwerfend gut sah er aus. Jedesmal, wenn er sie anlächelte, bekam Mariah auf der wackeligen Bank, auf der sie saß, das Gefühl, dahinschmelzen zu müssen. Niemand hatte sie jemals so beachtet wie er, niemand ihr jemals so viel Aufmerksamkeit geschenkt.

Deutlich erinnerte sie sich an jenen Abend. Tausende von Sternen funkelten am Spätsommerhimmel. Im Anschluß an die Aufführung war sie bis zu der Brücke gewandert, hatte ein paar Steine ins Wasser geworfen und auf ihre Eltern gewartet. Es verging eine geraume Weile, bis ihr klar wurde, daß die beiden sich ohne sie auf den Heimweg gemacht hatten.

Selbst jetzt noch verspürte sie den Schlag, den ihr diese Erkenntnis versetzte. Damals wußte sie natürlich auch, genauso wie heute, daß ihre Eltern sie liebten. Doch sie liebten einander einfach noch mehr.

Sie hatte sich auf die Holzbrücke gesetzt, ihre Beine in der kühlen Nachtluft baumeln lassen und sich schrecklich einsam gefühlt. Die Hände auf das zerkratzte Holz gestemmt, hatte sie zum Sternenzelt aufgeschaut und mühsam gegen ihre Tränen angekämpft.

»Was macht ein kleines hübsches Mädchen wie du hier so ganz allein?«

Mariah erinnerte sich deutlich an Stephens starken irischen Akzent.

Er hatte wirklich phantastisch ausgesehen, ihr Stephen. War charmant und bezaubernd. Ein zwanzigjähriger Schauspieler mit einem flotten Lächeln und zärtlichen Händen. Für ein einsames sechzehnjähriges Mädchen war er der Traummann schlechthin. In ihrer vermeintlichen Einsamkeit hatte sie sich danach gesehnt, die Worte »Ich liebe dich« zu hören. Und als er sie aussprach, sie ihr nach einem süßen, verlockenden Kuß ins Ohr flüsterte, war sie rettungslos verloren gewesen.

Sie schüttelte den Kopf und spürte das bittersüße Lächeln, das sich auf ihre Lippen legte. Wenn sein Lachen nur von Dauer gewesen wäre oder sie sich weniger darauf verlassen hätte ... Blinzelnd zwang sie sich, die Augen zu öffnen. Dabei strengte sie sich an, die stark verdrängten Erinnerungen wieder in die Dunkelheit zurückzuschicken, aus der sie aufgetaucht waren – aber sie fand nicht die Kraft dazu.

Auf den ersten Blick hatte sie sich verliebt und so wenig erwartet.

Mein Gott, laß mich nicht wieder diesen Fehler machen. Hilf mir, stark zu sein ...

Sie sank in das kühle, feuchte Gras nieder, machte die Augen zu und genoß das Gefühl der ersten Sonnenstrahlen auf ihrer Haut.

Fast war sie eingeschlafen, als Schritte sie aufschreckten. Sofort rieb sie sich das Gesicht und schaute sich um.

Zuerst sah sie nur eine schemenhafte Silhouette, die von der aufgehenden Sonne umrahmt wurde. Dann bemerkte sie den Hut und erkannte das Lächeln. Ihr klopfte das Herz.

Mad Dog.

Gehetzt richtete sie sich auf.

»Nein, steh nicht auf!« Er setzte sich neben sie.

Einerseits wäre sie am liebsten aufgesprungen und davongelaufen, aber aus einem unerfindlichen Grund rührte sie sich nicht von der Stelle.

Er streckte sich neben ihr aus.

Sie rückte beiseite.

»Frag mich etwas, Mariah«, bot er ihr an. »Irgend etwas, was du möchtest.«

Innerlich stemmte sie sich dagegen und wählte eigensinnig die förmliche Anrede. »Wie kommen Sie darauf, daß ich irgend etwas wissen will?«

»Weil es auf der Hand liegt.«

»Und wenn ich etwas zu Persönliches frage?«

»Kannst du gar nicht.«

Sie nahm sich die Freiheit, zu ihm hinüberzuschauen. Er hatte sich der Länge nach neben ihr ausgestreckt, die Arme hinter dem Kopf verschränkt, die Beine an den Fußgelenken übereinandergelegt und starrte in den rosigen Morgenhimmel. Ihr stockte der Atem, weil sie ihm so nahe war. Plötzlich wünschte sie sich, ihre Abwehrmechanismen aufgeben und sich für diesen Mann interessieren zu können.

Wieder einmal hatte sie etwas Dummes geäußert. Gleichzeitig empfand sie eine tiefe Betrübnis. »Es gibt immer Dinge, die so persönlich sind, daß man nicht darüber reden möchte«, erläuterte sie leise.

»Für mich nicht, Mariah. Ich erzähle dir gern alles, was du wissen willst.«

»Wieso?«

Er zuckte mit den Achseln. »Ich habe keine Geheimnisse.«

Sie stemmte sich etwas hoch und betrachtete sein Profil. »Also gut. Sie haben gesagt, Sie würden nie lügen. Was ist dann Ihr Fehler?«

»Wie meinst du das?«

»Nun, für die meisten Leute ist Lügen ihr größter Fehler. Und wie steht das bei Ihnen?«

Er hielt einen Augenblick inne und überlegte. »Ich bleibe nirgends.«

Sie runzelte die Stirn. »Das ist doch kein Fehler.«

Er wandte sich ihr zu. Es lag eine erstaunliche Verzagtheit in seinem Blick. »Bei der Art und Weise, wie ich das mache, schon.«

Langsam lehnte Mariah sich zurück und schaute zum Himmel hinauf. Schweigen breitete sich zwischen ihnen aus, aber es war eigenartigerweise ein einträchtiges Schweigen, so als ob sie beide über das nachdächten, was er gerade gesagt hatte.

Bei der Art und Weise, wie ich das mache, schon.

Sie fröstelte, obwohl die Morgensonne recht warm war. Seine Worte klangen wie eine Warnung. Als ob er klarstellen wollte, daß sie auch nichts anderes erwarten durfte.

Aber das war natürlich verrückt. Warum sollte er sie warnen wollen? Warum interessierte es ihn, was sie erwartete?

»Ihre Ehrlichkeit überrascht mich immer wieder aufs neue, Mr. Stone«, erklärte sie, ohne ihn anzusehen.

»Ich würde dich niemals belügen, Mariah.«

Sie schloß die Augen und bemühte sich, sich nicht von den Worten geschmeichelt zu fühlen.

»Jetzt bin ich an der Reihe, dich etwas zu fragen.«

Bei Mariah spannte sich jede Faser ihres Körpers. »Ich habe nicht gesagt, daß ich dieses Spielchen mitmache.«

»Das ist kein Spiel, Mariah«, erwiderte er und lachte leise. »Das nennt man Unterhaltung.«

Seufzend gab sie nach. »Na schön, dann fragen Sie mich ... etwas Unpersönliches.«

»Warum verläßt du nie die Farm?«

Die Frage kam überraschend für Mariah. Sie hielt den Atem an und glaubte schon, ihr schwänden jeden Moment die Sinne. Doch verwunderlicherweise ereilte sie kein Zusammenbruch. Sie fühlte sich sogar fast erleichtert.

Niemand hatte ihr jemals diese Frage gestellt, und tief in ihrem Innern wünschte sie sich, darauf antworten zu können.

Sie war es leid, so zu tun, als sei nichts geschehen. War es leid, die ganze Zeit über in Angst zu leben. Vielleicht wenn sie es versuchte nur einmal diese simple Frage zu beantworten, würden sich die Dinge zu guter Letzt doch ändern. Wenn sie mit jemandem tatsächlich über das Tor reden konnte, vermochte sie es eines Tages auch zu öffnen. Und war es nicht besser, sich jemandem anzuvertrauen, der nicht mehr dasein würde, um sie an ihr Versagen zu erinnern, sollte sie es nicht schaffen?

Nach einem verschämten Räuspern setzte sie an. »A-als ich jünger war ...« Sie lachte bitter auf. »... wesentlich jünger, hatte ich vor nichts Angst.« Mit gesenkten Lidern fuhr sie fort: »Jedenfalls, ich ...« *habe mich in einen Versager verliebt und bin mit ihm durchgebrannt.*

Verzweifelt bemühte sie sich, die Worte über die Lippen zu bringen, aber das Bekenntnis wollte nicht kommen. Das Gefühl der Erniedrigung schnürte ihr den Hals zu und Hitze stieg ihr in die Wangen. Um Himmels willen, sie brachte es einfach nicht fertig, die Worte auszusprechen. Nicht mal einem Herumtreiber gegenüber, den es nicht interessierte, der damit auch nichts anfangen konnte und kein Recht hatte, ein Urteil über sie zu fällen.

Betroffen stemmte sie sich zum Sitzen hoch und schaute blicklos auf ihre langweiligen braunen Röcke. »Ich bin bis Walla Walla gekommen.« Ein klirrendes Lachen entschlüpfte ihr – das zumindest stimmte. »Dann bin ich nach Hause zurückgekehrt.«

»In Walla Walla ist etwas passiert?«

»Ja.« Ihre Stimme klang so leblos wie die Blätter es waren, die verstreut im vertrocknenden Gras lagen.

Er rollte sich auf den Bauch und schaute zu ihr auf. Dabei machte er ein überraschend ernstes Gesicht. »Ich weiß, daß du nicht viel von mir hältst, aber wenn du einmal mit jemandem darüber sprechen möchtest ...«

Hitze durchflutete ihren Körper bei diesem schlichten Angebot – das ihr bislang niemand gemacht hatte. Sie wollte sich zu ihm beugen. Ihre Gesichter waren sich schon nah, und wenn sie sich ein wenig vorlehnte – wären sie sich nah genug gewesen, um sich zu küssen. Diese Erkenntnis löste das leichte Schwindelgefühl eines jungen Mädchens bei ihr aus – und darauf folgte die Angst einer betrogenen Frau.

Sehnsucht erfaßte sie, ließ ihre Hände zittern und erschwerte ihr das Schlucken. Meine Güte, sie wollte ihn am liebsten anfassen, ihm mit ihren Fingern durch das viel zu lange Haar fahren und so tun, als wäre ihre Vergangenheit vorbei.

Aber wie immer hatte sie nicht den Mut dazu. Sie vermochte ihm nichts von sich zu schenken. Dafür konnte sie ihm die Wahrheit sagen, und erstaunlicherweise wollte sie das auch.

»Es liegt nicht an Ihnen.«

Er runzelte die Stirn. »Was liegt nicht an mir?«

»Ich war wenig freundlich zu Ihnen, habe Sie schlecht behandelt, weil ... Sie mich an jemanden erinnern.«

»Jemanden, der dich verletzt hat?«

»Ja. Er war Ihnen sehr ähnlich ... aber vielleicht nicht so sehr, wie ich zuerst annahm.«

»In welcher Hinsicht? Sah er gut aus? War er charmant?«

Bei seinem hinreißenden Lächeln wurde sie fast schwach. Auf sie wirkte es, als hätte er ihr verführerisch zugeraunt: *Faß mich an ... Versuch es doch.*

»Sag schon, Mariah«, drängte er. »Inwiefern bin ich wie der andere?«

Erneut schluckte sie. »Du wirst ... gehen.«

Sein Lächeln erstarb, und er schaute sie nachdenklich an.

Ihre Blicke versenkten sich ineinander. In seinen grauen Augen schimmerte ein Versprechen, das sie magisch anzog. Ihr Herzschlag beschleunigte sich. Plötzlich wollte sie von Mad Dog umarmt werden, sehnte sich richtig danach. Sie wollte auf ihn zugehen, unerschrocken und seine rauhe Haut anfassen.

Versprich mir etwas, dachte sie im stillen und ließ bei sich die förmliche Anrede fallen. *Selbst wenn du es nicht halten wirst ...*

»Du hast recht«, antwortete er. »Ich werde gehen.«

Sie schloß die Augen. Wie dumm sie war, daß sie von ihm verlangte, er solle ihr etwas vormachen. Dümmer noch, weil sie gedacht hatte – wenn auch nur eine Sekunde lang –, Mad Dog würde ihr doch mehr bieten als nur sein Lächeln und vielleicht einen Kuß oder zwei. »Danke.«

»Mach die Augen auf, Mariah, und sieh mich an.«

Widerstrebend gehorchte sie.

Sie waren sich so nah, daß sie die winzigen, grünen Flecken in seinen grauen Augen erkennen konnte. Sein Atem streifte ihre Lippen wie ein zärtlicher Hauch. »Du siehst das alles vollkommen falsch.«

»Wie meinst du das?«

Er griff nach ihrem Haar und zog eine Nadel aus ihrem Knoten. Erschrocken schnappte sie nach Luft, wich aber nicht zurück. Er wiederholte seinen Handgriff, mehrmals sogar. Eine Haarnadel nach der anderen verschwand in seiner Tasche, bis ihre festgesteckte Frisur offen war und ihr dichtes, welliges Haar bis über die Schultern herabfiel.

Eine geraume Weile strich er nur über ihre Locken. Die Stille zwischen ihnen dehnte sich aus und erhöhte die Spannung, bis Mariah glaubte, ein Summen in den Ohren zu hören. Fasziniert schaute sie zu, wie er mit seinen Fingern behutsam ihr Haar kämmte.

Dann sah er sie an. Ihre Blicke begegneten sich, versanken ineinander. »Mariah.« So wie er ihren Namen aussprach, entstand ein unsäglicher Gleichklang zwischen ihnen.

Mariah wollte gern etwas darauf erwidern, doch sie wußte, wenn sie nur einen Laut von sich gäbe, wäre sie verloren.

Das Lächeln, das er ihr schenkte, war ermutigend und erzeugte eine Wärme bei ihr, die bis in die Starre ihrer Seele reichte. Er beugte sich vor, pflückte einen Grashalm und schob ihn sich zwischen die Zähne. Es war ein langer, grüner Streifen, der sich deutlich von seinen vollen sinnlichen Lippen abhob. Langsam und bedeutungsvoll nahm er den Halm aus dem Mund und strich ihr damit über die Lippen.

Die Berührung war sacht und rauh zugleich. Mariah nahm sie geschärft wahr. Ihre Sinne waren bis zum Äußersten gespannt. Allein diese leichte Berührung brachte ein Dutzend verbotener Erinnerungen an unerwünschte Bedürfnisse mit sich. Bebend rang sie die Hände.

»Mit mir könntest du das größte Vergnügen erleben, das du je hattest«, beteuerte er, »niemand würde es erfahren.«

Mariah stand an ihrem Schlafzimmerfenster und starrte auf die Baracke hinunter. Die Arme hatte sie fest um sich geschlungen zur Vertreibung ihrer inneren Kälte.

Mit mir könntest du das größte Vergnügen erleben, das du je hattest.

Immer wieder hörte sie Mad Dogs unverhohlenes Angebot. Die Worte liefen ihr förmlich nach und nagten an ihrer mühsam aufrechterhaltenen Selbstbeherrschung.

Jedesmal wenn sie darüber nachdachte, wurde ihr heiß und kalt zugleich, bekam sie Angst und fühlte sich zu neuem Leben erweckt. Es kam ihr so vor, als versinke sie im warmen, verführerischen Meer ihres eigenen Verlangens. Sie konnte den Kopf kaum noch darüber hinausrecken, um zu atmen.

»Er wird gehen«, flüsterte sie ihrem zitternden Spiegelbild zu.

Bereits seit gestern hatte sie die drei Worte unzählige Male wiederholt. Zuerst erschienen sie ihr noch überzeugend und richtig – so wie sie es auch empfand – und hatten ihr als Halt gedient. Jetzt verloren sie von Minute zu Minute an Kraft.

Mit mir könntest du das größte Vergnügen erleben, das du je hattest – niemand würde es erfahren.

Erstaunlich, wie nachhaltig hingegen dieses Versprechen wirkte. Es zerstreute ihre Angst und erzeugte ein leichtes, erwartungsvolles Schwebegefühl, das sich wohlig in ihr ausbreitete.

Niemals hätte sie gedacht, daß ein so einfacher Satz sie vollkommen verzaubern und sie sich dabei so ... frei fühlen könnte.

Aber genau das war eingetroffen. Nichts, was sie mit Mad Dog unternehmen würde, konnte ihr jemand vorhalten oder sie daran erinnern, außer sie selbst.

Nicht wie damals, als sie sich so offen zu ihrer Leidenschaft bekannt hatte ... und zu ihrem Absturz.

Niemand würde es erfahren.

Sie fröstelte. Das war tatsächlich eine große Versuchung.

14. Kapitel

Mad Dog warf einen dunklen Apfel in den mit »rot« markierten Korb. Er landete darin mit einem dumpfen Geräusch, und kleine Stückchen Obst spritzten heraus. Ganz in Gedanken schaute Mad Dog zu dem Jungen hinüber, der die Äpfel an dem anderen Baum pflückte. Aus einem eigenartigen Grund bedrückte ihn, was am Morgen in der Küche passiert war.

»He, Junge«, rief er und warf einen weiteren Apfel in den Korb.

Jake hielt mit der Arbeit inne und spähte durch die bunten Blätter. »Ja?«

»Wegen heute morgen ...« Mad Dog zuckte mit den Schultern und wußte nicht recht, wie er anfangen sollte. »Es tut mir leid, wenn ich etwas gesagt habe, das dich aus der Fassung gebracht hat.«

Jake starrte ihn eine geraume Weile an und lächelte dann. »Ja, mir auch. Ich schätze, das war von mir auch etwas dumm.«

Mad Dog grinste. »So etwas passiert einem immer wieder.« Er winkte den Jungen zu sich. »Komm, wir machen eine Pause.«

Bereitwillig kletterte Jake von der Leiter und plazierte seinen Sack Äpfel vorsichtig in dem Korb mit der Markierung »überwiegend rot«, ehe er Mad Dog zu dem durchhängenden Holzzaun folgte.

Mad Dog nahm seine Feldflasche vom Pfosten und trank einen kräftigen Schluck Wasser. Das kühle Naß erfrischte ihn köstlich. »Ah, das tut gut.« Anschließend reichte er Jake die Flasche. »Sicher würde es noch besser schmecken, wenn es Tequila wäre, aber manchmal muß man sich eben begnügen.«

Jake schaute ihn verwundert an und runzelte die Stirn. »Wie meinen Sie das?«

Er grinste. »Nimm mich nicht so ernst, Junge. Das ist nur so eine Redensart.«

Jake trank rasch einen Schluck Wasser. Während er sich die Lippen abwischte, schaute er ernst zu Mad Dog auf. »Sie sind Boxer, nicht wahr?«

»Ja.« Mad Dog lächelte, fuhr sich mit der Hand durchs Haar und knöpfte sein Hemd auf. Die kühle Nachmittagsluft wehte ihm über die verschwitzte Brust und ließ den Stoff seines Hemds flattern. »Bist du mir gefolgt?«

Jake wurde blaß. Die Feldflasche entglitt ihm und fiel ins Gras. »He?« Es klang wie ein hohes Quieken.

»Verfolgst du die Kämpfe?«

»Oh!« Jakes schmale Schultern sackten herab. Etwas wie Erleichterung huschte über sein Gesicht. »Ja, schon.«

»Scheint so, als würden manche Leute es für romantisch halten.«

»Sie nicht?«

Mad Dog griff nach dem Handtuch, das über dem Zaun hing und wischte sich den Schweiß vom Gesicht. »Es ist nichts Besonderes einen anderen zu verprügeln, Junge.«

»Warum tun Sie es dann?«

Er setzte sich ins Gras und strich mit der Hand über die herumliegenden Herbstblätter. »Fürs Geld. Aus demselben Grund, warum jeder irgend etwas macht.«

»Mein Großvater hat immer gesagt, ein Mann sollte sich bei seinem Handeln von seiner Ehre leiten lassen.«

Mad Dog schnaubte verächtlich. »Richtig, ich habe auch Männer gekannt, die so einen Unfug reden. Die meisten haben sich gleichzeitig niemals eine Mahlzeit entgehen lassen.«

Zögernd ging Jake auf Mad Dog zu und setzte sich in respektvoller Entfernung hin. »Und Sie? Haben Sie sich Mahlzeiten entgehen lassen?«

»Mehr als ein paar.«

»Als Sie noch ein Junge waren? Ich meine, das würde erklären …«

Mad Dog schaute Jake prüfend an. »Du stellst eine Menge Fragen.«

Verlegene Röte überzog die Wangen des Jungen. Er blickte weg, schaute ins Gras. Es schimmerte etwas in seinen Augen, das verdächtig nach Tränen aussah. »Entschuldigung.«

»Ach, um Himmels willen, faß nicht alles so persönlich auf! Ich meinte damit nur, daß es eben Dinge gibt, über die ein Mann nicht gern redet. Und über manches rede auch ich nicht gern.« Er lächelte wohlwollend. »Erzähl mir doch etwas über dich. Wo kommst du her?«

»Aus Wisconsin.«

Darauf fiel Mad Dog keine Antwort ein. »So.«

»M-mein Großvater hieß auch Jacob, so wie ich.« Erwartungsvoll schaute er Mad Dog an und seine Augen wirkten groß in seinem schmalen Gesicht. »Kannten Sie mal jemanden mit dem Namen?«

Überraschung malte sich auf Mad Dogs Gesicht ab. Es lag Jahre zurück, daß er an den alten Jacob Vanderstay gedacht hatte. Eine gewisse Bitterkeit huschte über seine Züge. »Ja, ich habe tatsächlich mal so jemanden gekannt. Er war ein unangenehmer Kerl. Wollte über andere bestimmen. Jeder sollte seine Lebensregeln befolgen. Bis dahin war ich nie jemandem begegnet, der so viele Regeln hatte.«

»Wie haben Sie ihn kennengelernt?«

Mad Dog lehnte sich gegen den wackeligen Zaun zurück. Ein Dutzend längst vergangener Bilder tauchten vor seinem geistigen Auge auf und erzeugten ein wehmütiges Lächeln. Laralee. Er schüttelte den Kopf. Himmel, wie lange war es her, daß er sich an sie erinnert hatte? »Ich kannte seine Tochter.«

»Wieso lächeln Sie jetzt?«

»Sie war etwas Besonderes. Ich wüßte gern, wie es ihr geht.«

»Ihre Frau?«

»Beinahe.« Er grinste den Jungen an. »Ich habe mich vorher aus dem Staub gemacht.«

Der Junge runzelte die Stirn. »Sind Sie nie zurückgekehrt, um sie zu besuchen?«

»Nee.« Er streckte seine Arme längs der obersten Querlatte aus und starrte in den endlosen blauen Himmel. »Sie war reich und schrecklich verwöhnt. Ihr Dad hielt mich für einen Tagedieb, der das Versäumte durch harte Arbeit im Familienbetrieb wettmachen könnte.« Er neigte sich vertraulich zu Jake. »Und weißt du, was für ein Familienbetrieb das war?«

Jake sah ihn so an, als wollte er sein Lächeln erwidern. »Was denn?«

»Ein Beerdigungsinstitut.« Er lachte. »Der alte Mann wollte, daß ich seine hübsche Tochter heirate und den Laden übernehme.« Mad Dog schüttelte sich. »Das war nichts für mich. Laralee und ihr Dad hatten von Anfang an eines klargestellt: Falls ich Laralee heiraten sollte, wäre ich ein Einbalsamierer in Ausbildung. Deshalb habe ich eines Abends meine Sachen zusammengepackt und bin weitergezogen. Aber hinterher habe ich oft an sie denken müssen.«

»Sie hätten zurückkehren können, dann hätten Sie sie wiedergesehen.« Die Stimme des Jungen klang seltsam geborsten.

Mad Dog zuckte die Achseln. »Wozu? Sie hätte mich nicht wiedersehen wollen – nicht, nachdem ich einfach so geflüchtet bin. Glaub mir, Junge, Frauen sind in der Hinsicht komisch.«

Jake blickte ihn merkwürdig traurig an. »Sie hätte Sie wiedersehen wollen ... da möchte ich wetten!«

»Kann sein.« Mad Dog wandte seinen Blick von Jakes Gesicht ab. Es lag etwas Unerwartetes in den Augen des Jungen, ein tiefer Kummer, eine unbeschreibliche Qual ...

Mad Dog sagte sich, der Kummer des Jungen ginge ihn nichts an. Aber dennoch erscholl in ihm eine Alarmglocke. Es kostete ihn ungeheure Willenskraft, Jake nicht wieder anzusehen.

Er fühlte sich ... beschämt. Als ob er dem Jungen auf irgendeine Art und Weise etwas schuldete.

Aber das war natürlich Unsinn. Jake und Mad Dog hatten nichts gemeinsam, bis auf eine gleichgeartete Wanderlust, die sie beide zu derselben abseits gelegenen Farm geführt hatte.

Was wußte er außerdem schon über Sechzehnjährige? Vielleicht waren sie alle ein wenig traurig und pathetisch.

Er beugte sich zur Seite, griff nach seiner Feldflasche und nahm einen langen kräftigen Zug. Dann klopfte er Jake auf den Rücken. »Also, Junge, dann laß uns mal weiterarbeiten.« Er streckte sich, stand auf und ging zu dem Baum hinüber.

Aber auf dem ganzen Weg spürte er Jakes Blick im Rücken, eine deutlich fühlbare Gegenwart, als richte der Junge eine stumme Bitte an ihn. Das war verdammt verwirrend.

Rass saß neben Gretas Grab und hatte seine Hand zärtlich, liebevoll auf den kühlen Stein gelegt.

Er machte die Augen zu, hielt den Atem an und wartete auf den leichten Lavendelduft, der mit dem Wind an ihm vorbeiziehen würde. Aber diesmal geschah nichts und ohne diesen Zauber fühlte er sich deprimierend allein.

Gütiger Himmel, wie sehr er sie vermißte ...

Er seufzte tief.

Ich muß mich zusammenreißen, sagte er sich. Er durfte sich jetzt nicht gehen lassen, konnte sich nicht vollkommen in das Schneckenhaus seiner Trauer verkriechen, das ihn seit Gretas Tod umgab. Jetzt mußte er sich für seine Tochter stark machen, mehr noch als zuvor. Dieses eine Mal brauchte sie ihn. Und er wollte sie auf keinen Fall sich selbst überlassen.

Mariah. Allein ihr Name erzeugte Reue in ihm.

»Aber es geht ihr wieder besser.« Er sprach die Worte laut aus, um sich damit ein bißchen Trost zu spenden. Diesmal wollte er damit nicht bloß sein schlechtes Gewissen beschwichtigen. Diesmal entsprach es der Wahrheit.

Es ging ihr tatsächlich besser. Sie hielt sich nicht mehr so stocksteif. Sie hatte sogar den grauenvoll strammen Knoten gelockert, lächelte Jake an und scherzte mit Mad Dog.

Sie hatte einen ersten Schritt in Richtung seelische Genesung getan, ein vorsichtiges Tasten.

Jetzt brauchte sie nur noch einen kräftigen Schubs. Damit sie den nächsten Schritt schaffte. Den mußte er ihr geben und viel Zeit blieb ihm nicht mehr, das spürte er.

Aber wie sollte er das bewerkstelligen? Das war die Frage, die ihn heute zu Greta getrieben hatte. Wie konnte er Mariah und Mad Dog dazu bringen, das zu erkennen, was für ihn bereits deutlich feststand?

Mad Dogs wohlklingendes Lachen tönte vom Obstgarten herüber. Dort pflückten sie die Äpfel. Allmählich beginnen sie, sich zu verstehen, dachte Rass. Vermutlich wegen der Zeit, die sie beim Arbeiten miteinander verbringen.

Da kam Rass plötzlich ein Gedanke. Ein spitzbübisches Lächeln huschte über sein Gesicht.

»Was meinst du, Greta? Bin ich auf dem richtigen Weg? Könnte es sein, daß man die beiden einmal allein lassen sollte?«

Im selben Moment fuhr eine Brise durch die herabgefallenen Herbstblätter und wirbelte sie munter auf. Es duftete nach Sonnenschein, warmer Erde und Lavendel.

Rass lächelte. Das war die Antwort, auf die er gewartet hatte.

Er flötete leise vor sich hin, freute sich, verabschiedete sich von Greta und hastete zum Obstgarten hinüber. Als er über den Hügel kam und in den Schatten der Bäume eintauchte, hörte er das *schnips-plumps* der Äpfel, die in die Körbe purzelten.

Er spähte um einen großen, dichtbelaubten Baum herum und entdeckte als erstes Jake. Der Junge war hoch hinaufgeklettert und pflückte behutsam die Früchte. Mad Dog arbeitete am Nachbarbaum. Er warf die in der Armbeuge gestapelten Äpfel der Reihe nach in die verschiedenen Körbe.

Rass schüttelte den Kopf. Zum Glück war Mad Dog insgesamt ein ehrlicher, gutmütiger Mann; aber als Apfelpflücker taugte er wenig.

Rass löste sich aus dem schützenden Blattwerk des Baumes. »Versuchen Sie aus der Ernte gleich beim Pflücken Mus zu machen?«

Mad Dog wirbelte herum. Wenigstens hatte er soviel Anstand, schuldbewußt zusammenzuzucken. »Sapperlot! Entschuldigung, Rass.«

»Nun ja, ich denke, hier gibt es zu viele Regeln.«

Mad Dog schnappte sich den Hut vom Zaun und setzte ihn auf. Er lachte. »Das ist eine Spezialität von mir – Regeln brechen. Etwas, das ich besonders gut kann.«

Jake kletterte aus dem Baum und stürmte zu Rass. »Hallo, Rass.« Er brachte ein paar Exemplare für den Korb mit der Markierung »überwiegend rot« und griff nach der Feldflasche.

»Hallo, Jake«, antwortete Rass. »Ich wollte einen Einkauf in der Stadt machen. Kannst du einen Einspänner fahren?«

Jake nickte. »Klar, Rass. Früher habe ich meine Mama immer zum Arzt gefahren.«

»Gut. Lauf zur Weide hinunter und fang Cleo für mich ein. Das schwarze Pferd mit dem Senkrücken. Du kannst es nicht verfehlen.«

Jake hob seine Kappe auf und drückte sie sich auf den Kopf, dann rannte er los. Rass und Mad Dog schauten ihm schweigend nach, bis er den Kiesweg erreicht hatte und zur Scheune hinübersteuerte.

So standen sie lange still nebeneinander. Die Sonne ging gerade unter. Die blutroten Schatten der Dämmerung zeigten sich am dunkler werdenden Horizont.

Erinnerungen bestürmten Rass und wärmten sein einsames Herz.

»Greta hatte diese Tageszeit besonders gern«, sagte er leise. »Sie nannte es die magische Stunde. Der Rest vom Tag und noch nicht ganz Nacht.«

»Sie muß eine bewundernswerte Frau gewesen sein, Rass. Es ... tut mir leid.«

»Ist schon in Ordnung.«

Wieder herrschte Schweigen zwischen ihnen. Irgendwo zwitscherte ein Vogel. Der Wind strich durch die Blätter der Bäume und wirbelte das knisternde, herabgefallene Herbstlaub auf. Aus den versteckten Schlupfwinkeln des Flußlaufes tönte das erste anschwellende Quaken der einsamen Ochsenfrösche herüber.

Tränen brannten Rass in den Augen. Ein goldroter Schleier legte sich über die dämmrigen Felder. »Ich habe nie daran gedacht, daß sie einmal sterben würde ...«

Mad Dog drückte Rass tröstend die Schulter, sagte aber nichts dazu.

Rass ließ seinen Blick über den Obstgarten schweifen und hatte das Gefühl, Greta sei neben ihm. Er ballte seine Hand zur Faust. In gewisser Weise war ein Teil ihrer Seele noch mit ihm verbunden, stand ihm zur Seite, gab ihm Kraft und Stärke, und verlieh ihm eine innere Ruhe. »Manchmal, wenn ich unter dem Baum auf dem Hügel stehe, sehe ich sie sogar, als ob sie auf mich wartet.«

Mad Dog trat von einem Bein auf das andere und schaute betreten zur Seite.

»Bringe ich Sie in Verlegenheit?« erkundigte sich Rass mit einem milden Lächeln.

Mad Dog atmete erleichtert aus. »Sehr sogar!«

»Ich weiß, daß Sie mir das nicht glauben. Mariah tut es auch nicht. Das liegt daran, daß ihr nie verliebt wart, alle beide nicht.«

»So jedenfalls nicht, Professor«, meinte Mad Dog aufrichtig.

»Eines Tages werden Sie mal empfinden, was ich für Greta empfunden habe, und dann werden Sie mich verstehen. Dieses Gefühl verläßt einen nie. Auch nicht, wenn einer der Partner stirbt.«

»Beschwören würde ich es nicht, daß ich so etwas erlebe, Rass.«

Ich sehe es aber kommen! Rass sah Mad Dog an. Es wurde Zeit, daß er das nun loswurde, was ihm am Herzen lag. »Werden Sie auf Mariah aufpassen, solange ich weg bin?«

Mad Dog lachte. »An welchen Zeitraum haben Sie denn da gedacht?«

Rass runzelte die Stirn. »Spielt das eine Rolle?«

»Sicher. Wenn Sie nur bis zum Abendessen oder über Nacht wegbleiben, macht mir das nichts aus. Wenn Sie aber erst im Frühjahr wiederkommen wollen, müssen Sie sich jemanden anders suchen.«

»Ich dachte, Sie mögen Mariah.«

»Tue ich auch ... sogar sehr. Was hat das damit zu tun?«

»Nun ja ... es hätte sein können, daß Sie vielleicht gern bleiben. Immerhin sind Sie noch da.«

»Sie haben mir noch nicht meinen Lohn gegeben!«

Rass musterte Mad Dog aufmerksam. Der junge Mann bemühte sich, desinteressiert zu erscheinen, aber er konnte seine Gefühle nicht restlos verbergen. In der Tiefe seiner Augen erkannte Rass, was er wissen wollte, wissen mußte.

Mad Dog war nicht ganz so abgeklärt, wie er sich gab.

Rass zückte seine Brieftasche, klappte sie auf, entnahm ihr druckfrische Zehn-Dollar-Scheine und reichte sie Mad Dog. »Hier, bitteschön! Ich gebe Ihnen Ihren Lohn – mehr als ich Ihnen für die Woche schulde. Werden Sie jetzt gehen?«

Der Apfelpflücker starrte auf die Banknoten in seiner Hand, dann sah er zögernd auf und begegnete Rass' Blick. »Nein.«

»Wieso nicht?«

Mad Dog zuckte zusammen. »Ich habe noch keine Lust weiterzuziehen, denke ich mal.«

»Und das hat nichts mit meiner Tochter zu tun?«

Er seufzte leise und fuhr sich mit der Hand durchs Haar. »Leider nicht, Professor.«

Rass verbiß sich ein amüsiertes Lächeln. »Schade!«

Mad Dog kniff die Augen zu. »Ja, schade.« Plötzlich öffnete er sie und musterte Rass. »Machen Sie sich keine Hoffnungen, Rass. Ich bin nicht der Typ, der irgendwo allzulange bleibt.«

»Diesmal könnte es möglicherweise anders sein.«

Ein grimmiges Lächeln huschte um Mad Dogs Mundwinkel. »Das haben schon viele Frauen gehofft, aber es ist nie der Fall gewesen.«

Rass wollte etwas darauf erwidern, aber er hielt sich zurück. Gewisse Entdeckungen mußte ein Mann allein machen. »Also, ich will nur für ein paar Stunden in die Stadt. Wahrscheinlich werde ich mit Jake in dem Chinarestaurant zu Abend essen. Aber ich lasse Mariah nicht gern allein auf der Farm. Wissen Sie, falls es irgendwelche Schwierigkeiten gibt ...«

Mad Dog lächelte. »Klar, Rass, ich werde meine Augen offenhalten.«

Rass klopfte ihm auf den Rücken. »Wußte ich doch, daß ich mich auf Sie verlassen kann.«

Mad Dog lachte. »Da sind Sie wirklich der erste!«

»Wieso?«

»Niemand verläßt sich auf mich, Professor.«

Rass sah dem jüngeren in die Augen. »Wie ich schon sagte, vielleicht ist es diesmal anders.«

Dieser Äußerung fügte Rass nichts mehr hinzu. Sicher würde sie Mad Dog zu denken geben. Langsam drehte er sich um und schritt davon.

15. Kapitel

Mad Dog rief nach Mariah, erhielt aber keine Antwort. Vermutlich versteckte sie sich irgendwo, um ihm aus dem Weg zu gehen, jetzt wo sie allein auf der Farm waren.

Übel nahm er ihr das natürlich nicht.

Mit Handtuch und Seife bewaffnet verließ er die Baracke und schritt zum Haus hinüber für seine Abenddusche.

Er sprang die eingefallenen Verandastufen hinauf und pochte laut an die Tür. Obwohl er nicht mit einer Antwort rechnete, klopfte er trotzdem. Mariah hielt sich immer fern, wenn er pünktlich zum Baden antrat.

Niemand meldete sich.

Er griff nach dem Knauf, drehte ihn um und schob die Tür auf. Sie kreischte in den Angeln und schwang nach innen.

In dem dämmerigen Haus herrschte Grabesstille. Sobald er hineingeschlüpft war, zündete er eine Lampe an. Warmes Licht erhellte den Flur.

Als er die Halle hinter sich hatte, trat er an den Fuß der Treppe. »Mariah? Bist du oben?«

Immer noch keine Antwort.

»Ich bin jetzt beim Duschen.« Unterwegs hielt er plötzlich inne.

Mariahs Zimmer befand sich neben dem Treppenabsatz.

Dort oben, nur wenige Stufen von ihm entfernt, lag ihr geheimnisvolles Reich. Irgendwo zwischen ihren persönlichen Sachen könnte er das Schmuckstück oder ein Zeichen entdecken, das die Trauer in ihren Augen und die Bitterkeit in ihrem Lächeln erklären würde.

Ehe er sich versah, stieg er schon die Treppe hinauf. Oben auf dem Absatz blieb er stehen und schaute sich nochmals um. Der Korridor war dunkel und leer.

»Mariah?« Zögernd rief er nach ihr und hoffte, keine Antwort zu bekommen.

Seine Hoffnung wurde erfüllt.

Er schlich auf ihr Schlafzimmer zu und drehte leise den Knauf. Unmittelbar danach öffnete sich die Tür.

Der Raum war nüchtern und kalt, nur von dem blutroten Dunstschleier der untergehenden Sonne erhellt. Keine frischen Blumen zierten die Kommode, nicht mal ein Stück Spitze verdeckte das zerkratzte Holz auf dem Waschtisch. Ein weißer Überwurf bedeckte das Himmelbett und sah aus wie frisch gefallener Schnee. Nicht ein Knick oder eine Falte waren auf dem glatten Leinen zu finden. Es gab keinen Hinweis auf die Frau, die darunter schlief.

Er fühlte sich ... enttäuscht, aber wußte nicht, warum.

Sein Augenmerk fiel auf die Kommode. Langsam und befremdet durchquerte er das dämmerige Zimmer. Bis auf einen Stapel Haarnadeln auf einem Porzellanteller und einer Bürste lag nichts weiter auf der Kommode. Weder Krimskrams noch Fotos, noch irgendwelche Andenken. Keine getrocknete Rose von einer längst verflossenen Liebe.

Behutsam öffnete er die oberste Schublade und fand darin sorgfältig gefaltete Unterwäsche. Rasch schob er die Schublade zu und öffnete die restlichen, eine nach der anderen. Erst in der untersten fand er etwas, das ihm mehr sagte, wenn auch nicht alles.

Dort stieß er nämlich auf eine dünne, blaue Decke, die ordentlich zusammengelegt und an den Rändern liebevoll mit Blumen in Gelb und Grün sowie weißen Schäfchen bestickt war. Daneben lag eine altmodische Babyflasche und eine matte Silberrassel.

Er dachte an die Stunden, die diese Stickerei in Anspruch

genommen hatte, all die benötigte Zeit, die Decke zu säumen und die Blumen so schön draufzusticken. Das war sicher Gretas Werk. Die Frau hatte wohl liebevoll an einer Decke für ihr Kind gearbeitet. Und Mariah bewahrte sie seit Jahren zusammen mit der Flasche und der Rassel auf. Machten Frauen nicht so etwas? Gaben besondere Dinge von Generation zu Generation weiter?

Bei den Frauen der Throckmorton endeten sie nun in einer halbleeren, längst vergessenen Schublade. Mariah hatte keine Kinder, die sie in die Decke einwickeln konnte. Aber sie hatte die Babysachen trotzdem behalten, wohl mit Blick auf die Zukunft.

Stirnrunzelnd schob er die Schublade wieder zu. Hoffte sie heute noch ein Kind zu bekommen? Hatte sie sich das jemals gewünscht? Oder war das der Ort für weggeräumte Träume? Die Fragen machten ihn nervös und erzeugten Gefühle bei ihm, von denen er nichts wissen wollte.

Er richtete sich auf und ging leise zu dem Schrank hinüber. Noch ehe er ihn aufgemacht hatte, wußte er, was er dort finden würde, und tatsächlich sah er seine Erwartung bestätigt. Nichts als Dutzende eintönige, braune Kleider und verwaschene Schürzen hingen darin.

Sie besaß nicht ein einziges andersfarbiges Kleid. Wieso eigentlich? überlegte er. Warum wollte sie unbedingt so finster und unscheinbar aussehen?

Betrübt verließ er den Raum und kehrte in den Flur zurück. Er machte die Tür hinter sich zu und war die halbe Treppe hinuntergegangen, als ihm einfiel, warum er sich so unangenehm berührt fühlte.

Schlagartig wurde ihm klar, was er in ihrem Zimmer vorgefunden hatte. Es war nicht anders als seines. Leer, unpersönlich. Das Zimmer eines Menschen, der nicht wirklich lebt. Da stand ein Bett zum Schlafen, aber es gab keinen Platz zum Träumen. Sein Stirnrunzeln verstärkte sich. Es war ein Fehler gewesen, heute abend hierherzukommen. Bunten Krimskrams und spitzenverzierten Schnickschnack hatte er vorfinden wollen. Ein Zimmer, das darauf hindeutete, daß sie eine Frau war wie jede andere.

Statt dessen war er in die einsame, kahle Zuflucht einer Frau eingedrungen, die unmißverständlich nichts mit der Welt zu tun haben wollte.

Eine Frau, die er nur zu gut verstand.

Mariah verließ unwirsch das Waschhaus. Unter den einen Arm hatte sie ein paar frische Laken geklemmt und in der anderen trug sie einen halbvollen Putzeimer. Seifenlauge schwappte über den Metallrand und spritzte ihr auf die Füße.

Mit irgend etwas mußte sie sich beschäftigen, während Jake und Rass weg waren. Etwas, das sie davon abhielt, die ganze Zeit daran zu denken, daß sie und Mad Dog allein waren.

Harte Arbeit, entschied sie, war das beste Mittel für ihre überstrapazierten Nerven. Also stapfte sie mit dem Eimer in der Hand auf die Baracke zu. Heute mußte geputzt werden. Das war schon immer so gewesen und sie weigerte sich, sich aus ihrer Routine bringen zu lassen nur wegen einem Mad Dog!

Absichtlich hatte sie sein Duschen auf eine feste Zeit – jeden Abend um halb acht – angesetzt. Er verbrachte mindestens eine halbe Stunde im Bad. So blieb ihr jetzt wenigstens diese Frist, ehe er mit der Körperpflege fertig war und nach ihr suchen würde. Aus Erfahrung wußte sie, daß sie die Baracke in weniger als zwanzig Minuten sauber hatte.

Als sie das kleine Außengebäude erreicht hatte, blieb sie stehen und stellte Eimer samt Schrubber ab. Ohne anzuklopfen stieß sie die Tür auf.

Dunkle Stille empfing sie.

Sie straffte sich und trat an den Nachttisch. Dort zündete sie die Lampe an und schaute sich um. Mit einem tadelnden Schnalzen machte sie sich an die Arbeit.

Die Baracke war klein, und Mariah hatte im Nu die ganze Bescherung im Griff. Sie fegte den Boden, putzte die Fenster, wischte auf der Kommode Staub und schüttelte die Vorhänge aus.

Dann hielt sie inne, atmete tief durch und trocknete sich den Schweiß auf der Stirn. Was jetzt?

Sie schaute sich im Zimmer um, entdeckte den grauen Rucksack, der in einer Ecke gelandet war. Das ist seiner, dachte sie sofort. Das einzige, was er bei sich hatte.

Sie rätselte, was wohl darin sein mochte. Was war ihm so viel wert, daß er ihn von Ort zu Ort mitschleppte?

»Vielleicht sollte ich ihn einfach für ihn auspacken«, überlegte sie laut.

Ja, das war vernünftig. Sogar freundlich von ihr.

Zögernd ging sie in die Ecke und kniete sich hin. Sie zog an der ausgefransten Kordel. Der Rucksack ging auf. Ein verwaschenes schwarzes Hemd, das zu einem festen Knäuel zusammengewickelt war, rollte ihr entgegen.

Sie zog es heraus, betrachtete es eine geraume Weile, ehe sie es auffaltete und in die mittlere Schublade legte. So förderte sie ein Kleidungsstück nach dem anderen zutage – zwei Paar verblaßte, durchlöcherte Jeans, ein geflicktes Flanellhemd, einen zerrissenen Wettermantel, Socken und Unterwäsche. Sie faltete alles zusammen und räumte es ein, dann zog sie den Sack weiter auf und spähte in die Tiefe. Eine Sammlung eingerissener Notizbücher und loser Blätter befand sich auf dem Boden. Vorsichtig holte sie eines der Hefte heraus und schlug es auf.

Eigentlich wollte sie nicht lesen, was darin stand, aber die Worte sprangen ihr förmlich in die Augen.

»Die Zeichen der Armut umgeben mich, folgen den Eisenbahnlinien mit dem leidgeplagten, bedauernswerten Jammern hungriger Kinder, dem leisen Klagen der verzweifelten Eltern. Das Land zerfällt mit jedem Obdachlosen ein Stückchen mehr. Wie kann die erfolgreichste Nation auf Erden es zulassen, daß ihre Menschen nicht versorgt, nicht gekleidet werden?«

Da endete der Eintrag. Stirnrunzelnd schlug Mariah die nächste Seite auf.

»Dieser Winter ('92–'93) ist mit erbarmungsloser Kälte für Tausende von Männern hereingebrochen, die an den sumpfigen Stränden des Lake Michigan kampieren. Zahllose Stunden haben sie hart an Bauten gearbeitet, die wie die Türme eines Zauberlandes in den bewölkten Himmel von Illinois ragen. Gemeinsam träumen sie, und das Land, so scheint es, träumt mit ihnen.

Aber wie das mit Träumen so ist, die allseits erwartete Weltausstellung von 1894 hat eine dunkle, alptraumhafte Seite – wobei Alpträume Gott sei Dank mit dem ersten Tageslicht verdrängt und vergessen sind.

Die Ausstellung wurde am ersten Mai eröffnet, und was für eine prunkvolle Eröffnung das war! Paläste mit weißen Säulen erhoben sich auf einem knapp zweihundertfünfzig Hektar großen Gelände mit Lagunen, Höfen und Plätzen. Die Welt bestaunte atemlos den Mittleren Westen der Vereinigten Staaten. Die Ausstellung dauerte sechs Monate, dann wurde sie geschlossen. Das atemberaubende Traumland zerfiel Stück für Stück.

Und was ist nun übrig von dem ganzen Zauber? Hunderttausende arbeitsloser Männer, Frauen und Kinder, ihrer Träume beraubt, wandern durch die kalten, leeren Straßen von Chicago, hocken an den Ecken und betteln um eine Handvoll Brosamen. Mit Blechnäpfen in den Händen reihen sich endlose, verzweifelte Warteschlangen vor den Notküchen. Babys und junge Mütter schlafen in offenen Türeingängen und unter feuchten Hüllen aus Zeitungen.

Nie zuvor war die Kluft zwischen Fortschritt und Armut so

erschreckend groß in diesem Land wie heute. Wir sind in die Klauen einer Wirtschaftskrise geraten, die soviel Ungewißheit gebracht hat, daß sie droht, nach dem Kern unserer Existenz zu greifen. Geopfert werden unsere Kinder, unsere Zukunft. Und niemand, so scheint es, will einschreiten ...«

Erschüttert klappte Mariah das Heft zu. Er vermochte starke, unvergeßliche Bilder zu erzeugen. Natürlich hatte sie von der gewaltigen Depression erfahren, die das Land befallen hatte; aber deren Größenordnung war ihr unbekannt geblieben.

Besonders die Kinder – Babys –, die ohne Nahrung und einem Dach über dem Kopf aufwachsen mußten, machten ihr zu schaffen.

Seine Worte bewegten sie mehr, als sie für möglich gehalten hätte, und sagten ihr einiges über den Verfasser. Das waren nicht die Gedanken eines sorglosen Herumtreibers, der trällernd durch die Gegend zog. Diesen Artikel hatte ein Mann geschrieben, der das Ausmaß der Tragödie zu spüren bekommen hatte. Der Trauer und Verzweiflung empfand. Es waren die Worte eines Träumers, der gern die Welt verändern wollte. Ein Mann, der Schmerz und Leiden kannte ... so wie Wiedergutmachung, Hoffnung und eine neue Chance.

Ein Mann, der an die Liebe glaubte.

Der Gedanke faszinierte Mariah, zog sie an wie das Licht die Motten. Irgendwo hinter dem frechen Grinsen und sorglosen Gebaren befand sich der wahre Mad Dog – oder wie immer er in Wirklichkeit heißen mochte.

Ganz in Gedanken zog sie die übrigen Notizbücher aus der Tasche und räumte sie bedächtig in die unterste Schublade, die sie anschließend zuschob.

Das geleerte Gepäckstück legte sie unter die Kommode und griff nach der Wäsche. Dann durchquerte sie den Raum und begann, das Bett frisch zu beziehen.

Mit wenigen geübten Handgriffen zog sie die alten Laken ab

und warf sie nach draußen. Dann schüttelte sie die Matratze aus und begann sie zu klopfen.

Das Geräusch von Schritten riß sie aus ihren Gedanken.

Sie erstarrte.

Ein Schatten erschien in der offenen Tür.

Da sah sie Mad Dog im Rahmen stehen, die Arme vor der Brust verschränkt; er trug seine schmutzigen schwarzen Cowboystiefel und hatte sich ein Handtuch um die Hüften geschlungen. Das war alles!

Entsetzt schnappte sie nach Luft. »Um Himmels willen ...« Das ergriffene Laken glitt ihr aus den Fingern und fiel aufs Bett.

Er lachte. Seine Zähne schimmerten überraschend hell in der Dämmerung. »Na, ist das nicht eine Überraschung ...«

Darauf vermochte sie nichts zu erwidern. Selbst dann nicht, wenn ihr Leben davon abhängig gewesen wäre.

Seine linke Braue schoß hoch. »Eine sehr angenehme ...«

»Guten Abend«, brachte sie über die Lippen, obwohl sie kaum Luft bekam.

Unentwegt starrte sie ihn an und vermochte nicht, ihren Blick abzuwenden. So wie er sie musterte, so verführerisch und verlangend, schwand ihre Beherrschung dahin. Alle Fragen, die ihn oder sie, die sie beide betrafen, wirbelten ihr so schnell durch den Sinn, daß ihr schwindlig wurde. Und seine Worte »Mit mir könntest du das größte Vergnügen erleben, das du je hattest« hallten förmlich in der Luft wider.

»Komm, ich helfe dir.« Er schritt auf das Bett zu und stellte sich auf die andere Seite. Die frischen weißen Laken waren kühl und einladend zwischen ihnen ausgebreitet. Mariah bemühte sich, nicht aufzusehen und konzentrierte sich auf das Beziehen des Bettes; alles andere gehörte nicht hierher. Gleichgültig, wie sie sich auch bewegte, jedesmal sah sie die Muskeln seines flachen Bauches und das weiche, braune Haar auf seiner Brust. Der ätzende Laugengeruch vermischt mit Waldduft hing zwischen ihnen.

Er neigte sich zu ihr hinüber. Eine dicke Locke seines weizenblonden Haares fiel ihm in die Stirn. Mariah bemühte sich, nicht hinzusehen, konnte es sich aber nicht verkneifen. Seine Ausstrahlung war unglaublich! Kleine Fältchen umringten seine Augen, die verführerisch funkelten. Tiefe Lachfalten hatten sich um seine Mundwinkel eingegraben. Ohne die struppigen Bartstoppeln wirkte sein Kinn kräftig und markant.

Grinsend lehnte er sich weiter vor. Ihre Blicke trafen sich über dem blendenden Weiß der Laken. Sie schluckte schwer und schaute weg. Er strich verführerisch langsam über den Stoff, um ihn zu glätten.

Fasziniert von dem Kontrast der tiefen Bräune seiner Haut im Vergleich zu der hellen Bettwäsche vermochte Mariah ihren Blick nicht von seiner Hand zu lösen. Dann wurde ihr ihr Starren bewußt. Hastig streckte sie ihren Rücken und strich sich nervös eine dünne Strähne aus dem Gesicht. »So, das ist geschafft.«

»Danke.« Seine Stimme klang leise und bezaubernd. Sie erinnerte Mariah an die Worte, die sie gelesen hatte, Worte eines Träumers, und ihr wurde warm ums Herz.

Sie schaute auf und begegnete seinem prüfenden Blick. Ein Schauder durchflutete sie und Gänsehaut kroch ihr über die Arme. »Ich ... ich habe die Baracke auch geputzt.« Sie schaute zu Boden. Hitze stieg ihr in die Wangen. Sie wußte, sie sollte nicht einfach sagen, was ihr gerade durch den Sinn ging, merkte aber, daß sich ihre Zunge verselbständigte. »Für dich.«

Hingerissen schaute er sich um. »Es sieht ...« Plötzlich verschwand sein Strahlen, und er runzelte die Stirn. »Wo ist mein Rucksack?«

Sie warf einen schuldbewußten Blick in die Ecke des Raumes. »Ich habe deine Sachen rausgeräumt. Er liegt unter der Kommode.«

Er musterte sie frostig. »Du hast in meinem Eigentum geschnüffelt?« erkundigte er sich wenig begeistert.

Nervös befeuchtete sie ihre Lippen und wünschte sich, sie könnte in den Dielenboden versinken. Oder irgendwohin flüchten, nur damit sie ihm nicht in die Augen sehen mußte. »Ich habe nicht geschnüffelt, nur die ...«

Dann, so rasch wie der Ärger bei ihm aufgeflammt war, löste er sich wieder in Wohlgefallen auf. Sein Blick verlor an Schärfe, und in seinen Augen funkelte erneut die Leidenschaft. Er lächelte verführerisch. »Ach, Schwamm drüber. Ich kann mich wohl kaum darüber aufregen.«

Sein neuerlicher Stimmungswechsel verfehlte seine Wirkung auf Mariah nicht. Er wärmte ihr Herz und erzeugte ein Prickeln im Innern.

Er schlenderte um das Bett herum und kam auf sie zu. Die Finger hatte er lässig in die obere Kante des Handtuchs gehakt. An einer Haarsträhne hing ein schimmernder Wassertropfen.

Mariah starrte auf diesen winzigen Tropfen, richtete ihre ganze Aufmerksamkeit darauf und versuchte den Rest von Mad Dog zu übersehen. Aber damit hatte sie keinen rechten Erfolg. Mit jedem Zentimeter, den er näher kam, nahm sie ihn deutlicher wahr. Seine gedämpften Schritte auf den Dielenbrettern; die ruhige Kraft seines Atems; das leichte Heben und Senken seiner bloßen Brust.

»Mariah ...« So wie er ihren Namen sagte, klang es wie ein zärtliches Flüstern, wie ein andeutungsvolles Versprechen.

Dicht vor ihr blieb er stehen.

Unentwegt starrte sie auf den Tropfen Wasser, beobachtete, wie er an der Haarspitze zitterte, sich löste und herabfiel. Er landete in seinem dichten Brusthaar, glitt im Zickzack über seinen flachen Bauch und wurde von dem dicken weißen Stoff des Handtuchs aufgesaugt. Ihr Blick blieb wohl eine Sekunde zu lang an dem Handtuch hängen. Schon griff er danach. »Ich kann es auch ausziehen ...«

Furcht beschlich sie. Sie hob ihr Kinn an und begegnete seinem verlangenden Blick. »Keinesfalls!«

Ein leicht spöttisches Lächeln legte sich auf seine Lippen. »Ach, Mariah …«

Sie wich zurück, stolperte und stieß gegen die Wand.

Er schritt auf sie zu. »Hab keine Angst. Ich werde dir nicht weh tun.«

Sie lachte auf, aber es klang so hysterisch, daß sie sich hastig den Mund zuhielt, beschämt über ihre Albernheit.

Langsam – äußerst langsam – faßte er mit seinen Händen nach ihrem Gesicht.

Sie preßte sich gegen die Wand. Ihr heftig rasendes Herzklopfen dröhnte ihr bis in die Ohren.

Lässig stemmte er sich zu beiden Seiten mit seinen Ellbogen an der Wand ab. Dann neigte er sich so weit vor, bis er mit seiner Nase an ihre stieß.

Die sachte Berührung ging Mariah durch und durch. Sie bekam große Augen, rang um Fassung, vermochte ihren Blick aber nicht von seinem Gesicht zu nehmen. »W-was willst du?«

Er küßte ihre Nasenspitze. »… könntest du eigentlich wissen!«

Sie räusperte sich und mühte sich verzweifelt, ruhig zu bleiben. »Nein, das weiß ich ganz und gar nicht.«

Einen Sekundenbruchteil senkte er den Kopf.

Mariah blieb das Herz stehen. Für einen Moment schien es ihr, als hielte die Zeit still.

Ein sachter Kuß traf auf ihren Mund, und er dauerte nicht länger als ein Herzschlag. »Ich will dich, Mariah«, flüsterte er an ihren Lippen, schloß die Augen und neigte sich noch ein wenig vor. »Meine Güte, ich kann nichts dafür, es sollte nicht so sein, aber es überwältigt mich schier.«

Sie spürte die leichte Bewegung seiner Lippen an ihrem Mund, ein warmer Schauder rieselte ihr über den Rücken.

Behutsam wich er zurück. »Komm ins Bett, Mariah.« Diese Einladung flüsterte er ihr ins Ohr. Seine geöffneten Lippen fühlten sich auf ihrer Haut weich und feucht an.

Sie erstarrte. Schrecken breitete sich in ihrem Innern aus. Ihr wurde kalt. Sie begann zu zittern und am ganzen Körper zu beben.

Gleichzeitig fielen ihr seine Worte wieder ein, lockten sie. »Niemand würde es erfahren.«

Wie dumm von ihr, daß sie überhaupt darüber nachgedacht hatte. Sie selbst würde es immer wissen und auch dann nicht vergessen, wenn er sie längst verlassen hatte ...

Sie schüttelte den Kopf, wollte etwas sagen. Ihr Mund war wie ausgetrocknet und abgesehen von einem halberstickten Aufschrei kam kein Laut über ihre Lippen. Der Fortschritt, den sie in den letzten Tagen gemacht hatte, ging in der altvertrauten Angst unter. Und diese Furcht war plötzlich wie ein Trost. Denn es handelte sich um ein Gefühl, das sie kannte.

Rasch duckte sie sich und wich unter seinen Armen hindurch zur Seite, rannte durch die Tür und schlug sie hinter sich zu.

Mariah stürmte davon und blieb nicht eher stehen, bis sie den Lattenzaun erreicht hatte. Dort sank sie auf dem kalten, harten Boden in die Knie und barg beschämt den Kopf in ihren Händen. Mein Gott, sie wollte in Tränen ausbrechen und sehnte sich danach, es zu können.

Ich will dich. Die leisen, erschütternden Worte drangen aus allen Richtungen an ihre Ohren.

In ihrer Ausweglosigkeit wollte sie laut aufschreien.

Denn sie begehrte ihn auch. Es hatte keinen Sinn, es länger zu leugnen. Sie war es leid, es auch nur zu versuchen. Er sollte sie ja küssen. Sie sehnte sich nach seinem Kuß, träumte davon. Von dem Augenblick an, wo sie ihm begegnet war, hatte er sie herausgefordert, in Rage gebracht, verärgert und angefaßt. Ihre Welt hatte sich grundlegend verändert, seit er vor einer Woche in ihr Leben getreten war, und sie würde nie mehr so werden wie früher, wenn er sich eines Tages verabschiedete.

Wenn er sich eines Tages verabschiedete ...

Die Worte stampften durch ihr Gemüt, schnitten ihr ins Herz.

Er würde schon bald gehen, und ihr Leben würde so weiterlaufen wie bisher. Diese kurze leidenschaftliche Unterbrechung hatte dann nie stattgefunden.

Sie vergessen!

Und vermutlich nie wiederkommen!

Schmerz durchfuhr sie bei dem Gedanken, daß Mad Dog sie verlassen würde. Heiße Tränen wollten ihr in die Augen treten, aber leider rann keine einzige über ihre Wangen.

Ihre Schultern sackten nach vorn. Sie beugte sich vor, schloß die Augen und dachte an die Kette der Augenblicke mit Mad Dog, die alle eine Rolle spielten. An die sie sich noch erinnern würde, wenn sie allein zurückblieb. Bei ihm würde sie sich an alles erinnern – an seine Gesten, sein Lächeln, seine Berührungen. Wie ihr zumute war, als er einen Arm um sie gelegt und an sich gedrückt hatte. Wie er sich anfühlte, wie er roch und schmeckte …

O Gott, wie seine Küsse schmeckten …

Konnte sie wirklich auf all das verzichten? Konnte sie tatsächlich, so angstvoll und einsam wie sie war, einfach dastehen und ihn gehen lassen?

Niemals harrte er irgendwo aus …

Es hatte eine Zeit gegeben, da verletzten diese Worte sie. Jetzt bedeuteten sie nicht mehr als eine nackte Tatsache. Er würde nicht bleiben. Sie hingegen konnte nicht fort. Mit den wenigen Worten ließ sich alles ausdrücken, was zwischen ihnen stand.

Es bedeutete so viel … und doch gar nichts.

Die nackte Wahrheit, wenn es darauf ankam, lag auf der Hand. Sie konnte ihn nicht gehen lassen, nicht ohne von der Leidenschaft gekostet zu haben, die er zu bieten hatte. Sie war schon so lange allein. Ihre Begierden hielt sie unter der gestärkten Kleidung in Zaum und versuchte sie mit vielen Haarnadeln wegzustecken. Doch sie wollte nicht mehr allein sein. Sie wollte wenigstens dieses eine Mal von etwas Menschlichem und nicht mehr nur vom Wind berührt werden …

Sie holte tief Luft und stand auf. Ihre Beine fühlten sich an wie Pudding – ob vom Knien oder von der Entscheidung, die sie getroffen hatte, da war Mariah sich nicht sicher – es spielte auch keine Rolle. Hoch aufgereckt ging sie auf die Baracke zu. Mit jedem knirschenden Schritt wuchs ihre Furcht. Wie auch ihre Entschlossenheit.

Vor der Tür blieb sie stehen. Der dicke, mit weißen Latten beschlagene Eingang war alles, was sie sah. Es war auch das einzige, was sie von ihrer Leidenschaft trennte. Sie vor Kummer bewahrte. Wenn sie jetzt anklopfte, würde ihr Leben sich von Grund auf ändern.

Tu es.

Tu es nicht.

Sie atmete langsam aus, zog ihre Hände auseinander. Eigentlich war die Entscheidung gefallen. Ihr Leben sollte nicht so bleiben, wie es war. Sie war es leid, allein und isoliert, einsam zu sein. Ihre Seele sehnte sich nach der Nähe und Wärme eines Partners. Seit Jahren dachte sie nur an die Vergangenheit. Sie hatte sich deswegen den Kopf zermartert, sich gequält und bemüht, es wiedergutzumachen. Jetzt, dieses eine Mal, wollte sie nur an den Augenblick denken.

Ehe sie ihre Meinung ändern konnte, klopfte sie rasch an.

»Herein«, rief Mad Dog mit seiner tiefen Stimme.

Mariahs Knie begannen zu zittern. Sie gab sich einen Ruck und öffnete die Tür.

Auf dem Bett inmitten zerknautschter Laken und einer Lichtinsel lag Mad Dog. Er hatte sich auf der Matratze ausgestreckt, das eine Bein gerade, das andere angewinkelt und das Handtuch noch um die Hüften geschlungen.

Überraschung malte sich auf seinem Gesicht. »Mariah!« Ungläubig sprach er ihren Namen aus. Doch gleich darauf folgte das Lächeln, bei dem Mariahs Herz höher schlug.

Tapfer bemühte sie sich, das Lächeln zu erwidern. Fast gelang es ihr. »Werde ich das bedauern?« fragte sie mit so leiser, zittriger Stimme, daß sie sich nicht sicher war, ob er es mitbekommen hatte.

Er richtete sich auf. Ihre Blicke begegneten sich. Kein Lachen zeigte sich in seinen Augen, nur absolute Ehrlichkeit. »Vermutlich schon.«

»Und du?«

»Vermutlich nicht«, sagte er demütig. Nach dieser Antwort spürte Mariah den letzten Rest ihres Widerstandes schwinden. Sie lachte, und es klang zu ihrer eigenen Überraschung weich und melodisch. »Ich bewundere deine Ehrlichkeit sehr.«

Das stimmte tatsächlich, wie ihr auffiel. Vor allem diese Eigenschaft Mad Dogs hatte sie angezogen, und erwies sich auch jetzt als magische Kraft. Es war nicht sein gutes Aussehen, sein flottes Lächeln oder seine Neckereien, sondern seine Ehrlichkeit.

Er war rücksichtslos, unerschrocken aufrichtig. Seine Integrität empfand sie wie einen Appell an ihre einstige Offenheit in der Jugend. Sein bekümmertes, furchtloses Auftreten!

Sie wünschte sich, wieder so zu sein, wünschte es sich so sehr, daß ihr der Atem stockte. Und möglicherweise, mit Mad Dog an ihrer Seite, konnte sie es schaffen, den ursprünglichen Wagemut von damals aufzubringen – wenn auch nur für eine flüchtige Nacht.

Auf der Stelle wollte sie damit beginnen.

Mit großen Augen blickte sie Mad Dog geradewegs ins Gesicht, so daß er deutlich sehen konnte, was sie empfand. »Ich will dich auch!«

16. Kapitel

Ach, du Schreck, sie meinte es ernst.

Mad Dog richtete sich auf und schlang das Handtuch fester um sich.

Sie stand in der offenen Tür, stocksteif, die Hände zu Fäusten geballt. Die Furcht hatte ihr die Farbe aus den Wangen genommen und die vollen, sinnlichen Lippen verspannt. In dem Mondlicht, das durch den Türrahmen hereinfiel und einen unwirklichen Schimmer um sie breitete, wirkte sie jung, angstvoll und unerhört verletzlich.

Er unterdrückte einen lauten Fluch. Himmel, sie war so ein unschuldiges Ding, stand da und bat um etwas, wovon sie nicht wußte, was es bedeutete. Er konnte es ihr geben – sehnte sich danach, es zu tun –, aber hinterher würde sie nicht mit den Folgen leben können. Und unbegreiflicherweise fühlte er sich selbst unsicher. Er mochte Mariah wirklich und wollte ihr nicht weh tun. Sie war nicht die richtige Frau für ihn. Mit so jemandem spielte man nicht und ließ sie dann im Stich. Mariah hatte mehr verdient, als er ihr geben konnte.

Diese Denkweise erschreckte ihn. Er fuhr sich mit der Hand durchs Haar und schüttelte den Kopf. Zum ersten Mal in seinem Leben würde er ein verdammter Held sein – unfaßlich!

Energisch schlang er das Handtuch um seine Taille enger, glitt vorsichtig vom Bett und ging auf sie zu.

Sie wich nicht zurück, blieb stehen, wo sie war, vollkommen reglos, umhüllt vom silbernen Mondlicht, den Blick auf ihn gerichtet. Das einzige Zeichen ihrer Lebendigkeit war der Puls an ihrem Hals, der wie verrückt klopfte.

»Geh ins Haus zurück, Mariah.«

Für einen Moment schloß sie die Augen, dann öffnete sie sie langsam wieder. »Mach es mir nicht noch schwerer, bitte.«

Das leise Flehen drang direkt in sein Herz. Er vermochte kaum ruhig durchzuatmen. »Du hast keine Ahnung, um was du da bittest.«

Plötzlich schaute sie zu ihm auf. »Ich bin keine ... Jungfrau.«

Er war so überrascht von ihren Worten und ihrer Haltung, daß es eine Weile dauerte, ehe ihm darauf eine Erwiderung einfiel. »Wirklich nicht?«

»Nein«, antwortete sie und es schwang noch etwas in ihrer Stimme mit – Stolz oder Kummer. »Du ruinierst also nicht meinen Ruf. Das hat schon jemand anders besorgt. Und ...« Sie zögerte nur eine Sekunde lang, dann fuhr sie gelassen fort: »Ich kann auch keine Kinder bekommen. Also mußt du dich nicht einmal damit herumplagen.«

Diesmal vernahm er deutlich den Jammer in ihrer Stimme und wußte, welche Überwindung dieses Geständnis sie gekostet hatte. Er fühlte sich zutiefst bewegt. So viel Mut hatte sie aufgebracht. Viel einfacher war es, sich verschlossen über diese wichtigen Dinge hinwegzusetzen. Das hatte er selbst oft genug in seinem Leben zur Verteidigung getan. Laß es nicht zu, daß sie dich treffen!

Offenbar war Mariah eine Frau, die sich Kinder gewünscht hatte. Er sah die Babydecke vor sich und plötzlich begriff er, warum sie die Sachen in ihrer Schublade aufbewahrt hatte. Sie hatte die Decke vor langer Zeit bestickt in der Hoffnung, daß sie eines Tages ... Beklemmung legte sich wie ein Stein auf seine Brust. Erneut verspürte er das fremdartige, unaussprechliche Bedürfnis, sie zu trösten. Er strich ihr eine Strähne aus dem Gesicht. »Es tut mir leid ... die Sache mit den Kindern. Aber die Ärzte können sich irren ... Das passiert oft ...«

»Dein Mitleid brauche ich nicht.« Sie lächelte, aber es wirkte leicht gequält. »Ich will deinen Körper.«

Unwillkürlich mußte er lachen. »Meine Güte, Mariah ...«

Ihr Lächeln erstarb. Sie schaute mit herzzerreißend ernstem Gesicht zu ihm auf. »Seit Jahren sitze ich hier auf der Farm fest und bin vor allem und jedem davongelaufen. Ich will nicht mehr flüchten. Bitte ... liebe mich, Mad Dog ...«

Die Worte trafen ihn wie ein Schlag unter die Gürtellinie. Himmeldonnerwetter, das hatte noch nie eine Frau zu ihm gesagt. *Liebe mich* in diesem bebenden, verzweifelten Ton ... Es zerrte an seiner Entschlußkraft und entfachte ein brennendheißes Feuer in seinen Lenden.

Er wandte sich ab und ballte hilflos die Hände.

Sie dürfte da nicht stehen, sollte nicht so verdammt schön und verletzlich aussehen und ihn bitten, sie zu lieben. Nicht eine Lady wie sie einen Mann wie ihn!

Im Grunde müßte er hier verschwinden, sofort seine Siebensachen packen und sich auf den Weg machen, ohne einen Blick über die Schulter zu werfen. Gehen. Laufen. Davonreiten. Alles möglich, nur damit sie ihn nicht ansehen, nicht anfassen und nicht diese erschütternden Worte aussprechen konnte: *Liebe mich.*

»Hast ...« Ihre Stimme war kaum mehr als ein heiseres Flüstern. »Hast du deine Meinung geändert?«

Er lachte auf und wich ihrem Blick aus. »Wohl kaum.«

Seine Antwort schien ihr Mut zu machen. Langsam kam sie auf ihn zu, bis sie nah genug vor ihm stand, daß er sie küssen konnte. Die Hitze, die von ihrem Körper ausging, war förmlich greifbar, eine erotische Aura, die seine Sinne in Aufruhr versetzte. Sie duftete nach Seife, Wasser und Garten.

Bei ihrer herausfordernden Musterung senkte er seinen Blick. »Stimmt irgend etwas ... nicht mit mir?«

Mad Dog zuckte zusammen. »Du machst es mir nicht leicht, verdammt. Verstehst du das nicht?«

Sie bemühte sich, scherzhaft zu klingen. »Im Augenblick mache ich es dir doch sehr leicht.«

»Ich tauge nicht für dich«, flüsterte er mit belegter Stimme.

»Das ist mir egal ...«

»Ich werde gehen.«

»Glaubst du, ich weiß das nicht?« Ihre Stimme klang brüchig, erbarmungswürdig. »Alles, was ich will, ist eine Nacht – eine einzige – an die ich mich an langen Winternächten erinnern kann, wenn ich niemanden mehr um mich habe. Ist das zuviel verlangt?«

Er blickte in das warme Braun ihrer Augen und fühlte sich förmlich abstürzen. Himmel, plötzlich tat es ihm weh, sie nicht anzufassen. So sehr begehrte er sie.

»Du hast einen Besseren verdient, Mariah.«

Sie schluckte schwer. »Bring ... bring mich nicht dazu zu betteln.«

»Zum Donnerwetter, Mariah, ich will dich nicht erniedrigen. Ich will bloß nicht, daß du mich morgen haßt. Dafür habe ich dich zu gern.«

»Ich werde dich mehr hassen, wenn du nein sagst.«

Er wollte vor ihr zurückweichen, aber war unfähig, sich zu bewegen.

Langsam, wie in Todesangst, hob sie ihm ihr Gesicht entgegen. »Küß mich ...« Die Stimme versagte ihr. Ihre Lippen bebten.

»Mensch, verdammt!« Der Fluch rutschte ihm unwillkürlich heraus. Er konnte sich nicht zurückhalten. Ohne nachzudenken, umfaßte er ihre Schultern, zog sie an sich und preßte seine Lippen so verlangend an ihren Mund, daß ihr der Atem stockte.

Nach dieser ersten berauschenden Berührung war Mad Dog verloren. Sein einmaliger Versuch, ein Held zu sein, scheiterte bereits im Anfangsstadium.

Ein leiser, zufriedener Seufzer entschlüpfte ihr und streifte wie ein Hauch seine Lippen. Er löste sich langsam von ihr und schaute ihr in die Augen. Ein schwaches Lächeln glitt über sein Gesicht.

»Meine Güte, bist du schön, Mariah.«

Ein feines Prickeln kroch ihr den Hals hinauf. Ohne Vorwarnung fühlte sie sich an Stephen und seine Lügen erinnert. Niedergedrückt durch die Vergangenheit wich sie seinem Blick aus. »Das darfst du nicht sagen.«

»Ich weiß.«

Sie spürte, wie er sie forschend musterte und widerstrebend sah sie ihn an. Es lag etwas in seinen Augen, was sie bisher nicht bemerkt hatte, eine gewisse Trauer. »Ja, und?«

»Du denkst jetzt, ich lüge, nicht wahr?«

»Denke ich ... das?« Sie lachte, und ihre Stimme klang so, als müsse sie ihr jeden Moment versagen.

»Komm mit.« Er zog sie mit sich zu dem alten ovalen Spiegel, der über der schiefstehenden Kommode hing, und schob sie so davor, daß er direkt hinter ihr stand. »Was siehst du?« flüsterte er ihr ins Ohr.

Sie verdrehte die Augen. »Um Himmels willen, was hat das zu sagen ...«

»Was siehst du?«

Widerstrebend ließ sie ihren Blick zum Spiegel zurückwandern. »Ich sehe mein Gesicht. Und eine Hälfte von deinem.«

Er legte seine Hände auf ihre Schultern und begann ihre verspannten Muskeln zu massieren. Sacht strich er mit seinen rauhen Fingerspitzen über ihre Haut. »Welche Farbe haben deine Augen?«

Es fiel ihm schwer, sich zu konzentrieren, wenn er sie mit seinen Händen so verzauberte. Ein fremdartiges Gefühl übertrug sich von seinen Fingern auf sie, bis sie sich so leicht vorkam, als würde sie schweben. »Braun«, antwortete sie, ohne hinzusehen.

»Verkehrt.«

Sie runzelte die Stirn und begegnete seinem Blick im Spiegel. »Willst du etwa behaupten, meine Augen wären nicht braun?«

Er schüttelte den Kopf und ermunterte ihr Spiegelbild:

»Deine Augen sind nicht einfach nur braun. Sieh mal genau hin, welche Farbe haben sie?«

»Hmm, sie sind ein wenig … goldfarben.«

Während er sprach, küßte er ihre Wangen und ließ seine Lippen auf ihrer Haut ruhen. Heiß und feucht begegnete sein Atem ihrem. »Sie haben die Farbe des Bourbon oder warmen Ahornsirups«, murmelte er. »Was ist mit deinem Haar?«

»Braun. Also … leicht und rötlich.«

Er bog sich etwas zurück. Seine Hände glitten über ihre Schultern und seitlich ihren Hals hinauf bis in ihr Haar. Eine Haarnadel nach der anderen zog er ihr aus der Frisur. Wie aus weiter Ferne hörte Mariah sie leise auf den Boden fallen.

Als er sie alle entfernt hatte, kämmte er ihre Locken mit seinen Fingern durch, bis sie weich herabhingen.

Überrascht betrachtete sie sich im Spiegel. Eine ungebändigte Masse mahagonifarbenen Haars umrahmte ihr blasses Gesicht und ließ die harten Linien weicher erscheinen. Das Licht der Lampe fiel auf ihre Wellen und brachte sie zum Glänzen. Das Gold ihrer Augen hob sich deutlich von ihrer hellen glatten Haut ab.

»Du bist wunderschön, Mariah.«

Begeisterung durchflutete sie. Zum ersten Mal erinnerten die Worte sie nicht an die Vergangenheit und wirkten nicht wie Hohn. Sie fühlte sich wirklich schön. Ein leicht zittriges Lächeln legte sich auf ihre Lippen.

Er drehte sie zu sich um.

Die Leidenschaft, die sie in seinem Blick entdeckte, erzeugte eine Woge der Erregung nach der anderen.

Ohne Hast und ohne ein Wort zu sagen, begann er ihr Kleid aufzuknöpfen.

Mariah spürte, wie er die zarte Haut an ihrem Hals streichelte, und zuckte zusammen. Erwartung und Nervosität durchzogen ihren Magen. Ihr Atem beschleunigte sich, und sie mußte an sich halten, seine Hände nicht wegzuschieben.

Die Knöpfe waren offen, der Stoff klaffte auseinander. Kühle Nachtluft prickelte auf ihrer Haut.

Sie schloß die Augen.

Wie von selbst glitt das Kleid von ihren Schultern und rauschte zu Boden. Sie stieg darüber hinweg und trat es beiseite.

»Schau mich an, Mariah!«

Es fröstelte sie. Von seinen Lippen klang ihr Name wie aus einem Liebeslied. Zögernd öffnete sie die Augen.

Er lächelte. »Ich möchte gern, daß du siehst, wie ich dich küsse.« Und beugte sich über sie.

Zuerst war es nur ein federleichtes Streicheln, aber die Berührung dauerte nicht länger als ein Herzschlag. Ein leiser Seufzer entfuhr ihr. Der zweite Kuß war ganz anders als der erste, bei dem sie sich begehrenswert gefühlt hatte. Diesmal fühlte sie sich richtig geliebt.

Sie schloß die Augen und gab sich der Illusion der Liebe hin – wenigstens für diese eine Nacht!

Seine Lippen preßten sich auf ihren Mund. Sie spürte den sanften Druck, mit dem er sie anregte, den Kuß zu erwidern. Bei dieser zarten Berührung keimte leise Erwartung in ihr auf.

Er löste sich ein wenig von ihr, so daß ihre Lippen sich kaum berührten. Sie runzelte die Stirn und drängte sich an ihn, sehnte sich nach mehr.

Sacht strich er ihr mit der Zunge über die Unterlippe, erkundete die volle Rundung und drang dann in ihren Mund. Seine warme feuchte Zungenspitze traf auf ihre und wie ein Blitzstrahl schoß eine sengende Hitze in ihre Brust.

Er preßte sie fester an sich. Der Kuß wurde heiß, begierig und leidenschaftlich.

Mariah schlug das Herz gegen die Rippen und klopfte in einem atemlosen Rhythmus. Eine tiefe, unbestimmbare Sehnsucht erfaßte sie, breitete sich in ihrem Inneren aus und erzeugte ein unaussprechliches Verlangen nach ... etwas Unbekanntem.

Diese Empfindungen erschreckten und erregten sie zugleich. Sie fühlte sich unglaublich belebt. Am liebsten wollte sie ihn anfassen, seinen Körper erkunden, aber sie schaffte es nicht, ihre Arme zu bewegen.

Er ließ seine Hände über ihren Hals hinuntergleiten. Unwillkürlich erschauerte sie, als er zuerst den einen, dann den anderen Finger unter den Spitzenstoff ihres Hemdes schob. Jede seiner Bewegungen, mit denen er sie entkleidete, war sacht, qualvoll langsam.

Halb nackt erschauerte sie erneut.

Er umfaßte ihre Handgelenke, hob ihre Arme hoch und brachte Mariah dazu, sie um seinen Nacken zu legen. Sie klammerte sich an ihn, fühlte die Kraft in seinem Nacken und vergrub ihre Finger in seinem Haar. Wie von selbst wurde ihr Kuß inniger, fast schmerzlich intensiv. Sie drängte sich lustvoll an ihn und spürte überdeutlich sein kräftiges Brusthaar auf ihrer weichen Haut und ihren Brustspitzen.

Mit einem Aufstöhnen hob er sie auf die Arme, trug sie zum Bett und ließ sie vorsichtig auf das zerwühlte Lager sinken. Die grobe dicke Wolldecke kratzte auf ihrem bloßen Rücken, die Laken fühlten sich glatt und kühl an.

In ihrer erwachenden Sinnlichkeit fiel ihr alles mögliche auf. Wie weich die Laken waren, wie kühl die Luft auf ihrer Haut, wie silbern das Mondlicht durch das Fenster hereinschien.

Mad Dog trat die Tür mit dem Fuß zu und kehrte zum Bett zurück. Aber er machte keine Anstalten, auf sie zuzukommen. Er stand nur da und starrte sie an. Wo immer sein durchdringender Blick auf sie traf, fühlte sie sich berührt und erhitzt.

Halb nackt lag sie da und atmete schwer. Eigentlich hätte sie sich schämen oder fürchten müssen. Aber das war nicht der Fall. Verlangen betäubte sie, machte sie leicht schläfrig und doch hellwach zugleich.

Er griff nach seinem Handtuch, öffnete es und ließ es zu Boden fallen.

Ehrfürchtig betrachtete Mariah seinen erregten Körper. Ein aufregendes Prickeln floß durch ihr Blut und brannte ihr wie Feuer auf den Wangen. Das dumpfe Klopfen in ihrem Innern verstärkte sich und nahm eine schmerzliche Schärfe an. »Oje ...«

Ein amüsiertes Lächeln glitt über sein Gesicht. »Siehst du, was du mit mir machst, Mariah?«

Er beugte sich über sie und zog an den Schnüren ihrer Unterhose. Das dünne Leinen ließ sich mühelos über ihre Haut streifen, so daß sie vollkommen entblößt seinen wollüstigen Blicken ausgesetzt war.

Eine warme Woge der Erregung durchflutete sie.

»Hab keine Angst!« flüsterte er ihr zu, warf die Unterhose über seine Schulter und kroch zu ihr ins Bett. Die alte Matratze gab unter seinem Gewicht nach, der Metallrahmen quietschte.

»Ich hab keine ...«, behauptete sie laut.

Er zog sie an sich. Kaum berührten sich ihre nackten Körper, schien ein wahres Feuer zwischen ihnen auszubrechen.

Sie hob ihr Kinn. Ein leichtes verführerisches Lächeln huschte über sein Gesicht, als er sich zu einem weiteren Kuß über sie beugte.

Erwartungsvoll schloß Mariah die Augen. Jeden Moment mußte sie ihn spüren.

Seine Lippen legten sich hauchzart auf ihre. Nun reagierte sie kühn und berührte seine Zunge mit ihrer. Sie hörte, wie er nach Luft schnappte. Das machte ihr ihre Sinnlichkeit schwindelerregend bewußt. Sie schlang ihre Arme um ihn, hielt ihn an sich gedrückt und drängte sich ihm verlangend entgegen.

Auch erwiderte sie seinen Kuß mit all der Leidenschaft, die sie in den Jahren angesammelt hatte. Sie liebkoste ihn und biß ihm spielerisch in die Lippe. Ihre Zungen begegneten sich neckend, forschend und schließlich in atemberaubendem wilden Verlangen.

Mit seinen rauhen Fingerspitzen strich er liebevoll über die zarte Haut ihrer Brüste und ließ sich dabei zermürbend viel Zeit. Dann, Stück für Stück, näherte er sich der aufgerichteten rosigen Knospe.

Mariah hielt bebend den Atem an. Heftige Erregung durchströmte sie und ließ sie erschauern. Sie schloß die Augen. Mit jeder Faser ihres Körpers nahm sie ihn wahr und spürte überdeutlich, wie er mit Daumen und Zeigefinger die aufgerichtete Spitze umschloß, ein paarmal sanft – und schließlich nicht mehr ganz so sacht – daran zupfte. Er drückte den hartgewordenen Nippel und zwirbelte ihn ein wenig, ehe er seine ganze Hand auf ihre Brust legte. Kaum hielt er sie fest, floß erneut eine Hitzewelle durch ihren Körper.

Mariahs Atem wurde flacher, kam stoßweise und brannte ihr förmlich im Hals. Das dumpfe Klopfen in ihrem Bauch breitete sich aus und sammelte sich fühlbar zwischen ihren Beinen. Unruhig begann sie, sich zu winden. Sie brauchte etwas, das sie nicht benennen konnte.

Hitzewelle auf Hitzewelle durchströmte sie. Das wilde Rasen ihres Herzens dröhnte ihr in den Ohren, im selben Rhythmus wie ihr drängendes Verlangen.

Er löste sich von ihr und atmete zitternd aus. »Faß mich an, Mariah ...«

Sie wollte das tun. Und wie gern. »Ich ... ich weiß nicht, wie.«

»Versuch es.« Er sprach die beiden Worte bittend aus. Sein Atem streifte ihre feuchte Stirn.

Sie hob langsam ihre Hand, biß sich nervös auf die Unterlippe und faßte nach seinem Hals.

»Tiefer«, flüsterte er.

Sie ließ ihre Hand hinuntergleiten, strich ihm über die behaarte Brust, schloß die Augen dabei und genoß es, wie er sich anfühlte. Sein Brusthaar schien drahtig und weich zugleich. Beglückt seufzte sie und fühlte sich ermuntert.

»Tiefer.«

Sie strich ihm über den Bauch, über die letzte Rippe und spürte seine Muskeln.

Er erschauerte. Eine feine Gänsehaut bildete sich unter ihren Fingerspitzen.

»Tiefer.« Seine Stimme klang ein wenig atemlos.

Sie befeuchtete ihre Lippen und schob die Hand tiefer und tiefer.

Plötzlich waren die festen Muskeln verschwunden. Statt dessen stieß sie auf das Haar, das zwischen seinen Beinen wuchs.

»O herrje ...«

»Tiefer.«

Sie rang zitternd nach Atem und umfaßte ihn. Überrascht fühlte sie, wie samten seine Haut war und wie hart seine Erregung.

Sie spürte, wie sehr er sie begehrte und das machte ihr überraschenderweise ihre eigene Macht bewußt. Mit einem Mal kam sie sich schön und anziehend vor – besaß all das, was sie nie zuvor gehabt hatte. Sie verstärkte ihren Griff und streichelte ihn.

Ein leises Aufstöhnen entfuhr ihm und dieser Laut war so elementar und leidenschaftlich, daß er Mariahs Sinne auflodern ließ.

Mad Dog sank tiefer in die Decken und hob sein Becken an.

»Himmel ...«

Unsicher schaute sie ihn an. »Mache ich irgend etwas verkehrt?«

Zärtlich streichelte er ihre Wange. »Wohl kaum.« Ehe sie etwas erwidern konnte, zog er sie in seine Arme.

In einem überwältigend hingebungsvollen Kuß preßte er seine Lippen so heftig auf ihren Mund, daß er ihr den Atem raubte und ihr Verlangen anstachelte. Unruhig drängte sie sich ihm entgegen und schmiegte sich an seine Schenkel.

Er löste sich von ihr, küßte sie aufs Kinn, beugte sich über sie und bedeckte Hals und Schultern bis hinunter zu den Ansätzen ihrer Brüste mit kleinen feuchten Küssen.

Seine Zungenspitze umkreiste ihren Nippel. Sie rang nach Luft, bog sich ihm entgegen und schlang die Arme um seinen Nacken.

Eine heiße Woge des Verlangens nach der anderen durchströmte Mariah und wurde schließlich zu einem Feuerball zwischen ihren Beinen. An ihn gepreßt bebte sie vor Leidenschaft und rieb sich an ihm. Sie konnte nicht mehr stillhalten, vermochte nicht mehr ruhig zu liegen. Flehentlich rief sie ihn beim Namen, als er seine Hand langsam über ihren empfindlichen Bauch gleiten ließ.

»Mein Gott ...« Stöhnend warf sie sich in die Kissen zurück.

Er schob seine Finger in das lockige Haar zwischen ihren Beinen, streichelte sie, suchte und tastete nach ihrem Wonnepunkt. Er fand ihn und legte seine langen, kräftigen Finger darüber.

Mariah keuchte, bebte am ganzen Körper und wurde feucht vor Bereitschaft.

Sacht rieb er sie mit seinem Finger. Sie wimmerte und schloß die Augen, als er seine Hand wie wild über ihrem erhitzten Fleisch kreisen ließ. Sie klammerte sich an ihn. Ihre Arme bebten vor Erwartung, ihre Hände wurden schweißnaß und sie grub ihre Fingernägel in seinen Rücken.

Das heftige Klopfen ihres Herzens dröhnte ihr in den Ohren. Neue Empfindungen durchfluteten ihren Körper, breiteten sich in heißen Wellen aus. Sie warf sich unruhig hin und her, konzentrierte sich mit allen Sinnen auf seine Hand und das herrliche, verbotene Gefühl, das er in ihr erzeugte. Sie bog sich ihm entgegen, drängte sich mit voller Kraft gegen seine Hand und bat mit verzweifelter, stockender Stimme: »Bitte ... bitte ...« Dabei wußte sie nicht, worum sie bat, was sie von ihm wollte. Sie wußte nur, daß sie sich wie verrückt nach Erlösung sehnte.

Mit einem tiefen Ächzen zog er sie an sich und legte sich über sie. Sie spürte seine männliche Kraft zwischen ihren Schenkeln.

Er stützte sich auf seine Ellbogen, stemmte sich hoch und schaute ihr in die Augen. Ihre Blicke begegneten sich.

Mit einem einzigen heftigen Stoß nahm er sie.

Schmerz durchzuckte Mariah. Es fühlte sich an, als würde sie innerlich gesprengt. Erschrocken luftschnappend versuchte sie zurückzuweichen, aber die Matratze unter ihr gab nicht nach. Er hielt sie mit seinem schweren Körper fest. Sie ballte ihre Hände zu Fäusten und verkrampfte sich.

Er hielt inne. »Hast du was?«

Sie blinzelte zu ihm auf und spürte Tränen in ihren Augen. »Es ... tut ein wenig weh.«

»Ich dachte ...« Er schüttelte den Kopf. »Verflixt, du hast gesagt, du wärst keine Jungfrau mehr.«

»Bin ich auch nicht ... direkt.« Sie nagte an ihrer Unterlippe. »Hoffentlich bist du nicht enttäuscht ...«

Sein Blick wurde weich. »Ich hätte es anders gemacht, das ist alles.« Er beugte sich über sie und küßte sie erneut, zärtlich und sanft, so daß Mariah schmerzlich ihre Sehnsucht spürte.

Sie umarmte ihn, wollte ihm nah sein, ihn spüren. Er belebte ihre Sinne. Sie fühlte sich schön und so unwiderstehlich wie nie zuvor in ihrem Leben.

Behutsam bewegte er sich wieder. Der körperliche Schmerz ihrer Vereinigung ließ nach und immer mehr überwog das heiße Begehren, das sich in ihrem Inneren ausbreitete. Sie klammerte sich an ihn, schlang die Beine um ihn und richtete sich sogar ein wenig auf.

Keuchend und stöhnend wand sie sich unter ihm, fing Stoß um Stoß auf und stemmte sich dagegen.

»Meine Güte«, flüsterte sie. Ihr Verlangen wurde unerträglich, schmerzte fast. Sie wollte etwas haben, sehnte sich danach, konnte es aber nicht erlangen. »Himmel!«

»Ja, das ist es, Mariah«, flüsterte er gegen ihre Stirn. »Komm, Baby, komm. Ich kann nicht mehr ... warten ...«

Er stieß in sie und füllte sie mit seiner Hitze so aus, daß es sie über die letzte Schwelle brachte.

Sie krallte sich an seine feuchten Schultern und ließ den Kopf nach hinten sinken. Jeglicher klare Gedanke entfloh ihr. Sie war nur mehr ein reagierender Körper, hielt sich an ihm fest, bog sich ihm entgegen, bebte, erschauerte ...

Einen atemlosen Moment lang fühlte sie sich wie auf einer wankenden Spitze. Dann zuckte sie und versteifte sich.

Die Erlösung kam in einer feurigen, schwindelerregenden Welle, die sie in ein warmes, dunkles Nichts reinsten Glückes trug. Ihre Körper schaukelten und pochten in einem zeitlosen wiegenden Rhythmus.

Langsam ließ dieses Gefühl nach. Verwundert seufzend sank sie in die zerwühlten Laken und Decken, zitterte noch im Nachhall der Gefühle. Arme und Beine fühlten sich an wie taub.

Er nahm sie in die Arme und drückte sie an sich. Sie fühlte sich warm und unendlich geborgen. »Ist es immer so?« fragte sie leise.

Fröhlich lachte er, und der Klang seiner Stimme machte sie glücklich. »Nein, es ist fast nie so.«

Sie schaute zu ihm auf und begegnete seinem Blick. Da war so vieles, was sie ihm sagen wollte, aber sie brachte es noch nicht über die Lippen. Vielleicht würde sie es nie schaffen. »Du hattest recht.«

Behutsam strich er ihr eine Haarsträhne aus dem Gesicht und schob sie ihr hinters Ohr. »Mit was?«

»Ich habe tatsächlich das größte Vergnügen mit dir erlebt, das ich je hatte.«

Er grinste jungenhaft. »Siehst du, ich lüge nie!«

17. Kapitel

Es war die schönste Nacht seines langen, lebhaften Liebeslebens.

Mag Dog betrachtete die Frau, die friedlich in seinem Bett schlief, und vermochte es kaum zu fassen.

Sie lag neben ihm ausgestreckt, einen Arm besitzergreifend um seinen Oberkörper geschlungen, den anderen ungeschickt unter ihrem Körper eingeklemmt. Ihr Gesicht hob sich wie blasse, erhabene Kameenschnitzerei von dem im Schatten liegenden Laken ab. Seidige, mahagonifarbene Strähnen fielen über Kissen und Matratze.

Er beobachtete sie beim Schlafen und staunte, wieviel Freude ihm das machte. Sie war so anders als die vielen Schönen, mit denen er geschlafen hatte. Sicher, meistens eroberte er sich Huren, aber trotzdem hätte er nicht gedacht, daß es einen so großen Unterschied machen könnte. Die Frauen, die er gekannt hatte, schliefen wie Bauarbeiter, hatten ihre bemalten Lippen offen, atmeten schwer und rochen nach Tequila und Tabakrauch. Während der Nacht verlief ihre Schminke so schrecklich, daß sie aussahen, als hätte ihnen jemand ein blaues Auge geschlagen.

Da er wußte, welcher Anblick ihn am Morgen erwartete, machte er sich in der Regel möglichst früh davon.

Aber diesmal empfand er etwas ganz anderes. Er wollte mit Mariah schlafen, und jetzt neben ihr ruhen. Mad Dog wünschte sich, diese Frau in die Arme zu nehmen, an sich zu drücken und bei ihr zu sein, wenn am Morgen die Sonne durch das Fenster hereinfiel.

Er schaute ihr ins Gesicht. Ihre Haut sah weich und so kostbar wie Seide aus, ihre Ohren erschienen ihm klein und zart. Sie atmete gleichmäßig, und jeder Atemzug streifte leicht die Rüschen des Kissens. Ihre rosigen Lippen waren leicht geöffnet, ihre dunklen Lider flackerten ab und zu.

Mit seinem Augenmerk auf ihren Lippen dachte er erschauernd daran, wie sie ihn geküßt, angefaßt und gestreichelt hatte.

Ist es immer so?

Ihre unschuldigen Worte fielen ihm ein, und diesmal wurde ihm erst die ganze Bedeutung bewußt.

Was hatte er darauf geantwortet? Er wußte im Moment nicht mal, ob er überhaupt etwas dazu gesagt hatte. Aber jetzt, wo er nackt neben ihr lag, wurde ihm seine ganze Situation klar.

Es war nicht immer so.

Es war nie so.

Bei dem Gedanken runzelte er die Stirn. Der Unterschied zwischen Mariah und anderen Frauen erschien ihm plötzlich entscheidend.

Er konnte ihn zwar nicht so genau in Worte fassen, wußte nicht mal, worin er tatsächlich bestand; aber er fühlte ihn und das machte ihm angst. Gegen Huren hatte er nie etwas gehabt. Sie waren leicht zu gewinnen und ebenso rasch vergessen, wenn sich das Tageslicht zeigte. Und wirklich mit ihnen zusammenzusein, hatte ihn nie gereizt.

In diesem Augenblick rückte er von Mariah weg und richtete sich zum Sitzen auf. Betroffen starrte er auf die weißgetünchten Wände der Baracke. Zum ersten Mal erschien ihm der Raum gar nicht mehr so eng.

Ein seltsames Unwohlsein breitete sich in seinen Lenden aus. Er war schon fast eine Woche hier. Die Wände müßten ihm eigentlich erdrückend erscheinen. Diese Bude müßte ihm zu eng sein ... statt gemütlich zu wirken.

Gemütlich? Das Wort fiel ihm einfach so ein und fast erheiterte es ihn.

Dabei war ihm gar nicht vergnügt zumute. Im Gegenteil, er bekam Angst.

Er blickte zu der geschlossenen Tür hinüber.

Dort müßte er hinaus. Sofort.

Die Frage überrumpelte ihn, ob er nicht aufstehen und sich leise anziehen sollte. Er brauchte nur seinen Rucksack zu schultern und aufzubrechen. Das hatte er unzählige Male praktiziert und sich nie mit Bedauern umgeschaut. Es war einfach, Frauen zu verlassen, eine Kleinigkeit.

Widerstrebend schaute er Mariah an. Da begriff er erst, daß er sich etwas vormachte.

Dieser Fall lag anders.

»Ach, verdammt!« Schwerfällig ließ er den Kopf gegen das wackelige Kopfteil fallen und fuhr sich mit der Hand durchs Haar.

Woran, zum Teufel, lag das nur?

Seine Furcht wuchs. Hier stimmte etwas nicht. Die verdammte Baracke fühlte sich gemütlich an, und er wollte nicht mehr hier weg – selbst nicht, nachdem er mit ihr geschlafen hatte.

Noch nicht, redete er sich ein, und die schlichten Worte brachten ihm erhebliche Erleichterung. Noch wollte er nicht gehen. Das bedeutete nicht, daß er bleiben wollte.

Den Unterschied konnte niemand bestreiten.

Mariah wurde langsam wach. Der Rest eines angenehmen Traumes hielt sie noch gefangen und brachte sie zum Lächeln. Sie dehnte und streckte sich zufrieden, gähnte ausgiebig und öffnete die Augen.

Ein runder, flacher Nippel umrahmt von braunem Haar fühlte ihr Blickfeld aus.

Sie lag neben Mad Dog gedrängt, ihre Wange ruhte auf seiner Brust und den Arm hatte sie liebevoll um seine Mitte geschlungen.

Im selben Moment fielen ihr sämtliche Erlebnisse der Nacht

ein. Wollüstige Bilder gingen ihr durch den Sinn. Hitze stieg ihr in die Wangen, als sie daran dachte, wie sie sich im Bett verhalten hatte. Sie war richtig ungezügelt gewesen, aggressiv – beide Male.

Ihre Lippen kräuselten sich. Das dritte Mal soll das reizvollste sein …

Sie konnte es nicht fassen, wie gut sie sich fühlte, wie unglaublich entspannt. Heute nacht hatte sie eine der größten Barrieren ihrer Vergangenheit überwunden – und sich ihrer Sexualität gestellt. Es fühlte sich großartig an. Sie kam sich vor wie ein neuer Mensch. Und wie befreit!

Sie strahlte übers ganze Gesicht, hob ihren Blick und schaute zu dem Mann auf, der ihr die Fähigkeit zu lieben zurückgegeben hatte.

Er blickte zur Tür hinüber. Seine Augen verengten sich und bekamen einen merkwürdigen Ausdruck. Irgend etwas bekümmerte ihn, aber Mariah fühlte sich zu gut, um sich daran zu stören.

Sie reckte sich und merkte, wie erschöpft ihre Muskeln waren. »Meine Güte, mir tut alles weh.«

»Es wird jedesmal besser«, antwortete er fast gedankenversunken.

Sie setzte sich aufrecht und lehnte sich an seine Schulter. »Ich glaube, es würde etwas helfen, wenn wir es noch mal versuchen.« Sie drückte ihm einen Kuß auf die Schulter und spürte den salzigen Geschmack seiner Haut auf ihren Lippen.

Er wandte sich um und schaute sie an. Überraschung malte sich auf seinen Zügen ab. »Du willst mich noch mal haben? Jetzt?«

Mariah wußte, sie müßte sich scheu, zögerlich und furchtsam geben – ein »braves« Mädchen würde das tun – aber sie verspürte keinen derartigen Anstand.

Sie fühlte sich … frei. Und ihr war schwindlig vor Vorfreude. Bei dem Gedanken lächelte sie. Fast hätte sie sogar laut aufgelacht. Das mußte man sich vorstellen – ihr – ausgerechnet ihr! – war schwindlig vor Freude, ein unglaublich belebendes Gefühl, das sie kühn machte. Sie hatte eben erst eine völlig neue Seite an sich entdeckt, eine die ihr besonders gefiel und von der sie sich nicht so rasch trennen wollte. Viel zu lange hatte sie darauf verzichtet.

Sie zog die Decke weg, bis sie seine Erregung sah. »Ich bin wohl nicht die einzige, die das will ...«

Mad Dog lachte. »Offenbar nicht.« Er glitt neben sie und nahm sie in seine Arme. »Also, Mariah, dann erklär mir doch mal, wie es kommt, daß eine ›indirekte‹ Jungfrau so scharf sein kann?«

Bei dem etwas vulgären Ausdruck errötete sie, wich seinem Blick aber nicht aus. »Das liegt an dir.«

»Nur an mir?« neckte er sie.

Sie wurde ernst. Plötzlich lag es ihr am Herzen, daß er die Wahrheit erfuhr, daß er verstand, welches Geschenk er ihr heute nacht gemacht hatte. »Nur an dir.«

Er runzelte die Stirn. Sofort wußte sie, daß sie etwas Verkehrtes gesagt hatte. »Mariah ...«

Furcht durchzuckte sie. Sie wollte nicht hören, was er darauf zu erwidern hatte. Deshalb verstärkte sie ihre Umarmung und glitt über ihn. Sie schlang ihre Beine um seine Hüften und hielt sich mit den Fußgelenken an seinen Waden fest. Der Beweis seiner Erregung drängte sich an ihren Schenkel. »Laß uns mal was anderes machen.«

Er strich mit beiden Händen über ihren Rücken und umfaßte ihre bloßen Hüften. »Was empfiehlst du?«

Sie richtete sich überrascht auf. »Ich?«

Er grinste. »Etwas Interessantes mußt du doch gelernt haben, als deine Jungfräulichkeit auf dem Spiel stand.«

Ungläubig lachte sie auf und im selben Moment wußte sie, daß sie heute abend die richtige Entscheidung getroffen hatte. In all den Jahren, nachdem sie Stephen verloren hatte, war es ihr nie gelungen, ohne das Gefühl der Beschämung und Erniedrigung an ihre körperliche Beziehung zu denken. Aber das gehörte endlich früheren Zeiten an.

»Was ist daran so lustig?«

Sie schüttelte den Kopf und fühlte sich restlos befreit. Zum ersten Mal sah sie die Vergangenheit mit dem richtigen Abstand. »Na ja, ich will das mal so sagen. Ein Zwei-Minuten-Ei zu kochen, dauert länger als meine ... sogenannte Erfahrung.«

Er lachte. »Das also ist dein ›Ich-bin-keine-Jungfrau-mehr‹. Zwei Minuten?«

»Möglicherweise weniger. Es war zu dunkel, um auf die Uhr zu schauen.«

»Wolltest du das denn?«

»Die Umarmung?«

Er lachte. »Auf die Uhr schauen.«

»Ach so.« Sie lächelte. »Soviel ich mich erinnere, habe ich statt dessen die Sekunden gezählt.«

»Wie viele waren es?«

»Nicht genug.«

Mit einem Griff zog er sie auf sich und schlang seine Arme um sie. »Was für eine armselige Erinnerung. Wie wäre es, wenn wir den Rekord brechen?«

»Wie meinst du das?«

Er näherte sich ihr. »Eins, zwei, drei ...«

Ihre Lippen verschmolzen zu einem innigen, feurigen Kuß miteinander, der erneute Flammen der Leidenschaft entfachte. Mariah gab sich ganz und gar dem Augenblick hin. Sie dachte weder an Stephen noch an die Vergangenheit, noch an die schreckliche Besorgnis, daß Mad Dog sie verlassen würde.

Im Moment kümmerte es sie nicht. Nur die wunderbar aufregenden Dinge zählten, die sie in seinen Armen fühlte. Sie schloß die Augen und überließ sich restlos dem herrlichen Glücksgefühl der körperlichen Liebe.

Rass machte leise die Tür hinter sich zu. In dem Moment, wo das Schloß zuschnappte, sackte er in sich zusammen, fühlte sich müde und unendlich alt. Die Dielenbretter knarrten in der Stille der Nacht ungemein laut unter seinen Füßen.

»Rass? Sind Sie es?«

Rass hob den Kopf und starrte auf seinen Einspänner, der vor Doc Shermans Haus stand. Jetzt im silbernen Mondlicht war er nur mehr ein Schatten aus aschgrauen und schwarzen Flecken. Cleo, das Pferd, hob sich kaum vom dunklen Nachthimmel ab, und Jake ragte wie ein schmaler schwarzer Halm über dem dunklen Sitz auf.

Für den Jungen rang Rass sich ein Lächeln ab. »Ich bin hier, Jake.« Müde löste er sich aus dem Türrahmen und schlurfte die betagten Stufen hinunter über den Kiesweg zu dem Wagen.

Jake sprang mit seinem jugendlichen Elan vom Fahrersitz auf und hielt Rass die Hand hin. »Kann ich Ihnen helfen?«

»Danke.« Rass ließ sich von Jake unterstützen, zog sich auf die federnden Metallstufen hoch und sank auf den gepolsterten Ledersitz.

Daneben schnappte Jake sich die Zügel. Cleo senkte ihren großen Kopf und trottete langsam und gleichmäßig los.

Mondlicht erhellte den breiten Feldweg, der sich durch die endlosen Flächen von Weideland und Weizenfelder zog. Zu beiden Seiten hoben sich von den dunkelblau schimmernden Feldern schwarze Zäune ab. Nachtgeräusche erklangen: das stete Klopfen von Cleos Hufen auf dem festgestampften Boden, ihr Schnauben beim Atmen, das Rumpeln der gutgefederten Räder, die heimwärts rollten.

»Vielen Dank fürs Abendessen, Rass. Das Essen war gut«, sagte Jake.

Rass bemühte sich um ein Lächeln. »Beim Chinesen hätte es noch besser geschmeckt.«

Jake schüttelte sich. »Das hätte ich nicht essen können. Die Sachen sahen aus wie zu Brei gekochtes Gras.«

Da mußte Rass lachen und merkte, wie ihm etwas leichter ums Herz wurde. »Na ja, in *Ma's Diner* speist man auch gut.«

»Aber die Bedienung ist etwas langsam. Es geht bestimmt schon auf elf Uhr zu.«

»Wir haben es nicht eilig.« Rass lehnte sich auf dem Ledersitz zurück und atmete müde aus. Zum hundertsten Mal an diesem Abend mußte er an Mariah und Mad Dog denken. Hoffentlich war es richtig gewesen, die beiden allein zu lassen.

Sie paßten so gut zusammen. Nach jedem neuen Tag war Rass sich sicherer geworden.

Aber auf Mad Dog konnte man sich natürlich nicht verlassen, und Rass hatte das gleich vom ersten Augenblick an gewußt. Hartnäckig verdrängte er diese Erkenntnis, begrub sie unter seinem Optimismus. Nur in Augenblicken wie diesem, wenn er sich schwach, krank und einsam fühlte, überkam ihn die Furcht, daß Mad Dog sie im Stich ließe ... und Mariah sich noch tiefer in die Finsternis ihrer Verzweiflung flüchtete.

Diesmal würde sie sich nicht mehr daraus befreien können.

Ach Greta, dachte er und schloß die Augen. *Mache ich es wirklich richtig?* Da sah er seine Frau vor sich, als wäre sie bei ihm. Ihr Gesicht war für immer in seine Seele gebrannt.

Bittersuße Erinnerungen wallten in ihm auf, und er seufzte. Heute abend war er zu müde, dagegen anzukämpfen, zu müde, um stark zu sein. Einsamkeit überwältigte ihn von allen Seiten, drückte ihm auf die Lungen, bis er kaum noch Luft bekam. Tränen brannten ihm in den Augen.

Ach, Greta ...

»Haben Sie was, Rass?«

Rass wischte sich mit dem Ärmel über die Wangen. »Nein, wieso?«

Jake deutete mit dem Kopf zu dem Haus hinter ihnen. »Das war ein Arzt.« Er zuckte mit den Schultern. »Ich habe das Schild gesehen und überlegt ... ob Ihnen irgendwas fehlt.«

»Doc Sherman ist ein Freund von mir.«

Das war keine Antwort auf Jakes Bemerkung, aber ihm schien das nicht aufzufallen.

»Ach so.«

»Aber wir wollen Mariah nicht sagen, daß ich bei ihm war, ja?«

»Einverstanden.«

Rass musterte den Jungen aufmerksam im gespenstischen Mondlicht. Er saß hochaufgeschossen und kerzengerade da, hatte die Ellenbogen leicht auf den Knien ruhen und hielt die Zügel des Einspänners in Händen. Sein rotblondes, säuberlich abgeschnittenes Haar lugte unter dem Hut hervor.

Überraschenderweise mußte Rass an jemand anders denken, der auch rotblondes Haar gehabt hatte.

Zitternd strich er sich mit der Hand übers Gesicht. Thomas wäre jetzt fünfzehn, ungefähr so alt wie Jake. Bei dem Gedanken erfaßte Rass tiefer Kummer und ein leiser Klagelaut entschlüpfte ihm. Selbst heute noch, nach all den Jahren, konnte er nicht an das Baby denken, ohne um den Verlust des winzigen Lebens zu trauern.

»Rass ...«, unterbrach Jakes leise zögerliche Stimme die Erinnerungen des alten Mannes.

Er schluckte und nahm alle Kraft zusammen, um zu antworten.

»Bitte?«

»Ich brauche Ihre Hilfe.«

Die Bitte kam ihm wie gerufen. Sie gab Rass die Chance, die alten Kümmernisse zu verdrängen und seine Aufmerksamkeit auf etwas Richtiges, auf etwas, das eine Rolle spielte, zu lenken. Die bitteren Erinnerungen traten in den Hintergrund. »Sicher, Jake. Ich helfe dir gern, wenn ich kann.«

Jake blickte starr auf Cleos Hinterteil und begann zu stottern. »Ich ... habe bisher keine Möglichkeit gehabt, viel Zeit mit Mad Dog zu verbringen.«

»Eh-he.«

»Und ich, hm, bin hergekommen, um ihn kennenzulernen ...«

Rass rutschte auf dem Sitz vor. Das war eine unerwartete Neuigkeit. In welcher Beziehung stand Mad Dog zu Jake? »So, wolltest du das?«

Jake zuckte zusammen. »Habe ich Ihnen das noch nicht gesagt?«

Rass nagte an seiner Unterlippe und musterte ihn prüfend. Der Junge saß noch gerader als zuvor, wenn das möglich war, aber seine Hände, die die Zügel hielten, zitterten wie seine Lippen. »Nein«, erwiderte er zögernd, »das hast du nicht erwähnt.«

»Ich ... eh, habe es wohl vergessen.« Er versuchte zu lachen. Aber es klang gepreßt und hohl. Rass ließ sich davon nicht täuschen.

»Aha.«

Jake bekannte nervös: »Jedenfalls bin ich hergekommen, um Mad Dog kennenzulernen«, und setzte erläuternd hinzu, »er ist ein bekannter Boxer, wissen Sie.«

Rass nickte langsam, aber auch diese Erklärung genügte ihm nicht. Jake hatte Mad Dog nicht nur kennenlernen wollen, weil er ein Boxer war. »Aha. Und wo liegt das Problem? Er ist auf der Farm und du bist auch da. Du lernst den Mann doch ganz von allein kennen.«

Jake schaute zur Seite und machte einen verlegenen Eindruck. »Aber ich scheine ihm gleichgültig zu sein.«

»Ich verstehe. Also du willst von mir wissen, wie du mit einem Mann in näheren Kontakt kommst, der nicht sonderlich an deiner Person interessiert ist.«

Jake atmete erleichtert aus. »Ja.«

»Das ist nicht allzu schwer. Wenn der Berg nicht zum Propheten kommt, muß der Prophet zum Berg gehen.«

»Wie soll ich das verstehen?«

»Einfach. Du bist hergekommen, um Mad Dog kennenzulernen. Wenn er nicht an deine Tür klopft, mußt du dich an seiner bemerkbar machen.«

Jake schüttelte den Kopf. »Das würde ihm bestimmt nicht gefallen.«

»Na und? Wen stört das schon?«

Plötzlich wandte Jake sich Rass zu. Die Augen des Jungen waren groß und rund. »Meinen Sie etwa, ich soll ihm einfach hinterherlaufen, bis er mit mir redet?«

Rass schlug ein Bein über das andere. »Warum nicht?«

»Was mache ich, wenn er mir seine Fäuste zeigt?«

»Zeigst du ihm deine.«

Jake verdrehte die Augen. »Das ist sein Beruf, haben Sie das vergessen? Er kann mich umbringen. Ich habe keine Ahnung, wie ich mich verteidigen soll. Meine Mom hat dafür gesorgt, daß ich es nie lernte. Sie hielt das für eine nutzlose Zeitverschwendung.«

»Das denken alle Frauen – muß ein genetischer Fehler sein.«

»Ach so ...« Jake runzelte die Stirn. »Von einem Fehler hat sie nie etwas erwähnt. Sie hat nur behauptet, Boxkämpfe wären dumm und man könnte damit gar nichts lösen.«

Rass verbiß sich ein Lächeln. »Vielleicht würde Mad Dog dir das Boxen beibringen. Dann hättet ihr eine Weile eine gemeinsame Beschäftigung.«

Jake grinste. »Das ist eine großartige Idee, Rass.«

Der letzte Rest der bedrückenden Trauer fiel von Rass ab. Sein natürlicher Optimismus gewann die Oberhand und erzeugte ein Lächeln. »Ich bin ein Professor«, stellte er stolz fest. »Ideen sind mein Leben.«

Mariah wurde langsam wach. Sie gähnte, dehnte und räkelte sich ausgiebig. Doch bei jeder Bewegung spürte sie den Protest ihrer Muskeln.

Sie stöhnte. Bilder aus der vergangenen Nacht traten in den Vordergrund, und erneut wurde ihr warm.

Leicht verschlafen blinzelte sie und öffnete zögernd die Augen. Strahlendes Sonnenlicht fiel ins Schlafzimmer. Durch das halbgeöffnete Fenster hörte sie das Zwitschern einer Rauchschwalbe und das ferne Echo von Stimmen.

Sie dehnte und reckte sich erneut, dann schwang sie sich aus dem Bett. Ihre Füße trafen dumpf auf dem kalten Boden auf. Lächelnd – sie konnte nicht anders – griff sie nach ihrem Morgenmantel aus Flanell und schlüpfte hinein.

Im selben Moment ging ihr eine Frage durch den Sinn.

Rasch schlang sie den Gürtel um ihre Taille, hastete ans Fenster und riß es auf. Kühle, frische Morgenluft wehte ihr entgegen.

Bitte, du bist noch da, bitte …

Sie schob die Gardinen beiseite und starrte zur Baracke hinüber. Die Tür stand offen.

Ihr Herzschlag beschleunigte sich. Mit einem Mal war ihr Hals wie ausgetrocknet. Sonst ließ er nie die Tür auf.

Ihr Blick schweifte eilig über die kleine Farm.

Dann entdeckte sie ihn. Er stand neben der Wasserpumpe, wusch sich das Gesicht und hatte nur eine ausgebleichte Jeans an, sonst nichts.

Erleichterung durchflutete sie. Atemlos umklammerte sie den Fensterrahmen. Ihre Finger zitterten, und sie senkte den Kopf. »Gott sei Dank!«

Langsam kehrten ihre Kräfte zurück und sie schaute zu ihm hinunter. Ihr Herz zog sich zusammen und ihre Knie wackelten, ohne daß sie hätte sagen können, was sie heute morgen für Mad Dog empfand.

Sie wußte, wie es in ihr selbst aussah – zum ersten Mal seit Jahren freute sie sich auf den kommenden Tag, wartete auf das, was geschehen würde. Sie fühlte sich jung, frei und sorglos – voller Übermut, sich zu nehmen, was sie haben wollte.

Und was sie am meisten haben wollte, war Mad Dog.

Da bestand nicht der geringste Zweifel. Lange würde es ohnehin nicht währen; alles wäre vorbei, was sie jetzt verspürte, wenn er wieder davonzog. Deshalb mußte sie die Gelegenheit beim Schopf packen, solange sie zusammen waren und durfte sich keinen Glücksmoment entgehen lassen. Es spielte keine Rolle, welche Faszination er auf sie ausübte. Das war von Anfang an nicht wichtig gewesen. Ihr kam es nur darauf an, wie sie selbst sich fühlte.

Sie lächelte. Lieber Himmel, es war einfach zu schön, sich an etwas zu erfreuen, um nichts zu bitten, nichts zu erwarten. Nur zu nehmen, was sie bekommen konnte.

Plötzlich schaute er auf, entdeckte sie und winkte ihr eifrig zu. Mariah spürte die Wirkung dieses Eifers bis oben in die zweite Etage. Die jüngsten Ereignisse hielten sie umfangen, hinterließen ein Prickeln und eine neuartige Wärme. Sie hob ihre Hand und winkte zurück. »Morgen, Mr. Stone.«

»Morgen, Miss Throckmorton«, antwortete er und grinste vergnügt.

Ein Stück weiter am Lattenzaun tauchte Rass auf und gesellte sich zu Mad Dog. Er sagte etwas zu ihm, was Mariah nicht verstand. Nur das Wort »Wolken« drang bis zu ihr.

Mad Dog wandte sich ihm zu.

Da entdeckte Mariah die roten Striemen auf Mad Dogs Rücken. Entsetzt schnappte sie nach Luft, blickte auf ihre kurzen Fingernägel und vermochte nicht zu glauben, daß sie das gewesen war.

Dann trat ihr Vater in ihr Blickfeld.

»Oh, mein Gott!« Sie schlug die Hand vor den Mund. Rass würde sehen, was sie mit Mad Dogs Rücken angerichtet hatte und würde sofort wissen, was letzte Nacht hier vorgefallen war.

»Allmächtiger!«

Sie wich vom Fenster zurück und rannte zu ihrer Kommode. Hastig riß sie einen braunen Rock und eine Bluse heraus, zog sich an und stürmte die Treppe hinunter. Ihre bloßen Füße trafen dumpf auf die durchhängenden Stufen auf.

Beim Betreten der Küche entdeckte sie die Reste des Frühstücks auf dem Tisch. Um Himmels willen, sie hatte das alles verschlafen.

Ohne lange zu zögern, verließ sie den Raum und stolperte fast die Treppe der Veranda hinab. Als sie Mad Dog und ihren Vater endlich erreicht hatte, war sie hochrot im Gesicht und außer Atem. Obendrein hatte sie Seitenstiche.

»Hallo!« Der Gruß klang wie ein schrilles Kreischen.

Rass musterte sie kurz und stirnrunzelnd. »Morgen, Mariah. Wir haben dich beim Frühstück vermißt.« Er wollte noch etwas zu Mad Dog sagen, doch dann wandte er sich noch einmal an Mariah. »Du hast dich noch nicht gekämmt.«

Entsetzt schnappte sie nach Luft und strich sich das Haar aus dem Gesicht. »Ich ... ich habe meine Haarnadeln verlegt.«

Rass warf ihr einen verwunderten Blick zu. »Nun, das ist etwas vollkommen Neues!«

Mad Dog lachte. »Nicht direkt.«

Mariah stieß ihn mit dem Ellenbogen in die Seite. Prompt stöhnte er auf und hustete rasch, damit es nicht so auffiel.

Sie bemühte sich, ihren Vater anzulächeln.

Rass wich ihrem Blick nicht aus. Ein paar Falten erschienen auf seiner Stirn. »Ist hier vergangene Nacht alles gut gelaufen?«

Mariah spürte, wie ihr die Farbe aus dem Gesicht wich. »Ja, ja, keine Sorge!«

Alle drei standen einen Moment schweigend da und nickten einander zu. Keiner wußte etwas zu sagen.

Schließlich wollte Mad Dog sich zum Gehen wenden. »Ich sollte jetzt aber ...«

Mariah packte ihn hastig am Arm. »Nicht.«

Er warf ihr einen verständnislosen Blick zu.

Sofort war ihr klar, wie albern es wirken mußte, was sie da tat. Eine Jungfer mittleren Alters, mit offenem zerzaustem Haar, klammerte sich an den bloßen Arm eines Mannes, den sie kaum kannte. Als ob sie ein Recht hätte, ihn anzufassen.

Es mußte ihr dringend etwas einfallen – also ließ sie Mad Dog los und griff nach dem schwarzen Hemd, das auf dem Boden lag. »Ich wollte Mr. Stone nur daran erinnern, daß er sein Hemd anzieht.« Mit einem vielsagenden Blick drückte sie ihm das Kleidungsstück in die Hand. »Es gehört sich nicht, halbangezogen herumzulaufen.«

»Tatsächlich?« Seine Erwiderung triefte vor Ironie. Sie zweifelte keinen Augenblick daran, daß er sie im Geiste so vor sich sah, wie er sie vergangene Nacht erlebt hatte – nackt, lachend, rittlings über sich.

Hitze stieg ihr in die Wangen. »Allerdings.«

Rass pfiff fröhlich vor sich hin und schüttelte den Kopf. »Wieso kommt es mir so vor, als hätte ich etwas verpaßt?«

»Kann ich mir nicht erklären, Rass«, antwortete Mad Dog und schlüpfte in sein Hemd.

Endlich konnte Mariah aufatmen, als sein Rücken bedeckt war. »So«, sagte sie und suchte nach Worten. »Hat nicht soeben jemand etwas von Wolken gesagt?«

Rass nickte. »Ich habe Mad Dog gerade vom Wolken-Beobachten erzählt. Heute ist der ideale Tag dafür.«

Wolken-Beobachten. Mariah kamen bittersüße Erinnerungen. »Das haben wir seit Jahren nicht mehr gemacht. Nicht mehr seit ...« Die Stimme versagte ihr.

Rass lächelte. »Nicht mehr, seit du Kind warst.« Er wandte sich an Mad Dog. »Das war eine unserer liebsten Freizeitbeschäftigungen.«

Mad Dog wandte sich an Mariah. »Hast du denn Lust dazu?«

Er sprach leise mit ihr. Soviel Wärme lag in seiner Stimme, daß es Mariah heiß überlief. Sie schaute ihn an, wollte ihn am liebsten anfassen, sich bei ihm für soviel Freude bedanken. Aber alles, was sie sagte, war: »Ja, freilich.«

In einträchtigem Schweigen wanderten sie zu dem Hügel am Fluß. Unterwegs kamen sie an der Scheune vorbei und sahen

Jake, der die Zäune strich. Rass rief ihn und winkte ihn herbei. »Komm mit, Jake. Wir wollen etwas zusammen unternehmen.«

Jake legte den Pinsel ab, eilte auf die Gruppe zu und lief neben Rass und Mad Dog her.

Rass führte sie zu dem grasbewachsenen Hügel und blieb dann stehen. »Gut, alle müssen sich hinlegen. Wir machen eine Kreuzformation und berühren uns mit den Köpfen.«

So legten sich alle vier ins Gras. Sie bildeten ein Kreuz, Rass streckte sich nach Norden aus, Jake nach Westen, Mad Dog nach Süden und Mariah nach Osten. In der Mitte trafen sich ihre Köpfe zu einer Art Kreis.

»Du fängst an, Mariah«, bestimmte Rass.

Mariah schloß die Augen. Der kühle Wind strich ihr über den Rock und streifte ihre Wangen. Als sie so in dem kühlen, trockenen Gras dalag, spürte sie, wie sie in die Vergangenheit eintauchte. Sie war wieder ein Kind ...

Mit dieser Beschäftigung hatten sie unzählige Stunden verbracht, sie und ihre Eltern. Es war einer ihrer wichtigsten Familienschätze gewesen, eine Möglichkeit verborgene Träume zu erkunden und ihr Lachen wiederzufinden. Es war die Gelegenheit zu gegenseitigen Mitteilungen, zu Reden und Kichern. Ihre Köpfe mußten sich berühren, das wußte sie noch, denn Rass glaubte, so könnten ihre Gedanken miteinander verschmelzen und innerhalb der Familie eine geheimnisvolle, zeitlose Verbindung entstehen.

Sie lächelte bei der Erinnerung daran. Als Kind hatte sie tatsächlich geglaubt, daß sie auf diese Weise jeweils die Gedanken der anderen lesen konnten. Aber dann, als sie älter wurde, verlor sie den Glauben daran. Mehr und mehr begann sie alles anzuzweifeln, und ihr Herz erkannte die Wahrheit. Auf eine unbegreifliche Weise war sie aus dem Kreis der Liebe ausgeschlossen. Selbst wenn ihr Kopf die anderen berührte, so vermochte sie nicht mehr die Gedanken ihrer Eltern zu erfassen. Aber unter sich konnten die beiden das immer noch.

Da hatte sie aufgehört, an diesem Spiel teilzunehmen. Sie hatte ihren Eltern erklärt, sie sei zu alt und würde nicht mehr daran glauben. Für sie sei es einfach Zeitverschwendung. Es war eine der ersten Lügen, mit denen sie sich schützen wollte.

Zuerst dachte sie, die beiden hätten auch mit diesen Späßchen aufgehört, doch das war natürlich nicht der Fall. Sie hatten einfach ohne Mariah weitergespielt.

Das war dann ein zusätzlicher Schmerz. Sie erinnerte sich, wie sie auf der Veranda gestanden und ihnen nachgesehen hatte, wenn sie Hand in Hand über die Felder schlenderten und sich zusammen dort oben hinlegten. Mariah schienen sie nicht mal zu vermissen.

»Mariah?« flüsterte Rass und holte sie damit in die Gegenwart zurück.

Sie blinzelte und spürte Tränen aufsteigen. Mit geschlossenen Augen rang sie um Beherrschung. Allmählich verschwand der Schleier. Nun war sie in der Lage, gefaßt den Himmel zu mustern.

Heute zeigte er sich überwiegend blau. Hier und da schwebten ein paar weiße Wattebausche in der Luft.

Eine Wolke, die wie ein Schneemann geformt war, löste sich von dem größeren Teil und zog nach links ihrer Wege. »Ich sehe einen kleinen Jungen mit einem Hut ...« Die Stimme versagte ihr. Unwillkürlich mußte sie an Thomas denken. Ihr wurde schwer ums Herz.

Neben sich nahm sie eine leichte Bewegung im Gras wahr. Ehe sie deren Ursache herausgefunden hatte, spürte sie, wie Mad Dog seine Hand um ihre legte.

Diese tröstliche Berührung tat ihr gut.

Sie wandte sich ihm zu und begegnete seinem Blick. Ihre Gesichter waren sich sehr nah, nur getrennt durch ein Grasbüschel. Er sagte nichts, schaute sie still an und aufrichtiges Verständnis lag in seinen Augen.

Mariah empfand eine Woge der Dankbarkeit und Geborgenheit. Zum ersten Mal in ihrem Leben hatte sich jemand ihr zugewandt und ihr bedeutet, wenn auch stumm, daß sie nicht allein war.

Fast kamen ihr die Tränen, so sehr rührte sie seine einfache Geste. Aber natürlich weinte sie nicht. Sie lächelte und drückte ihm, ihrerseits wortlos die Hand.

Sie wußte auch nicht, was sie hätte sagen sollen.

»Was macht der Junge, Jake?« erkundigte sich Rass, um die Fortsetzung bemüht.

Langsam richtete Mariah ihre Aufmerksamkeit wieder auf den Himmel. Wie Mad Dog auch, aber er zog seine Hand nicht weg.

»Er verläßt sein Zuhause«, erklärte Jake. »Die große Wolke da – das ist sein Zuhause. Die andere, die dünne ist sein Vater. Er bewegt sich auf seinen Vater zu, aber kann ihn nicht einholen. Der Wind treibt sie in verschiedene Richtungen.«

»Ich sehe keinen Dad«, bemerkte Mad Dog. »Ich sehe eine Bardame mit großen Brüsten und dichtem Haar. Aha, sie läuft dem Dad auch nach.« Er grinste und deutete zum Himmel hinauf. »Der Kerl wird ihretwegen langsamer.«

Jake lachte, und mit dem erfrischend jugendlichen Klang seiner Stimme lösten sich alle traurigen Erinnerungen, zogen in der nach reifen Äpfeln duftenden Herbstluft davon.

Stundenlang lagen die vier in dem trockenen Gras, inmitten der bunten Blätter und schauten zu dem blauen, wolkenbedeckten Gewölbe auf.

Nicht einmal ließ Mad Dog Mariahs Hand los.

18. Kapitel

Jake fühlte sich gar nicht wohl in seiner Haut, als er vor der Baracke stand und auf Mad Dog wartete. Aufgeregt bewegte er seine Finger, ballte sie zu Fäusten und entspannte sie wieder. Nervös wippte er auf seinen Füßen hin und her.

Er zwang sich gutgelaunt, zuversichtlich dreinzublicken.

Das, was er vorhatte, war doch zu schaffen! Er mußte nur sein Kinn anheben, seinem Vater in die Augen sehen und ihn fragen. Es war schließlich nur eine Frage. Eine beiläufige harmlose Frage.

Mad Dog, würden Sie mir vielleicht das Boxen beibringen?

Er runzelte die Stirn. Nein, so nicht. Das war zu förmlich. Sein Vater würde ihn auslachen und stehenlassen.

He, Mad Dog, wie wär's mit Boxen?

Das klang, als wolle er ihm etwas anbieten.

Wieder bewegte er seine Finger. Er mußte es unbedingt präzise formulieren. Bei den richtigen Worten würde Mad Dog ihn beachten.

Darauf kam es an.

Jake bemühte sich, seine Unterlegenheit abzuschütteln.

Mad Dog hatte ihn bisher nicht einmal beachtet. Ja sicher, er hatte mit ihm gesprochen, auch ein paarmal mit ihm gelacht. Aber es war keine ... Verbindung zwischen ihnen zustande gekommen. Die wunderbare Vater-Sohn-Beziehung, an die Jake immer geglaubt hatte, schien nicht zu existieren. Zumindest nicht bei ihm und Mad Dog.

Selbst gestern, als sie zusammen den Wolken nachgeschaut hatten, hatte sich nichts Besonderes zwischen ihnen gezeigt. Sie hatten gelacht und ein bißchen geredet, aber es war nicht das, wovon Jake sein Leben lang geträumt hatte. Wonach er sich sehnte. Selbst sein offener Hinweis auf die Wolke des Jungen, der seinen Vater suchte, war auf taube Ohren gestoßen.

»He, Junge, du siehst richtig niedergeschlagen aus. Was ist los?«

Jake schaute auf. Mad Dog stand da und stemmte die Hände in die Seiten.

Als Jake nicht sofort etwas sagte, kam der ältere auf ihn zu. »Ist alles in Ordnung?«

Jake vermochte nicht sich zu bewegen, konnte nur nicken. Betroffen wollte er davonlaufen.

Mad Dog packte ihn jedoch am Ärmel. »He, raus mit der Sprache, wolltest du etwas von mir?«

Jake erstarrte. Widerstrebend sah er seinen Vater an. »Wie ... wieso?«

»Na ja, du läufst die ganze Zeit hier herum. Vielleicht hat das einen Grund.«

Überrascht erkannte Jake den Hergang. Mad Dog war nicht einfach an ihm vorbeigeschlendert, ohne ihn zu sehen. Er war stehengeblieben und hatte Jake gefragt, was er wollte. Fast so, als wäre Jake nicht irgendwer.

Hoffnung durchflutete Jake. Ihm wurde schwindlig.

Das war es. Er mußte seinen Vater auf sich aufmerksam machen. Erfreut schaute er zu ihm auf, bemühte sich, den hoffnungsvollen Blick nicht zu offen zu zeigen und wußte im selben Moment, daß ihm das nicht gelang. »Ich dachte nur ... eh ... habe überlegt ... ich meine ... ob ...«

»Was hast du denn auf dem Herzen, Jake.«

Nervös kaute der Junge auf den Lippen und ballte die Hände wieder zu Fäusten. »W-würden Sie mir vielleicht das Boxen beibringen?«

Mad Dog runzelte die Stirn. »Du willst Boxen lernen? Warum?«

Er lachte nicht! Jake dankte ihm innerlich dafür. Er holte tief Luft, um seine Bitte zu erklären. »Ich ... ich will mich selbst verteidigen können, wenn etwas passiert.« Er senkte seinen Blick. »Wissen Sie ... so wie Sie.«

Eine geraume Weile herrschte Schweigen. Dann antwortete Mad Dog: »Du willst nicht etwa so werden wie ich, mein Junge?«

»Doch.«

Mad Dog musterte ihn verwundert. »Ich habe eine ... Menge Fehler im Leben begangen, mein Junge. Große Fehler. Ich bin kein Vorbild.«

Jakes Herz wollte aufhören zu schlagen. Er beugte sich vor. »Was war denn falsch?«

»Nichts, worüber es sich lohnt zu reden. Einfach Fehler.«

Jake wußte, daß er die Frage, die ihm auf der Zunge lag, nicht stellen sollte, aber er konnte sich nicht zurückhalten. »Haben Sie ... Kinder?«

Mad Dog schnaubte verächtlich. »Nein, so dumm bin ich nicht. Das wäre ja etwas, wovor man nicht davonlaufen kann.«

Enttäuschung drückte Jake nieder. Er wandte sich ab. Tränen brannten ihm in den Augen und er kämpfte mit sich, sie zu unterdrücken. Die Frage hätte er sich wirklich sparen können.

Dummkopf. Idiot.

Jake ärgerte sich maßlos. Andererseits brauchte er nicht überrascht zu sein. Davor hatte seine Mutter ihn immer gewarnt. In Mad Dogs Augen war es ein Fehler, Kinder zu bekommen. Ihn gab es also nur irrtümlich. Aber das hatte Jake nie glauben wollen. Er hatte unbeirrt an dem Gedanken festgehalten, daß Mad Dog sich über ihn freuen würde.

»Junge! Was hast du?«

Nein, wollte Jake sagen und schreien. Es ist alles in Ordnung, ich bin dein Sohn. Dein Fehler.

Mad Dog legte Jake eine Hand auf die Schulter und drückte sacht. »Hast du was im Auge?«

Jake schniefte. Er fühlte sich niedergedrückt von seinen nutzlosen Träumen und nächtlichen Gebeten. Es war alles Zeitverschwendung gewesen, die ganze Reiserei und das Verstecken sinnlos. Sollte Mad Dog die Wahrheit erfahren, würde er ihn gar nicht interessieren. Es würde keine tränenreiche Begrüßung und keine beglückende Umarmung geben.

Jake mußte sich damit abfinden, daß er ein verdammter Irrtum war.

Mad Dog würde gehen. Und Jake würde wieder so allein sein wie eh und je. Nichts würde sich für ihn ändern.

»Willst du wirklich so unbedingt boxen lernen?« erkundigte sich Mad Dog behutsam und zögernd.

Jake schaute betrübt auf. »He?«

Mad Dog lächelte ermunternd. »Na gut, dann laß uns anfangen. Abendessen gibt es erst in einer Stunde.«

»Wirklich?« Jake spürte, wie neues Leben in ihm aufkeimte. Hoffnung – dieses heimtückische, kleine Samenkorn, das er immer genährt hatte – regte sich erneut. Und obwohl er genau wußte, daß es töricht von ihm war, seinen Vater zu überschätzen, gab er wiederum seinem Traum eine Chance.

Betrübt schüttelte er den Kopf. Er war genauso verrückt wie seine Mutter. Sie hatte nie aufgehört an Mad Dog zu glauben.

Stumm marschierten sie zu einem abgeschirmten Platz in der Nähe des Kühlhauses. Dort blieb Mad Dog stehen. »In Ordnung, Junge. Wir fangen mit den Grundlagen an. Wieviel hat dir dein Alter übers Boxen beigebracht?«

Die Frage kam zu unerwartet für Jake. »He?«

»Dein Vater, wieviel hat er dir beigebracht?«

»N-nichts«, stammelte er. Dann wurde ihm klar daß er die Frage benutzen konnte, um selbst auch etwas zu erfahren. Denn er wußte ja nichts über seinen Erzeuger. »Hat ... Ihr Dad Ihnen beigebracht zu kämpfen?«

Mad Dog versteifte sich. Eine uncharakteristische Bitterkeit lag in seinem Blick. »So könnte man es nennen.«

Jake entdeckte etwas in Mad Dogs Gesicht, das er nicht erwartet hatte, nicht verstand, das ihn aber anlockte. Er ging vorsichtig einen Schritt auf ihn zu. »Was hat er Ihnen denn gezeigt?«

Mad Dog lachte, aber es klang recht humorlos. Von meinem Alten habe ich gelernt, wie man Schläge einsteckt.« Er räusperte sich, blinzelte und schon war der Moment vorbei. Grinsend neigte er den Kopf zur Seite. »Also gut, dann stell dich mal da drüben hin. Die Füße leicht gegrätscht, den Rücken gerade und die Arme an den Seiten angewinkelt.«

Jake versuchte alles so zu machen, wie Mad Dog es anordnete. »Du siehst ein wenig verspannt aus, Junge. Spring mal so ein bißchen herum, locker deine Muskeln.«

Jake hüpfte einmal und kam sich albern vor.

Mad Dog lachte. »Ich mach die Augen solange zu, ja? Spring herum, bis du dich entspannt fühlst.«

Jake fand es nett, daß sein Vater die Augen geschlossen hielt. Er hüpfte herum und bewegte seine Arme, bis er merkte, daß seine Gliedmaßen leichter wurden. »Gut«, rief er schließlich. »Ich bin soweit.«

Mad Dog schlug die Augen auf. »Großartig. Jetzt heb deine Fäuste so an.«

Jake ahmte seinen Dad nach und hielt die Fäuste vor seine Brust.

»Gut, wir fangen an mit deinen Reflexen. Wenn ich zuschlage, duckst du dich.«

Jake bekam große Augen. »Wir fangen direkt mit Boxen an?«

»Darum geht es doch, Jake. Nicht um eine Gehirnoperation. Treffen muß man lernen!«

»Ach so.« Ihm wurde ein wenig flau im Magen. »Tut ... das auch weh?«

Mad Dog hob eine Braue. »Sicher, wenn du dich nicht duckst.«

Mariah schlich die Treppe hinauf und zuckte jedesmal zusammen, wenn die Dielenbretter knarrten. »Rass«, flüsterte sie heiser. »Bist du hier?«

Nichts. Keine Antwort.

Sie erreichte die oberste Stufe und spähte den Flur hinunter. Es war dunkel und vollkommen still, die Schlafzimmertür ihres Vaters geschlossen.

Am Ende angelangt, lief sie leise durch den Flur an ihrem Schlafzimmer, Arbeitsraum ihres Vaters vorbei und auch an seinem Schlafzimmer. Leise näherte sie sich der Nähstube. Das war das Zimmer ihrer Mutter gewesen. Jeder Schritt darauf zu, fiel ihr schwer, bereitete ihr großen Kummer. Endlich stand sie davor und hielt inne.

Ihr Herz hämmerte zum Zerspringen. Seit dem Tod ihrer Mutter vor acht Monaten hatte Mariah das Zimmer nicht mehr betreten, nicht mal, um es zu putzen. Gleich nach der Beerdigung vergangenes Jahr, ganz in ihre drückende Trauer versunken, war sie das letzte Mal allein hier gewesen.

Trotz peinigender Kopfschmerzen, die sie hatte, weil sie keiner einzigen Träne fähig war, hatte sie alle persönliche Habe ihrer Mutter eingepackt. Dann hatte sie die Tür hinter sich zugemacht und war gegangen. Nicht einmal zog es sie hierher zurück. Bis jetzt.

Ich schaffe das, redete sie sich gut zu. Natürlich kann ich hier reingehen. Es ist bloß ein Zimmer ...

Aufrecht gestrafft streckte sie die Hand nach dem Knauf aus. Er fühlte sich kühl, feucht und wenig vertraut an. Sie drehte ihn herum und stieß die Tür auf.

Die Nachmittagssonne schien auf das große Fenster der Westseite, und die Strahlen fielen durch die teuren Spitzengardinen, die ihre Mutter aus dem Bloomingdale-Katalog bestellt hatte, herein. Sämtliche Möbel waren mit weißen Laken abgedeckt und wirkten wie Ungetüme aus Kreide.

Im ersten Moment konnte Mariah sich nicht bewegen. Dann

holte sie tief Luft, trat ein und schaute sich langsam um. Der pulverartige Geruch nach altem Staub und Spinnweben stieg Mariah in die Nase. Sie hustete und ging hölzern auf den weißbedeckten Berg unter dem Fenster zu, wo sie die staubige Hülle beiseite zog.

Das war das Schreibpult ihrer Mutter.

Sie streckte die Hand aus und berührte das verschnörkelte Holz an den Kanten des Eichenmöbels. Erinnerungen brachten ihre eiserne Selbstbeherrschung ins Wanken.

Das ist ein Kleid für dich, Liebes. Extra für mein kleines Mädchen …

Mariah verdrängte nachdrücklich jegliche weiteren Bilder. Sie wollte nicht an ihre Mutter denken. Selbst jetzt, nach fast einem Jahr konnte sie es noch nicht. Falls sie es täte, würde sie anfangen zu weinen und nie wieder aufhören.

Vorsichtig öffnete sie das Pult. Innen war es fast leer. Das hatte Mariah gewußt. Früher einmal war es mit unnützem Krimskram gefüllt – Bleistiften, Papier, Fotos in aufwendig verzierten Rahmen. Es hatte nach Lavendel geduftet, denn ihre Mutter vergaß nie, einen Zweig davon hineinzulegen. Heute roch es nur nach Holz und Staub.

Das einzige, was Mariah darin zurückgelassen hatte, war ein Stapel alter, vergilbter Ausgaben von Godey's Lady's Book.

Sie neigte sich vor, hielt den Deckel mit dem Kopf auf und nahm ein paar der Zeitschriften heraus. Dann wich sie zurück und machte die Klappe zu. Sie zog das Laken wieder darüber und schritt stocksteif aus dem Raum.

Die Tür fiel mit einem leisen Klicken ins Schloß, das ihr fast das Herz brach. Gleich wäre es aus mit ihrer Fassung.

Sie preßte die Zeitschriften an ihre Brust, hastete damit in ihr Schlafzimmer hinüber, wo sie sich sicherer fühlte. In ihrem eigenen Reich lehnte sie sich gegen die Wand und atmete schwer. Ihre Kindheit stürmte auf sie ein, doch sie befaßte sich nicht damit, wollte jetzt ungestört sein.

Allmählich normalisierte sich ihre Atmung wieder und sie ging zu ihrem Bett hinüber. Sie setzte sich auf die Kante und begann, die Zeitschriften durchzublättern. Es ging ihr um eine neue Frisur, die sie sich anstelle des strammen Knotens, den sie jahrelang getragen hatte, zulegen wollte. Sie dachte ausschließlich an ihr Haar und nach einer Weile verschwand dieses schrecklich nagende Gefühl des Verlustes.

Erleichtert seufzte sie auf. Wieder hatte sie es geschafft, damit fertig zu werden. Allein durch ihre Willenskraft.

Inzwischen hatte sie die dritte Zeitschrift bis zur Hälfte durchforstet, als sie ein merkwürdiges Geräusch durch ihr halb geöffnetes Fenster hörte.

Stirnrunzelnd legte sie die Lektüre ab, ging zum Fenster und schaute hinaus.

Im selben Moment sah sie, wie Mad Dog Jake einen Schlag gegen das Kinn verpaßte. Der Junge schrie auf, stolperte nach hinten und stieß mit dem Rücken gegen das Kühlhaus.

Mariah schnappte empört nach Luft. Zorn erfaßte sie und nahm ihr den letzten Rest Benommenheit. Sofort huschte sie los, rannte in den Flur, stürmte aus dem Haus und schoß mit einem ohrenbetäubenden Schrei um die Ecke.

Ihr Haar wehte im Wind, als sie den Kiesweg hinunterflog. »Was, zum Teufel, machst du da?« schrie sie Mad Dog wutentbrannt an.

Er wandte sich vollkommen verblüfft um. »He?«

»Eine brillante Antwort!« Sie warf ihm einen finsteren Blick zu und deutete wütend auf Jake. »Du hast das Kind geschlagen!«

»Ich bin kein Kind! Ich bin bald sechzehn Jahre alt.«

Mad Dog lächelte Mariah an. »Nun, Jake, mir scheint, wir haben es mit einer aufgescheuchten Henne zu tun.« Er streckte seinen Arm nach Mariah aus.

Sie wischte seine Hand beiseite. »Versuche nicht, mich abzulenken. Du hast ihn geschlagen.«

»Sicher habe ich das getan.«

Mariah blinzelte verwundert. »Was für eine Entschuldigung soll das sein?«

»Es ist keine Entschuldigung. Brauche ich etwa eine?«

»Er bringt mir das Boxen bei, Mariah«, unterbrach Jake und hielt sich den geröteten Kiefer.

Mariah wandte sich an Jake. »Boxen? Warum denn Boxen?«

Mad Dog grinste vergnügt. »Ein Junge muß sich zu verteidigen wissen. Das ist Männersache.«

Von seinem Lächeln wollte Mariah sich nicht beirren lassen, obwohl ihr dabei recht warm in ihrer Haut wurde. »Es gibt auch etwas anderes als Fäuste, sich zu schützen«, wehrte sie eigensinnig ab.

»Einen Gewehrkolben zum Beispiel, nicht wahr, Mariah?« neckte Mad Dog sie. Sein Atem streifte hauchzart ihren Hals und eine Sekunde lang vergaß sie fast, weshalb sie herbeigeeilt war.

Jake kam auf sie zu. »Ich will aber Boxen lernen, Mariah. Wirklich.«

Sie schaute Jake in die Augen und entdeckte etwas wie wilde Entschlossenheit in seinem Blick. Das machte sie stutzig und sie verschränkte die Arme vor der Brust. Es war eindeutig, daß Jake sich nicht abbringen lassen würde von seinem Plan.

Ich bin nicht seine Mutter. Das fiel ihr ganz plötzlich ein. Sie zuckte zusammen und senkte langsam ihre Arme. Auch wenn sie gerne die Verantwortung übernähme, so stand es ihr doch nicht zu. Was wußte sie schon von den Bedürfnissen eines jungen Mannes?

Jake schaute sie flehend an, als bitte er sie um Verständnis. »Ich habe mich nur nicht schnell genug geduckt, das ist alles.«

Mariah wandte sich an Mad Dog und bemühte sich, nicht so mütterlich besorgt zu klingen, wie sie sich fühlte. »Ich möchte nicht, ... daß du ihn verletzt.«

Da wurde Mad Dog ernst. »Wenn er nicht schnell genug

ist, bekommt er eben was ab. Das läßt sich nicht ändern.« Er wandte sich an Jake. »Willst du es immer noch lernen?«

»O ja!« Er nickte eifrig. »Bitte!«

Mad Dog wandte sich an Mariah. »Verletzt werden gehört zum Leben, Mariah. So zu tun als wäre es nicht so, ist dumm. Der Junge muß lernen, in der Welt klarzukommen; aber das geht nicht ohne Schrammen ab. Verstehst du?«

Trauer erfaßte sie bei seinen leisen Worten. Es paßte zu ihm, so verdammt ehrlich und schonungslos. Er sah alles vollkommen klar, ohne die Scheuklappen, die sie seit Jahren trug. »Ich glaube, schon«, antwortete sie widerstrebend. Und dem war auch wirklich so. Besser als er sich vorstellen konnte. Wenn es etwas gab, das sie verstand, dann die schmerzlichen Lektionen des Lebens. Ihre Blicke begegneten sich. In ihren Augen standen deutlich alte Wunden, während er sie unendlich zärtlich anschaute. »Ah, Mariah ...« Er streckte seine Hand aus.

Sie erschauerte und war auf seine Berührung gefaßt.

Doch er neigte sich ihr nur zu, bis er ihr ganz nahe war. Sie spürte seinen liebkosenden Atem auf ihrer Wange. Dann griff er behutsam nach ihrer Taille, zog sie sanft an sich und flüsterte ihr Worte zu, die nur für sie allein bestimmt waren. »Es war richtig von dir einzugreifen, da du gedacht hast, ich würde ihm weh tun. Die meisten ...« Seine Stimme klang plötzlich belegt. »Die meisten Frauen hätten zuviel Angst. Du wärst eine verdammt gute Mutter gewesen.«

Mariah stockte der Atem. Freude erfüllte ihr Herz und fast hätte sie geweint. Er hätte ihr nichts Schöneres sagen können. Ihr Hals brannte und ihre Augen schimmerten feucht.

Sie schaute ihn an, begegnete seinem offenen Blick und wußte, daß er auch meinte, was er sagte. Mit einem Mal wollte sie ihm von Thomas erzählen, wollte die schmerzliche Last der Trauer mit ihm teilen, die dadurch unendlich leichter würde.

»Komm, Mad Dog, laß uns kämpfen!« Jakes jugendliche Stimme brach den Bann des Augenblicks.

Mariah rang sich ein bittersüßes Lächeln ab. »Geh wenigstens glimpflich mit ihm um«, flüsterte sie heiser.

Mad Dog lächelte nicht. Er schaute sie nur aus seinen hellen Augen aufrichtig an. »Ich bemühe mich immer, andere Leute nicht zu verletzen.«

»Aber es geschieht trotzdem«, entgegnete Mariah leise.

Mad Dog seufzte. Sie wußten beide sehr genau, wovon sie sprachen, und das hatte beim besten Willen nichts mit Boxen zu tun. »Ja, leider.«

Es war das erste Mal, daß Mariah Ehrlichkeit ablehnte.

Mariah überprüfte ihr Äußeres im Spiegel. Schon wieder.

Nervös schob sie eine herausgerutschte Strähne in den locker geflochtenen Zopf, der ihr den Rücken hinunterbaumelte.

Es war keine besondere Frisur. Stundenlang hatte sie verschiedene hochgesteckte Knoten und Rollen ausprobiert, die in den Zeitschriften abgebildet waren, aber keine davon hatte ihr richtig gefallen. Schließlich hatte sie es aufgegeben, sich mit Eleganz herumzuplagen und sich statt dessen für etwas Einfaches entschieden.

Sicher würde es auch so locker aussehen, wie sie es gern hätte, wenn sie ihre Zähne nicht so zusammenbeißen würde.

Sie zwang sich, tief Luft zu holen. *Es ist nur ein Zopf,* sagte sie sich. Frauen flechten sich schon seit Jahrtausenden das Haar. Deshalb brauchte sie sich nicht unsicher zu fühlen.

Aber sie tat es. Sie hatte die Frisur extra für Mad Dog ausgewählt und wollte hübsch aussehen. Jetzt wußte sie nicht, wovor sie mehr Angst hatte – daß es ihm auffallen würde, oder daß er es übersehen könnte. Seit langem hatte sie sich nichts aus ihrem Aussehen gemacht. Sofort fiel ihr auf, was für ein Glück das war. Denn nur der Gedanke, wie ein Mann jetzt reagieren mochte, machte sie schon übernervös.

Im stillen hoffte sie, er möge es nicht bemerken.

Voller Skrupel wischte sie ihre feuchten Hände an der braunen Schürze ab und kehrte dem Spiegel den Rücken. Mit erhobenem Kopf und schwingendem Zopf marschierte sie die Treppe hinunter und verließ das Haus.

Draußen brannten prasselnd die Feuer, die sie vorhin entfacht hatten, stießen den Rauch gegen die geschwärzten gußeisernen Kessel, die darüber hingen. Jake stand an einem der Behälter und rührte das kochende Apfelmus mit einem langstieligen Holzlöffel. Rass saß neben ihm und schlief mit dem Rücken an dic Wand des Kühlhauses gelehnt.

Jake sah auf und lächelte. »Toll!«

Sie blieb stehen und verkniff es sich, die herausgerutschten Strähnen wieder hinters Ohr zu schieben. »Was denn?«

»Sie sehen hübsch aus so mit dem Haar.«

Eine unbekannte Hitzewelle stieg Mariah in die Wangen, und sie lächelte verlegen. »Danke.«

Er zog den langen Löffel aus dem Apfelmus und legte ihn vorsichtig auf den provisorischen Einmachtisch, den Mariah vorhin aufgebaut hatte. »Moment mal, ja? Ich bin gleich wieder da.« Ohne eine Antwort abzuwarten, rannte Jake quer über den Hof der Farm und verschwand in seiner Unterkunft.

Mariah lächelte. Mit einem Mal fühlte sie sich selber hübsch. Leise pfiff sie vor sich hin, trat an den Einmachtisch und begann die restlichen der zuletzt geernteten Äpfel zu schälen.

Jake kam aus der Scheune gestürmt. Schweratmend lief er quer durch den Obstgarten und mußte sein Tempo scharf abbremsen, als er bei ihr am Tisch anlangte. »M-Mariah?«

Sie sah auf. »Ja?«

Er nagte an seiner Unterlippe, sein deutlich hervortretender Adamsapfel hüpfte auf und ab. »Ich möchte Ihnen das hier geben.« Er hielt ihr seine Faust hin. Langsam öffnete er die Finger. Auf seiner Hand lag ein ausgefranstes, zerknittertes rosa Band.

Mariah starrte darauf und war den Tränen nahe.

Jake senkte seinen Blick zu Boden. »Es gehörte jemand, den ich sehr lieb hatte. Nehmen Sie es als Geschenk.«

Mariah sah ihn an. Er stand so allein, so angstvoll da, die Hand ausgestreckt und den Blick gesenkt. Ein überwältigendes Gefühl der Rührung bemächtigte sich ihrer. Mein Gott, sie wollte auf ihn zugehen, ihn in die Arme nehmen und an ihr Herz drücken. Aber sie hatte Angst, ihn zu erschrecken, fürchtete aus einer kleinen Gabe zu viel zu machen.

»Das Ding ist allerdings schon ziemlich alt ...«, sagte er mit belegter Stimme.

Da erst merkte Mariah, wie lange sie reglos vor ihm gestanden und geschwiegen hatte. Sie griff nach dem Band und nahm es an sich. Es fühlte sich warm und seidig an. »Würdest du es mir umbinden?«

Da schaute er auf, und sie entdeckte das feuchte Schimmern seiner Augen. »Sie wollen es tragen?«

Mariah hatte einen Knoten im Hals. »Ich freue mich, daß du es mir überläßt, Jake.«

Er nahm es wieder an sich und sie wandte ihm den Rücken zu. Zögernd entfernte er das Garn von ihrem Zopf und ersetzte es durch seine Schleife.

»So«, sagte er und trat einen Schritt zurück.

Sie drehte sich um. Er schaute sie an, und sie sah in seinen grünen Augen dasselbe zarte Gefühl, das ihr Herz erfüllte.

Es gab so vieles, was sie ihm jetzt gern gesagt hätte, aber aus einem unerfindlichen Grund kam nichts über ihre Lippen. Allzulange war es her, daß sie ihre Gefühle offen ausgesprochen hatte – sie wußte nicht, wie sie es anfangen sollte. Deshalb stand sie nur da, sah ihn an und hoffte, daß er ihre Gedanken erriet.

Er schenkte ihr ein schiefes Lächeln.

Und verrückterweise glaubte sie, daß er sie verstanden hatte.

19. Kapitel

Mariah stand am Küchenfenster und ließ ihren Blick über das stille Farmgelände schweifen. Am Horizont zog die Morgendämmerung herauf und zierte den dunkelblauen Himmel mit feinem Violett und Pink.

Fasziniert beobachtete sie, wie sich das Licht langsam über die Landschaft ausbreitete. Rauhreif lag auf den Feldern und schimmerte auf dem Zaun. Cleo stand am Tor ihrer Weide und wartete auf Futter. In der kalten Luft dampfte ihr Atem.

Jeden Tag konnte der erste Schnee fallen und das Gras unter einer weißen Decke begraben.

Sie waren darauf vorbereitet. Die harten, anstrengenden Arbeiten der Ernte lagen hinter ihnen. Das Obst war gepflückt, eingemacht und gelagert, die Felder für den Winter präpariert und die letzten Herbstblätter längst gefallen. Rund um die Farm ragten kahle Bäume auf, die sich in der frostigen Luft zusammendrängten.

Und Mad Dog hatte sie nicht verlassen.

Mariah lächelte. Selbst jetzt vermochte sie es immer noch kaum zu glauben. Jeden Morgen lief sie als erstes ans Fenster und zog die Vorhänge beiseite.

Zuverlässig stieg der Rauch aus dem Schornstein der Baracke auf.

Heute war es nicht anders.

Sie neigte sich vor, schaute durch das geriffelte Glas und sah das kleine weiße Gebäude. Allein der Anblick füllte sie mit schier unerträglicher Hoffnung. Sie würden einen weiteren gemeinsamen Tag erleben, wenigstens noch einen.

Leise sang sie vor sich hin, trat an die Kühlkiste und holte Eier und Schinken heraus.

Hinter ihr knarrten die Stufen und dann hörte sie das leise Schlurfen von Rass' Pantoffeln auf den Holzdielen. »Morgen, Mariah«, sagte er etwas rauh und leicht gedehnt.

»Morgen, Rass.« Sie ging an den Herd, schenkte ihm eine Tasse Kaffee ein und brachte sie ihm an den Tisch. »Bitteschön. Frühstück gibt es in einer Viertelstunde.«

Er ließ sich auf seinen Stuhl fallen, nahm die Tasse entgegen und hielt sie in seinen fahrigen Händen. Mit den Ellbogen auf den Tisch gestützt trank er dankbar einen Schluck. »Ich hoffe, ich mache es noch bis zum Mittagessen.«

Mariah lachte über die vertraute morgendliche Beschwerde. »Sag mir Bescheid, ehe ich das Essen auftrage«, erwiderte sie und kehrte an den Herd zurück. Sie legte ein Stück Schinken auf das Schneidbrett und begann, ihn in Streifen aufzuteilen.

Die Haustür ging geräuschvoll auf, dann fiel sie wieder zu. Jake erschien auf der Bildfläche. »Morgen, Rass, Mariah.«

Sie wandte sich ihm zu und lächelte. »Ich koche gerade dein Lieblingsessen.«

Rass stöhnte. »Du liebes bißchen, Mariah, bloß nicht schon wieder Apfelpfannkuchen.«

»Aber Jake mag sie«, verteidigte sie sich.

Rass tat, als widere ihn das an. »Ich weiß, aber jeden Morgen das gleiche strapaziert meinen Gaumen.« Er wandte sich an Jake. »Magst du denn nichts anderes?«

Der grinste. »Apfelschnitzel.«

Rass schüttelte den Kopf. »Du bist wirklich dazu bestimmt, auf einer Apfelfarm zu leben.«

Mariah verspürte eine leise Rührung bei den Worten ihres Vaters. Sie lächelte Jake an.

»Auf dieser hier, denke ich doch.«

Jake sah sie unsicher an, sein Blick verschattete sich. »Ich habe keinen anderen Ort, wo ich wohnen könnte.«

Mariah legte das Messer beiseite und wischte sich die Hände an der Schürze ab. »Hier hast du immer ein Zuhause, Jake. Ich hoffe, du weißt das. Ich ...« Rass fiel ihr ein und sie korrigierte sich. »Wir brauchen dich. Und es wird jetzt immer kälter. Ich habe schon überlegt, ob du nicht in das Gästezimmer übersiedeln willst.«

Er knetete seine Hände. »Danke. Das würde mir gefallen.«

Sie sahen sich alle schweigend an.

Abermals machte sich die Haustür bemerkbar. Schwere Schritte rückten näher.

»Himmeldonnerwetter«, erklang Mad Dogs Stimme im Flur. »Nicht schon wieder Apfelpfannkuchen.« Mit einem breiten Grinsen betrat er die Küche.

Mariah wurde es warm ums Herz, kaum daß er im Rahmen ihrer Küche auftauchte, als gehöre er hierher. Wie ein Wunder kam ihr das vor und wie jeden Morgen machte sie das aufs neue glücklich. Flüchtig ging ihr durch den Sinn, ob er auch dieses Zugehörigkeitsgefühl hatte, aber rasch verdrängte sie diesen Gedanken. Niemals stellte sie solche Fragen. Ihm nicht und sich selbst auch nicht. Im Augenblick wollte sie sich damit zufriedengeben, daß sie zusammen waren.

»Du verwöhnst den Jungen«, nörgelte er und lehnte sich in den Türrahmen.

»Wenn du ein akzeptables Lieblingsessen hättest, würde ich es dir auch zum Frühstück servieren«, erwiderte sie.

Er machte ein gekränktes Gesicht. »Was hast du gegen einen Schluck Tequila einzuwenden?«

Rass schnitt eine Grimasse. »Noch einen Apfelpfannkuchen und ich werde mich mit Mad Dog zusammentun!«

»Ich esse sie liebend gern allein«, erklärte Jake und strahlte übers ganze Gesicht.

Mad Dog ging durch die Küche zu Mariah. Sie hörte jeden seiner Schritte, spürte sie vibrieren. Erwartung ließ sie erschauern. Ihr Herz klopfte wie verrückt und ihr Atem wurde schneller. Sie sahen sich an. Mariah bemerkte das beherrschte Feuer in seinem Blick und wußte, in ihren Augen lag der gleiche Ausdruck.

Sie wirbelte zum Schneidbrett herum und richtete ihren Blick auf den Schinken, so daß ihr Vater nicht aufmerksam wurde. Es fiel ihr immer schwerer, ihre Gefühle für Mad Dog zu verbergen. Seit dem ersten Abend hatten sie ein paarmal miteinander geschlafen. Sie schlichen auf der Farm herum, lachten miteinander und fanden lauschige Plätzchen. Aber gleichgültig wie oft sie ihn auch liebte, sie wollte mehr.

Das Bedürfnis nach ihm schien ein Eigenleben zu haben. Jedesmal, wenn sie ihn ansah, spürte sie das Verlangen. Wenn er sie anfaßte, kam es ihr so vor, als würde sie dahinschmelzen. Er trat hinter sie. Mariah spürte die Hitze seines Körpers wie ein flackerndes Feuer im Rücken. »Morgen, Mariah«, flüsterte er.

Sie schloß die Augen und wehrte sich gegen den Drang, sich bei ihm anzulehnen und sich von ihm in die Arme nehmen zu lassen. »Morgen, Mr. Stone.«

Sein leises amüsiertes Lachen ließ ihr Herz höher schlagen. »Ich dachte, Miss Throckmorton ...«

Sie hielt den Atem an. »Ja, Mr. Stone?«

Er neigte sich ihr zu. Sie spürte, wie sein Atem ihr über das offene Haar wehte und feucht über den Nacken strich. »Ich habe heute abend Zeit«, raunte er ihr so leise zu, daß nur sie es hören konnte. »Wieder mal.«

Sofort durchflutete sie eine Woge der Erregung, die bis in ihre Fingerspitzen drang. Sie wandte sich um und schaute in seine lodernden grauen Augen.

Prompt geriet sie in Wallung. Himmel, am liebsten hätte sie ihn jetzt geküßt. Hier mitten in der Küche im Beisein ihres Vaters und des halbwüchsigen Jungen.

Sie bemühte sich, sich gleichmütig und gelassen zu geben. Aber ihre Knie wurden weich, und es kostete sie wirklich große Anstrengung. »Heute abend«, hauchte sie.

»Am Fluß wird es allmählich kalt«, flüsterte er zurück.

Sein Atem fühlte sich auf ihrer Stirn warm an. Sie erschauerte und unterdrückte den Wunsch, die Augen zuzumachen. »Ich werde Rass ins Bett schicken, dann komme ich zu dir.«

Er lächelte. »Mir wäre es am liebsten, du hättest jetzt gleich Zeit für mich.«

Übermütig lachte sie auf.

Rass schaute zu ihnen hinüber und versuchte an Mad Dogs breitem Rücken vorbeizuspähen. »Über was freut ihr euch so?«

Mariah wirbelte herum und begann hastig den Schinken aufzuschneiden. »Nichts, Rass. Mr. Stone hat nur nach meinem Rezept für den ... Kaffee gefragt.«

Mad Dog ging zum Tisch hinüber und setzte sich zu Rass. Bei Mariahs dürftiger Lüge hielt er inne und schaute sich nach ihr um. »Ja, Rass, ich sammle Rezepte von unterwegs. Das ist mein Hobby.«

Einen Moment lang herrschte verblüfftes Schweigen, dann brachen alle vier in schallendes Gelächter aus.

Mariah bückte sich nach dem Weidenkorb mit den Kleidungsstücken. Sie schob einen Arm durch den Henkel, nahm ihren Nähkasten mit und trug die Sachen nach draußen.

Sie ließ ihren Blick über den Hof gleiten, der jetzt im blauvioletten Licht der Abenddämmerung dalag. Drüben beim Kühlhaus trainierten Mad Dog und Jake. Das dumpfe Aufprallen ihrer Schläge hallte in der Stille deutlich hörbar wider.

Eine prickelnde Wärme breitete sich in ihrem Inneren aus, als sie die beiden sah. Sie umklammerte den sperrigen Korb. Es war einfach zu schön, an einem kühlen Herbstabend aus dem Haus zu kommen und ihre Jungen im Hof boxen zu sehen.

Sie kostete den Augenblick aus und genoß es so, daß ihr Herz vor Glück überfloß. Ihre Jungen. Sie stellte sich einfach vor, daß die beiden da draußen wirklich ihre Jungen waren, Jake ihr Sohn und Mad Dog ihr Mann, daß sie alle zusammengehörten.

Sie wies sich wegen dem dummen Tagtraum zurecht, aber er wollte sich nicht einfach so wegschieben lassen. Die letzten Herbsttage waren zauberhaft gewesen und hatten ihr selige Stunden beschert. Fast wollte sie glauben, es möge immer so bleiben.

»Komm raus, Mariah.«

Sie schaute zur Seite und entdeckte ihren Vater auf der Verandaschaukel. »'n Abend, Rass.«

Er machte ihr Platz und klopfte auf die Bretter neben sich. »Setz dich her.«

Mariah schaute ihn liebevoll an. Ach herrje, es war so lange her, seit sie mit ihrem Vater auf der Schaukel gesessen hatte. Ihr Herz sehnte sich wie eh und je danach, zu ihm zu gehören ...

»Die Schaukel hast du immer gern gehabt. Ich habe sie extra für dich gebaut. Erinnerst du dich?« Die letzten drei magischen Worte drangen in ihr Gemüt. Erinnerst du dich ...

Mit dem Korb und dem Nähkasten trat sie herbei und setzte sich. Die Bretter ächzten unter ihrem Gewicht und luden sie zum Verweilen ein, wie früher, als sie ein Kind gewesen war.

Eine Zeitlang saßen sie schweigend nebeneinander, dann begann Rass sacht zu schaukeln. Vor und zurück, so daß Mariah sich durch die vertraute, wiegende Bewegung in die Vergangenheit versetzt fühlte. Sie begann, sich zu entspannen und dachte an eine Zeit, in der sie von Kummer und Verlusten noch keine Ahnung gehabt hatte. Ein paar herzzerreißende wunderbare Augenblicke lang war alles so wie früher. Wie es hätte sein sollen.

Nur eines vermißte sie. Mama ...

Ihre Mutter hatte stundenlang auf dieser Schaukel gesessen, die Hosen ihres Mannes geflickt, die Strümpfe ihrer Tochter gestopft. Und gelacht, sehr viel gelacht.

»Was hast du, Mariah?« erkundigte sich ihr Vater leise.

Sie griff in den Korb, holte sich Jakes Hose heraus, blickte so starr auf das geflickte braune Hosenbein, daß der Stoff ihr vor den Augen verschwamm. Zuerst glaubte sie, daß sie ihrem Vater keine Antwort geben könnte.

Eine tiefe überwältigende Trauer bemächtigte sich ihrer. Hastig biß sie sich auf die Lippen und schaute sich auf dem Gelände der Farm um.

»Mariah?« Er wiederholte ihren Namen leise, fast im Flüsterton.

Und ganz plötzlich, wie sie hier so auf der Veranda neben ihrem Vater saß, verspürte sie eine momentane Kraft und etwas Mut. Sie wandte sich ihm zu und wußte, daß der Kummer in ihren Augen zu sehen war, aber diesmal machte ihr das nichts aus. »Vermißt du … sie die ganze Zeit?«

Rass atmete langsam aus. »Jeden Tag aufs neue.«

Mariahs Hals schien mit einem Mal wie zugeschnürt. Tränen brannten ihr in den Augen, lösten sich aber nicht. »Ich auch.«

Rass legte ihr seine zitternde Hand auf die Schulter. »Sie hat dich geliebt, Mariah. Himmel, und wie sie dich geliebt hat!«

Mariah spürte die Wärme seiner Berührung bis in ihr tiefstes Innere. »Ich weiß. Ich wünschte nur … ich hätte ihr das auch öfter gesagt.«

Er drückte ihr beschwichtigend die Schulter. »Sie brauchte solch eine Bestätigung nicht. Sie wußte es.«

»Trotzdem hätte es nicht geschadet.« Mariah umklammerte den groben Stoff. Betrübnis schnürte ihr den Hals zu, machte ihr das Atmen schwer. Die Schaukel behielt ihre Bewegung bei und quietschte hin und her.

Mariah blickte benommen auf die Hose. Wieder begannen ihre Augen zu verschwimmen. Sie wußte, wenn sie sich jetzt ihrem Vater zuwenden und ihm sagen könnte, *ich liebe dich*, dann würde sich alles ändern. Oder wenn er auf sie zukommen und sie in die Arme nehmen könnte, wie er es früher einmal getan hatte …

Aber sie brachten es beide nicht zuwege. Es lagen zu viele Jahre des Schweigens zwischen ihnen. Sie verstand es nicht mehr, auf jemanden zuzugehen und am allerwenigsten auf ihren Vater. Deshalb lastete das Schweigen schwer auf ihnen, wurde unangenehm. Was ihnen blieb, war die vage Erinnerung an das Lachen, das früher einmal auf dieser Schaukel erklang.

Sie redete sich ein, es sei in Ordnung so. Eines Tages würde sie mit ihrem Vater darüber sprechen können. Denn sie wurde jetzt täglich stärker. Bald würde sie es schaffen, das zu sagen, was ihr auf der Zunge brannte. Vielleicht schon morgen ...

»Aua, Hilfe!« Mad Dogs Aufschrei zerschnitt die Stille.

Mariah schaute auf. Mad Dog lag auf dem Boden, die Arme ausgebreitet und die Beine gespreizt. Jake hockte neben ihm und schüttelte ihn.

Sie ließ die Hosen fallen, sprang auf und schrie zurück. Der Kerl richtete sich auf und warf ihr ein aufreizend freches Grinsen zu. »Der Junge wird immer besser«, stellte er fest und rieb sich den Kiefer. Dann lächelte er Jake an. »Ich bin stolz auf dich, Jake.«

In Jakes Gesicht ging die Sonne auf. Die beiden steckten ihre Köpfe zusammen und tuschelten miteinander. Das unverständliche Gemurmel ihrer gesenkten Stimmen schwang durch die stille, kühle Luft.

Zitternd sank Mariah auf die Schaukel zurück. Müde bückte sie sich nach der Hose und hob sie auf.

»Er ist ein guter Mann«, meinte Rass.

Mariah redete nicht lange um den Brei herum. »Ja, das stimmt.«

»Liebst du ihn?«

Die Frage überraschte Mariah nicht, da sie sich ihr in den vergangenen Tagen Hunderte von Malen unwillkürlich stellte; aber sie hatte sich bis jetzt einfach geweigert, darüber nachzudenken. Jeden Tag mußte sie allerdings mehr Kraft aufbringen, um dieses Thema zu ignorieren. Jedesmal wenn sie Mad Dog ansah, drängte es sich ihr von selbst auf.

Natürlich liebte er sie nicht. Das war klar und sie akzeptierte es. Aber das schien ihr nicht die Hauptsache. Sie wollte – mußte sogar – wissen, ob sie ihn liebte. Manchmal, wenn sie in sein lächelndes Gesicht blickte oder seine zärtliche Berührung spürte, empfand sie … wesentlich mehr als eine rein körperliche Reaktion.

Sie wandte sich ihrem Vater zu. »Woher soll ich das wissen, Rass?«

Er lächelte. Ein verträumter, sehnsüchtiger Ausdruck lag in seinem Blick. »Du würdest es merken.«

Mariah seufzte. »Na ja, jedenfalls war es nicht Liebe auf den ersten Blick zwischen uns.«

»Ich weiß nicht«, sagte Rass verschmitzt. »Einen Mann mit dem Gewehr niederzustrecken, ist in manchen Kulturen eine Form der Brautwerbung.«

Mariah konnte sich eines Lächelns nicht erwehren. »Ich schätze, ich liebe ihn nicht, aber …« Sie verstummte.

»Aber was?«

Sie rieb sich die Schläfen und sah ihren Vater an. In seinen durchsichtigen blauen Augen entdeckte sie etwas, das sie sich nicht erinnern konnte jemals dort gesehen zu haben. Bedingungslose Liebe und Annahme. Das verblüffte Mariah. Flüchtig überlegte sie, ob dieser Ausdruck schon immer in ihnen gelegen hatte oder ob er neu sein mochte. Sie wußte es nicht, aber es tat auch nichts zur Sache. Wichtig war im Moment nur, daß sie sich zum ersten Mal nicht wie eine Versagerin vorkam.

Ihr wurde warm ums Herz. Plötzlich fühlte sie sich jünger und hatte Hoffnung auf die Zukunft. »Aber ich glaube, ich könnte ihn lieben … wenn mein Inneres es zuließe.«

Unendliche Trauer schimmerte in seinen Augen, und Mariah kam es absurderweise so vor, als fühle er sich für ihre mangelnde Liebesfähigkeit verantwortlich. »Hab keine Angst, dich in den Baum hinauf zu wagen, Mariah. Dort hängen die lohnenden Früchte.«

»Ich weiß nicht, ob er meine Gefühle erwidern kann. Ich … ich fürchte nein.«

Rass lächelte. »Das wissen wir nie im voraus, Boo.«

Mariah musterte ihn verdutzt und erwiderte gerührt: »Du hast mich schon seit Jahren nicht mehr so genannt.«

Wehmut lag in seinem Blick. »Das hätte ich aber tun sollen.«

Mariah war merkwürdig zumute.

»Weißt du, was ich glaube?« Er neigte sich zu ihr hinüber. »Ich glaube, er könnte dich auch lieben.«

»Wenn er bleibt.« Sie sprach die drei schicksalsschweren Worte laut aus.

Rass' Lächeln verschwand. Langsam und müde lehnte er sich zurück. Selbst er als ewiger Optimist konnte nicht vorgeben, darauf eine Antwort zu haben. »Wenn er bleibt.«

Damit fielen sie beide wieder in ihr gewohntes Schweigen.

Mad Dog trocknete sich ab und trat aus der Dusche. Er trällerte vor sich hin, schlang das Handtuch um die Hüften und stellte sich vor den beschlagenen Spiegel.

Erwartung durchflutete ihn. Mariah hatte ihr Versprechen wahr gemacht. Sie hatte eine Möglichkeit gefunden, mit ihm allein zu sein. Jake spannte gerade Cleo an. Jeden Moment würden Rass und der Junge in die Stadt fahren.

Immer noch lächelnd griff er nach Rass' Rasierer und begann sich einzuseifen.

Draußen ertönte ein gellender Schrei.

Mad Dog ließ den perlmuttfarbenen Apparat klirrend ins Waschbecken fallen. Er riß sich das Handtuch weg, schnappte sich seine Hose, schlüpfte auf dem Weg zur Tür hinein und rannte den Flur hinunter. Schweratmend, halb angezogen stürmte er nach draußen.

Er sah eine Reihe von Schreckensbildern vor sich: Mariah kniete im Schmutz. Rass lag auf dem Boden. Jake starrte Mad Dog mit tränenüberströmtem Gesicht an.

»Herr im Himmel!« Die Worte entfuhren ihm, während er die Veranda hinunterpolterte und den Hof überquerte.

»Rass, Rass!« Mariahs schrille Stimme zerschnitt die Stille. Sie umklammerte die Schultern ihres Vaters und rüttelte ihn. »Wach auf!« Die Stimme versagte ihr.

Mad Dog kniete sich neben sie und faßte nach ihrer Schulter »Was ist passiert?«

Sie wirbelte zu ihm herum und sah ihn aus schreckgeweiteten Augen an. »Er ist ... zusammengebrochen.« Sie faßte sich mit der Hand an den Mund, als wäre es dadurch, daß sie es aussprach, erst recht wahr geworden. »Um Gottes willen ...«

Mad Dog faßte nach dem Handgelenk des alten Mannes. »Sein Puls geht aber«, sagte er und Erleichterung durchflutete ihn. »Er lebt noch.«

Mariah schluchzte auf.

Er fuhr ihr sacht über den Nacken und hob dann Rass in seine Arme. Der alte Mann hing leblos herab, sein Kopf fiel nach hinten. »Hol eine Decke«, sagte Mad Dog zu Mariah.

Sie saß da, reglos wie eine Statue, hielt den Kopf gesenkt und die Hände im Schoß verschlungen. Ihr Blick ging ins Leere.

»Mariah!« schrie er sie an.

Wie durch einen Nebel von Furcht und Angst hörte Mariah ihn brüllen. Mit großer Mühe hob sie das Kinn. »Eh-he?«

»Geh, hol ein paar Decken. Sofort!«

Sie raffte sich auf, sprang hoch, und rannte ins Haus. Dort jagte sie die Treppe hoch und schoß in ihr Schlafzimmer. Hastig riß sie die Decken von ihrem Bett und lief zurück nach unten.

Rass lag auf dem Rücksitz des Einspänners, seine leblosen, blaugeäderten Hände auf der Brust gefaltet.

»O Gott ...«, schrie Mariah mit halberstickter Stimme auf und blieb wie angewurzelt stehen. Die Decken fielen ihr aus den Händen und rauschten zu Boden.

»Donnerwetter, Mariah!« Mad Dog schnappte sie sich und warf sie Jake zu, der Rass darin einpackte.

Dann kletterte Mad Dog auf den Kutschbock und griff nach den Zügeln. »Mach das Tor auf, Mariah.«

Das Tor.

Auf Mariah wirkten die Worte wie ein Schlag ins Gesicht. Sie begann am ganzen Körper zu zittern. Ihr Atem kam nur noch stoßweise und brannte ihr im Hals.

»Mach das verdammte Tor auf!«

Ich kann das Tor öffnen. Ich kann das.

Unschlüssig ging sie auf das Tor zu. Der lange silberne Riegel glänzte im Mondlicht. Sie starrte ihn an und vermochte nicht, sich ihm zu nähern. Der Herzschlag dröhnte ihr in den Ohren, die Augen schmerzten. Einen furchtbaren, erschreckenden Augenblick lang glaubte sie, sie müsse sich übergeben. Vorwärts ...

Sie streckte die Hände aus. Ihre Finger zitterten so sehr, es dauerte einen Moment, ehe sie zupacken konnte. Kaum daß sie den eiskalten Riegel unter ihren Fingern fühlte, packte sie das nackte Entsetzen und sie riß die Hand zurück.

Diesen Riegel konnte sie nicht anfassen, konnte ihn nicht öffnen. Nicht mal für Rass. Allmächtiger o herrje ...

Hinter ihr knallte etwas laut. Hufgetrappel kam auf sie zu. Der Boden bebte unter ihren Füßen.

»Halt!«

Cleo verhielt den Schritt, der Einspänner quietschte. Mad Dog sprang vom Sitz herunter und riß das Tor auf, dann kletterte er zurück. »Steig ein!« rief er Mariah zu.

Wie benommen schaute sie ihn an. Im ersten Moment verstand sie nicht, wovon er sprach.

»Steig ein, zum Donnerwetter!«

Sie schüttelte den Kopf, versuchte etwas zu sagen, aber nichts kam über ihre Lippen bis auf ein kümmerliches Wimmern. Verzweiflung stürzte von allen Seiten auf sie ein, wollte ihr den Atem rauben. Es war eine Lüge gewesen, all diese Jahre, ihr Glaube, sie wolle die Farm nicht verlassen. Sie hatte nicht gewußt, daß sie es gar nicht konnte, nie geahnt, daß sie so krank, konfus und nutzlos war.

Mad Dog runzelte die Stirn. »Mariah? Was hast du?«

Es kam ihr so vor, als würde sie langsam und qualvoll in zwei Hälften gerissen. Heftig rang sie nach Atem, aber sie bekam kaum Luft. »Ich ... kann nicht ...«

»Wie meinst du das?«

Ein Aufschrei wollte sich ihr entringen. Sie schüttelte den Kopf und unterdrückte ihn mit Gewalt. »Ich kann die Farm nicht verlassen.«

Mad Dog fuhr sich mit der Hand durchs Haar und knurrte: »Ich weiß, zum Teufel, nicht, wovon du redest, Mariah. Steig jetzt endlich auf den verdammten Wagen!«

Diesmal vermochte sie den Schrei nicht mehr zurückzuhalten. Er löste sich von ihren Lippen und peitschte durch die Nacht. »Ich kann nicht«, schrie sie und ballte die Hände zu Fäusten.

»Mariah ...«

»Fahr endlich, verdammt!« Sie schaute aus tränengefüllten Augen zu Mad Dog auf. »P-paß auf ihn auf, bitte ...« Die Stimme versagte ihr. »Bitte, er ist alles, was ich habe ...«

»Ich weiß, wo der Arzt wohnt«, meldete sich Jake vom Rücksitz.

Mad Dog sah Mariah noch ein letztes Mal an, dann riß er kräftig an den Zügeln. Cleo machte einen Satz nach vorn. Die metallenen Räder des Einspänners ratterten mit einem ohrenbetäubenden Geschepper über den losen Kies und bogen auf den Feldweg ein, der in die Stadt führte.

20. Kapitel

Dunkelheit umfing Mariah, legte sich auf die Lungen, bis jeder Atemzug zu einem asthmatischen Keuchen wurde. Schmerz und Kummer drückten sie nieder, hielten ihre Seele fest im Griff, so daß sie nicht aus noch ein wußte.

Rass lag im Sterben. Rass, der ihre Hand gehalten hatte, als sie ein kleines Kind gewesen war und ihr so manche Träne getrocknet hatte. Rass, der es liebte, neue Pfade zu erkunden und sich an einem Stück weißen Quartz erfreuen konnte. Ihr Daddy.

»O Gott ...« Mit einem erstickten Schluchzen sank sie in die Knie. Draußen auf der Straße raste der Einspänner in die dichter werdenden Schatten der Nacht. Die Räder knirschten auf dem lockeren Kies, Cleos Hufe stampften in einem donnernden Rhythmus davon.

Der Wagen tauchte unter in der Dunkelheit und damit wurden auch die Geräusche schwächer. Sie blieb in einem unsichtbaren Raum vollkommen verlassen zurück.

Eigentlich müßte sie bei ihm sein. Himmel, sie müßte bei ihm ...

Sie schrie auf und schrie so lange, bis ihr Hals zuschwoll und ihr Schreien in krächzendes Wimmern überging. Die spitzen Latten des Holzzauns schienen bedrohlich zu pulsieren und sie mit stummem Gelächter zu verhöhnen.

Selbstverachtung schüttelte sie. Mariah legte eine Hand über den Mund und raffte sich auf. Ihre Füße verfingen sich in ihren Röcken, sie stolperte und fiel schwer gegen den Zaun. Er splitterte und gab unter ihrem Gewicht nach. Die Spitze einer Latte bohrte sich in ihre Hand, schnitt ihr in die Handfläche.

Scham und Schuldgefühl überkamen Mariah. Sie taumelte auf den harten Boden und senkte den Kopf, niedergeschmettert von ihrer Nutzlosigkeit.

Ich habe dich im Stich gelassen, Rass. O herrje, ich habe dich im Stich ...

Ein neuerliches Schluchzen blieb ihr im Hals stecken.

Bitte, lieber Gott, laß ihn leben. Bitte ...

Sie dachte an heute nachmittag, als sie leichthin angenommen hatte, sie und Rass hätten noch Jahre Zeit, sich miteinander zu unterhalten. Was sie ihm eigentlich gestehen wollte, hatte sie nicht über die Lippen gebracht ... was er hätte hören sollen. Aus lauter Angst ... und jetzt war er dem Tode nahe – vielleicht lebte er schon nicht mehr – und sie hatte ihm nicht gesagt, wie sehr sie ihn liebte.

Mein Gott, wie sie ihn liebte!

Trauer überkam sie, brachte sie zum Zittern, bis ihr übel wurde und sie vor Angst schlotterte.

Sie wußte nicht, was sie machen sollte, wie sie ihre Gefühle loswerden sollte. Sie drückten sie nieder, zerrissen ihr klares Denken. Hysterie nistete sich in ihrem Inneren ein, weitete sich mit jedem Herzschlag aus und wuchs mit jedem Atemzug.

Sie schrie erneut, aber ihre Stimme klang gebrochen, mehr wie ein Keuchen.

O Gott, o Gott, o Gott ...

Sie schloß die Augen und fiel mit dem Gesicht nach vorn auf den kalten, unnachgiebigen Boden. Langsam rollte sie sich zusammen wie ein Kind im Mutterleib, rang nach Atem und versuchte verzweifelt zu weinen.

Gleichzeitig wartete sie darauf, daß ihr Vater zu ihr zurückkam.

Der Einspänner bremste vor Doc Shermans Haus. Jake sprang vom Rücksitz, rannte den Pfad hinauf und hämmerte mit der Faust gegen die Tür.

Nichts rührte sich.

Grauen erfaßte ihn, drang ihm eisig bis ins innerste Mark. Er klopfte heftiger. »Doc ... Doc, sind Sie zu Hause?«

Endlich wurde die Tür aufgemacht. Ein gebeugter alter Mann mit Brille und grauweißem Haar erschien in der Öffnung. Er musterte Jake. »Ja? Wer bist du?«

Jake deutete mit dem Finger zur Straße, wo Mad Dog mit dem leblosen Rass auf den Armen stand. »Wir haben Rass Throckmorton hergebracht. Er ...« Die Stimme versagte ihm. Brennende Tränen stiegen ihm in die Augen.

Doc Sherman furchte die Stirn. »Tragt ihn sofort hinein!«

Mad Dog hastete den Pfad hinauf und folgte dem Arzt in einen Raum auf der Rückseite des Hauses.

»Legen Sie ihn hin«, ordnete Doc Sherman an und griff nach seiner schwarzen Ledertasche.

Mad Dog legte Rass behutsam auf das Bett, dann beugte er sich über ihn und schaute dem alten Mann in das wächserne Gesicht. »Rass«, flüsterte er. »Geben Sie nicht auf. Sie ...«

»Zur Seite«, gebot Doc Sherman und legte sich das Stethoskop um den Hals. »Auf dem Herd steht Kaffee. Nehmen Sie sich welchen.« Er warf Jake einen besorgten Blick zu. »Es wird eine lange Nacht werden.«

Jake schlich ins Wohnzimmer hinüber. Er wollte nicht an die anderen Male denken, die er ebensolche Nächte durchgemacht hatte; aber die Erinnerungen daran waren allzu nachhaltig, sie drängten sich wie von selbst in den Vordergrund. Er hatte bereits Menschen in seinem Leben verloren, denen seine Liebe galt: den Großvater, seine Mutter. Wenn es ihnen einmal so schlecht ging, überlebten sie die Nacht nicht. Nie ...

Tränen brannten ihm in den Augen, rannen ihm über die Wangen. Unsicher sank er auf das harte Ledersofa und barg sein Gesicht in den Händen. Alle möglichen Zusammenhänge schossen ihm durch den Sinn. Und jedes Bild brachte frische Tränen mit sich.

Ich dachte, du hast Hunger ...

Wenn der Berg nicht zum Propheten kommt, muß der Prophet zum Berg gehen ...

Du gehörst wirklich auf eine Apfelfarm. Und Mariahs leise Einladung: *Auf diese hier!*

Sie hatten ihn so herzlich aufgenommen, ihm so viel gegeben. Bei ihnen fühlte er sich fast wie in einer Familie, etwas, das er mit dem Tod seiner Mutter verloren geglaubt hatte. Rass war der Großvater, nach dem Jake sich immer sehnte, ein liebevoller gütiger Verwandter, weit entfernt von Jacob Vanderstay. Ein Mann, der nie wütend wurde oder zuviel von ihm verlangte. Ein Großvater, der mit ihm lachte und ihn liebte.

»Bitte, lieber Gott«, flüsterte er und schmeckte das Salz seiner Tränen auf den Lippen. »Bitte, nimm ihn noch nicht ...« Aber die Worte klangen hohl und leer, enthielten wenig Hoffnung. Er hatte sie zu oft in seinem Leben gebetet und wußte genau, daß im Himmel wohl eine andere Sprache gesprochen wurde. Die unaufhörlich hervorquellenden Tränen brannten ihm auf den Wangen, liefen in seine Mundwinkel und fühlten sich warm und bitter an, schmeckten nach Hoffnungslosigkeit. Noch nie hatte er sich in seinem Leben einsamer gefühlt. Und das direkt neben seinem Vater!

»Soll ich dir eine Tasse Kaffee holen, Junge?«

Jake hob ruckartig den Kopf und empfand unbändigen Zorn auf diesen Mann, der sein letzter Angehöriger war. »Sagen Sie nicht immer ›Junge‹ zu mir. Ich heiße Jake.«

Mad Dog hockte sich langsam vor Jake hin. »Mein Alter hat mich auch ›Junge‹ genannt. Ich schätze, es ist eine schlechte Angewohnheit. Entschuldige.«

Jakes Aufsässigkeit verrauchte ebenso rasch, wie sie gekommen war. Ohne sie war ihm wieder kalt, und er fühlte sich verlassen. Er sackte nach vorn, stützte seine Ellenbogen auf die Knie und barg sein Gesicht in den verschwitzten Händen.

Mad Dogs Berührung war so sacht, so zögerlich, daß Jake

zuerst glaubte, er hätte sie sich nur eingebildet oder einfach herbeigewünscht. Aber das war nicht der Fall. Mad Dog hatte seine Hand ausgestreckt, nach Jakes Schulter gefaßt und sie vorsichtig gedrückt.

»Er wird es schaffen, Jake. So ein zäher Bursche wie er!«

Jake schaute auf. Tränen standen ihm in den Augen, so daß er Mad Dog nur verschwommen vor sich sah. Und im Moment wußte Jake nicht mal mehr, ob er um Rass weinte oder um sich selbst.

Sein Vater hatte ihn angefaßt, um ihn zu trösten. Er biß sich auf die Unterlippe, damit sie nicht bebte. Es war nichts, wirklich nicht mehr als ein kameradschaftliches Zeichen, aber für Jake bedeutete es die Welt! Denn es zeigte ihm, daß sein Vater sich um ihn kümmerte – jedenfalls besaß er ein Herz.

Mad Dog zog seine Hand langsam zurück. Der Augenblick zerrann wieder.

Jake rückte nach vorn. Er wollte die Verbindung nicht abreißen lassen. Plötzlich auf diesem alten Sofa hier, mit dem Tod vor Augen, spürte er die vertraute Verlustangst und bekam Mut. Er wollte seinen Vater endlich kennenlernen.

Hastig, ehe er einen Rückzieher machen konnte, erkundigte er sich: »Wie war Ihr Vater?«

Überraschung zeigte sich in Mad Dogs Augen. »Keine Ahnung.«

Jake wollte nicht so einfach aufgeben. »Sind Sie wie er?«

Ein Schatten huschte über Mad Dogs Gesicht. Er stand auf, entfernte sich ein paar Schritte von Jake und starrte auf seine Füße, mit denen er dick bestrumpft auf dem orientalischen Teppich stand. »Ja«, sagte er nach einer Weile. »Ich schätze schon.«

»Haben Sie es gut!« ließ Jake sich vernehmen.

Mad Dog wandte sich ihm zu. »Wieso?«

Jake bemühte sich um Festigkeit in der Stimme. »Wenigstens kennen Sie Ihren Vater. Mein Vater hat meine Mutter verlassen, ehe ich geboren war.«

Ein trauriges, verständnisvolles Lächeln formte sich auf Mad Dogs Lippen. »Mein Dad hat uns auch im Stich gelassen.« Langsam ging er zum Sofa zurück und setzte sich neben Jake. Er streckte seine langen Beine von sich.

»Würden Sie auch Ihr Kind im Stich lassen?« Jake hielt den Atem an, kaum daß ihm diese einfache Frage herausgerutscht war. Er konnte gar nicht fassen, daß er sie gestellt hatte, aber nachdem es nun einmal geschehen war, erfaßte ihn pochende Erwartung. *Vielleicht würde Mad Dog genau das Richtige darauf antworten ... vielleicht würde er sagen, daß er sich immer ein Kind gewünscht hatte ... einen Sohn ... und ihn niemals im Stich lassen würde.*

Mad Dog lehnte sich zurück. Das Sofa ächzte. »Darüber habe ich tatsächlich nachgedacht, ob du es glaubst oder nicht. Als ich jünger war, wollte ich Kinder. Ich glaubte, ich könnte ein guter Vater sein.« Er lachte leise auf und schüttelte den Kopf. »Dann bin ich erwachsen geworden.«

»Wie meinen Sie das?«

»Ein guter Dad schlägt Wurzeln, Jake, so einfach ist das. Ich bleibe nirgends.«

»Woher wissen Sie das?«

Die Frage schien Mad Dog zu irritieren. Ein leichtes Runzeln zeichnete sich auf seiner Stirn ab. »Was soll das heißen?«

»Haben Sie jemals versucht, irgendwo zu bleiben?«

Mad Dog wandte sich von Jake ab und starrte auf die rote Tapete vor sich. Er wollte schon etwas dazu sagen, doch dann preßte er die Lippen aufeinander.

»Bekomme ich eine Antwort?«

Mad Dog lächelte, aber es wirkte gequält. »Das war eine überflüssige Frage. Ich habe gesagt, ich kann nirgends bleiben, also kann ich es auch nicht. Aber zumindest bin ich ehrlich – mein Alter hat uns belogen. Er hat so getan, als ob er bleiben würde, dann ist er doch gegangen. Ich lüge nie.«

Jakes Herz verkrampfte sich. »Nein, das tun Sie nicht.«

»Als ich merkte, daß ich ein Nichtsnutz bin, habe ich aufgehört, mir ein Kind zu wünschen.«

»Deshalb wollen Sie jetzt auch keines mehr?« Jake sprach so leise, daß er sich selbst kaum mehr hörte.

»Nee, ich mag mein Leben, wie es ist. Ich gehe, wohin ich will, mache, was ich will und bin frei. Eines Tages wirst du verstehen, was ich meine.«

Jake schüttelte den Kopf. »Das Unterwegssein kenne ich. Mir hat es nicht gefallen.« Er schaute seinen Vater an, sah ihm in die grauen Augen und versuchte ihm klarzumachen, was er dabei empfand. »Es ist ... schrecklich einsam für mich gewesen.«

Ehe Mad Dog etwas darauf erwidern konnte, ging die Tür gegenüber auf. Doc Sherman kam aus der Ordination ins Wohnzimmer geschlurft und sank in den großen, kissenbestückten Sessel ihnen gegenüber.

Jake erstarrte. Sein Blick hing an dem Arzt. Bitte, lieber Gott, laß Rass gesund werden ... bitte ...

Der Arzt nahm seine Brille ab, legte sie auf seinen Schenkel und rieb sich das Nasenbein.

Mad Dog neigte sich vor. »Wie geht es ihm, Doc?«

Doc Sherman seufzte ziemlich deprimiert. »Nicht besonders. Es war ein Gehirnschlag. Seine linke Körperhälfte ist zum Teil gelähmt, und er liegt in einem tiefen Schlaf. Koma nennt man das.«

Jake kam es so vor, als würde er fallen. Ein leiser Klagelaut entschlüpfte ihm. Mad Dog drückte ihm erneut die Schulter. Die mitfühlende Berührung tröstete Jake und gab ihm Halt in seiner wieder einmal auseinanderbrechenden Welt.

»Gibt es irgendwas, das Sie für ihn tun können?«

Der Arzt schüttelte den Kopf. »Rass und ich haben vor ein paar Tagen noch darüber gesprochen. Er hat die Symptome schon seit einer Weile und wußte, was auf ihn zukam. Er ... er wollte zu Hause sterben.«

Das Wort »sterben« traf Jake wie ein Faustschlag in die Magengrube. Er preßte seine Augen zu und schüttelte heftig den Kopf.

»Wieviel Zeit wird ihm bleiben?« erkundigte sich Mad Dog.

»Wer weiß? Vielleicht eine Woche oder nur ein Tag.«

»Manchmal passieren Wunder«, flüsterte Jake und sah den Arzt beschwörend an. Aber er erhielt keine Bestätigung.

Mad Dog lächelte Jake trübe an, und da wußte Jake, daß sein Vater bestimmt nicht an Wunder glaubte. »Hoff du darauf, Jake. Rass braucht jemanden, der ihm die Stange hält.« Dann wandte er sich wieder an den Arzt. »Was können wir für ihn tun?«

Der Arzt zog einen zusammengefalteten Zettel aus seiner Hemdtasche. »Ich habe Ihnen eine Liste zusammengestellt.« Er reichte sie Mad Dog, der das Geschriebene überflog, ehe er den Arzt wieder ansah.

»Sonst noch etwas?«

»Ich glaube, Mariah wußte nicht, daß er krank war. Rass hat sie sehr behütet und abgeschirmt.« Der Arzt rieb sich erneut das Nasenbein und schloß einen Moment seine Augen. »Es wird sie schwer treffen. Sie hat sonst niemanden auf der Welt.«

Da schaute Jake auf und verspürte eine leise Zuversicht in dem Meer von Trostlosigkeit. Sie hat mich. Schon wollte er die Worte laut aussprechen, versuchte es auch, aber sein Hals war wie zugeschnürt. Mehr als ein unverständliches Krächzen kam nicht über seine Lippen.

»Niemand rechnet mit so etwas«, fuhr Doc Sherman fort. »Und Mariah ist … zerbrechlich. Ich wünschte, es wäre jemand da, der sich um sie kümmert. Rass hätte sich das auch gewünscht.«

Jake öffnete den Mund, wollte sagen, ich werde das tun, aber die Worte bekam niemand zu hören. Jemand meldete sich vor ihm.

»Das übernehme ich«, erklärte Mad Dog.

Jake musterte verwundert seinen Vater.

Mad Dog saß etwas vornübergebeugt da, hatte die Arme fest verschränkt und starrte den Arzt an. In seinem Blick lag absolute Entschlossenheit, Mad Dog meinte es also ernst. Er wollte sich wirklich um Mariah kümmern.

Jake schüttelte den Kopf. Wäre er nicht so entsetzt gewesen, wie es um Rass stand, hätte er sich sicher freuen können. Es mußte etwas zu bedeuten haben, die unerwartete Verbindung zu Mariah. Sehr viel sogar.

Aber Jake konnte sich nicht vorstellen, was da los war.

Mariah hörte den Einspänner in den Hof biegen. Sie sprang aus ihrem Bett, rannte mit wehendem Haar die Treppe hinunter und stürmte durch die Küche auf die hintere Veranda.

Mad Dog zügelte Cleo und brachte den Wagen zum Stehen. Sie sah ihn nicht an. Sie stand nur stocksteif da und hatte die Hände vor der Taille ineinander verschränkt. »Er ist tot, nicht wahr?«

»Nein ... das ist er nicht.«

Mariah schaute Mad Dog aus feuchten Augen hoffnungsvoll an. Sie löste ihre verkrampften Finger und ließ sie zur Seite sinken. »Es geht ihm besser?«

Mad Dog machte ein bedauerndes Gesicht, und Mariahs Hoffnung zerplatzte wie eine Seifenblase. Das Erlöschen dieses Lichtblicks war erschütternder als die vielen Stunden, die sie im Bett verbracht hatte, in dem festen Glauben, er sei tot. »Was hat er?« fragte sie tonlos.

Mad Dog schaute sie unglaublich traurig an und fragte leise: »Ist sein Bett gemacht?«

Mariah nickte. Furcht und Verzweiflung umschlossen sie, drangen in ihr Herz, schnürten ihr den Hals zu. In ihrem Inneren verspannte und wand sie sich. Der Puls dröhnte ihr in den Ohren. Sie war nahe daran zusammenzubrechen und das bißchen Beherrschung zu verlieren, das sie noch besaß. Zitternd holte sie Luft und hielt sich krampfhaft aufrecht.

Mad Dog sprang vom Einspänner und nahm Rass in seine Arme. Der Kopf ihres Vaters rollte schlaff zur Seite, seine Gliedmaßen hingen leblos herab.

Mariah erschrak bis ins Mark, als sie ihn sah, so blaß und eingefallen. Ihr Vater, der immer für sie da gewesen war, immer gesund und robust gewirkt hatte, schien auf einmal klein und alt ... und am Ende.

Jake kletterte vom Wagen und kam auf sie zu. Seine Augen waren rotumrändert vom Weinen, und seine Haut bleich wie Kerzenwachs. Die Lippen hatte er fest aufeinandergepreßt.

Sie empfand unendliches Mitleid, wußte, daß er sich ebenso elend fühlte wie sie und sich anstrengte, seine Tränen zurückzuhalten. Tief in ihrem Inneren regte sich etwas, ein paar Reste des weiblichen Gemüts, das sie vor wenigen Stunden noch besessen hatte. Am liebsten hätte sie ihn in die Arme genommen. Aber das tat sie nicht. Sie schaffte es nicht, dem Jungen den Trost zu bieten, den er brauchte.

Enttäuscht von ihrer eigenen Schwäche, wich sie Jakes erloschenem Blick aus.

Mad Dog hielt Rass auf den Armen und trug ihn behutsam die Verandastufen empor. Neben Mariah blieb er stehen und schaute sie mitfühlend an. »Komm, wir bringen ihn zu Bett.«

Sie wollte nicken, aber nicht mal so etwas Einfaches wollte ihr mehr gelingen.

»Jake«, fuhr Mad Dog fort. »Du holst schon mal eine Kanne warmes Wasser, einen Waschlappen und einen Löffel. Doc Sherman hat gesagt, wir sollen ihm reichlich zu trinken geben, wenn es geht.«

Mariah wußte, sie sollte Mad Dog dankbar sein, daß er die Führung übernahm; aber sie fühlte sich so elend und benommen, daß sie nur noch Leere empfand.

»Zeig mir den Weg«, bat er.

Sie wandte sich ab, stolperte die Treppe hinauf und umklammerte haltsuchend das wackelige Geländer. Er folgte ihr langsam. Jeder seiner Schritte klang schwer und dumpf auf den schadhaften Stiegen.

Mit weitaufgerissenen brennenden Augen blickte sie in den dunklen Flur und zwang sich weiterzugehen. Bei jedem kleinen Stück vorwärts verkrampfte sich ihr Magen. Ihre Finger bebten und ihr Hals war wie zugewachsen.

Die verschlossene Tür ragte bedrohlich vor ihr auf. Das war das Schlafzimmer ihres Vaters und früher einmal auch das ihrer Mutter. Es war ihr Zimmer gewesen, ihr Reich. Mariah wollte nicht dort hineingehen, wollte ihren sterbenden Vater nicht niederlegen und sich vormachen, sie könnte das durchstehen.

Zitternd faßte sie nach dem Knauf und öffnete die Tür. Das fahle Mondlicht schimmerte durch die Gardinen und bildete eine große Lichtinsel auf dem marineblauen Teppich. Schemenhaft war das Himmelbett mit seinen weißen Laken und dunklen Decken an der einen Wand zu sehen.

Steif betrat sie das Zimmer und rang nervös die Hände. In dem stillen Raum roch es nach Petroleum, frisch gewaschener Wäsche und ... Lavendel.

Der überraschende Duft zwang Mariah fast in die Knie. Es kann nicht sein, sagte sie sich. Das mußte an ihrer Einbildung liegen, daß sie den Duft wahrnahm.

Sie zündete zwei Lampen an, trat ans Bett und schlug die Decken zurück. Der starke Geruch nach brennendem Öl verbreitete sich in der Dämmerung und verdrängte den unwirklichen Lavendelduft.

Mad Dog folgte ihr ins Zimmer und legte Rass aufs Bett. Er beugte sich über ihn, richtete behutsam die Decke und zog sie ihm bis zur Brust hoch.

Jetzt erst hatte Mariah Gelegenheit, ihren Vater richtig zu betrachten. Das warme Licht der Lampen tauchte ihn in einen braungoldenen, gleichsam schmeichelnden Schein; aber selbst das brachte nicht genügend Farbe in sein Gesicht, um über die bläulichen eingefallenen Wangen hinwegzutäuschen. Schatten lagen unter seinen geschlossenen Augen und verliehen ihm den Ausdruck des Todes. Seine Lippen waren grau, fast unsichtbar inmitten der leblosen Blässe seiner schlaffen Haut.

Tiefer Kummer lag so drückend auf ihr, daß ihr schwindlig wurde. Sie umklammerte den Bettpfosten und hielt sich haltsuchend daran fest.

Mad Dog tauchte neben ihr auf, legte einen Arm um ihre Schultern und zog sie an sich. Die wohltuende Wärme seiner Hände drang ihr bis in die kalten Knochen.

Mit einem erschöpften Seufzer lehnte sie sich an ihn. Er faßte nach dem Zweisitzer unter dem Fenster und zog ihn zum Bett. Gemeinsam mit ihr setzte er sich hin.

»Mariah?«

Sie zuckte zusammen, ahnte, was kommen würde und hätte ihn am liebsten am Weitersprechen gehindert. In namenloser Verzweiflung starrte sie auf die Dielenbretter. »Ja?«

Mad Dog klärte sie leise auf. »Er liegt im Koma.«

Sie nickte und fühlte sich merkwürdigerweise so, als hätte sie den Raum verlassen. Es schien jemand anders in sie hineingeschlüpft zu sein, ein Fremdkörper, der ihre Bewegungen ausführte, für sie sprach und nickte. Denn sie fühlte nichts, nur eisige Kälte. Sie ahnte auch, was er als nächstes sagen würde. Sie hörte es nicht zum ersten Mal. »Ja.«

Mad Dog räusperte sich hilflos. Das fiel ihr auf. »Doc Sherman hat gesagt ... er wird nicht wieder gesund werden.«

»Der Doc irrt sich.« Sie bemühte sich um Nachdruck in ihrer Stimme, doch es kam nur ein Flüstern über ihre Lippen.

»Mag sein«, erwiderte er leise.

Tränen brannten ihr in den Augen. »Es ... es könnte ein Wunder passieren«, behauptete sie heiser.

»Glaubst du an Wunder?«

Bei der Frage war ihr, als müsse sie ersticken. Sie sackte in sich zusammen und fühlte sich plötzlich dem Leben schutzlos ausgeliefert. »Nein.«

»Der Doc hat gesagt, es bliebe ihm nicht viel Zeit.«

Sie biß sich auf die Unterlippe und rang mit sich. »Wie lange?«

»Vielleicht eine Woche ... möglicherweise nur noch ein Abend.« Er faßte nach ihrer Hand und drückte sie teilnahmsvoll. »Du mußt dich von ihm verabschieden.«

Da wandte sie sich Mad Dog voll zu und sah ihn zum ersten Mal, seit sie diesen Raum betreten hatten, an. Er begriff es nicht. Niemand tat das. Einsamkeit und Kummer erdrückten sie, legten sich wie ein kalter Stein auf ihre Brust. »Und du glaubst, das hilft?« fragte sie, vermochte dabei aber nicht die Bitterkeit aus ihrer Stimme zu verbannen. »Wenn ich mich verabschiede?«

»Es ist alles, was du tun kannst.«

Bei den Worten schnappte sie entsetzt nach Luft. »Um Gottes willen«, flüsterte sie und fühlte sich wie erschlagen. Angst bemächtigte sich ihrer. »Ich kann mich nicht auch noch von Rass verabschieden.« Tränen schnürten ihr den Hals zu und machten sie blind. Ein leichtes Hämmern im Kopf kündigte nahende Kopfschmerzen an. »Das kann niemand von mir verlangen.«

Sanft strich er ihr übers Haar. »Ich wünschte, ich wüßte, was ich dazu sagen soll, Mariah.«

Die Worte bewegten nichts. Sie fühlte sich genauso kalt, leblos und ausgebrannt wie zuvor. »Es gibt nichts zu sagen.«

»Nein«, war alles, was er darauf erwiderte; aber durch dieses schlichte Wort begriff sie, daß er aus eigener Erfahrung wußte, wie es ist, einen geliebten Menschen zu verlieren. Er legte einen Arm um sie und zog sie an sich. »Ich bin ... bei dir.«

Jetzt noch.

Mariah hörte die Worte, als hätte er sie laut und deutlich ausgesprochen.

Sicher war er jetzt noch bei ihr. Aber bald schon würde er nicht mehr dasein, wie Rass und Jake. Dann war sie allein.

Vergessen.

Sie sehnte sich danach, endlich weinen zu können.

21. Kapitel

Mad Dog stand im Türrahmen des Schlafzimmers. Der Raum war hell erleuchtet – Mariah hatte sämtliche Vorhänge beiseite gezogen und alle Lampen angezündet. Doch der warme Lichterglanz vermochte weder die Kälte des Todes zu verscheuchen noch die eingesunkenen Wangen des Mannes, der so stumm und reglos in dem großen Himmelbett lag, zu wärmen. Trauer kroch Mad Dog in die Brust und alles verkrampfte sich, bis ihm jeder Atemzug weh tat. Auch ihm stiegen Tränen in die Augen und ließen den sonnendurchfluteten Raum vor seinem Blick verschwimmen. Er blinzelte und schämte sich seiner Gefühlsregung nicht. Allmählich wurde seine Sicht klarer. Bei dem, was er jedoch sah – und hörte – wurde ihm erneut schwer ums Herz.

Mariah saß dicht neben dem Bett. Sie hatte sich leicht vorgebeugt, eine schmale Hand auf die knöcherne, große Rechte ihres Vaters gelegt und hielt in der anderen ein Buch mit Gedichten. Ihr stockendes Rezitieren erfüllte den Raum.

»Mein Leben ist nicht mehr mein; die vergänglichen Stunden sind vorübergezogen wie flüchtige Träume, die verfallen – deren Bilder nur noch im Gedächtnis zu finden sind ...«

Erschöpft legte sie das Buch beiseite und senkte den Kopf.

Sie so zu sehen, verzagt und niedergeschlagen, berührte Mad Dog eigenartig und weckte etwas in ihm, das er längst für abgetan hielt. Er wußte, daß er einen seltenen Augenblick von Schwäche zu sehen bekam. In den letzten beiden Tagen hatte er sie viel beobachtet, schweigend hier in der Tür gestanden und sich gewünscht – mein Gott, wie sehr er sich das wünschte – er könnte etwas für sie tun.

Aber sie ließ sich nicht helfen. Sie saß da neben dem Bett, hielt ihrem Vater die Hand und las ihm Gedichte vor. Manchmal – nicht oft – hielt sie im Lesen inne und redete einfach nur mit ihm. Nicht über etwas Wichtiges, wie ihre Angst oder Einsamkeit oder Verzweiflung, sondern über das Wetter, die Farm und den kommenden Winter.

Es war ein seltsamer Augenblick, wenn sie ihr Buch beiseite legte; noch seltener jedoch kam es vor, daß sie den Kopf gesenkt hielt, so wie jetzt.

All diese Stunden war sie nicht von seiner Seite gewichen. Sie aß nichts, schlief kaum und bewegte sich nie. Ihr Kummer hing wie eine graue Wolke um ihre Schultern, drückte sie nieder, nahm ihr die Farbe aus den Wangen und sog den Geist aus ihrer Seele.

Und nicht einmal hatte Mad Dog sie beten hören.

Jetzt, wo er sie so ansah, konnte er ihr die Folgen ihrer Krankenwache ansehen. Sie sah fahl und überanstrengt aus. Ihre gesunde Hautfarbe hatte den natürlichen Glanz verloren und einen matten, aschfarbenen Ton angenommen. Ihre Augen, die einmal vor Leben gesprüht hatten, waren ausdruckslos und leer.

Ihre Trauer bewegte ihn mehr, als er für möglich gehalten hätte. Es war verrückt. Aber es tat ihm weh, weil es ihr weh tat. Gern wäre er zu ihr gegangen, hätte sie in die Arme genommen und tröstend an sich gedrückt.

Aber sie wollte sich nicht trösten lassen. Er atmete enttäuscht aus und klopfte an die Wand. »Mariah, ich habe dir etwas zu essen gebracht.«

Sie schaute gar nicht auf. »Ich habe keinen Hunger.« Ihre Stimme klang so tonlos und schlaff, wie das Haar den Rücken hinunter hing.

»Du mußt wenigstens etwas essen«, beharrte er müde, obwohl er wußte, daß sein Reden umsonst war.

Sie legte das Buch auf das Sofakissen und griff nach der

Waschschüssel neben sich. Sie faßte in das lauwarme Wasser, holte den Lappen heraus und wrang ihn aus. Das Wasser floß ihr über die Hände. Behutsam tupfte sie mit dem feuchten Lappen über die reglosen Lippen ihres Vaters.

Damit war Mad Dog entlassen.

Enttäuscht musterte er ihr gesenktes Gesicht. Sie bemühte sich krampfhaft die Beherrschung zu wahren, als unbesiegbar zu erscheinen. Aber sie schaffte es nicht ganz. Er sah, wie ihre Unterlippe bebte, wenn sie ihren Vater anschaute, wie ihre Hände zitterten, wenn sie ihm behutsam das Gesicht wusch.

Ihr bemitleidenswerter Versuch, stark zu sein, schnitt ihm ins Herz. Er wußte, wie sie sich fühlte, und wie schwer es war, ungebeugt zu erscheinen, wenn einem nicht danach zumute war. Auch er hatte hilflos und allein am Bett seiner Mutter gesessen und zusehen müssen, wie sie dahinsiechte und starb. Gerne hätte er Mariah gesagt, daß er sie verstand und daß sie nicht allein war. Aber sie hörte ihm nicht zu, sah ihn nicht mal an.

Er wußte, warum. Und er verstand es auch. Wenn der Schmerz so stark war und die Abwehrkräfte so schwach, war Freundlichkeit jeder Art unerträglich. Im Augenblick hatte sie Angst, irgend jemandem gegenüber weich zu werden, fürchtete, daß, falls sie nachgäbe – wenn auch nur für eine Sekunde – sie in tiefste Trauer versinken würde, aus der sie nicht wieder herausfände.

Sein Verstand arbeitete auf Hochtouren. Es mußte doch eine Möglichkeit geben, wie er ihr helfen konnte. Irgend etwas ...

»Oh, mein Gott!« keuchte Mariah.

»Was ist denn?«

»Rass hat sich bewegt!«

Mad Dog machte einen Satz in den Raum und trat neben sie.

Sie drückte ihrem Vater mit beiden Händen die Finger. »Rass? Rass?«

Rass stöhnte. Es war ein leises, krächzendes Geräusch. Seine Lider flatterten.

»Ich bin hier, Rass. Mariah und Mad Dog. Wir sind beide hier.«

Er stöhnte erneut, fuhr sich mit der Zunge über die Zähne. Unglaublich langsam schlug er seine Augen auf. »Mariah?« Seine Stimme war rauh und kaum wiederzuerkennen.

»Hier bin ich, Rass. Direkt neben dir.« Sie drückte ihm die Hand.

Er runzelte die Stirn und bemühte sich, genauer hinzusehen. »Mad Dog – Sie auch?«

Im ersten Moment vermochte Mad Dog nichts zu sagen. Seine Zunge streikte. »Richtig, Rass, ich auch!«

Ein müdes Lächeln zeigte sich neben dem einen Mundwinkel seiner leicht bläulichen Lippen. »Also, ich begreife es nicht ...«

»Rass, ich möchte, daß du etwas ißt ...«, begann Mariah.

Rass winkte mit seiner gesunden Hand ab. »Hat keinen Sinn.«

Sie schnappte leise nach Luft. »Rass, sag so etwas ...«

»Ich möchte auf der Schaukel sitzen«, erklärte er mit belegter Stimme. »Noch ein letztes Mal den Nachthimmel sehen.«

Mariah holte zitternd Luft. »Um Gottes willen!«

Rass schaute Mad Dog aus betrübten, wäßrigen Augen an. »Tragen Sie mich auf die Schaukel, bitte?«

Mad Dog spürte, wie ihm Tränen in die Augen traten. Rass sah so alt und müde aus ... völlig verändert. Seine wohlklingende Stimme war nicht mehr klar und kräftig. »Sicher.«

Er bückte sich und nahm Rass in die Arme, dann hob er ihn sanft hoch. Mehr als eine Feder wog er nicht.

»Ich komme mit«, sagte Mariah.

Mad Dog nickte. Behutsam trug er den alten Mann in den Flur und die Treppe hinunter.

Kurz darauf war auch Mariah zur Stelle und schleppte Kissen und Decken an. Rasch hatte sie ein provisorisches Bett hergerichtet und einen gepolsterten Stuhl für Rass' Füße hingestellt. Mad Dog legte Rass langsam auf die Schaukel.

»Setz dich zu mir, Mariah.« Rass' Lungen rasselten.

Mariah setzte sich neben ihren Vater. Er lehnte sich an sie, und sie legte ihren Arm um seinen schwachen Körper. Vorsichtig setzte sie die Schaukel in Gang. Bei jeder leichten Bewegung knarrte sie, das einzige Geräusch in der stummen Nacht.

Rass schaute verloren und wissend zu Mad Dog auf. Sein Blick machte Mad Dog zu schaffen, raubte ihm sekundenlang die Fähigkeit zu atmen. Den Blick hatte er früher schon einmal gesehen, in den Augen seiner Mutter, kurz bevor sie starb.

»Holen Sie Jake ...«

Mad Dog vergrub seine Fäuste in den Taschen. Kummer lastete zentnerschwer auf seiner Brust. »Sofort«, versprach er rauh, wartete noch einen Augenblick und hatte Angst wegzugehen, wandte sich dann jedoch langsam um. Er wußte, wo er Jake finden würde. Der Junge hatte die Scheune nicht mehr verlassen, seit Rass vor zwei Tagen nach Hause gebracht worden war. Er saß einfach im Dunkeln und bewegte seinen Oberkörper vor und zurück.

Mariah sah Mad Dog nach, als er davonging. Nachdem er verschwunden war, drückte sie ihren Vater fester an sich. »Ich wußte, du würdest zu mir zurückkommen. Ich ...«

»Du mußt stark sein«, unterbrach ihr Vater sie schwach.

Sie straffte sich. »Du gehst nirgends hin ...«

Er hustete. »Ich sterbe, Boo ...«

Heiße Tränen schossen ihr in die Augen. Sie schüttelte den Kopf. »Nein, Rass. Nein!«

Er seufzte erschöpft und schaute sie an. In seinen trüben Augen lag eine Niedergeschlagenheit, die sie förmlich ansteckte. »Du mußt es akzeptieren, Mariah. Du kannst dich nicht davor verstecken oder weglaufen.«

Sie schüttelte erneut den Kopf. »Ich ... ich will nicht, daß du solche Dinge sagst. Bitte.«

»Es war verkehrt, daß ich dich so lange behütet habe, Mariah. Deine Mutter und ich ... wir haben dich so sehr geliebt.

Wir konnten es nicht ertragen, dich weinen zu sehen.« Er kniff seine Augen zu. Tränen liefen durch seine Wimpern und rannen ihm über die grauen faltigen Wangen. »Deshalb haben wir es nicht zugelassen, daß du weinst. Entschuldige.«

»Bitte, du brauchst dich nicht zu entschuldigen.« Sie senkte ihre Stimme zum Flüsterton. »Bitte ...«

Er öffnete seine Augen und schaute sie an. In dem Moment sah sie es: den Schmerz, den Kummer, das Bedauern. Sie erinnerte sich an die vielen Male, wo er sie mit dem besorgten Blick eines Vaters gemustert hatte, und es brach ihr das Herz.

Immer war er für sie da gewesen, selbst wenn sie seine Hilfe abgelehnt hatte. Doch ein Leben ohne ihn konnte sie sich nicht vorstellen ...

»Ich liebe dich, Boo.«

Sie war dem Weinen so nah, wie sie noch nie gewesen war. »Bitte, verlaß mich nicht. Ich liebe dich auch ...«

Er schenkte ihr ein schwaches Lächeln. »So hast du mich seit Jahren nicht mehr genannt.«

»Das hätte ich aber tun sollen.«

»Ach, Boo«, sagte er leise. Zögernd hob er seine zitternde Rechte und legte sie an ihre Wange. Seine Hand fühlte sich auf ihrer erhitzten Haut wie trockenes Papier an. »Wann haben die gegenseitigen Verletzungen begonnen?«

Sie schüttelte den Kopf, unfähig darauf etwas zu entgegnen.

Lange Zeit sahen sie sich schweigend an. Die gedämpften Geräusche der Nacht verklangen. Nur wie angestrengt sie beide atmeten war zu hören, und das gleichmäßige Scheuern der Schaukel. Das Mondlicht fiel auf die Farm und stahl sich perlmuttfarben und blau durch die abgestorbenen Ranken der Kletterpflanzen.

Mariah kam plötzlich der erschreckende Gedanke, daß ihr Daddy nicht mehr dasein würde, wenn die Ranken zum Blühen kämen.

Das dumpf knirschende Geräusch von Schritten wurde laut und riß Mariah aus ihren Gedanken. Sie sah auf und bemerkte, daß Jake und Mad Dog am Fuß der Veranda standen.

»Rass«, flüsterte Jake ehrfürchtig.

Rass lächelte betrübt. »Jake.« Dann sah er Mad Dog an. »Tragen Sie mich wieder nach oben? Ich fühle mich so schrecklich müde. Jake, komm mit!«

Mad Dog stieg langsam die Treppe herauf, hob Rass hoch und trug ihn in sein Bett.

Mariah und Jake bemühten sich tapfer zu bleiben und folgten den beiden wortlos ins Schlafzimmer.

»Jake, komm her«, bat Rass und winkte ihn mit seiner Rechten zu sich. Dann wandte er sich an Mariah und Mad Dog. »Laßt uns einen Moment allein.«

Mariah warf ihrem Vater einen flehenden Blick zu. *Ich muß dir noch etwas sagen. Und wenn uns keine Zeit mehr dazu bleibt?*

»Bleibt uns«, antwortete er wie durch Erraten ihrer Gedanken. »Geht ruhig.«

Rass lehnte sich stöhnend in den Berg Kissen zurück. Es kostete ihn ungeheure Anstrengung, sich stark zu geben. Sein ganzer Körper schmerzte, der Mund war knochentrocken und selbst das Atmen tat ihm weh. Die gelähmte linke Seite fühlte sich an wie ein Gewicht, das ihn beständig abwärts zog.

Er schloß die Augen und ruhte sich einen Moment aus.

Vorübergehend döste er ein wenig, aber er hatte noch etwas zu erledigen. Müde zwang er sich, den Blick wieder zu heben und sah Jake an seinem Bett stehen. Der Junge schaute ihn aus feuchten, rotumränderten Augen an.

»Hallo, Rass!«

»Jake.« Rass sprach den Namen des Jungen leise und liebevoll aus. »Ich wollte mich von dir verabschieden.«

Bei Jake begannen die Tränen zu fließen. Eine nach der anderen kullerten sie an seinen Wimpern herunter und rannen ihm übers Gesicht. »Ich will nicht, daß Sie gehen.«

Rass selbst litt die größten Qualen. Auch ihm stiegen Tränen in die Augen und liefen ihm aus den Augenwinkeln. »Wir haben nicht mehr viel Zeit, Jake. Ich bin wirklich am Ende.« Er winkte ihn zu sich. »Komm näher.«

Jake kniete sich neben das Bett.

»Er ist dein Vater, nicht wahr?«

Jake nickte zerknirscht. »Ich hätte wissen müssen, daß ich es vor Ihnen nicht verbergen kann.«

Es gab so vieles, was Rass sagen wollte, aber er hatte keine Kraft dazu und sein Lebenswille nahm immer mehr ab. »Sag ihm die Wahrheit, Jake. Das ist die einzige Hoffnung.«

»Aber ich habe Angst!«

Schmerz durchzuckte Rass. Doch unter Aufgebot seiner letzten Reserven sprach er weiter. »Bei Mariah habe ich diese Ausrede gelten lassen. Bei dir werde ich das nicht tun. Sag deinem Dad die Wahrheit oder ... ich verfolge dich dein Leben lang als Geist.«

Jake bemühte sich tapfer zu lächeln. »In Ordnung.«

»Versprochen?«

»Ehrenwort!«

Langsam und mit großer Mühe hob Rass seine Hand und legte sie Jake an die Wange. »Ich liebe dich, mein Junge.«

Da heulte Jake verzweifelt los. Glitzernde Tränen rannen ihm über das blasse Gesicht. Er senkte den Kopf, preßte die Stirn in die weichen Decken an Rass' Seite. »Ich liebe Sie auch, Rass.«

Der Professor wollte noch etwas sagen, aber ehe er die Worte herausbrachte, trübte sich sein Bewußtsein. Der Schmerz in seinem Herzen wurde stärker, breitete sich bis in die Ohren aus und strahlte in seinen linken Arm, wo er sich sammelte und schließlich bis ins Handgelenk und die Finger reichte.

»Hol ... Mariah!« keuchte Rass.

Er sank tiefer ins Bett. Ein fremdartiges Gefühl kroch ihm

durch den Körper und kribbelte wie tausend heiße Nadeln unter seiner Haut. Es machte ihn leicht und schwer zugleich. Das Blut hämmerte hörbar in seinen Adern.

Sein Blick schweifte durch das Schlafzimmer. Er sah alles, faßte es insgesamt in seinem Inneren zusammen.

Das war so lange sein Raum gewesen ...

Die Augen fielen ihm zu. Es strengte ihn über die Maßen an, sie aufzuhalten. Eine Erinnerung schoß ihm durch den Sinn und brachte erneut Tränen mit sich. Er dachte an den Tag, der fast fünfunddreißig Jahre zurücklag und an dem er seine Braut von New York hierhergebracht hatte. Dieser Raum, dieses Bett war ihr Reich und ihre Spielwiese gewesen.

Tränen quollen ihm aus den geschlossenen Augen und rannen über sein Gesicht.

Er spürte, wie er körperlich schwächer wurde. Es fühlte sich so an, als würde er langsam sinken, unaufhaltsam abwärts fallen und verschwinden.

Vorher wollte er aber noch Mariah erreichen. Sie mußte an seiner Seite sein, rief sicher nach ihm; jedoch konnte er sie nicht hören. In seinem Kopf dröhnte und summte es, so daß er nichts anderes mehr wahrnahm als das Klopfen seines Herzens. Er vermochte nicht mal seine gesunde Hand mehr zu heben, sie wog so schwer wie ein Stein.

Er öffnete die Lippen, wollte ihren Namen aussprechen, aber sein Hals war so trocken, daß kein Laut zustande kam. Seine Zunge fühlte sich dick, nutzlos und abgestorben an.

Allmählich nahm er ein schwaches braungoldenes Licht wahr. Er runzelte die Stirn. Das Licht breitete sich aus, paßte zu seinem rasenden Herzschlag, fiel vom Fenster herein und kroch über den dämmerigen Boden.

Da merkte Rass, daß seine Augen geschlossen waren. Er versuchte sie aufzumachen, doch er schaffte es nicht.

Eine Gestalt erschien am Fußende seines Bettes. Zuerst war sie dunkel, nicht mehr als ein Schatten, von einem unglaublichen Licht umgeben. Ganz langsam verschwand der Schatten und die Gestalt nahm Form an.

»Greta.« Der Name entfuhr ihm mit einem Seufzer.

Sie lächelte. *Hallo, Liebster.*

Er erwiderte ihr Lächeln und in dem Augenblick, als er das tat, wußte er, daß es ein richtiges Lächeln war, nicht das halbseitig gelähmte. »Du bist hier ...«

Du wußtest, daß ich auf dich gewartet habe. Sie streckte ihre Hände aus. *Komm, Liebster. Es wird Zeit ...*

Rass schaute an sich herunter und obwohl seine Augen geschlossen waren, bemerkte er den Schimmer, der sich um seinen eigenen Körper gebildet hatte. Das Licht hinter Greta wurde stärker. Hitze streifte seine Wange, gab ihm das Gefühl der Stärke. Der Schmerz, den er noch zuvor verspürt hatte, war überwunden. Mühelos richtete er sich auf und faßte nach ihren ausgestreckten Händen. »Greta ...«

»Nein! Daddy, verlaß mich nicht.« Mariahs heisere Stimme erreichte ihn wie aus weiter Ferne.

Unsicherheit durchfuhr ihn. Er hielt inne und sank in die Kissen zurück. »Boo?« hauchte er.

Etwas Warmes und Kräftiges legte sich um seine Hand. »Ich bin hier, Daddy. Geh nicht.«

Greta hielt ihre Arme ausgebreitet, ein bekümmertes Lächeln glitt über ihre Lippen. *Es wird Zeit, Liebster.*

Mit unendlicher Mühe öffnete Rass die Augen. Mariah stand an seinem Bett und hielt seine Hand. Ihre Augen waren feucht. Rotgeschwollen hoben sie sich von ihren blassen Wangen ab.

»Mama ist hier«, sagte er leise.

»Oh, Daddy ...«

»Wir lieben dich, Boo.«

Tränen füllten ihre Augen, aber keine einzige rann ihr über die Wangen und das schmerzte Rass weitaus mehr, als er gedacht hätte. »Wein ruhig ...«

Sie wird schon zurechtkommen.

Rass spürte Gretas Worte mehr, als er sie hören konnte und Frieden breitete sich in seinem Innern aus. Das heiße, weiße Licht kam auf ihn zu, drang erfreut in seinen Körper und füllte ihn mit Wärme aus. Er spürte, wie ihm die Augen zufielen und er ein letztes Mal ausatmete.

Dann befand er sich plötzlich an einem anderen Ort und wurde von der einzigen Frau, die er je geliebt hatte, in die Arme genommen.

22. *Kapitel*

Beim Begräbnis war es Winter.

Am grauen, gleichgültigen Himmel hing eine kraftlose Sonne und warf ein schwaches Licht herab. Schnee lag auf dem Zaun und den kahlen Ästen der Bäume, umhüllte alles mit einer eisigen Schicht aus schimmerndem Weiß. Frostiger Wind peitschte von den schneebedeckten Bergen herab und stürmte heulend über die Ebene.

Mariah bewegte sich schwerfällig, hatte das Kinn erhoben und die Augen starr geradeaus gerichtet. Jeder knirschende Schritt vorwärts war ein brutaler, herzzerreißender Hinweis darauf, wo sie nun hingehen würde.

Sie hielt das hintere Ende des Piniensarges. Das übereilt abgeschabte Holz schürfte ihr die Haut ab und drückte ihr ins Fleisch. Dumpf wurde ihr bewußt, daß sie Handschuhe hätte anziehen sollen.

Vor ihr gingen Jake und Mad Dog ebenso widerstrebend her. Von ihren gesenkten Köpfen stiegen kleine Atemwölkchen in den Frost hinaus. Mad Dog hielt die rechte Seite des Sargs und Jake die linke.

Zusammen schritten sie langsam und zögernd über die stille, brachliegende Farm zu dem Hügel hinauf, wo Greta und Thomas lagen. Der Wind peitschte durch die starken, bloßen Zweige der Eiche, rüttelte an sämtlichen Ästen. Die schmiedeeiserne Bank knarrte und stöhnte bei der Kraft, mit der die Böen sie trafen.

»Halt«, sagte Mad Dog leise. »Laßt ihn uns abstellen.«

Alle drei bückten sich und stellten den Sarg auf den gefrorenen schneebedeckten Boden. Er traf mit einem gedämpften Rumpeln auf, das in der klirrenden Stille fast laut widerhallte.

Mariah straffte sich. Das erste, was sie sah, war das Loch, das Mad Dog und Jake am Abend zuvor ausgehoben hatten.

Ein so überwältigender Schmerz durchzuckte sie, daß sie wankte. Sie bemühte sich, die Vorstellungen, die ihr unwillkürlich in den Sinn kamen, zu verdrängen, aber sie war nicht stark genug. Sie wollte ihren Vater nicht dort hineinsinken lassen ... wo es so kalt war und dunkel und ... endgültig vorbei.

Sie wandte sich vom Sarg, von dem ausgehobenen Grab ab und stellte sich etwas abseits. Kalte Luft wehte ihr ins Gesicht, fegte ihr Haarsträhnen um die ungeschützten Wangen. Nicht mal den Pelzkragen ihres Wintermantels schlug sie hoch. Es kümmerte sie nicht.

Sie hatte das Gefühl, sie würde auf grausame Weise in zwei Hälften geteilt. Jeder Atemzug schmerzte. Ihre Augen brannten von den Tränen, die sie nicht weinen konnte. Genau wie zuvor, wie immer, schienen die Tränen in ihrer Brust erstarrt und dort wie ein Klumpen zu verharren.

Mit um sich geschlungenen Armen versuchte sie, sich ein wenig zu wärmen.

»Mariah?«

Angestrengt hob sie den Blick. Und sah Mad Dog vor sich stehen.

»Mad Dog.« Sein Name kam sehnsüchtig über ihre Lippen. Irgendwo in weiter Ferne überlegte sie, wie einfach es wäre, jetzt auf ihn zuzugehen, ihre Arme um ihn zu legen und sich von ihm trösten zu lassen.

Aber allein die Mühe, sich zu bewegen, überstieg ihre Kräfte. Innerlich war ihr so kalt, fühlte sie sich so tot wie ihr Vater. Als ob sich unter ihrer Haut nur noch ein Haufen Scherben befände, und in ihrem Herzen Leere.

Sie wollte nichts mehr mit Mad Dog oder Jake oder sonstwem zu tun haben. Sie wollte nur in Ruhe gelassen werden, an ihren Vater denken können und mit der überwältigenden Trauer, die sie nachts wachhielt und tagsüber schläfrig machte, allein sein. Sie wollte mit niemandem reden oder etwas sagen müssen oder sich etwas anhören.

Sterben wollte sie!

»Mariah?« wiederholte er.

In völliger Starre sah sie ihn an. »Was ist?«

»Möchtest du ein paar Worte sprechen?« Er schaute ihr so besorgt in die Augen, daß er ihre Apathie fast durchbrochen hätte, und streckte seine Hand nach ihr aus.

Sie ließ es zu, daß er ihre Wange berührte, ja, sie spürte sogar seine Wärme. Aber das bedeutete nichts. »Ja«, sagte sie und hörte den leblosen Ton ihrer Stimme, »das werde ich.«

Während sie an Mad Dog vorbeiging, fühlte sie seinen Blick auf sich ruhen. Er machte sich ernste Sorgen um sie. Das wußte sie durchaus. Vordem hätte ihr das etwas bedeutet. Ihr war klar, daß es noch genauso sein sollte. Aber das traf nicht zu.

Als sie neben den kahlen Winterresten der Eiche stand, schaute sie blind in das klaffende Loch. Bei dem erschütternden Anblick fröstelte sie und schloß die Augen.

»Rass ...« Sie hielt inne und senkte den Kopf. Dumpf pochte es hinter ihren Schläfen. »Rass hätte gesagt: ›Weint nicht um mich. Ich bin noch da.‹«

Tiefer, ergreifender Kummer umklammerte ihr Herz. Sie schaute auf und ließ ihre Augen über die Farm schweifen, die er so geliebt hatte. »Er glaubte, der Tod sei ein Übergang in eine andere, bessere Welt. Ich hoffe, er hat recht. Er ...« Die Stimme kippte ihr weg. »Er hat es verdient.«

Auf dem kalten Boden niederkniend legte sie ihre eisige Hand auf das rauhe Holz seines Sargs. Ihre Schultern krümmten sich nach vorn, und wie betäubt ließ sie den Kopf hängen. Es kam ihr so vor, als würde sie langsam von einer Wand aus kaltem, unbeweglichem Gestein zermalmt. Atmen erschien ihr fast unmöglich. Mit trockenen, brennenden Augen starrte sie auf die zusammengehämmerten Pinienbretter. »Wiedersehen, Daddy. Ich liebe dich.«

Sie drückte die Augen zu und hielt sie einen schmerzerfüllten Moment geschlossen, dann öffnete sie sie langsam und richtete sich auf.

Mad Dog und Jake sahen sie an. In ihrem Blick lag das Angebot der Zuflucht, das Versprechen von Trost. Und in dem Moment wußte sie, daß sie sich zusammentun und gegenseitig helfen könnten, mit der Trauer fertig zu werden.

Aber das interessierte sie nicht.

Sie war zu müde, es zu versuchen, innerlich zu ausgehöhlt, um sich noch nach dem Trost einer Familie zu sehnen. Mad Dog und Jake würden bald gehen. Das wußte sie. Nur Rass hatte sie zusammengehalten. Ohne ihn waren sie drei Fremde. Die Nächte mit Mad Dog erschienen ihr schon wie Gaukelei, wie ein inhaltsloses, verlogenes Märchen.

Sie schaute ihn und Jake an: Jetzt, wo sie so nebeneinander standen, beide voll Trauer, sahen sie sich fast ähnlich.

Mariah fühlte sich abgesondert, allein. Sie wünschte, sie hätte die Kraft oder den Mut, sich zu ihnen zu stellen.

Aber das konnte sie nicht.

Müde raffte sie ihre Röcke und wandte sich von dem grasbewachsenen Hügel ab.

Nicht mal einer von beiden versuchte sie zurückzuhalten.

In den langen Tagen und noch längeren Nächten, die auf Rass' Tod folgten, wirkte das Haus wie ein trostloser Hort der Verzweiflung. Staub sammelte sich auf den Möbeln, bedeckte die Fensterbänke. In der Küche herrschte Schweigen, ein kalter Beweis, daß das Herz der Farm nicht mehr schlug.

Kein Lachen war zu hören, keine Stimmen zu den Mahlzeiten. Es gab nicht mal mehr Mahlzeiten. Und Unterhaltung fand auch keine statt. Nur Erinnerungen erfüllten dunkel und schmerzlich das Haus.

Mad Dog konnte es nicht mehr ertragen. Er hatte versucht Mariah Zeit zu lassen, um zu trauern. Aber sie trauerte nicht. Sie hatte aufgehört zu leben und starb jeden Tag ein Stückchen mehr. Er konnte es nicht mehr mitansehen.

Entweder mußte er etwas für sie tun oder sich davonmachen.

Und das war sein Problem. Er wußte keinen Rat, aber gehen wollte er auch nicht.

Er blickte in den Eintopf, der vor ihm auf dem Herd brodelte. In Gedanken versunken rührte er ihn um. Das kräftige Aroma wehte ihm entgegen, zog an seiner Nase vorbei appetitanregend überall hin.

Die Haustür ging knarrend auf und fiel gleich darauf wieder zu. Schritte kamen durch den Flur auf die Küche zu.

Erwartungsvoll wandte Mad Dog sich um.

Jake schlenderte herein, die Hände tief in den Taschen vergraben, den Kopf gesenkt. Auf der Schwelle blieb er stehen und hob den Kopf. »Sie kochen?«

Mad Dog zuckte mit den Schultern. »Jemand muß es tun. Ich werde schon ganz dünn.«

Jake deutete zur Haustür und zeigte sich besorgt. »Mariah auch.«

Mad Dog legte den Holzlöffel beiseite, fuhr sich mit der Hand durchs Haar, trat an den Tisch und zog einen Stuhl vor. Dessen Holzgestell schrammte über den Boden. Er setzte sich hin und streckte seine Beine aus. »Ja, ich weiß. Sie sieht bald aus wie eine Vogelscheuche.«

Jake ließ sich auf einem Stuhl Mad Dog gegenüber nieder. »Redet Sie überhaupt mit Ihnen?«

Mad Dog verneinte kopfschüttelnd. Bedrückt murmelte er: »Ich weiß nicht, was ich tun soll, Jake. Sie ... siecht dahin.«

»Ich weiß. Gestern habe ich ihr eine Geranie gebracht – es war die einzige, die den Schnee überstanden hat. Sie hat sie nicht mal angenommen, nur zerstreut danke gesagt und weggesehen.«

»Blumen, he? Daran habe ich gar nicht gedacht.«

»Also, bei meiner Mutter hat das funktioniert, aber sie war anders traurig.«

Mad Dog runzelte die Stirn. »Wie meinst du das?«

Jake drehte an seinen Knöpfen. Es schien ihm Schwierigkeiten zu bereiten, offen darüber zu reden. Meine Mutter ... liebte einen Mann, der ihre Gefühle nicht erwidert hat. Deshalb war sie oft traurig und hat viel geweint.« Er wich Mad Dogs Blick aus und starrte auf die Wand. »Schließlich hat sie irgendwann aufgegeben, ihn aber nie vergessen; und sie sorgte dafür, daß auch ich es nicht konnte.«

»Ist sie wie ein stummer Geist herumgewandert, so wie Mariah?«

»Nein, sie hat mehr ... rausgelassen.«

»Ja, so machen es die meisten Frauen.« Mad Dog nickte und blickte zur Tür in den dunklen Flur. Er brauchte sich nicht von der Stelle zu rühren, um zu wissen, wo Mariah war, was sie gerade tat. Sie saß auf der verdammten Verandaschaukel, den Rücken kerzengerade, das Kinn leicht angehoben und schaute ins Leere. Ihr Blick hatte keinen Glanz mehr, die Wangen welkten und dunkle Schatten zeichneten sie.

Ächzend atmete er aus. Himmel, sie sah schon aus wie eine Tote. Das Licht in ihren Augen war erloschen, die gesunde Frische ihrer Haut verschwunden.

Mad Dog stellte zu seiner Überraschung fest, daß er sie vermißte. Nicht nur ihren Körper. Daran dachte er jetzt gar nicht. Ihm fehlte ihr Wesen, ihre Art, wie sie den Kopf hielt, wie sie lächelte, wie sie erschauerte, wenn er in ihrer Nähe war, wie sie lachte. Am meisten vermißte er ihr Lachen.

Er stützte die Ellenbogen auf den Tisch und barg sein stoppeliges Kinn in den Händen. Verständnislos schüttelte er sich. »Verdammt, ich bin nie länger als drei Tage an einem Ort geblieben. Wenn jemand Probleme hatte, bin ich getürmt. Ich weiß nicht, wie ich ihr helfen soll.«

»Sie fühlt sich ... verlassen«, bemerkte Jake leise und sah auf. »Haben Sie sich jemals so gefühlt?«

Jawohl, und zwar jetzt! Der Gedanke überraschte Mad Dog, aber er konnte dessen Wahrheit nicht leugnen. Ohne ihr Lächeln, ihre Herzlichkeit, ihre Berührung fühlte er sich wie ein steuerloses Boot auf einem Meer, ohne Land in Sicht.

»Schon«, bestätigte er und befeuchtete seine Lippen. »Ein paarmal hat es mich auch erwischt. Als meine Mutter starb, habe ich ...« Er rang um passende Worte für das, was er keiner anderen Menschenseele je erzählt hatte. »Ich schätze, ich wollte auch sterben.«

Tränen schimmerten Jake in den Augen, rannen ihm aus den Augenwinkeln. »Genau.«

Schweigen breitete sich zwischen ihnen aus. Jeder hing seinen Erinnerungen nach.

Schließlich fand Jake seine Stimme wieder. »Ich glaube nicht, daß sie uns haßt oder irgend so was. Es ist ihr ... einfach alles unwichtig geworden.«

»Wie wecken wir dann ihr Interesse?«

Er zuckte mit den Schultern. »Ich weiß es nicht.«

Mad Dog ließ seinen Blick über den Tisch schweifen. »Wie bist du da wieder herausgekommen, als deine Mom starb?«

Ein Schatten huschte über Jakes feuchtes Gesicht. »Ich habe mein Augenmerk auf etwas anderes gerichtet ... das einzige, was noch eine Rolle spielte. Auf meinen Vater. Ich habe mich auf die Suche nach ihm gemacht.«

»Ach ... verdammt!« Mad Dog winkte schwermütig ab. »Das hilft uns nichts.«

»Nein«, gab Jake niedergeschlagen, fast enttäuscht zu. »Glaube ich auch nicht.«

Mad Dog nagte an seiner Unterlippe und schloß die Augen. Himmel, es war ihm so ungeheuer wichtig, aber er wußte einfach keinen Anfang. Langsam öffnete er die Augen und sah den vergrämten Jungen an. »Hilfst du mir, Jake ...«

Jake hob ruckartig den Kopf und seine Augen weiteten sich überrascht. »Sie wollen meine Hilfe?«

»In dieser Sache stecken wir zusammen drin, mein Lieber.« Er seufzte und schüttelte den Kopf. »Ach, verflixt, ich weiß nicht, wie ich sie erreichen soll, wie ich ...« Dann fiel es ihm wie Schuppen von den Augen. Er schlug mit der Faust auf den Tisch und grinste. »Jetzt weiß ich es.«

»Was denn?«

»Du wirst schon sehen.« Er sprang auf. »Überrede sie dazu, daß sie etwas von dem Eintopf ißt. Ich muß in die Stadt. Vor Einbruch der Dunkelheit bin ich zurück.«

Jake stand an dem heißen Herd und löffelte etwas von dem Eintopf in eine gesprungene Porzellanschale. Die heiße, braune Suppe verschwamm ihm vor den Augen, verwandelte sich in eine Mischung aus braunen Brocken und weißem Porzellan.

Wir stecken zusammen in dieser Sache drin, mein Lieber.

Sein ganzes Leben hatte er darauf gewartet, diese Worte zu hören. Sie schenkten ihm das schwindelerregende Gefühl neuer Hoffnung, wie er es seit Jahren nicht mehr kannte.

Morgen, dachte er. Morgen werde ich ihm die Wahrheit sagen ... Und zum ersten Mal hatten die Worte nicht den schalen Beigeschmack des Selbstbetrugs. Jake glaubte an sich. Morgen würde er sich seinem Vater zu erkennen geben.

Schwungvoll legte er den Schöpflöffel beiseite und nahm die heiße Schale in beide Hände. Er wandte sich um, verließ die Küche und ging nach draußen.

Das erste, was er bemerkte, war das stete Auf und Ab der Verandaschaukel. Mariahs Trauer verdrängte seine gute Stimmung. Neben ihr auf dem kleinen wackeligen Tisch brannte eine Kerze. Ihr heimeliger Wachsgeruch verteilte sich über die Veranda hin und hielt die Schatten der Nacht fern.

Jake trat entschlossen aus der Tür »Mariah? Ich habe Ihnen etwas zu essen gebracht.«

Sie bewegte sich nicht, schaukelte stumm weiter und starrte ins Leere.

Er ging näher, spähte um den Pfosten der Schaukel herum. »Mariah?«

Sie winkte schwach ab. »Ich habe keinen Hunger.«

»Sie müssen aber etwas essen ... wissen Sie, um bei Kräften zu bleiben!« Das hörte sich gut an, fand er. Es klang richtig erwachsen. Bitter lachte sie auf, erwiderte aber nichts.

Jake stellte die Schale auf die oberste Stufe und verschwand aus ihrem Blickfeld. Er hockte sich hin, schielte zu ihr hinüber und bemerkte die vielen Falten um ihre Lippen, die Trauer in ihren Augen.

»Meine Mom ist letztes Jahr gestorben«, sagte er leise und legte seine Hand auf sein Knie.

Sie faltete die Hände und seufzte müde. »Das tut mir leid, Jake.«

Jake verspürte neue Hoffnung. Es war die weitaus stärkste Reaktion, die er ihr seit Tagen hatte entlocken können. »Sie haben mir das Leben gerettet«, bekannte er. »Sie und Rass.«

Da schaute sie ihn an und fast wünschte er sich, er hätte das nicht gesagt. In ihren Augen lag ein abgrundtiefer Kummer, ihre Lippen hingen trübsinnig nach unten. Für ihn war es wie ein Hieb ins Gesicht, wenn er sie nur ansah. »Bitte!« Ihr Flehen klang gepreßt. »Tu mir das nicht an ...«

Jake wußte nicht, wie er sich verhalten sollte. Unsicherheit durchflutete ihn. Er wünschte sich, Mad Dog wäre hier und würde ihm ein Stichwort geben. »Ich ...«

Sie wandte sich ab und starrte blicklos nach vorn. »Geh jetzt, Jake.«

Verwirrt stand er auf. »Sie haben einmal gesagt, ich hätte hier für immer ein Zuhause. Haben Sie das ernst gemeint?«

Nach einer geraumen Weile nickte sie langsam.

Er fixierte sie, versuchte sie kraft seines Willens dazu zu bringen, daß sie ihn ansah; aber sie regte sich nicht, blieb ein Schatten in der heraufziehenden Dunkelheit. »Ich … ich habe Sie so gern, Mariah«, flüsterte er.

Sie zuckte zusammen und hob dann die Schultern. Eine Träne bildete sich in ihrem Augenwinkel und schimmerte im Licht der Kerze wie ein Diamant, aber sie fiel nicht herab.

Nur daran konnte er erkennen, daß sie sein Geständnis überhaupt gehört hatte.

Mariah saß immer noch auf der Schaukel, als Mad Dog aus der Stadt zurückkehrte.

Er lief über den dämmrigen Hof und sprang die durchhängenden Holzstufen hinauf. Die ganze Veranda bebte und zitterte bei seiner stürmischen Ankunft.

Mit großen Schritten kam er über die Veranda direkt auf sie zu. Grinsend zauberte er mit einem kräftigen Ruck eine dunkelbraune Flasche hervor. »Da bin ich wieder.«

Mariah bedachte ihn nicht mal mit einem Blick. Sie saß stocksteif da und schwieg.

Sein schwerer Atem war das einzige Geräusch in der Stille. Er setzte sich auf das breite Geländer und musterte sie. Dabei umfaßte er die Flasche neben sich. »Genug ist genug, Mariah.«

Sie stand langsam auf. »Ich glaube, ich werde jetzt in mein Zimmer gehen.« Kerzengerade wollte sie sich an ihm vorbeizwängen.

Er hob seinen Fuß an und trat mit seinen Cowboystiefeln dicht neben der Schaukel auf. Die Kettenglieder rasselten. Der Sitz rutschte zur Seite. Sie war zwischen seinem Bein und dem Verandageländer eingeklemmt. Es gab keinen anderen Weg als an ihm vorbei – und er hatte nicht die Absicht, ihr Platz zu machen.

Sie hielt inne und starrte auf seine staubigen Stiefel hinunter, als hätte sie eine zweiköpfige Schlange vor sich. In dem flackernden schwachen Kerzenlicht erschien ihr Profil wächsern und hart. »Bitte, laß mich durch.«

Langsam hob er den anderen Fuß an und verschränkte ihn mit dem ersten. »Nein.«

Sie wandte sich ihm zu und musterte ihn ausdruckslos. »Mir ist nicht nach Reden zumute ... noch nicht. Also wenn du nichts dagegen hast ...«

Eine Woge des Mitleids erfaßte ihn, als er in ihr blasses aschfahles Gesicht schaute. Sie sah jung aus und verletzlich, wie eine Frau, die einen guten Freund brauchte. Zum ersten Mal in seinem Leben wollte er mit jemandem gut Freund sein. Nicht nur kameradschaftlich verbunden oder zufällig bekannt, sondern beteiligt an einem Schicksal. Bis jetzt war er noch niemandem begegnet, der so sehr einen Freund brauchte wie Mariah. Zuerst mußte er sie jedoch erreichen, die Mauer ihres Kummers einreißen.

»Aber ich habe was dagegen«, erwiderte er und bemühte sich, mit fester Stimme zu antworten. »Ich habe deine Klein-Mädchen-Taktiken und deine Selbstbemitleiderei satt.«

Entsetzt schnappte sie nach Luft und, falls das möglich war, wurde ihre Haut noch eine Spur blasser. Mit zitternder Hand faßte sie nach ihrer Taille. »Ich habe vor einer Woche meinen Vater verloren, falls du das vergessen hast.«

»Das ist der Lauf der Natur – aber keine Entschuldigung für so ein kindisches Benehmen!« Er unterbrach sich und fügte dann das Gemeinste, was ihm einfiel, hinzu: »Dein Vater wäre enttäuscht von dir, wenn er dich so sähe.«

Sie keuchte empört auf. »Warum tust du mir das an?«

Er wich zurück, wollte sie dazu bringen, ihn anzusehen, aber das klappte nicht. Nur auf seine verschränkten Beine konzentrierte sie sich, als hätte sie nicht genug Kraft, den Kopf zu heben. »Es muß sein«, erwiderte er leise. »Deine Grenze ist erreicht.«

Finster runzelte sie die Stirn. »Du hast keine Ahnung von meinen Grenzen. Jetzt nimm deine Füße weg und laß mich vorbei. Ich bin müde und will ins Bett.«

»Aber du schläfst doch gar nicht, oder? Ich habe dich stundenlang nachts hier auf der Schaukel sitzen sehen.«

»Das ist meine Sache«, erwiderte sie, aber es schwang keine Abwehr in ihrer Stimme mit, nur unendliche Trauer.

»Auch mich geht das etwas an!«

»Sag so etwas nicht.«

»Du siehst es doch.«

Sie seufzte und fuhr sich mit der Hand durch das ungekämmte Haar. »Was willst du von mir, Mad Dog?«

»Ich möchte, daß du wieder lächelst. Es fehlt mir.« Er dämpfte seine Stimme. »Ich vermisse dich.«

Sie schloß ihre Augen und senkte den Kopf. Ein paar dichte Strähnen fielen ihr vors Gesicht. »Ach, Mad Dog ...«

Er streckte seine Hand aus, faßte ihr unters Kinn und zwang sie behutsam dazu, ihn anzusehen. Ihre Blicke begegneten sich. »Matt«, flüsterte er.

Sie blinzelte. »Was?«

»Ich heiße Matthew Jebediah Stone. Meine Mutter hat mich immer Matt gerufen.« Er lächelte und war selbst überrascht, wie leicht ihm diese Auskunft fiel. »Bisher habe ich das niemandem gesagt.«

»Wieso dann mir?«

Überraschenderweise enttäuschte ihn ihre Reaktion. »Es ist alles, was ich dir zu bieten habe.«

Sie fröstelte, schlang ihre Arme um sich und wich seinem Blick aus. »Ich will nichts von dir.«

»Ja, das weiß ich.«

Sie blickte vielsagend auf die Haustür. »Nun ... Matt, ich schätze deine Ehrlichkeit, aber ...«

»Die vergangenen Wochen wolltest du es noch wissen«, behauptete er aufs Geratewohl.

»Mag sein ... du hättest es mir also früher sagen sollen. Jetzt interessiert es mich nicht mehr. Wenn du mich bitte entschuldigst ...«

»Ich habe die richtige Medizin für Apathie.«

Ihr stumpfer Blick richtete sich auf ihn. »Das bezweifle ich.«

Er griff nach der Flasche Tequila. »Trauer muß man in einem Sorgenbecher ertränken«, erklärte er und grinste jungenhaft.

Sie schnaubte verächtlich. »Du glaubst doch wohl selbst nicht, daß ich so meinen Kummer loswerde?«

»Mir hat es immer geholfen.«

Fast hätte sie aufgelacht, aber es war nur ein bitteres humorloses Zucken um ihre Lippen, nicht mehr. »Mir bestimmt nicht. Eine dumme und sinnlose Methode.«

»Na und?«

»Was soll das?« Sie wandte sich ihm zu und faßte ihn kalt ins Auge. »Willst du mir das mal erklären, wie du dir das vorstellst? Ich ... nein, wir ... betrinken uns, und wenn ich aufwache – mich dann hundsmiserabel fühle – ist mein Vater nicht mehr tot?«

Mad Dogs Lächeln erlosch. Er schaute ihr tief in die Augen und hoffte – betete sogar – sie möge den Trost sehen, den er ihr anbot. »Er wird nicht wieder lebendig, Mariah. Und es wird auch nach wie vor weh tun. Aber vielleicht nicht mehr so schlimm. Vielleicht hilft es ja, sich einmal richtig auszuweinen ...«

Ihre Augen weiteten sich. »Alkohol bringt einen zum Weinen?«

»Sicher.«

Skeptisch runzelte sie die Stirn. Er sah ihr an, daß sie darüber nachdachte, es sich in der Tat überlegte.

Komm, Mariah. Geh das Risiko ein. Nimm ...

»Also gut«, erwiderte sie langsam. »Vielleicht einen Schluck.« Sie schaute zu ihm auf. »Wenn du mir versprichst, daß ich dann weinen kann ...?«

Mad Dog hätte vor Freude in die Luft springen mögen. Das war wenigstens ein Anfang.

Niemand blieb schließlich bei nur einem Schluck Tequila.

23. Kapitel

Mariah vermochte nicht zu glauben, daß sie sich wirklich darauf eingelassen hatte, Tequila zu trinken. In der vergangenen Woche hatte sie nicht gegessen, nicht geschlafen, nichts gesagt, einfach alles an sich vorbeigleiten lassen. Und jetzt nahm sie an einer Tequila-Runde teil ...

Die Möglichkeit, daß sie dann weinen konnte, war zu verlockend.

Mit gesenktem Kopf und brennenden, müden Augen blickte sie auf den Fußboden. Wie gerne wollte sie weinen, sehnte sich so nach den erlösenden Tränen, daß es ihr körperlich bereits weh tat. Sie hatte ein paarmal Anläufe unternommen, der Trauer nachzugeben, die in ihrem Inneren festsaß. Aber es rührte sich nichts. Die Tränen waren durch die vielen Jahre der eisernen Beherrschung wie festgestampft und drückten ihr auf die Lungen.

Sie warf Mad Dog, *Matt,* wie sie sich erinnern mußte, einen verstohlenen Blick zu. Er ging wortlos neben ihr her und führte sie zu einem geheimen Ort mitten auf der Farm.

Er hatte sie bei der Hand nehmen wollen, aber das hatte sie nicht zugelassen. So nah wollte sie ihm nicht kommen. Innerlich sperrte sie sich dagegen, sich von ihm trösten zu lassen. Sie wollte nur mitkommen, um etwas Tequila zu trinken und sich auszuweinen.

Unter gar keinen Umständen wollte sie erneutes Interesse an Mad Dog aufkommen lassen. Es spielte keine Rolle, was er ihr sagte, wie viele hübsche Worte er ihr zuraunte, die Wahrheit ließ sich dadurch nicht ändern. Bald würde er weiterziehen und sie allein zurücklassen. Vor kurzem hatte ihr das nichts ausgemacht. Oder zumindest hatte sie sich das eingeredet. Aber da hatte sie Rass bei sich gehabt. Sie wäre nicht verloren gewesen. Wenn er jetzt ging, wäre sie vollkommen allein auf der Welt, und sie wollte ihm nicht mehr von ihrem Herzen mitgeben, als er schon besaß.

Plötzlich blieb er stehen und öffnete die Flasche. »Das ist der passende Ort!«

Mariah schaute sich um. Sie waren mitten auf der Westweide. Der meiste Schnee war seit gestern geschmolzen, aber der Boden noch hart und gefroren. Schwarze Erde breitete sich nach allen Seiten aus, vermischte sich mit dem sternenübersäten dunkelvioletten Himmel. Drüben auf der linken Seite schlängelte sich der Bach wie ein sprudelndes silbernes Band durch die Landschaft. Mondlicht tanzte auf der Wasseroberfläche. Zur Rechten, auf der Anhöhe, sah sie die Umrisse der alten Eiche und andeutungsweise die schmiedeeiserne Bank.

Hastig wandte sie sich ab.

Mad Dog faßte nach ihrer Hand. »Ist schon gut. Du wirst dich gleich besser fühlen.«

Sie runzelte die Stirn. »Das soll alles sein ... wir setzen uns nur hierhin und betrinken uns?«

»Du kannst gern stehenbleiben.«

Mariah streckte die Hand aus. »Gib mir die Flasche!«

Er reichte sie ihr. Funkelnd fiel das Mondlicht auf das braune Glas und die Flüssigkeit in der Flasche glitzerte wie Gold. Der starke Geruch von Alkohol schlug ihr entgegen.

Angewidert verzog sie die Nase. »Der riecht aber furchtbar.«

»Schmeckt noch viel furchtbarer.«

Mad Dog ließ sich im Schneidersitz nieder. Dann klopfte er neben sich auf den Boden. »Komm, setz dich zu mir.«

Langsam und zögernd kniete sie sich neben ihn. Sie starrte auf die Flasche und sprach sich Mut zu.

»Irgendwelche Bedenken?« fragte er leise.

»Nein.« Sie setzte das ominöse Getränk an die Lippen. Das dicke Glas fühlte sich kalt und eigenartig an. Mit angewiderter Miene nahm sie einen kräftigen Schluck.

Tränen sprangen ihr in die Augen. Wie Feuer brannte es ihr im Hals und dann im Magen. Sie riß die Flasche von den Lippen und wischte sich mit dem Ärmel den Mund ab. »Oh ... du ... Allmächtiger.«

Mad Dog grinste sie an. »Ich habe dir doch gesagt, daß einem davon die Tränen kommen.« Er griff nach der Flasche und nahm sie ihr ab. Nach einem ordentlichen Zug reichte er sie ihr zurück.

Sie runzelte die Stirn. »Noch einen?«

»Mindestens!«

»Vielleicht sollte ich warten ...«

»So schnell wirkt das Zeug nicht, Liebste. Nimm noch einen Schluck.«

Abermals zwang sie sich, gehorsam zu trinken, und wischte sich hinterher den Mund mit dem Ärmel ab.

Er lachte. »Wozu machst du das? Du weißt doch, wo mein Mund ist.«

Mariah ignorierte ihn und nahm eine weitere Portion.

Mad Dog lehnte sich auf den Ellenbogen zurück, legte die Beine übereinander und starrte in die endlose, sternenübersäte Weite des Himmels. Eine halbe Ewigkeit saßen sie da im Gras, er hatte sich lang ausgestreckt und sie hockte sittsam neben ihm.

Den Tequila reichten sie hin und her, bis Mariah tatsächlich auf den Geschmack kam. Ihrer Ansicht nach schluckte sie ein Feuerwerk hinunter. Nach jedem Nippen fühlte sie sich wärmer. Die Spannung, die sich seit Tagen in ihrem Rücken angesammelt hatte, schmolz allmählich auf ein erträgliches Maß zusammen.

»Komm her!« sagte Mad Dog nach einer Weile und klopfte auf den Boden an seiner Seite.

Mariah hatte inzwischen einen guten Zug. »Eh-eh!« Dann reichte sie ihm die Flasche und wischte abermals den Mund mit dem Handrücken trocken.

Nun war er wieder dran und gab anschließend die Flasche zurück.

Sie runzelte die Stirn. Eine Sekunde lang – nur eine Sekunde – verschwamm das Ding vor ihren Augen.

Er fuchtelte damit herum. Die Flüssigkeit schwappte gegen das Glas.

Sie griff mit beiden Händen danach und umfaßte den schmalen kalten Flaschenhals. »Ich hab sie.«

War das ihre Stimme gewesen? Sie klang so ... undeutlich.

»Du hast mich«, erwiderte er leise.

Ruckartig hob sie den Kopf. Aus tiefliegenden Augen sah sie ihn an. Aber er verschwamm für einen kurzen Moment vor ihrer Sicht. Sie mußte sich erst gehörig konzentrieren, ehe sie ihn wieder richtig erkennen konnte.

Langsam rückte er in ihr Blickfeld. Er lag in dem dunklen Gras und hatte sich auf seine Ellenbogen gestützt. Mondlicht verfing sich in seinem zu langen Haar und erzeugte einen Schimmer um sein gebräuntes, lächelndes Gesicht.

Ihr Herz machte einen winzigen Satz. Mein Gott, sah er gut aus. Fast hatte sie vergessen ...

Aber das war ja ihre Absicht. Oder wie?

»Ich will dich nicht«, erklärte sie spröde und nahm einen weiteren Schluck.

Er lachte, und in der Stille der Dunkelheit war es ein wohlklingendes Geräusch, bei dem ihr warm ums Herz wurde. »Doch, und ob.«

Aus einem unerfindlichen Grund begannen ihre Finger zu zittern. Hart stellte sie die Flasche auf dem gefrorenen Boden ab. »Nein, stimmt nicht.«

Er richtete sich auf.

Mariah spürte seinen Blick auf sich ruhen. Wie ein Feuerstrahl glitt er über ihre Haut. Sie fröstelte und wehrte sich gegen dieses Gefühl.

Langsam richtete er sich auf.

Überdeutlich nahm sie seine Bewegungen wahr, das Knacken seiner Gelenke, seine Schritte in dem knisternden Gras, seinen beschleunigten Atem.

Dicht vor ihr blieb er stehen. Seine Hand tauchte aus der Dunkelheit vor ihr auf. »Komm mit.«

Sie blinzelte: »Wo gehen wir hin?«

»Spielt das eine Rolle?«

Erst wollte sie noch einen Schluck Tequila zu sich nehmen.

Er faßte sie bei der Hand. »Ich finde, es reicht.«

Sie sträubte sich. »Du glaubst, ich hätte genug? Wen interessiert das schon?« Ein abweisendes Lächeln glitt über ihre Lippen, als sie sich noch einen genehmigte.

»Komm schon!«

Sie ignorierte seine Hand und stellte den Tequila weg. Die Flasche fiel mit einem dumpfen Knall um und der starke Geruch des Alkohols stieg wie Nebel auf. Mariah kicherte und wollte die Flasche gerade stellen.

»Komm mit, Mariah.«

»Ja, ist ja schon gut.« Sie stützte sich auf und stemmte sich ungeschickt hoch. Als sie stand, erfaßte sie ein starkes Schwindelgefühl und ließ ihre Beine weich werden wie Pudding. Sie stolperte zur Seite, ruderte mit den Armen durch die Luft und sank zu Boden.

Erneut kicherte sie. »Ich kann nicht mehr stehen.«

Mad Dog lachte leise und hob sie hoch. Die plötzliche Bewegung kam so überraschend, daß sie ihre Arme um seinen Hals schlang und sich an ihm festhielt.

Er wandte sich zum Gehen.

Mariah atmete tief aus. Sie mußte zugeben, daß sie sich verdammt gut fühlte. An seiner Schulter lag es sich nicht schlecht. Die gleichmäßige Bewegung seines Gangs wirkte einschläfernd und entspannend auf sie. Sie spürte richtig, wie sie dahinschwebte und an gar nichts dachte.

»Wir sind da!« Mad Dog blieb stehen.

Mariah sah verwirrt um sich und versuchte, trotz der Dunkelheit ringsum, etwas zu erkennen.

Ein kahler, zitternder Ast fiel ihr ins Auge.

Sie schnappte nach Luft und faßte sich mit der Hand an den Mund. Nein, dachte sie, benommen von den ungewohnten Prozenten, er hatte sie nicht hierhergebracht. Nicht hierher ...

Er lockerte seinen Griff. Langsam glitt sie an seinem langen, starken Körper herunter, bis sie Boden unter den Füßen spürte. Kaum daß sie aufkam, gaben ihre Knie unter ihr nach, und sie fiel wankend ins Gras.

Alles an diesem Ort war qualvoll vertraut. Sie brauchte nicht das Tageslicht, um zu erkennen, wo sie war.

Der Schreck über den Verrat schmerzte. »Warum hast du mich hierhergebracht?«

Er kniete sich neben sie und schob seine Hand in ihre. Ihre Finger berührten sich und fanden wie von selbst zueinander. »Du mußt dich endlich verabschieden, Mariah.«

Sie wandte sich ihm zu. »Ich habe mich bei dem verfluchten Begräbnis verabschiedet.«

»Du mußt es aber auch wirklich meinen.«

Sie schüttelte den Kopf. »Nein.«

»Ich bin bei dir.«

»Du glaubst, das macht einen Unterschied?« Sie lachte hysterisch auf.

»Sicher.«

Seine Antwort kam so prompt und aufrichtig, daß Mariah ihm fast glaubte. Einen Moment, einen schwindelerregenden Augenblick überlegte sie, *was wäre, wenn.*

»Sprich mit ihm, Mariah«, drängte Mad Dog und drückte ihr die Hand. »Sag das, was du nicht mehr sagen konntest.«

Sie stöhnte und wandte sich widerstrebend dem Berg schwarzer Erde zu, der sich aus dem bereiften Gras erhob. Im Mondlicht wurde undeutlich ein Grabstein sichtbar. Die Worte, die darauf standen, waren ihr ins Gedächtnis gebrannt. »*Hier liegt Erasmus Throckmorton begraben. Ehemann und Vater.*«

Sie hatte nicht gewußt, was sie über ihn sagen sollte. Was sagte man über einen Mann, der vierundsiebzig Jahre auf dieser Erde gewandelt war und keiner Seele etwas zuleide getan hatte? Ein Mann, der an Gott glaubte, an Wunder und permanente Chancen in der Liebe.

Was sagt man über seinen Vater, wenn er nicht mehr da ist? So viele Jahre, so viele Erinnerungen ... so wenig Raum auf einem kalten Granit.

»Er hat dich geliebt, Mariah.«

Plötzlich fühlte sich ihr Kopf schwer an. Sie nickte. »Er war mein Leben«, flüsterte sie.

»... aber er würde nicht wollen, daß du dein Leben für ihn hergibst.«

Ein schwaches Lächeln huschte über ihr Gesicht und ging in ein Stirnrunzeln über. »Wie kommst du darauf?«

»Er war leicht kennenzulernen.«

Diesmal hielt ihr leises Lächeln etwas länger an, ehe es wieder erstarb. »Ja, das war er.«

»Sprich mit ihm«, wiederholte er. »Verabschiede dich von ihm.«

»Das ist albern.«

»Na und, du bist betrunken. Was macht es da schon aus, wenn du etwas Albernes tust?«

Fast hätte sie laut aufgelacht. Dann hob sie zögernd den Kopf und blickte auf das leere Rechteck, auf dem noch kein Gras wuchs. Wenn sie nur hinsah, wurde ihr schon unwohl. Aber sie wollte sich tatsächlich von ihm verabschieden, sehnte sich danach. Gern wäre sie all das losgeworden, was sie ihm hatte sagen wollen, aber nicht über die Lippen brachte, als er noch lebte.

»Ich komme mir dumm vor«, erklärte sie.

»Brauchst du nicht.«

Zähneknirschend versuchte sie wegzusehen und Mad Dogs verführerische Worte zu ignorieren. Aber ihr Blick glitt wie von selbst zu Rass' kaltem dunklen Grab zurück.

Lieber Gott, wie sie ihn vermißte. Es gab so vieles, was sie ihm sagen wollte, was längst fällig gewesen wäre. *Daddy ... es tut mir so leid, daß ich dich aus meinem Leben ausgeschlossen habe. Ich dachte ... ich weiß nicht, was ich mir dabei gedacht habe. Wahrscheinlich nahm ich an, wir hätten für immer Zeit.* Diese unausgesprochenen, verzweifelten Worte schwirrten ihr durch den Sinn und brachten eine Million schmerzhafter Erinnerungen mit sich.

Tränen brannten ihr in den Augen, so daß das Grab zu einem verschwommenen Fleck wurde. Ihr Hals war wie zugeschnürt. *Ich wünschte, ich hätte dir gesagt, wie sehr ich dich geliebt habe ... und nicht erst, als du im Sterben lagst. Ich hätte es dir schon vor langer Zeit sagen sollen ... nach Stephen und Thomas. Nach Mamas Tod.*

Mama. Das Wort wirkte wie ein Messerstich ins Herz, so sehr peinigte sie der Verlust. Eine einzelne Träne rann ihr über die Wange und fiel auf ihre Hand, die im Schoß lag.

O Gott, wie sehr ich euch beide vermisse ...

Sie schluchzte halb erstickt auf, rang nach Atem und begann zu weinen. »O Gott ...«

Mad Dog nahm sie in die Arme und drückte sie an sich. Ihr Körper zuckte unkontrolliert. Heiße Tränen rannen ihr in Bächen über die Wangen und benetzten sein Hemd. Der salzige Geruch stieg ihr in die Nase und verstärkte ihr Weinen noch.

Er strich ihr über das zerzauste Haar und das feuchte Gesicht. »Ist ja gut.« Immer wieder raunte er ihr tröstende Worte zu, um sie zu beschwichtigen.

»Sie fehlen mir so schrecklich, Matt.«

Mariah weinte und weinte und weinte, bis ihr Hals streikte

und ein leichter Druck hinter ihren Augen entstand. Sie weinte um ihre Eltern, um ihre verlorene Jugend, um ihr Baby. Um all diese Dinge hatte sie vorher noch nie richtig geweint.

Plötzlich nahm sie den Duft von Lavendel wahr.

Aufgeregt hob sie den Kopf. Die Sterne über ihr schienen sich zu bewegen, verschwammen zu einem riesigen, weißglühenden Ball am Himmel.

»Die Sterne bewegen sich«, behauptete sie, schniefte laut und wischte sich die Augen.

»Das sind die Halluzinationen im zweiten Stadium des Tequilarauschs.« Mad Dog tupfte ihr die Tränen von den Wangen. »Auch das geht vorüber.«

Sie schloß die Augen und öffnete sie langsam wieder.

Da sah sie ihre Mutter und ihren Vater neben der schmiedeeisernen Bank stehen.

Ihr blieb die Luft weg. »Mama ... Daddy ...«

Wir lieben dich, Mariah.

Mariah hörte die Worte, spürte sie so deutlich, als wären sie laut ausgesprochen worden. Ihre Eltern sagten weiter nichts – aber in dem Moment, in der Sekunde spürte Mariah ihre herzliche, bedingungslose Liebe. Das Gefühl durchflutete sie und drang bis in die hintersten Winkel ihrer Seele.

Danach wußte sie ohne zu fragen, daß sie sie verstanden, immer verstanden hatten. Ohne jeden Vorbehalt.

Herrje, sie hatten sie geliebt. Trotz ihrer Fehler und Unzulänglichkeiten und ihrem dummen Schweigen hatten sie sie geliebt.

Sie schaute zu ihnen auf. »Thomas?« flüsterte sie hoffnungsvoll.

Ihre Mutter lächelte. *Seine Seele wurde wiedergeboren.*

Frische Tränen traten Mariah in die Augen, aber diesmal waren es Tränen der Erlösung. Zum ersten Mal in ihrem Leben empfand sie Hoffnung. Sie faßte sich ins Gesicht und wischte sich darüber.

Als sie die Hand sinken ließ, waren ihre Eltern verschwunden. Im ersten Moment geriet sie in Panik, doch die Empfindung hielt nicht lange an. Sie lächelte Mad Dog unter Tränen an. »Hast du sie auch gesehen?«

Er runzelte die Stirn. »Wen gesehen?«

Sie schob sich das Haar aus dem Gesicht. »Wahrscheinlich nicht«, meinte sie und lachte erleichtert auf.

Mad Dog musterte sie aufmerksam. »Fühlst du dich jetzt besser?«

»O ja, du hast keine Ahnung ...«

»Wer ist Thomas?«

Fast unwillkürlich blickte sie zu dem kleinen überwachsenen Fleck neben dem Grab ihrer Mutter hinüber. Zum ersten Mal seit Jahren blickte sie ohne das erdrückende Schuldgefühl dorthin. »Er war mein Sohn.«

Mad Dog zeigte sich überrascht. »Dein Sohn?«

Sie wandte sich ihm zu und blickte ihm in die Augen. »Erinnerst du dich, daß ich sagte, ich habe meine Jungfräulichkeit in weniger als zwei Minuten verloren?«

»Ja.«

»Damals wurde ich schwanger.«

»Oh, Mariah!« Er legte eine Hand gegen ihre Wange und streichelte sie so teilnahmsvoll, daß sie fröstelte.

»Ich habe es Stephen geschrieben – seine Schauspieltruppe war zu der Zeit schon in Spokane. Er hat gesagt, er würde mich in Walla Walla treffen und heiraten.« Zu ihrem Erstaunen empfand sie keine Bitterkeit Stephen gegenüber, nur ein wenig Trauer über ihre eigene Naivität. »Dummerweise habe ich ihm geglaubt, aber ich – war erst sechzehn. Natürlich hat er mich am Altar versetzt.«

»Wieso ... wieso ist Thomas gestorben?«

Erneut begann sie zu weinen. Leise rannen ihr die Tränen über die Wangen und fielen auf sein Hemd. »Er hat nie richtig gelebt. Ich habe ihn fast sechs Wochen zu früh bekommen. Er war so winzig ... Doc Sherman konnte nichts für ihn tun. Er ... hat gesagt, ich sollte keine Kinder mehr bekommen.«

Mad Dog berührte ihre Wange. »Solltest nicht oder könntest nicht?«

Mariah rang sich ein Lächeln ab. »Er meinte, ich könnte sie nicht lange genug austragen und sollte keine mehr bekommen.«

»Meine Mom hatte vier Fehlgeburten, ehe sie mich gebar. Die Ärzte haben ihr dasselbe gesagt. Und du warst erst sechzehn. Heute bist du kräftiger.«

Sie hielt den Atem an. Ihre Augen wurden groß. Eine schwache Hoffnung, neu und stärker als alles andere, was sie sich je vorgestellt hatte, belebte sie. »Vielleicht.« Das war alles, was sie sagte, nur *vielleicht*, aber das eine Wort bewirkte etwas in ihr und half ihr wenigstens dieses eine Mal zu glauben.

»Warum steht dort kein Stein?«

Sie blickte auf das kleine Grab und erinnerte sich an den winzigen Behälter, der dort unter dem gefrorenen Gras lag. Ganz spontan begriff sie, warum sie keinen Grabstein gekauft hatte. »Ich konnte mich nicht verabschieden.«

Noch immer blickte sie auf die Stelle, richtete sich auf und stolperte hinüber. Ungeschickt sank sie auf ihre Knie, beugte sich vor und preßte ihre Stirn in das dichte Wintergras. Sein Duft vermischte sich mit dem reichen Geruch der Erde und drang ihr in die Nase. Hoch droben raschelten die letzten verbliebenen Blätter an den Ästen. Eines davon fiel leise herab und landete in ihrem Haar.

»Wiedersehen, Thomas«, sagte sie heiser und ließ die befreienden Tränen fallen. »Ich liebe dich, Baby.«

Sie hatte keine Ahnung, wie lange sie so dasaß. Es mochten Minuten aber auch Stunden gewesen sein. Dann richtete sie sich langsam auf.

Über den Gräbern begegnete sie Mad Dogs Blick. Als sie ihn in der Dunkelheit sitzen sah, wie er auf sie wartete, wallte Glück in ihr auf.

»Matt.« Sie flüsterte seinen Namen und breitete ihre Arme aus.

Sofort war er bei ihr und hob sie hoch. Sie schmiegte sich an ihn, barg ihr Gesicht an seinem Hals. »Danke«, murmelte sie und schmeckte das vertraute Salz seiner Haut auf ihren Lippen. Tief sog Mariah seinen Duft ein, ließ den Kopf in den Nacken sinken und schaute zum Himmel empor. Mad Dog trug sie von den Gräbern fort.

Bei der Bewegung stieg Übelkeit in ihrem Magen auf. Sie stöhnte überrascht und faßte sich an den Bauch. Die Sterne verschwammen vor ihren Augen und zuckten. »Mir ist auf einmal gar nicht mehr gut.«

Mad Dogs leises Lachen klang an ihr Ohr. »Das wundert mich nicht.«

Sie blinzelte benommen und fand sich nicht zurecht. »Wo sind wir?«

Vor einer Tür blieb er stehen und stieß sie auf. »An der Baracke. Zu Hause.«

Sein Griff lockerte sich, und Mariah glitt kraftlos zu Boden. »Hoppla.« Sie kicherte und versuchte eine Hand auf den Mund zu legen, aber sie schaffte es nicht und schlug sich auf die Nase.

Mad Dog packte sie am Arm und zog sie hoch. Sie lehnte sich an ihn und faßte nach ihrem Magen. Die Übelkeit stieg erneut in ihr auf und blieb im Hals stecken.

»Willst du dich hinlegen?«

Seine Stimme schien wie aus weiter Ferne an ihr Ohr zu dringen. Schwerfällig nickte sie. Dazu benötigte sie eine Ewigkeit. Er schob sie vorsichtig zum Bett hinüber, aber das machte ihr Magen nicht mehr mit. Ohne Vorwarnung kam ihr alles hoch und sie übergab sich auf die Decke.

Betreten blickte er auf die Bescherung. »Heiliges Kanonenrohr!«

Zuerst war sie beschämt, dann kicherte sie bloß. »Entschuldige.«

Er lachte, nahm sie erneut auf die Arme und trug sie ins Haus. Im Badezimmer half er ihr, sich die Zähne zu putzen, dann brachte er sie die Treppe hinauf und hievte sie auf ihre Liege.

Anschließend wollte er gehen.

Sie streckte ihre Hände nach ihm aus und blinzelte schläfrig zu ihm auf. »Geh nicht. Ich will dich ...«

Er lächelte und strich ihr liebevoll eine Strähne aus dem Gesicht. »Du brauchst jetzt Schlaf. Und außerdem bist du betrunken.« Er schenkte ihr ein verführerisches Blitzen. »Morgen, wenn du nüchtern bist, reden wir darüber ...«

»Dann schlaf bei mir.«

Mad Dog hielt inne. »Nur schlafen?«

»Bitte ...«

»Warum nicht?« Lächelnd schlüpfte er aus seinen Sachen, kroch nackt zu ihr unter die Decke und drückte sie an sich.

Mit ihrer Wange auf seiner bloßen Brust seufzte sie selig. »Es tut mir leid, daß ich auf dein Bett gespuckt habe.«

Er strich ihr übers Haar. »Mach dir keine Sorgen, du bist nicht die erste Frau, die das tut.«

»Du sollst mich nicht mit anderen Frauen vergleichen.«

Schmunzelnd meinte er: »Ich wußte nicht, daß es eine Rolle spielt, wer sich als erster bei wem schlecht benimmt.«

Sie schmiegte sich an ihn und legte besitzergreifend einen Arm um ihn. Der vertraute Seifenduft seiner Haut wehte ihr in die Nase. Zufrieden brummte sie vor sich hin.

»Ich liebe Tequila ...« Noch ehe sie den Satz zu Ende gesprochen hatte, war sie schon eingeschlafen.

24. Kapitel

Langsam wachte Mariah auf. Im ersten Moment wußte sie nicht, wo sie war, dann fiel ihr der gestrige Abend ein. Schmerz durchzuckte sie bei der Erinnerung.

Sie blinzelte und spürte, wie eine warme Träne über ihre Wange rann. In dem Augenblick wußte sie, daß sie sich noch viele Tage ihres Lebens morgens so fühlen, mit dem Gedanken an ihre Eltern und ihren Sohn, an die Lieben, die sie verloren hatte, aufwachen würde. Und obwohl sie den Schmerz empfand, er in ihrem Herzen wohnte, hatte sie zum ersten Mal wieder die Gewißheit, daß es für sie weiterging, daß sie eines Tages befreit sein würde.

Sie stemmte sich auf die Ellenbogen und sah den Mann neben sich an. Sonnenlicht fiel durchs Fenster herein und zauberte einen goldenen Glanz auf sein Haar. Er lag auf dem Rücken, hatte einen Arm zur Seite ausgestreckt, den anderen schützend an seine Brust gepreßt.

Sie liebte ihn.

Nun brauchte sie nicht mehr ihren Vater, um zu wissen, was sie empfand. Sein Lächeln, sein Lachen, seine Zärtlichkeit, seine Offenheit. Das alles waren unsichtbare Verbindungen, die sie mit Ketten aneinanderschweißten.

Was hatte er ihr Kostbares in der vergangenen Nacht gegeben ... und sie sehnte sich danach, auch ihm etwas dafür zu geben. Aber sie besaß nichts von Wert, nichts, was er brauchte.

Und wie stand es mit der Liebe?

Der Gedanke kam ihr wie aus dem Nichts in den Sinn und überraschte sie mit seiner schlichten Macht.

Ehe sie ihn aufhalten konnte, schlüpfte er in ihre Seele, setzte sich dort fest und sperrte sich gegen jede Vernunft.

Vielleicht verbarg Matt hinter seinem großtuerischen, lächelnden Äußeren, wie einsam er war und wie es ihn peinigte, allein zu sein. Möglicherweise brauchte er sie genauso wie sie ihn. Eines Tages konnte er vielleicht lernen, sie zu lieben.

Bitte, lieber Gott, laß ihn bleiben ...

Tränen brannten ihr in den Augen. Sie machte sich nicht die Mühe, sie zu trocknen. Nie wieder würde sie sich vor Tränen fürchten. Zu verstecken brauchte sie sich auch nicht mehr. Ebensowenig mußte sie sich gegen Gefühle abschirmen. Von jetzt an würde sie dem Leben offen gegenübertreten und um ihr Glück kämpfen.

Sie wollte Matt alles schenken, was sie hatte, Leib und Seele, und hoffen, daß es genug war.

Mehr konnte sie nicht tun.

Ein angenehm prickelndes Gefühl breitete sich in Mad Dogs Körper aus. Er verlagerte sein Gewicht, kroch tiefer unter die warmen Decken und wickelte sich noch mehr darin ein. Ein unbekannter Duft stieg ihm in die Nase und lockte ihn halb aus dem Schlaf. Sein Arm griff zur Seite.

Unter seiner Hand fühlte er etwas Warmes und Festes. Haut, erkannte er träumerisch. Er schlief neben jemandem.

Haut. Bei der Erkenntnis schwand der letzte Rest von Müdigkeit dahin. Er schlug die Augen auf.

Mariah lag neben ihm, hatte sich an ihn geschmiegt, das Kinn auf seine Brust gelegt, die Lippen um Haaresbreite von seiner linken Brustwarze entfernt.

Fast hätte er bei ihrem Anblick laut gepfiffen. Eine Hitzewelle überspülte ihn und sammelte sich in seinen Lenden.

Sie lächelte zögerlich und schob sich eine Haarsträhne aus den schläfrigen Augen. »Morgen«, flüsterte sie mit dieser heiseren Stimme, die ihn gleich an mehr denken ließ.

Er blinzelte und bemühte sich um einen gleichmütigen Ton. »Morgen. Höchstwahrscheinlich fühlst du dich besser ...«

»Ich fühle mich großartig.« Ihr Blick verschmolz mit seinem. Langsam schob sie die Zungenspitze über ihre Lippen und strich damit über seine Brustwarze. »Und du«, hauchte sie, »schmeckst sogar noch besser, als ich mich fühle.«

Die Berührung ihrer warmen Zunge brannte ihm auf der Haut. Er erschauerte. Erregung machte sich bemerkbar, schlug seine Sinne in Bann. Nie zuvor hatte er es erlebt, daß eine Frau ihn zum Sex aufforderte – nicht mal, wenn er für ihre Dienste bezahlte. Himmel, war das herrlich ...

Sie strich ihm erneut über die Brustwarze und biß spielerisch in die Spitze.

Ein tiefes Stöhnen entschlüpfte ihm. »Wo hast du das gelernt?« fragte er und zwang sich, die Belustigung in seiner atemlosen Stimme zu unterdrücken.

»Bei dir.« Sie umschloß seinen Nippel mit ihren Lippen und saugte daran, bis er sich aufrichtete.

Mad Dog sank tiefer in die Kissen und schloß die Augen. Wer, zum Teufel, hätte geahnt, daß sich das so wunderbar anfühlen würde? Niemand hatte das jemals bei ihm gemacht. Er hätte auch nicht daran gedacht, darum zu bitten. Einer der Nachteile, wenn man nur mit Huren schläft, dachte er versonnen. Man bekam, wofür man bezahlte und keine Extras.

Aber es war noch mehreres anders, das wußte er auch. Er empfand etwas, das weit über das körperliche Glücksgefühl hinausging. Sie berührte seine Haut mit ihrer Zunge, und das fühlte er auch an der Stelle. Doch gleichzeitig kam es ihm vor, als würde ihr sachter Kuß sein Herz streicheln.

Sie schaute zu ihm auf und lächelte. Ihre Blicke begegneten sich, und in der dunklen Tiefe ihrer Augen spiegelten sich seine eigenen Gefühle wider. Der Zauber dieses Augenblicks nahm sie gefangen. Seine Brust zog sich zusammen, die Fähigkeit zu atmen schien dahinzuschwinden.

»Was machst du nur?«

Sie sah ihn vollkommen aufrichtig an. »Ich liebe dich.«

Ehe er etwas darauf erwidern konnte, glitt sie tiefer. Die Decken türmten sich hinter ihr auf, bis er mehr und mehr entblößt war. Kühle Luft strich ihm über den Leib.

Ihr Kopf verschwand unter den Decken.

»Oje ...«

Mit ihrer warmen Zungenspitze zeichnete sie die harte Linie seines Beckenknochens unsichtbar nach und erzeugte ein feuchtes Wärmegefühl in ihm. Gänsehaut bildete sich auf seinem Fleisch. Er kniff die Augen zu. Himmel ...

Viele, kleine Küsse landeten auf seiner Hüfte. Sie bewegte sich langsam, genüßlich, probierte, erkundete und liebkoste ihn. Verlangen durchströmte ihn, ließ ihn vor Sehnsucht erschauern. Nie in seinem Leben hatte er sich so gefühlt ... als müsse er jeden Moment sämtliche Beherrschung verlieren.

Er faßte nach ihren Schultern und riß sie stürmisch an sich. Sie gab einen leisen Protest von sich. Es war das einzige Geräusch, das er ihr erlaubte, ehe er ihr den Mund mit seinen Lippen verschloß. Mit all der aufgestauten Leidenschaft eines Mannes, der unzählige Nächte der Lust erlebt hatte, aber nie in seinem Leben die wirkliche Liebe, küßte er sie lange und innig. Er schob seine Zunge in ihren Mund, kostete die feuchte Süße, die ihr eigen war.

Hingebungsvoll erwiderte sie seinen Kuß, ging auf sein Zungenspiel ein, erforschte das Innere seines Mundes und strich ihm über die Zähne. Sie schlang ihre Arme um seinen Nacken und drängte sich mit ihren bloßen Brüsten an ihn.

Überall wo sie sich berührten, schien sich Feuer zu entzünden. Ihre Haut brannte förmlich, verschmolz miteinander. Mad Dog hatte nie zuvor in seinem Leben eine Frau mehr begehrt als in diesem Moment. Er wollte unbedingt in sie dringen, wollte sie ganz besitzen.

Verzweifelt suchte er die winzigen Knöpfe ihres Unterhemdes

zu öffnen und vermochte seine zitternden Finger kaum dazu zu bringen. Verärgert maulte er vor sich hin, fluchte schließlich und hätte den dünnen Stoff am liebsten entzweigerissen.

Sie lachte und entzog sich ihm. »Wo willst du hin?« Über das Hecheln seiner eigenen Stimme erschrak er beinahe.

»Ich ziehe es lieber aus, ehe du es mir herunterreißt«, erklärte sie heiser und klang dabei nicht viel anders als er. Mit flinken, geübten Fingern knöpfte sie das Spitzenhemd auf und streifte es ab. Der eierschalenfarbene Stoff glitt über ihre Arme. Behutsam löste er sich von ihren Rundungen mit den rosigen Spitzen.

Er stöhnte auf, als er sie sah. Heftige Begierde erfaßte ihn.

Bisher hatte er die volle Bedeutung dieses Wortes nicht verstanden. Er hatte es immer schlicht für Verlangen gehalten, aber jetzt erkannte er die Wahrheit. Es gab nichts Schlichtes daran.

Er begehrte Mariah, brauchte sie in diesem Moment mehr als alles andere in seinem Leben. Und nicht nur ihren Körper – obwohl er sich mit einer Lust nach ihr verzehrte, die an Wahnsinn grenzte. Ihr Lächeln, ihr Lachen, ihre Fähigkeit, für andere dazusein, schwebte ihm vor. Die Seite an ihr, die sich nicht von den Menschen verabschieden konnte, die sie liebte.

Ihr Blick löste sich von seinem. Unglaublich verführerisch, was sie wahrscheinlich selbst gar nicht bemerkte, begann sie, ihre Unterhose auszuziehen. Der helle Baumwollstoff glitt über die festen Kurven ihrer Hüften. Lockiges braunes Haar lugte über den halbwegs heruntergeschobenen Rand.

»Himmel, Mariah«, flüsterte er, »bist du schön!«

Sie streifte das Kleidungsstück restlos ab und warf es hinter sich. Das Unterhemd landete teilweise auf der Kommode, die Hose hing wie eine weiße Fahne an dem Bettpfosten.

»Komm her«, verlangte er und sah ihr in die Augen.

Sie schüttelte den Kopf. Ihr langes Haar strich aufreizend über ihre Knospen, bis die Spitzen sich verhärteten.

»Aber ...«

Sie lehnte sich vor und legte ihm einen Finger auf die Lippen. »Pst ...«

Langsam zog sie das Plumeau beiseite, bis er vollkommen entblößt vor ihr lag. Er hatte die Beine leicht gespreizt und die Hände zu Fäusten geballt. Sein Atem ging schwer. Sie musterte ihn lustvoll und beugte sich bedächtig über das sichtbare Zeichen seiner Erregung. Er konnte sich nicht bewegen, fühlte sich wie festgenagelt. Sein Atem kam nur stoßweise und explodierte förmlich in seinen Ohren. Er biß sich auf die Lippen und versuchte zu schlucken, aber das schaffte er nicht. Steif und reglos lag er da, fühlte sich ausgeliefert und nicht mehr Herr der Situation.

Außerdem war er unglaublich erregt.

Sie beugte sich über ihn, legte ihre Hände auf seine Brust. Überdeutlich spürte er die Feuchtigkeit ihrer Handflächen auf seiner Haut.

Geheimnisvoll lächelnd ... setzte sie sich rittlings über ihn.

Er erschauerte heftig und schloß die Augen. Genüßlich senkte sie sich über ihn und nahm ihn in ihre enge, samtene Scheide auf.

Die Hände um ihr bloßes Gesäß zog er sie an sich. Sie lehnte sich tiefer und umfaßte die mit Schnitzereien verzierte Bettumrandung. Ihre Brüste wogten vor ihm auf und ab, lockten ihn mit ihren rosigen Knospen

Er stemmte sich hoch und nahm eine in den Mund.

Ein leises Stöhnen entschlüpfte ihr, und ihr Atem strich durch sein Haar. Sie begann sich zu bewegen, zuerst langsam, als ob sie unsicher wäre, was sie tun sollte, dann schneller und heftiger.

Schweiß brach ihm aus. Er krallte sich in das warme, feste Fleisch ihrer Pobacken, preßte, drückte und führte sie. Ihre Hüften bewegten sich instinktiv so aufreizend, daß er fast wahnsinnig wurde vor Verlangen.

Er saugte an ihren Nippeln, zuerst an dem einen, dann an

dem anderen und nahm die aufgerichteten Spitzen weit in den Mund. Die Laute, die sie daraufhin von sich gab, spornten ihn an, verstärkten seine Erregung.

Ihre Körper verschmolzen miteinander, bis er nicht mehr wußte, was zu ihm gehörte und was zu ihr. Sie fanden einen erhebenden, wilden Rhythmus, bei dem ihre Leiber ineinander aufgingen.

Die Lungen wollten ihm schier zerspringen. Seine Sinne waren bis aufs Äußerste angespannt. Ein dumpfes Gefühl breitete sich in seinem Innern aus, verzehrte ihn fast. Ein paar Sekunden lang fühlte er sich völlig abhängig, Angst beschlich ihn.

Sie kam hart auf ihm auf, wand sich, stieß fester und nahm ihm den Atem.

Er klammerte sich an sie, saugte an ihrem Nippel und zwirbelte den anderen mit seinen Fingern.

Stöhnend stemmte sie sich gegen ihn und warf den Kopf in den Nacken, daß ihr Haar nur so flatterte.

Er schaute zu ihr auf, sah sie über sich, die Augen geschlossen, die Lippen leicht geöffnet, die Wangen glühend vor Leidenschaft.

Standhaft bemühte er sich nicht zu kommen. Zum ersten Mal in seinem Leben war es ihm wichtig, daß es für sie schön wurde. So schön wie für ihn!

Ah, wie herrlich …

Für ihn war es die reine Qual. Der Drang nach Erleichterung, das Bedürfnis sich endlich in ihre warme feuchte Höhle zu ergießen wuchs übermächtig an.

Er biß die Zähne aufeinander und versuchte sich zurückzuhalten. Ihr Name mochte ihm entschlüpft sein, da war er sich nicht sicher. Sein Körper bebte von der Anspannung. Schweiß trat ihm auf die Stirn.

Sie warf sich wild über ihm hin und her, wimmerte und hielt plötzlich inne. »Oh, oh, ja …«

Sie sank auf ihn herab, rieb sich an ihm und preßte sich hingebungsvoll an ihn. Den Bettpfosten ließ sie los, faßte in sein Haar und drückte sein Gesicht an ihre Brüste.

Er preßte ihren Hintern und bog sich ihr entgegen, um tiefer in sie zu dringen. Sie spannte sich an und schrie auf. Die rhythmischen Zuckungen ihres Höhepunkts umklammerten ihn.

»Oh ... Matt ...«, stöhnte sie.

Beim Klang seines Namens war er verloren. Er preßte sie an sich und stieß so heftig in sie, daß er sich von der Matratze löste. Die Erfüllung breitete sich wellenartig in seinem Körper aus und erreichte seine Fingerspitzen.

Zärtlich hielt er sie umarmt und fühlte sich ganz berauscht. Dunkelheit senkte sich über sein Bewußtsein. Ihr Name entschlüpfte ihm mit einem Seufzer und langsam verebbte das Beben der Leidenschaft.

Erschöpft sank er in die Kissen und hielt sie umarmt. Sie schmiegte sich an ihn, schlang ihre Arme um seine Mitte und barg ihr Gesicht an seinem Hals. Der kräftige Geruch von Schweiß und der süße Duft ihrer Hingabe umgaben sie.

Einen Moment lang war sie restlos selig. Dann brach die Wirklichkeit über ihn herein. Er runzelte die Stirn und erinnerte sich an das, was er über sie gedacht hatte, wie sehr er sie brauchte und zum ersten Mal in seinem Leben wurde ihm richtig flau zumute. Nie zuvor hatte er einen Menschen gebraucht. Dafür sorgte er. Wenn er weggehen wollte, ging er. Wenn er irgendwo bleiben wollte, blieb er. Niemand und nichts schrieb ihm vor, was er zu tun oder zu lassen hatte.

Diese Freiheit war für ihn so lebensnotwendig wie das Atmen. Ohne sie konnte er nicht existieren. Wohl aufgehoben hinter einem weißen Lattenzaun würde er ersticken. Unmöglich konnte er auf einer kleinen, abgelegenen Apfelfarm alt werden. Und doch hatte er sie vor wenigen Momenten sehr gebraucht. Nicht für seine körperliche Erleichterung, nicht um sich die Zeit zu vertreiben. Er hatte sie unbestreitbar gebraucht. Für ein paar herzzerreißend wunderbare Minuten, als er in ihr gewesen war und sie in den Armen gehalten hatte, hatte er sich ... ganz gefühlt.

Ach, Mariah, dachte er verzagt. *Was haben wir nur angestellt? Was, zum Teufel, wird das werden?*

Aber er wußte es.

Es war nicht nur eine Bettgeschichte. Es war Liebe.

Mariah drängte sich an Matt und hielt ihn umschlungen. Er streichelte sanft ihr Haar, sagte aber nichts.

Angst beschlich sie wieder. Jetzt bei dem strahlenden Sonnenschein würde er sicher aufstehen, sich anziehen und sie verlassen.

Sie schloß die Augen und spürte heiße Tränen hinter ihren Lidern. *Bitte, geh nicht, Matt ...*

Das mußte sie laut aussprechen, sie sehnte sich danach, es ihm zu sagen, aber nichts drang über ihre Lippen. Deshalb sagte sie etwas anderes. »Ich ... ich habe deine Artikel gelesen, Matt.«

Die Hand auf ihrem Haar regte sich plötzlich nicht mehr. Er versteifte sich. »Ist das wahr?«

Sie schaute ihm ins Gesicht. Ihre Blicke begegneten sich. Mit einem Mal wirkte er wachsam. »Ja«, bekräftigte sie leise. »Ich fand sie großartig.«

Ein ungläubiger Schatten huschte über seine Züge. »Wirklich?«

Darauf vermochte sie nichts zu erwidern. Sie konnte nicht fassen, daß ihm das bisher noch niemand gesagt haben sollte. *Er braucht mich,* fiel ihr auf. *Fast so sehr wie ich ihn.*

»Niemand hat bisher meine Sachen gelesen ...«

»Ich hoffe, du hast nichts dagegen ...«

»Nein.« Vorsichtig berührte er ihr Gesicht und schaute ihr in die Augen. »Nein.« Ein feines Lächeln zeigte sich in seinen Mundwinkeln, aber es enthielt keinen Humor, schien nur von bittersüßer Traurigkeit erfüllt. »Ich habe immer gedacht, daß ich eines Tages mal für eine Zeitung arbeiten könnte, aber nirgends bin ich lange genug geblieben, um es zu probieren.«

Er wird gehen.

Die drei Worte schnitten ihr ins Herz, machten sie schwach vor Angst. Sie versuchte die Erkenntnis im stillen wegzuargumentieren, aber das gelang ihr nicht. Wie eine Blinde konnte sie nun nicht mehr durchs Leben gehen. Er würde sie verlassen. In dem Augenblick wurde ihr das mit aller Gewißheit klar. Und das machte die Sache natürlich schlimmer. »Matt ...«

»Ja, was denn?«

Sie schaute zu ihm auf, legte Herz und Seele in ihren Blick. Noch nie in ihrem Leben hatte sie solche Angst gehabt wie in diesem Moment. »Ich liebe dich.«

Er erblaßte. Vorübergehend fürchtete sie, er würde sie auslachen. Aber das tat er nicht. Er lag nur da und blickte sie aus seinen ehrlichen Augen melancholisch an.

Bei seinem Schweigen wurde ihr schwer ums Herz. Sie rang sich ein Lächeln ab, doch es wirkte gequält.

»Mariah ...«

Sie legte einen Finger auf seinen Mund. »Ich habe dir das nicht gesagt, weil ich eine Antwort erwarte. Aber ich kann mich nicht mehr so verhalten wie früher, kann nicht mehr meine Gefühle verstecken. Es tut mir zu weh. Ich liebe dich, Matt Stone. Ich bin stolz darauf. Ob ...« Die Stimme versagte ihr. Heiße Tränen sprangen ihr in die Augen. »Ob du meine Liebe erwiderst, hat keine Bedeutung.«

Er wich ihrem Blick aus und starrte auf das goldschimmernde Fenster. »Doch.«

Mit der Hand auf seinem Kinn zwang sie ihn, sie anzusehen. Die Verlorenheit in seinem Blick war niederdrückend. Sie schaute ihn an und hatte das Gefühl, ein Stein läge auf ihrem Herzen. Am besten sagte sie nichts mehr dazu, schmiegte sich einfach an ihn und akzeptierte das, was er ihr an Zuneigung schenkte und solange, wie es ihm gefiel. Vor einer Woche noch war sie bereit, sich damit abzufinden und erwartete weniger als sie wert war. Aber jetzt nicht mehr. Matt hatte die Art und Weise, in der sie sich selbst sah, verändert, auch wie sie die Welt betrachtete, und leider gab es in der Hinsicht kein Zurück mehr für sie.

Sie zupfte an dem Kissenbezug und blinzelte ihn durch einen Tränenschleier an. »Bleib!« Dies eine Wort sprach sie leise, fast im Flüsterton aus, aber es hallte wie ein Aufschrei durch den Raum.

Er zuckte zusammen. »O Mariah ...«

Bedauern schwang in seiner Stimme, und etwas, das sie noch mehr verletzte: Reue. Tränen liefen ihr über die Wangen und sammelten sich in ihren Mundwinkeln.

Umständlich wischte er ihr eine Träne aus dem Augenwinkel. »Würdest du mit mir kommen, wenn ich dich darum bitte?«

Ihr Herz machte einen freudigen Satz. Ein Hoffnungsschimmer keimte in ihr auf. »Bittest du mich denn?«

Er wich ihrem Blick aus und starrte auf die Wand hinter ihr. Es verging ein atemloser Moment, ehe er gestand: »Nein, ich glaube nicht.«

Sie schloß die Augen und bemühte sich um ein Lächeln. »Von der Farm komme ich ohnehin nicht los. Das hat sich bei Rass' Krankheit gezeigt.«

»Ich wollte dir nicht weh tun, Mariah.«

Sie löste sich von ihm, richtete sich auf und ließ ihre nackten Füße über den Bettrand baumeln. »Ein Herumtreiber ist sowieso nichts für mich.«

Hinter ihr knarrte das Bett. Seine Füße trafen auf dem Boden auf. »Ich wünschte, ich wüßte, was ich dir sagen soll, Mariah.«

Es kam Bewegung in sie, aber sie wandte sich ihm nicht zu. »Das weißt du schon, Matt. Du willst es bloß nicht ...«

Ziemlich lange stand er reglos da. Sie spürte seinen Blick im Rücken und fühlte förmlich, wie er ihn über ihre Haut gleiten ließ. Dann wandte er sich langsam ab und ging. Als er die Tür leise hinter sich zumachte, sackte Mariah in sich zusammen und brach in Tränen aus.

Jake saß am Küchentisch und wartete darauf, daß Mad Dog hereinkam. Oben ächzten die Dielenbretter, eine Tür öffnete sich. Wahrscheinlich stand Mariah auf.

Unsicherheit nagte an Jakes Selbstbewußtsein. Es würde schwer genug werden, mit der Sprache herauszurücken. Doch wenn Mariah dabei war, konnte er nicht sagen, was er unbedingt loswerden mußte.

Vielleicht sollte er draußen auf Mad Dog warten, vor der Baracke.

Ja, das war bestimmt vernünftiger.

Er schob seinen Stuhl zurück und erhob sich.

Mad Dog kam die Treppe heruntergerannt und stürmte in die Küche. Er stieß mit Jake zusammen und hätte ihn fast umgestoßen.

Rasch faßte er Jake bei den Schultern und hielt ihn fest. »Entschuldige, Jake.«

Jake schaute seinem Vater ins Gesicht. Er wirkte ... traurig. Es gab kein anderes Wort für seinen Gesichtsausdruck. Jake kaute auf seinen Backenmuskeln. »Ist alles in Ordnung?«

Mad Dog lachte auf. »Ja, bestens.« Dann zwängte er sich an Jake vorbei und schritt auf die Tür zu. »Ich muß weg.«

Jake streckte die Hand nach ihm aus, griff aber ins Leere. »Warten Sie!«

»Kann ich nicht.« Mad Dog lief durch die Tür und verschwand.

Unentschlossenheit hielt Jake zurück. Doch dann raffte er sich endgültig auf. Er hatte es Rass und sich selbst versprochen. Heute würde Mad Dog erfahren, daß er einen Sohn besaß.

Jake rückte seinen Stuhl an den Tisch, sprang aus dem Haus und die Verandatreppe hinunter. »Warte!« rief er seinem Vater nach und ließ die förmliche Anrede fallen.

Mad Dog horchte nicht auf. Er ging nicht mal langsamer.

»Verdammt!« Jake ballte seine Hände zu Fäusten und sprintete zur Baracke hinüber. Er packte Mad Dog am Arm und riß ihn herum. »Ich sagte, du sollst warten!«

Mad Dog schaute ihn wie benommen an. Er schien überhaupt nicht mitbekommen zu haben, daß Jake ihn gerufen hatte. »He? Sieh mal, Junge ...«

»Jake«, schrie er. »Ich heiße Jake.«

Mad Dog verdrehte die Augen. »Entschuldige.«

Jake machte sich innerlich auf eine Ablehnung gefaßt. »Weißt du, warum das so wichtig ist?«

Mad Dog runzelte verblüfft die Stirn. Allmählich schien ihm Jakes ungewöhnliches Verhalten aufzufallen. »Nein, warum denn?«

Jake holte tief Luft, dann stieß er hervor. »Mein voller Name ist Jacob William Vanderstay.«

Der Sohn hielt den Augenblick fest, in dem Mad Dog die Bedeutung seiner Worte begriff. Seine Augen verengten sich. Die Lippen preßte er aufeinander. »Was sagst du da?«

Jake nickte. »Laralee war meine Mutter.«

Mad Dog zuckte zusammen. Er wich einen unsicheren Schritt zurück, so als müsse er einen Sicherheitsabstand zwischen sich und das bringen, was folgen mußte. »Ja, und?«

Jake trat auf ihn zu. »Du bist mein Vater.«

»Das ist unmöglich.« Die Beteuerung rutschte ihm heraus, ehe er lange überlegte.

Jake empfand sie wie eine Pfeilspitze, die ihn mitten ins Herz traf. Resignation beschlich ihn. Daß Mad Dog ihm nicht glauben würde, daran hatte er gar nicht gedacht. Er faßte in seine Hosentasche und holte ein gebogenes Medaillon mit einem Veilchen auf dem Deckel heraus. Das hielt er Mad Dog hin. »Sie hat mir das hier gegeben und gesagt, es käme von meinem Vater.«

Mad Dog starrte eine geraume Weile auf das Schmuckstück. Dann schloß er die Augen und rieb sich die Schläfen. Seine breiten Schultern sackten herab. Er senkte den Kopf. »O Himmel.«

Jake schaute ihn an. Alles in seinem Innern, was an Gefühlsregungen da war, jede Hoffnung, jede Furcht, ballte sich in seinem Magen zusammen. Auf dieses Treffen hatte er so lange gewartet. Sein ganzes Leben. Unzählige Male hatte er davon geträumt, es sich ausgemalt und sich danach gesehnt.

»Sag etwas«, flehte er.

Mad Dog ließ seine Hand sinken. Er schaute Jake aus feuchten Augen an. »Mir fällt nichts dazu ein. Ich hatte keine Ahnung, daß sie schwanger war.«

»Das weiß ich.«

Er schien nach ein paar Worten zu suchen. »Wie geht es Lara?«

Jake riß sich zusammen. »Sie ist tot.«

Mad Dog schloß die Augen. Als er dann seinen Mund aufmachte, klang seine Stimme rauh und müde. »Warum hast du mich gesucht? Was willst du von mir?«

Jake hörte die Worte, die Frage, aber er antwortete nicht darauf. Es hatte keinen Sinn. Er erkannte die Wahrheit in den trüben Augen seines Vaters. Sie standen vor einem Abschied.

Auf diesen Augenblick hatte Jake sich oftmals vorbereitet, hatte sich etliche Male gesagt, daß es so kommen würde. Aber trotzdem schmerzte es mehr, als er für möglich gehalten hätte. »Ich wollte dich kennenlernen.«

Mad Dog schüttelte den Kopf. »Aber ich kann niemandem ein Vater sein, verdammt!«

»Du bist es bereits«, entgegnete Jake, ohne ihn anzusehen. Selbst in seinen Ohren klang seine Stimme alt und stumpf. »Du willst nur keine Elternpflichten übernehmen.«

»Ich verstehe davon nichts.«

Jake wollte ihm sagen, daß sie es beide lernen könnten. Aber er tat es nicht. Die Worte lagen ihm auf der Zunge, doch die Tränen, die er nicht mehr bremsen konnte, hinderten ihn daran, sie auszusprechen. Jammervoll hingen seine Schultern abwärts. »Ja, klar.«

Mad Dog seufzte. »Sieh mal, Jake, das kommt alles ein bißchen plötzlich für mich.«

»Ist schon recht.«

»Aber ich weiß, wie schlimm es ist, wenn man im Stich gelassen wird ... ich schätze ... wir sollten etwas Zeit miteinander verbringen, um uns kennenzulernen. Was sagst du dazu?«

Ruckartig hob Jake den Kopf. »Machst du Witze?«

Mad Dog lächelte fast. »Ich wollte mich gerade verabschieden. Vielleicht ... vielleicht möchtest du mitkommen, ja?«

Jake vermochte seinen Vorschlag im ersten Moment nicht zu fassen. Dann jedoch überkam ihn eine grenzenlose Enttäuschung. »Verabschieden? Warum?«

Er zuckte mit den Achseln, setzte eine gleichgültige Miene auf, aber Jake erkannte den Schmerz in den Augen seines Vaters. »Ich möchte Mariah nicht noch mehr weh tun, als es schon geschehen ist. Es wird Zeit für mich weiterzuziehen.«

Jake bemühte sich verzweifelt, das zu verstehen. Für ihn fiel soeben eine Welt auseinander. »Aber du tust ihr doch weh, wenn du gehst.«

»Darüber wird sie hinwegkommen.« Seine Stimme senkte sich zum Flüsterton, »und ich auch.«

»Aber ... aber ...«

»Nichts aber, Jake. Für mich gibt es hier keine Zukunft. Ich bin ein unsteter Mensch. Wenn ich nicht in Bewegung bleibe, sterbe ich. So einfach ist das. Wie schaut es aus, kommst du nun mit, oder nicht?«

Jake schaute sich zum Haus um. Hinter einem der Fenster auf der ersten Etage bewegte sich ein Schatten. Mariah.

Ihm zog sich das Herz zusammen bei dem Gedanken an sie. Tränen schossen ihm in die Augen. In den vergangenen Wochen hatte sie ihm das gegeben, wonach er sich gesehnt und worauf er nicht mehr zu hoffen gewagt hatte. Bei ihr fühlte er sich geborgen und umsorgt. Er konnte nicht so einfach fort, konnte sie nicht allein lassen, traurig und einsam. Er liebte sie doch.

Inmitten der Tränen blinzelte er zu Mad Dog auf. Und erkannte in dem Moment, wonach er in all diesen Monaten gesucht hatte. Es war nicht nur sein Vater. Es war auch ein Zuhause, eine Familie, das Gefühl zu jemandem zu gehören. Und all das hatte er bei Mariah gefunden. »Ich ... ich mach das nicht – laß sie hier nicht sitzen!«

Mad Dog schloß seine Augen, als quäle ihn etwas. Dann öffnete er sie langsam und sah Jake ins Gesicht. »Auf dich kann ich stolz sein, Jake.«

Die Wirkung dieses Kompliments fühlte Jake bis in die Knochen. Die Worte hätten eigentlich seine Stimmung heben müssen, ihm das Gefühl verleihen, daß er ein gewisses Maß an Respekt von seinem Vater geerntet hatte. Aber sie bewirkten das Gegenteil. Denn sie klangen nach Abschied. Jahre der Hoffnungen, Träume und Gebete zogen sich um ihn zusammen, bis er nicht mehr atmen konnte. Ein heftiger Schmerz durchfuhr sein Herz. In dem Moment erkannte er, wie verzweifelt er seinen Vater bei sich haben und lieben wollte. »Bleib doch ... bitte! Wir könnten eine Familie sein.«

Mad Dog blinzelte und schüttelte den Kopf. »Dazu bin ich nicht fähig.«

Die letzte Chance zerrann. Jake nickte benommen und fühlte sich absolut verstoßen. Er ließ die Schultern sinken, zu niedergeschlagen, um eine Träne zu vergießen. Sein Vater verließ ihn. Nach all den Jahren, den hoffnungsvollen Träumen endete es damit. Auf einer kleinen, abgelegenen Farm mit einer sang- und klanglosen Trennung. Und es gab nichts, was er hätte sagen, was etwas daran hätte ändern können.

Lange Zeit standen sie da, schauten sich unentwegt an, schwiegen aber. Dann breitete Mad Dog wundersamerweise seine Arme aus.

Jake stürmte auf seinen Vater zu, umarmte ihn und wünschte sich, er bräuchte ihn nie wieder loszulassen. Er wollte, daß sein Dad blieb, wünschte es sich so sehr, daß ihm übel wurde.

Mad Dog löste sich von ihm und schaute ihn aus feuchten Augen an. »Ich werde dich vermissen, Junge. Aber ich denke an dich. Und vielleicht komme ich eines Tages zurück.«

Jake schniefte und wischte sich die Tränen am Ärmel ab. »Sag das nur, wenn du es auch ernst meinst.«

Mad Dog zuckte zusammen. »Wiedersehen, Jake!«

Es kostete Jake ungeheure Kraft, ebenfalls zu grüßen: »Wiedersehen!«

25. Kapitel

Mariah fühlte sich wie versteinert. Sie ging in ihrem Zimmer auf und ab, nahm nichts wahr und empfand seelisch noch weniger.

Blicklos schaute sie aus dem Fenster, und sah Mad Dog mit Jake reden. Ihr Herz zog sich zusammen, als sie ihn da stehen sah, auf ihrem Grund und Boden, als gehöre er hierher.

Als gehöre er hierher.

Ein hilfloser Schluchzer entschlüpfte ihr. Welch ein Jammer, sie hatte sich so daran gewöhnt, ihn jeden Morgen zu sehen, mit ihm zu frühstücken, zu lachen und zu scherzen. In den vergangenen Wochen hatten ihre Seelen zueinander gefunden und ihr war jetzt so, als würde ein lebenswichtiges Organ aus ihrem Körper gerissen, so daß sie innerlich hohl und leer blieb. Wie konnte sie zu ihrem alten Leben zurückfinden? Ohne ihn würde es auf der Farm keinen Frohsinn mehr geben ...

Er lächelte Jake an, aber wirkte dabei fast traurig, und dann sackten seine Schultern herab. In dieser Haltung wich er zurück, verschwand in der Baracke und machte die Tür hinter sich zu.

Jake starrte Mad Dog lange Zeit hinterher. Nach einem tiefen Atemzug schien ihm sämtliche Kraft abhanden zu kommen. Er wirkte wie gebrochen. Mit den Händen in den Taschen warf er einen letzten sehnsüchtigen Blick auf Mad Dogs Behausung, ehe er sich umwandte und zur Scheune ging.

Mariah starrte ebenfalls die Baracke an. Was mochte Matt dort treiben. Was dachte er? Wenn sie die Augen zumachte, konnte sie ihn noch sehen. Wie er da an der Wand lehnte, lächelte und so anziehend aussah, daß es ihr den Atem verschlug.

Tränen stiegen ihr in die Augen und rannen ihr über die Wangen. Mit einem Seufzer beugte sie sich vor und preßte ihre Stirn gegen die kühle Fensterscheibe. Das Glas beschlug von ihrem Atem. Einen Moment lang erschien ihr die Welt verschwommen und wie im Traum. Sie war wieder ein kleines Mädchen, tat so, als wäre ihr Märchenprinz dort unten und wartete auf sie ...

Vielleicht wartet er ja auf mich.

Sie wußte sofort, daß sie nicht so denken sollte. Aber kaum war die Saat gesät, begann sie auf dem fruchtbaren Boden ihrer Gefühle zu wachsen. Er konnte ja darauf warten, daß sie ihn zurückhielt ...

Möglicherweise ...

Ohne langes Grübeln lief sie zum Schrank und zog eines ihrer weiten braunen Kleider heraus. Hastig schlüpfte sie hinein, eilte die Treppe hinunter und rannte auf die Baracke zu. Atemlos hielt sie vor der geschlossenen Tür inne.

Sie wischte sich ihre klammen Hände an dem rauhen Kleiderstoff ab und blickte zu Boden.

Ich weiß nicht, was ich mir dabei gedacht habe, Mariah. Niemals kann ich dich verlassen ...

Mit geschlossenen Augen wiegte sie sich in diesen Wunschgedanken. Sie holte tief Luft. »Bitte, lieber Gott, laß ihn hierbleiben. Bitte ...«

Dann klopfte sie.

Aber sie bekam keine Antwort.

Innerlich gewappnet öffnete sie die Tür.

Was sie sah, wirkte wie ein Peitschenhieb. Sie schnappte erschrocken nach Luft, wankte zurück und mußte sich am Türrahmen festhalten. Ihre alberne Vorstellung brach wie ein Kartenhaus zusammen.

Mad Dog kniete in einer Ecke und packte die letzten Sachen in seinen grauen Rucksack. Er zog die Schnüre zu, stand auf und wandte sich langsam um.

Sie bemühte sich zu lächeln. »Was für eine Überraschung!« Ihr Ausruf klang mager, kümmerlich und gequält. Genau wie sie sich fühlte.

Er seufzte. Der halbvolle Rucksack glitt ihm aus der Hand und fiel dumpf zu Boden. »Mariah ...«

Sie verschränkte ihre bebenden Hände ineinander und wehrte sich innerlich dagegen, sich von dem liebevollen Ton, in dem er ihren Namen aussprach, täuschen zu lassen. »Wolltest du dich verabschieden?«

In seinem Blick fand sie denselben Schmerz, den sie empfand. Er schnitt ihr ins Herz. Sie begann zu zittern.

»Es übersteigt meine Kräfte.«

Tiefes Bedauern durchflutete sie. Und sie ballte ihre Hände zu Fäusten. »Ich hätte dich nicht bitten sollen zu bleiben.«

Er zuckte zusammen. »Doch, du mußtest es tun. Und ich wünschte ...« Er wich ihrem Blick aus. »Meine Güte, ich wünschte, ich könnte ja sagen.«

»Aber du kannst es nicht?«

»So ist es!« Er hob seinen Rucksack auf, warf ihn über die Schulter und kam langsam auf sie zu.

Sie schaute ihn an, wollte sich alles an ihm einprägen. Sein schiefes Lächeln, das jetzt nicht zu sehen war. Das Strahlen seiner Augen, wenn er lachte, und in denen jetzt nur Kummer lag. Sie wollte ihn anfassen, ihn in die Arme schließen, seine Beine umklammern, wenn sie ihn damit halten könnte. Aber sie vermochte sich weder zu bewegen noch etwas zu sagen.

»Ich bin nicht der richtige Mann für dich, Mariah.« Der gedämpfte Flüsterton seiner Stimme glitt wie ein zärtliches Streicheln über ihren Hals. »Du hast jemanden verdient, der dir verspricht, dich immer zu lieben und dieses Versprechen auch hält. Einen Mann, der von Sonnenaufgang bis Sonnenuntergang auf den Feldern arbeitet und sich nie darüber beschwert. Einen Mann ..., den der Lattenzaun nicht stört.«

Sie schaute zu ihm auf und wußte, daß ihre ganze verzweifelte

Liebe blank in ihren Augen stand, aber daran vermochte sie nichts zu ändern. »Vielleicht ... mit dir zusammen ...«

Er schüttelte den Kopf. Bei der sanften Bewegung wurde ihr fast schwindlig. »Nur du selbst kannst den Entschluß fassen, die Farm zu verlassen, und dazu bist du nicht bereit, oder?«

Sie wich seinem Blick aus.

»Es ist kein Grund, sich dessen zu schämen, Mariah.« Er trat auf sie zu und strich ihr eine Strähne aus dem tränennassen Gesicht. Erschöpft lehnte sie sich an ihn und suchte seine Wärme. »Deshalb bist du ja etwas Besonderes. Du läßt nie los, vergißt nie und verabschiedest dich nie. Aber das will ich bei einer Frau nicht. Ich bin nicht seßhaft.«

Sie atmete aus und löste sich von ihm. Denn nun gab sie sich endgültig geschlagen. »Genau, Matt. Das habe ich wohl von Anfang an gewußt.«

»Ich habe dich auch nie belogen.«

Es hatte so kommen müssen. Selbst jetzt, wo er ihr damit das Herz brach, konnte sie nicht anders als ihn lieben, ihn begehren.

»Das hilft alles nichts mehr«, flüsterte sie.

»Ich habe dir meine Artikel da gelassen. Sie sind alles, was ich habe.«

Sie schluckte schwer, unterdrückte die Woge der Bitterkeit, die in ihr aufwallen wollte. »Und die sollen mich nachts warmhalten!«

Er berührte ihr Kinn und zwang sie, ihn anzusehen. Widerstrebend öffnete sie die Augen.

Ernst schaute er ihr ins Gesicht. »Würde es helfen, wenn ich dir sage, daß ich dich liebe?«

Mariahs Welt zerfiel abermals in Trümmer. Zum ersten Mal verspürte sie heftigen Zorn, weil er ging. Ohne nachzudenken, hob sie ihre Hand und wollte ihn ohrfeigen, aber im letzten Moment hielt sie sich zurück und ließ die Hand sinken. Sie schaute ihm in die Augen. »Nein, Matt.« Sie überwand sich, die Worte zu wiederholen. »Das hilft alles nichts mehr.«

Es waren die letzten Worte, die sie miteinander wechselten, ehe er sich zum Gehen wandte und aus ihrem Leben verschwand.

Mad Dog lehnte sich an die zitternde Wand des Frachtwaggons und zog seine müden Beine hoch. Neben ihm lag ein Notizbuch, die Blätter flatterten im Fahrtwind. Die Seiten waren weiß und leer. Ihre Leere wirkte wie Hohn. Wie oft er auch ansetzte, das Schreiben wollte nicht gelingen. Nichts interessierte ihn oder weckte ihn aus seiner Lethargie, daß er aktiv wurde. Er fühlte sich wie abgestorben.

Ein Seufzer schlüpfte ihm über die aufgesprungenen blutenden Lippen. Er stieß mit dem Kopf gegen die Bretterwand und schlang seine Arme um die angezogenen Beine, damit ihm bei der Kälte etwas wärmer würde. Aber die Mühe war vergebens. Der eiskalte Wind drang durch seinen zerschlissenen Mantel und biß ihm in die Haut.

Der Winter war ausgebrochen, hatte alles unter einer eisigen weißen Decke begraben und machte die leeren Frachtwaggons zu kalten Särgen. Mad Dog stöhnte vor Elend. Sein Atem hing eine Weile sichtbar in der Luft, dann löste er sich auf.

Er fühlte sich höllisch. Ihm war kalt, hungrig und müde zumute. Seit er *Lonesome Creek* vor einer Woche verlassen hatte, hatte er keine ordentliche Mahlzeit mehr genossen. Nirgends im kalten Amerika gab es zur Zeit Arbeit. Und von ein bißchen Wohltätigkeit ganz zu schweigen!

Vor Jahren, als er begonnen hatte, mit der Eisenbahn kreuz und quer durchs Land zu reisen, war ihm das romantisch erschienen. Sich in leeren Frachtwaggons zu verstecken, die Eisenbahnarbeiter an der Nase herumzuführen und sein Lager nach Gutdünken aufzuschlagen, sich mit sämtlichen starken Männern auf jeder Kirmes zwischen San Francisco und New York zu messen, hatte ihm Spaß gemacht. Dabei hatte er sich frei gefühlt.

Hingegen jetzt fühlte er sich ... anders. Vorher schienen die Eisenbahnen überall hinzufahren, doch heute führten sie nirgends mehr hin. Sein Leben war weder romantisch noch aufregend. Es hatte keinen Sinn. Endlose, vergeudete Stunden verbrachte er in kalten Frachtwaggons und fuhr von einer ungastlichen Stadt zur nächsten.

Er wischte sich mit schmutzigen Händen die Augen und rutschte tiefer in den Waggon hinein. Dabei rollte er sich so fest zusammen wie er nur konnte, um es möglichst warm zu haben, schloß die Augen und versuchte zu schlafen. Trotz redlicher Mühe gelang es ihm nicht.

Leise fluchend rieb er sich die brennenden Augen und ließ den Kopf wieder gegen die Wand rollen.

Zum ersten Mal in seinem Leben vermißte er jemanden so sehr, daß es ihm weh tat. Er hatte um seine Mutter getrauert, aber das war etwas anderes gewesen. Tod war ein Verlust, über den mit der Zeit Gras wuchs.

Mit Mariah verhielt es sich nicht so. Jeden Tag vermißte er sie mehr.

Sie war irgendwo in der Ferne, lebte und atmete. Wenn er die Augen schloß, sah er sie lächeln. Wenn die Kälte des Winters seine Haut berührte, erinnerte er sich an ihre Wärme. Wenn Stille ihn umgab, endlos und ungestört, hörte er ihre Stimme.

Vermutlich stand sie jetzt am Herd und kochte Abendessen. Das verlockende Aroma ihres Eintopfs durchzog die ganze Küche. Jake würde sich nützlich machen und den Tisch decken. Himmel, er konnte fast das Klirren des Porzellans hören und den gedämpften Klang ihrer Unterhaltung.

Das Haus ... Mariah ... Jake ... sie saßen dort im Warmen, hatten es gemütlich und würden ihn willkommen heißen ...

Aber das wollte er ja nicht, erinnerte er sich zum wiederholten Mal, seit er gegangen war. Er war kein Mann, der es gemütlich haben oder in Sicherheit leben wollte. Ein Mad Dog liebte das Leben, war gern allein unterwegs, ging, wohin es ihm beliebte und ließ alles auf sich zukommen. So hatte er es immer gehalten. Denn er brauchte die Freiheit wie andere Menschen die Luft zum Atmen.

Es dauerte nur länger, die beiden zu vergessen, als er geglaubt hatte. Aber er brauchte nur ein wenig Geduld. Bald – morgen oder übermorgen schon – würde die leise Sehnsucht schwächer werden und er würde sich wieder fühlen wie sonst auch.

In den nächsten Tagen.

Er griff nach seinem Stift und dem Notizbuch. Die kalte, weiße Seite blickte ihm entgegen. Ohne nachzudenken, setzte er an und schrieb einfach drauflos. Als er das Ergebnis näher betrachtete, kroch ihm ein kalter Schauder über den Rücken. Da stand nur ein Wort auf dem Papier.

Mariah.

Wütend warf er den Stift quer durch den Waggon, hörte ihn gegen die Bretter prallen und zu Boden fallen.

Es war nur eine Frage der Zeit, ehe diese Idiotie endete, und er sie aus seinem Gedächtnis getilgt hätte. Bald schon wäre er wieder der alte, würde Artikel schreiben, Tequila trinken, Huren bedienen und lachen.

In den nächsten Tagen.

Es dauerte ganze drei Wochen, ehe Jake den Mut fand, Mariah die Wahrheit zu sagen.

Sie saßen zusammen auf der Verandaschaukel wie jeden Abend nach dem Essen. Die Dämmerung legte sich wie ein schwerer dunkler Mantel über die Farm. Die Sterne funkelten am Himmel und warfen ein glitzerndes Licht auf den frisch gefallenen Schnee.

Verstohlen musterte er sie von der Seite.

Sie saß ein wenig vornübergeneigt, hatte die Hände im Schoß gefaltet. Blaß und mit traurigen Augen schaute sie in die Landschaft hinaus. Er wußte, daß sie ihren Blick über die Felder schweifen ließ und auf Mad Dogs Rückkehr wartete.

»Ich glaube, er liebt dich«, sagte Jake leise. Förmlichkeit gab es zwischen ihnen nicht mehr.

Eine geraume Weile herrschte Schweigen. Dann nickte sie bedächtig. »Ich ihn auch, Jake.«

Sie verfielen wieder in das vertraute Schweigen. Er brachte allen Mut auf, den er besaß, um zu sagen, was gesagt werden mußte. »Meine Mama hat ihn auch geliebt.«

Überrascht wandte sie sich ihm zu. »Was sagst du da?«

Jake kam zur Sache. »Ich bin sein Sohn.«

Im ersten Moment schien ihr der Atem zu stocken. Ihre Augen weiteten sich. »Weiß er das?«

Er nickte. »Er hat mir vorgeschlagen mitzukommen auf seine Fahrt.«

Ein wehmütiges Lächeln huschte über ihr Gesicht. »Das klingt ganz nach ihm. Warum hast du es nicht getan?«

Der Junge schaute ihr in die Augen. »Ich ... ich dachte, du wärst ebensogut eine Mutter für mich wie er ein Vater.«

»Oh, Jake ...« Sie hauchte seinen Namen und war zu bewegt, um weiter zusprechen.

»Er wird wiederkommen.«

Sie schüttelte den Kopf und wischte sich mit dem Handrücken ein paar Tränen weg. »Nein, Schatz, das wird er nicht.«

»Ich sage das nicht nur so dahin. So wie ich ihn kenne, ist er bald wieder da.«

Zaghaft lächelte sie, sagte aber nichts dazu.

So leicht gab Jake nicht auf. »Ganz sicher«, beharrte er und tat sein Bestes, selbst daran zu glauben.

Zwei kurze, scharfe Pfiffe des Zuges weckten Mad Dog aus einem ruhelosen Schlaf. Er blinzelte benommen und stieß sich von der kalten, ratternden Wand des Frachtwaggons ab.

Mit seinen schmutzigen Fingern fuhr er sich durch das nicht minder schmutzige Haar, richtete sich auf und schaute nach draußen. Die vorüberziehende Landschaft verschwamm zu einem frostigen, weißen Flecken. Er hatte keine Ahnung, wo er sich befand. Hier sah es aus wie in Texas oder Arizona oder New Mexico – wie überall, wo er in den vergangenen Wochen gewesen war. Von den vielen Tagen und Nächten erinnerte er sich an nichts im besonderen. Alles hatte sich zu einem undefinierbaren Alptraum schneebedeckter Städte und leerer Eisenbahnwaggons vermischt.

Himmel, war das kalt! Er rieb sich die Hände, blies hinein und versuchte sich wenigstens die Illusion von Wärme zu verschaffen.

Erneut ertönte das Signal des Zuges. Sein durchdringender Pfeifton hing noch den Bruchteil einer Sekunde in der klirrenden Luft hinterher, dann vermischte er sich mit dem Schnaufen der Lokomotive und verebbte. Riesige Eisenräder blockierten und kreischten, knirschten und stockten auf den Schienen, als der Motor abbremste.

Die Geschwindigkeit des Zuges nahm deutlich ab, und der peitschende Fahrtwind verwandelte sich in eine sanfte Brise, die nach Schnee roch. Ohne den Wind wurde der strenge Geruch des Frachtwaggons sogar aufdringlich. Es stank nach altem Pferdemist, muffigem Sackleinen ... und menschlichem Schweiß.

Mad Dog zuckte zusammen. Du liebe Zeit, er brauchte dringend ein Bad. Gedankenversunken zupfte er an seinem drahtigen Barthaar und starrte nach draußen. Ehe es ihm recht bewußt wurde, dachte er wieder an *Lonesome Creek*.

Mariah.

Ihr Name kam ihm mit der Brise entgegen, wehte ihm wie ein Hauch frischer Luft durch den Sinn. Das war ihm in letzter Zeit oft passiert. Mariah und Jake und die Farm führen ihr in die Parade. Eigenartig. Sein ganzes Leben hatte er sich nur um seine persönlichen Ziele gekümmert. Jede neue Stadt war wie ein ungeöffnetes Weihnachtsgeschenk, ein Schatz, den er heben durfte. Aber in letzter Zeit kam ihm das alles fragwürdig vor.

Er dachte mehr darüber nach, wo er gewesen war und was er hinter sich gelassen hatte. Mehr und mehr empfand er jenen Ort und die Zeit mit ihr als das ungeöffnete Geschenk.

Er seufzte und fuhr sich erneut mit der Hand durchs Haar. Das war ihm sonst nie passiert, daß er sich zurückerinnerte, und auch das gefiel ihm gar nicht.

Es war richtig gewesen, war er getan hatte. Natürlich. Früher oder später würde er auch Mariah vergessen. Frauen vergaß er immer. Das war eines seiner Talente.

Das und zweitens, Leute zu verletzen.

Die Erinnerung an ihre Unterhaltung tauchte wie aus heiterem Himmel auf und überraschte ihn mit ihrer bitteren Süße.

Erzürnt griff er nach seinem Rucksack und drückte seinen Hut fester auf den Kopf. Mit einem Triumphschrei sprang er von dem langsamer stampfenden Zug und landete hart auf dem Boden. Schmerz durchzuckte seine Beine und legte sich wie eine Klammer um seine Knie.

»Verflixt!« schimpfte er laut und krümmte sich, bis der Schmerz vorüber war. Dann richtete er sich langsam auf.

Und entdeckte, daß er sich am Stadtrand von Albuquerque befand.

Er lächelte. »Donnerwetter, ich werd verrückt!« Albuquerque, auch eine seiner Lieblingsstädte! Es gab eine wunderbare Kneipe hier und die hübscheste kleine Hure auf der ganzen Strecke.

Da wird mein Kopf klar werden, dachte er vergnügt. Endlich würde er es schaffen, die einzige Frau zu vergessen, an die er sich überhaupt je erinnert hatte.

Durch den dünnen frisch gefallenen Schnee trat er seinen Weg an, als er die Hauptstraße überquerte. Für Albuquerque war es allerdings reichlich still in diesem Viertel. Niemand lief auf dem Marktplatz umher, keine Indianer waren zu sehen, die ihre Waren auf den Gehwegen feilboten. Er wanderte durch den neuen Stadtteil in den alten hinüber.

Als er sich dem »*Tip 'Em Back*«-Saloon näherte, hörte er vertraute Geräusche und nahm bekannte Düfte wahr, die ihm entgegenwehten, ihn lockten, wie es nur diese Stadt konnte. Er schob seinen Hut in den Nacken und stieß die halbhohen Schwingtüren auf.

Schon stand er in der verräucherten Kneipe. Er hustete und blinzelte, um durch den Dunst, der im Raum schwebte, etwas sehen zu können. Von irgendwoher kam das rhythmische Hämmern kräftiger Hände auf einem blechernen Klavier. Die scheppernden Klänge übertönten die lautstarken Stimmen, das Gelächter und das Husten.

Hinter ihm fiel die Tür zu. Der Rauch erschien ihm wie ein alter Freund. Bekannte Gerüche begegneten seinen Sinnen, erinnerten ihn daran, daß er schon eine Weile nicht mehr hier gewesen war. Der beißende Geruch von Tabak, der muffige Gestank eines Ortes, der seit Jahren nicht gelüftet worden war und der starke Geruch nach Schweiß und schmutzigen Sachen ...

Hier ging es laut und rauh zu. Die Leute, die sich hereindrängten, fragten nicht nach Namen und interessierten sich nicht, wo der einzelne herkam. An so einen Ort hatte Mad Dog immer gehört.

Er warf seinen Rucksack in eine Ecke und sah ihm nach, wie er auf dem Boden landete. Dann schob er die Hände in die Taschen und schlenderte an die lange Eichenbar.

Als er halbwegs dort angelangt war, übertönte eine Männerstimme den Krawall. »Himmeldonnerwetter, Mad Dog Stone ist von den Toten zurückgekehrt!«

Mad Dog sah auf und entdeckte den alten Freddy Tomlinson, der hinter der Bar stand.

Freddy grinste und zeigte dabei eine Reihe gelber Zähne. »Verdammt, Stone, ich dachte, dich gäbe es nicht mehr.«

Selbiger trat an die Bar und setzte sich auf einen abgenutzten Hocker. »Das hättest du aber wissen müssen, Freddy: Nur die Guten sterben jung!«

Der Barmann lachte laut auf und hielt sich den schwabbelnden Bauch. »Ja, da hast du recht.« Er warf einen feuchten Lappen auf die Theke und begann sie zu wischen.

Mad Dog grinste. »Muß ich erst lange bestellen? Wozu ist man Stammgast, wenn der Wirt die Wünsche nicht errät?«

Freddy warf das Handtuch beiseite. Es landete mit einem feuchten Klatschen auf der Theke und rutschte fast bis zu Mad Dog. Gleichzeitig griff Freddy nach einer Flasche Tequila und einem Schnapsglas aus dem Spiegelregal hinter sich. Beides stellte er Mad Dog hin. Dann kehrte er an seine Arbeit zurück. Mad Dog musterte das Schnapsglas. Waren sie immer so schmutzig gewesen? Das wußte er nicht mehr. Früher hatte er gar nicht darauf geachtet und sich keine Gedanken gemacht. Es hatte ihn einfach nicht interessiert.

Die Erkenntnis, daß er sich jetzt um Nebensächlichkeiten kümmerte, machte ihn wütend. Was für einen Unterschied machte es schon, ob das Glas ein wenig staubig oder schmutzig war? Wen störte das?

Er nahm die Tequilaflasche in die Hand und schenkte sich einen kräftigen Schluck ein. Hochprozentiger Alkoholgeruch, bei dem einem die Augen feucht werden, stieg ihm in die Nase. Er setzte den Drink an und leerte das Glas in einem Zug.

Sofort schenkte er sich nach.

Schließlich lehnte er sich auf dem Hocker zurück und streckte seine Beine aus. Dabei ließ er seinen Blick durch den Raum schweifen. Unter den Leuten befanden sich ein paar bekannte Gesichter. Männer, die an schmutzigen Tischen hockten und pokerten. Geschminkte Frauen, die daneben standen und denjenigen anfeuerten, der ihnen das meiste Geld zahlte. Karten wurden auf die Holztische geknallt, Chips klapperten, Männer fluchten.

Es war furchtbar laut hier drinnen.

Über den Gedanken wunderte er sich. So etwas hatte er früher niemals gedacht. Ein Saloon war nicht zu verräuchert, zu laut oder sonst irgend etwas. An allen anderen Orten war es im Vergleich dazu langweilig. Aber jetzt, als er hier allein an der Bar saß und den miserablen Tequila trank, merkte er, daß ihm die Stille fehlte ...

Empört schüttelte er den Kopf. »Meine Güte, Mariah, willst du mir jetzt auch das noch verleiden?«

Von irgendwoher ertönte ein Frauenschrei. »Mad Dog Stone, wie er leibt und lebt!«

Er zuckte zusammen und schaute zu der breiten Treppe hinüber. Martha – oder war es Matilda? – zwängte sich zwischen den Prostituierten und Freiern auf den Stufen hindurch und bahnte sich einen Weg zur Bar.

Sie lächelte, ein geübtes, hübsches Lächeln, bei dem ihm aus einem unerfindlichen Grund die Zähne weh taten. Während sie mit den stark geschminkten Wimpern klimperte, preßte sie eine Hand auf ihren einladenden Ausschnitt. »Also so was«, seufzte sie und biß in ihre rote Unterlippe. »Ich habe schon überlegt, ob du mich vergessen hast.«

Mad Dog runzelte die Stirn. Mit dieser Frau hatte er in den Jahren wohl ein Dutzend Mal geschlafen, und es hatte ihm immer Spaß gemacht. Für ihn war sie in ihrer direkten überschwenglichen Art hübsch gewesen. Aber jetzt sah er sie, wie sie in Wirklichkeit war. Eine junge Frau, vorzeitig gealtert durch Alkohol und einen losen Lebenswandel.

»Spendierst du einem Mädchen einen Drink?« gurrte sie und fuhr sich durch ihr wasserstoffgebleichtes Haar.

»Sicher.« Er schob ihr die Flasche zu.

Sie lehnte freundlich ab. »Nein, danke. Von dem Zeug muß ich kotzen.«

Mad Dog lächelte gegen seinen Willen und erinnerte sich. »Ja, bei manchen Frauen hat es diese Wirkung.«

Du sollst mich nicht mit anderen Frauen vergleichen.

Ich wußte nicht, daß es eine Rolle spielt, wer sich als erster bei wem schlecht benimmt.

Die Frau – Margaret? – faßte ihn an. »Es ist eine Weile her, daß wir uns gesehen haben, Mad Dog, wo hast du dich so lange versteckt?«

Er nahm einen Schluck Tequila und ließ ihn auf der Zunge zergehen, ehe er den Schnaps hinunterschluckte. »Ich habe mich nirgends versteckt, sondern war bloß ...« Zu Hause. Der Gedanke überraschte ihn, verwirrte ihn so sehr, daß er kein Wort mehr über die Lippen brachte.

»Bloß wo?«

Er zuckte mit den Achseln, wies den Gedanken weit von sich. Ein Zuhause wollte er nicht und auch gar nicht so denken, als hätte er eines. Sein Leben auf der Straße gefiel ihm, verdammt. Er liebte es. »Nirgends. Und wie geht es dir so?«

»Prima.« Sie schmiegte sich an ihn, rieb ihren Satinrock verführerisch an seinem Schenkel.

Das ließ ihn kalt. Sie roch nach abgestandenem Schweiß und billigem Parfüm, nach Hinterzimmern und hastigen Stelldicheins.

»Willst du mit zu mir?« flüsterte sie ihm heiser ins Ohr, ließ ihre Hand unter den Tisch gleiten und faßte zwischen seine Beine.

Fast hätte er ohne nachzudenken ja gesagt. Aber als er aufschaute, ihr hartes, stark geschminktes Gesicht sah und in ihre leblosen blauen Augen blickte, wußte er, daß er das nicht konnte.

Diese Erkenntnis schockierte ihn. Er wollte sie nicht, und sie wollte ihn nicht. Nicht wirklich. Sie wollten ... nur nicht allein sein. Zeit miteinander verbringen und so tun, als ob sie irgendwelche Gefühle füreinander hegten. Früher einmal hatte das Mad Dog nichts ausgemacht. Verdammt, ihm hatte die Anonymität gefallen. Es hatte ihm Genugtuung verschafft, Frauen zu haben, die sich nicht für ihn interessierten und sich nur um sich selbst drehten. Frauen, die nichts von ihm verlangten und es nicht übelnahmen, wenn er ihren Namen vergaß.

Aber jetzt war das komplizierter geworden. Mariah, und was er mit ihr erlebt hatte, hatte ihn verändert. Er kannte den Unterschied zwischen Sex und Liebe – Himmel, dazwischen befanden sich Welten – so wie früher konnte er nicht mehr weitermachen.

Er wandte sich ab, vermied es, ihr ins Gesicht zu gucken, und trank noch einen Schluck Tequila. »Tut mir leid, M …«

»Milli«, half sie ihm leise. Sie klang ein wenig gekränkt. Früher war ihm so etwas nicht aufgefallen.

»Entschuldige, Millie. Diesmal nicht.«

Sie ließ sich neben ihm nieder und musterte ihn aufmerksam. »Hast du eine feste Frau gefunden, Stone?«

Darauf vermochte er ihr nicht zu antworten.

Derweilen kippte sie einen Schluck Tequila hinunter, schüttelte sich und wischte sich den Mund mit dem Arm ab. »Wenn das der Fall ist und du so an ihr hängst, daß du nichts mehr mit mir zu tun haben willst, warum treibst du dich dann ausgerechnet am Weihnachtsabend hier herum?«

Er sah auf. Zum ersten Mal bemerkte er den vertrockneten, leeren Baum in der Ecke hinter der Bar. Und hörte die Musik. Auf dem blechernen Klavier wurde eine abgehackte Version von »Stille Nacht« gespielt.

Millie lächelte ihn an. »Das wußtest du nicht?«

Verdattert schüttelte er den Kopf. »Nee.«

Sie klopfte ihm auf den Rücken und wandte sich zum Gehen. »Nun, Mad Dog, frohe Weihnachten. Ich mache mich jetzt mal an die Arbeit.«

Mad Dog erwiderte nichts. Er blickte in den Spiegel hinter der Bar, musterte sein schäbiges, verkommenes Äußere und überlegte, was Jake und Mariah im Augenblick wohl machten. Er konnte sich das Haus vorstellen, wie es mit Weihnachtsdekorationen und Immergrün geschmückt war, wie es nach gebratenem Truthahn und Kürbiskuchen duftete. Er konnte ihr Lachen hören und das leise Rascheln von Papier, wenn sie gegenseitig ihre Geschenke auspackten.

Vorwurfsvoll blickte er sein Spiegelbild an. Was, zum Kuckuck, mache ich eigentlich hier, allein, angetrunken und schmutzig? Ich habe einen Ort, wo ich hingehen könnte. Ich habe ein Zuhause ...

Er nahm einen kräftigen Schluck Tequila direkt aus der Flasche. »Verdammter Mist!« Er wischte sich mit dem Handrücken über die Lippen. Was sollte das?

Die Würfel waren gefallen.

Jake würde es sich wünschen, daß er zurückkäme.

Mad Dog versuchte sich nicht von diesem Gedanken leiten zu lassen. Aber die Beschäftigung mit Jake war wirklich verlockend. Er könnte Vater sein, du liebe Güte. Vater!

Zwar hatte er viel vom Leben seines Sohnes versäumt, aber er mußte ja nicht alles verpassen. Er konnte miterleben, wie Jake erwachsen wurde, wie er sich verliebte und eigene Kinder groß zog.

»Himmel ...« Er seufzte, schüttelte den Kopf und war überrascht, wie überwältigend diese Vorstellungen wirkten, wie unglaublich reizvoll.

Aber natürlich spielte auch Mariah eine Rolle. Diese Frau liebte er wie keine andere je zuvor. Das wußte er. Er hatte es schon gewußt, als er sie verließ. Irrtümlich nahm er an, all die Gefühle, die er für sie empfand, würden auf seiner Wanderschaft verfliegen. Im Gegenteil, jeden Tag mußte er aufs neue an sie denken. Wenn er etwas Weiches berührte, dachte er an ihre Haut; etwas Rauhes unter seinen Händen brachte die verwaschenen Wollkleider in sein Gedächtnis zurück. Bei den Düften von Vanille oder Lavendel oder einfacher Seife dachte er jedesmal an sie. Alle grünen Augen verwandelten sich in braune.

Nicht nur braun!

Er lächelte bei der Erinnerung und verstand nicht, wie er es fertiggebracht hatte, sich von alledem zu trennen. Wie hatte er so dumm, so unglaublich blind sein können?

Die Antwort darauf kannte er eigentlich schon. Es war derjenige Grund, der ihn davon abhielt, der Bar sofort den Rücken zu kehren und nach *Lonesome Creek* zurückzueilen. Sie liebte ihn, da war er sich sicher, und sie würde ihm verzeihen, wenn er wieder da war. Aber konnte er wirklich bei ihr bleiben?

Das war die Frage, die ihn auf dem Barhocker festhielt. Er war nie in seinem Leben eine getreuliche, feste Beziehung eingegangen. Nicht eine. Aber diese verlangte Dauer.

Wenn er zurückkehrte, konnte er nie wieder weg.

»Elender Dreck!« fluchte er, griff nach der Flasche und zog sie näher. Das war unvorstellbar. Er würde einer geregelten Arbeit nachgehen müssen, auf einer Farm hinter einem idiotischen Lattenzaun wohnen, jeden Tag wissen, wo er ins Bett gehen und wo er aufwachen würde.

Mit Mariah.

Er stöhnte auf bei dem Gedanken, nahm noch einen weiteren Drink und stellte die Flasche hart auf die Theke.

Wenn er zurückkehrte, wäre das für immer.

Zur Hölle damit!

26. Kapitel

Mariah starrte auf die Pappschachtel in ihrem Schoß. Tränen brannten ihr in den Augen und liefen ihr über die Wangen. Sie hob den Deckel hoch und legte ihn neben sich. Dann schlug sie die zerknitterte Leinenhülle zurück.

Das Kleid lag noch so unverändert darin, wie sie es vor einem Jahr eingepackt hatte, ordentlich zusammengefaltet. Der hohe Spitzenkragen hob sich blütenweiß von dem burgunderfarbenen Samtoberteil ab. Versonnen strich sie über die zarte Spitze. Sie fühlte sich so fein und leicht und feminin an. So ganz anders als alles, was sie in den vergangenen fünfzehn Jahren getragen hatte. Eine Reihe perlmuttfarbener Knöpfe lief vom Hals bis zur Taille hinunter und verschwand unter einem plissierten weißen Satingürtel.

Bittersüße Trauer überkam sie, aber nicht ohne ein leises Glücksgefühl. Das war das letzte Weihnachtsgeschenk gewesen, das sie ihrer Mutter gemacht hatte. Sie erinnerte sich, wie sorgfältig sie es ausgewählt hatte. Stundenlang hatte sie im Katalog geblättert, bis sie genau das richtige fand: ein Kleid mit Herz.

Vorsichtig zog sie es aus dem Karton. Der burgunderfarbene Samt schimmerte im Licht wie ein Glas Rotwein und fiel in weichen Wellen über ihren Schoß.

In Gedanken versunken stand sie auf. Mit dem Kleid vor ihrem Körper trat sie an den Spiegel, musterte sich und lächelte. Das tiefe Dunkelrot erzeugte einen starken Kontrast zu ihrer blassen Haut und brachte ihre braunen Augen zur Geltung.

Die sind nicht braun.

Die Erinnerung ging ihr ungebeten durch den Sinn. Sie betrachtete ihr Spiegelbild, sah den Schimmer der Tränen in den Augen, verspürte aber überraschenderweise keinen niederdrückenden Kummer mehr.

Sie empfand wohl ... den Verlust. Oder trauerte darum, was alles hätte sein können.

»O Matt«, seufzte sie und zupfte an den Rockfalten.

Er war weg und würde nicht wiederkommen. Seit Wochen hatte sie jeden Gedanken daran verdrängt, weil sie sich nicht stören lassen wollte. Aber jetzt, wo sie vor dem Spiegel stand und in ihre Augen blickte, vermochte sie es nicht länger zu leugnen.

Diese Geschichte war endgültig vorbei.

Diese Erkenntnis löste etwas Eigenartiges bei ihr aus. Sie hätte niedergeschlagen, verzweifelt darauf reagieren müssen. Vor zwei Jahren – verflixt, noch vor zwei Monaten – wäre sie am Boden zerstört gewesen. Aber in gewisser Weise war sie in den letzten Wochen erwachsen geworden. Es schmerzte zwar, sie vermißte ihn auch – das würde sicher so bleiben, aber sie konnte mit ihrer Vergangenheit leben, hatte sie verarbeitet. Es war nicht mehr so wie zuvor, nicht wie damals mit Stephen. Als Sechzehnjährige konnte sie mit der Realität noch nicht fertig werden. Heute war sie älter, klüger und stark genug, um allein weiterzuleben. Sie brauchte Mad Dog nicht! Sie liebte ihn und vermißte ihn manchmal so sehr, daß es schmerzte. Aber es ging auch ohne ihn weiter.

Er hatte ihr beigebracht, sich von jemandem zu verabschieden. Sie wandte sich vom Spiegel ab und zog ihr weites, braunes Kleid aus. Achtlos warf sie es beiseite, schlüpfte in die herrliche Galarobe, band sich den breiten, weißen Gürtel um die Taille und zog ihn fest. Das Samtoberteil fiel locker und blusig über ihre Brüste, wurde in der Taille gehalten und ging in einen weiten Rock über, der bauschig bis zum Boden reichte.

Rasch bürstete sie sich ihr welliges Haar aus dem Gesicht

und schnürte es im Nacken mit dem ausgefransten rosa Band zusammen, das Jake ihr geschenkt hatte. Um etwas mehr Farbe in ihre Wangen zu bringen, kniff sie sich ein paarmal in die Haut und lief dann die Treppe hinunter.

In der Küche duftete es nach Festessen – mit Zucker glasiertem Schinken, gewürztem Apfelwein und Pekanußkuchen. Sie schritt durch den Raum und warf einen Seitenblick auf die Marmeladensorten, die Gelees, die eingelegten Gurken, die Kartoffeln, das Gemüse und die Brote, die auf dem Regal standen.

Mit übereinandergelegten Händen schlenderte sie ins Wohnzimmer hinüber und wartete auf Jake. Das kleine Zimmer erstrahlte im Lichterglanz der Kerzen und war verschwenderisch mit Tannenzweigen geschmückt. In der Ecke stand auf einem rotgedeckten Tisch der Weihnachtsbaum. Engel aus gesponnenem Glas, vergoldete Äpfel, glasierte Kirschen und Zuckerpflaumen hingen an seinen Zweigen. Funkelnde Kerzen brannten in den Haltern und ihr Schimmer spiegelte sich im Fenster.

»Hallo, Mariah!«

Sie wandte sich um. Jake stand im Türrahmen. Er trug eine alte Stoffhose von Rass, die abgeändert worden war, damit sie ihm paßte, und ein weißes Hemd mit schwarzen Hosenträgern. Eine ungeschickt gebundene Schleife hing schief vor seinem Kragen. Das kupferfarbene Haar hatte er aus der Stirn gekämmt. Hinter seinen Ohren stand es in widerspenstigen Locken ab.

Bei seinem Anblick zog sich ihr Herz zusammen. Irgendwie wirkte er erwachsen und wartete doch unsicher auf ihre Bestätigung. Winzige Schnitte vom Rasierer waren auf seinen Wangen zu sehen.

»Du siehst phantastisch aus.«

Er strahlte übers ganze Gesicht. »Du auch!«

Lächelnd kam er auf sie zu. Mariah hakte sich bei ihm ein und zog ihn an sich. Wortlos gingen sie durch den Raum zum Fenster und schauten wartend nach draußen. Wie immer.

Mariah fühlte, wie Jake sich leicht an sie lehnte, und hatte Verständnis dafür. Dieses Jahr würden sie es besser machen. Beide strengten sich wirklich an. Doch die Geister vergangener Weihnachtsfeste gesellten sich zu ihnen, drängten sich in ihre Mitte und nahmen an allem teil. Für beide war es das erste Weihnachtsfest ohne Eltern und daher noch ein bißchen schwierig.

Mariah starrte zum Fenster hinaus. Sie sah den Widerschein der Kerzen auf dem Glas und nahm ihn doch nicht wahr. Draußen bewegten sich eine Reihe schemenhafter Schatten, die weder Form noch Gestalt besaßen. Das Mondlicht fiel durch die entlaubten Zweige der vielen Apfelbäume und verwandelte die Schneelandschaft in ein Meer zerdrückter Diamanten. Draußen war es kalt und still.

»Er kommt nicht zurück«, flüsterte Mariah und wünschte sich, sie könnte den Kummer, den diese Worte ihnen bereiteten, loswerden.

Jake seufzte. »Schon möglich.«

»Ich bin froh, daß du da bist, Jake«, fuhr sie leise fort, und ihr wurde warm ums Herz.

Er räusperte sich. »Ja, ich auch.«

In diesem Augenblick keimte ein leichter Hauch der altbekannten Trauer auf, aber Mariah wies sie energisch von sich. Sie rang sich ein Lächeln ab. »Wie wäre es, sollen wir uns nicht an unseren Weihnachtsschmaus begeben?«

Er wandte sich ihr zu und entzog ihr langsam seinen Arm. »Ich habe ein Geschenk für dich.«

Sie schaute zu dem Baum hinüber. »Tatsächlich?«

»Dort ist es nicht. Komm mit.« Er führte sie durchs festlich erleuchtete Haus auf die dunkle Veranda. Dahinter lag die Welt in einem mitternächtlichen Blau verschiedener Formen und Dinge, alles in das weißliche Licht des winterlichen Vollmonds getaucht.

Jake führte sie die knarrenden Stiegen hinunter. Vorsichtig

trat sie in den krustigen, knöcheltiefen Schnee. Die kalte Luft brannte ihr in den Lungen und trieb ihr Tränen in die Augen. Ihr Atem erzeugte für einen zauberhaften Moment eine kleine Wolke in der frostigen Luft und zerstob.

»Fällt dir etwas auf?«

Mariah hörte den verhaltenen Stolz, der in seiner Stimme mitschwang und schaute sich lächelnd auf der Farm um. »Nun, die Scheune steht noch, die Baracke sieht auch nicht anders aus, der Holzstapel ist unverändert hoch, der ...« Sie schnappte nach Luft. »O Gott, Jake ...«

»Ich habe ihn entfernt.«

Sie machte einen vorsichtigen Schritt nach vorn und hielt den Blick auf das Ende des Weges gerichtet. Der Lattenzaun war nicht mehr da. Die Ecke des Grundstücks stand offen. Eine ununterbrochene, gleißende Schneedecke breitete sich vom Haus bis zur Straße aus und erstreckte sich, so weit das Auge reichte. Nichts störte ihre Makellosigkeit.

Mariah starrte in die Richtung, wo der Zaun gewesen war, und spürte eine Reihe verschiedener Gefühle. Angst, Freude, Erleichterung.

Jake schaute zu ihr auf, die Wangen rosig von der Kälte. »Ich wollte nicht, daß du jeden Tag draufguckst.«

In seinen schlichten Worten schwang Besorgnis und Verständnis mit. Mariah empfand etwas, das sie nie zuvor erlebt hatte und nicht in Worte zu fassen vermochte. Tief und ergreifend erfüllte es sie mit unglaublicher Wärme. »Ich habe nicht daran gedacht, ihn einfach zu beseitigen«, murmelte sie und überlegte, warum sie nie auf den Gedanken gekommen war.

»Es könnte ja sein ...«

Sie schaute Jake an und entdeckte Hoffnung und Furcht in seinen Augen. Eine Sekunde lang sah sie sich aus seiner Sicht. Für ihn war sie eine zweiunddreißigjährige Jungfer, die sich nach einem Mann sehnte, der sie nicht liebte, und ihre eigene Farm nicht verlassen konnte. Beschämt fühlte sie, wie ihr Tränen in die Augen traten. Rasch strich sie ihm eine widerspenstige Strähne aus der Stirn. Ihre Finger ruhten liebevoll an seiner Schläfe. »Was hast du dir dabei gedacht?« fragte sie heiser.

Er schluckte nervös. »Ich dachte, du ... wenn er nicht mehr da wäre, könntest du vielleicht eines Tages den Schritt über die Grenze machen.«

Den Schritt über die Grenze. Die unerwarteten Worte senkten sich in ihr Herz. Sie reckte ihr Kinn und blickte in die schneebedeckte Weite, die sich hinter der Farm erstreckte und mit den Anhöhen in der Ferne verschmolz. Es war kein Zaun, keine Hürde mehr da. Nichts konnte sie aufhalten, kein Riegel, der zurückgezogen, kein Tor, das geöffnet werden mußte. Nichts, das sie jeden Tag an ihre dumme Angst erinnerte.

Sie versuchte sich vorzustellen, wie sie über das Gelände hinausgelangte. Furcht erfaßte sie, eiskalt und bedrohlich. Schweiß trat ihr auf die Stirn und prickelte in ihrem Nacken. Aber es war eine andere Art Spannung, nicht so erstickend und nicht mit dieser entkräftigenden Panik behaftet.

»Vielleicht könnte ich es.« Mutig sprach sie ihren Gedanken aus, ohne zu merken, daß sie es tatsächlich vorhatte.

Der Einfall weckte unglaubliche Hoffnung bei ihr. Zum ersten Mal seit fünfzehn Jahren rückte diese Möglichkeit in greifbare Nähe. Es würde nicht einfach sein, aber immerhin machbar. Die Welt da draußen jagte ihr nicht mehr so viel Angst ein wie früher.

Wenn sie sich eifrig bemühte, jeden Tag ein paar behutsame Schritte nach vorn machte und wirklich daran glaubte, mochte sie es wohl auch schaffen. Ein schwaches Lächeln umspielte ihre Lippen. »Mag sein ...«

Jake wandte sich ihr zu. »Ich habe dich so lieb, Mariah. Frohe Weihnachten!«

Sie schaute ihn durch einen Tränenschleier an, nahm ihn in die Arme und drückte ihn glücklich an sich. »Und du bist auch ein lieber Schatz, Jake. Jetzt laß uns feiern.«

Mad Dog sah die Farm in der Ferne und verhielt seinen Schritt. Das kantige Wohnhaus ragte einsam aus den schneebedeckten Feldern auf. Dutzende entlaubter Apfelbäume erstreckten sich zu beiden Seiten, ihre kahlen Zweige unter glitzernden Schneehauben.

Zum ersten Mal, seit seinem Abschied von hier, wurde ihm wieder warm. Ein Lächeln huschte über sein Gesicht. Er war zu Hause.

Dann verschwand sein Lächeln. Irgend etwas stimmte nicht. Er schaute sich um, musterte eingehend den Obstgarten, das Haus, die Scheune. Alles sah noch genauso aus wie vorher und doch schien es ihm ... verändert.

Der Zaun war weg.

Eine Woge des Glücks durchflutete ihn, und er war stolz auf Mariah. Sie hatte es geschafft. Herrje, sie hatte den weißen Lattenzaun beseitigt. Er konnte noch die vielen Löcher im Schnee sehen, wo zuvor die Latten gesteckt hatten. Das war die schönste Begrüßung, die er sich vorstellen konnte.

Er warf seinen Rucksack über die Schulter und schritt auf das Haus zu. Es lag ein Schwung in seinen Bewegungen, der ihm seit Wochen gefehlt hatte. Spannung erfaßte ihn. Er konnte es nicht mehr erwarten, seine Familie wiederzusehen, konnte sich kaum gedulden, liebevoll von Jake und Mariah begrüßt und von ihnen mit offenen Armen empfangen zu werden.

»Mad Dog?«

Er grinste und sah auf. Jake stand neben der Baracke und trug einen Stapel Brennholz. »Hallo, Junge! Ich habe doch gesagt, ich komme zurück.«

Jake stand der Mund offen. Das Brennholz glitt ihm aus den Fingern und fiel dumpf in den Schnee. »Vielleicht hast du es gesagt«, murmelte er und starrte Mad Dog an wie eine Erscheinung. »Versprochen hast du es nicht.«

Schon wollte Mad Dog mit einer unbesonnenen scherzhaften Bemerkung darauf reagieren, wie es seine Art war, doch dann überlegte er es sich anders. Er hatte einen weiten Weg hinter sich gebracht, um Jake etwas Wichtiges mitzuteilen und das wollte er auf keinen Fall verpatzen oder es leichtfertig als Nebensache abtun. »Ich habe dich vermißt.«

»Wirklich?« Jake hielt den Atem an.

Er lächelte. »Ja. Es wundert mich selbst.« Rasch ließ er seinen Rucksack zu Boden sinken und winkte Jake herbei. »Komm her.«

Jake ging langsam auf ihn zu. Leise knirschten seine Schritte im Schnee. Dicht vor ihm blieb er stehen.

Im ersten Moment empfand Mad Dog eine leichte Enttäuschung, unterdrückte sie jedoch. Gern hätte er seine Hand ausgestreckt und sie seinem Sohn auf die Schulter gelegt. Es drängte ihn so sehr, daß es weh tat. Aber er regte sich nicht, rührte keinen Finger. Er mußte es langsam angehen, wollte alles richtig machen, damit es zuverlässig hielt.

Jake wirkte erschreckend jung und verletzlich, so wie er da stand, die Arme an den Seiten, leicht blinzelnd gegen das grelle Licht der Wintersonne. Mad Dog wußte, wie sein Sohn sich fühlte. Zu gut konnte er sich daran erinnern, wie verzweifelt er selbst auf die Rückkehr seines Vaters gewartet hatte.

»Es tut mir leid, Jake«, sagte er leise und empfand ein heftiges Bedauern. Die Worte klangen so dürftig, so nichtssagend, und doch waren sie alles, was er zu bieten hatte. Das und eine lebenslange Bindung, die er zu Jake aufbauen wollte.

Jake erwiderte nichts.

»Ich hätte dich nicht verlassen sollen. Es kam nur so überraschend und plötzlich – nein, das ist keine Erklärung –, aber ich wußte nicht, was ich machen sollte. Mir graute vor der Verantwortung.«

Jake tat einen zögerlichen Schritt auf ihn zu. »Weshalb hast du deine Meinung geändert?«

»Du bist mein Sohn.« Mad Dog schnürte es fast die Kehle zu. »Natürlich kannst du dir nicht vorstellen, wie mir dabei zumute ist, wenn ich das sage, Jake. Nachdem ich erst einmal richtig darüber nachgedacht, an dich gedacht hatte, mußte ich einfach zurückkommen.« Er wich seinem Blick aus. »Allmächtiger, ich habe so viel von deinem Leben versäumt ... mehr darf nicht verlorengehen.«

Ein halbersticktes Schluchzen kam über Jakes Lippen, ehe er sich nach vorn warf. Mad Dog fing seinen Sohn auf und drückte ihn tief bewegt an sich.

»Du hast mir auch gefehlt, Mad Dog«, erwiderte Jake und klammerte sich an seinen Vater.

Mad Dog löste sich behutsam von ihm und schaute ihm in die feuchten Augen. »Wie ist das, willst du nicht Dad zu mir sagen?«

Zaghaft und unter Tränen lächelte Jake ihn an. »Darauf habe ich mein ganzes Leben gewartet.«

»Ich wünschte, ich hätte es gewußt, Jake«, antwortete er leise und erkannte zum ersten Mal, daß das tatsächlich der Wahrheit entsprach. Er wünschte sich wirklich, er hätte schon früher von der Existenz seines Sohnes erfahren. Sicher hätte er sich dann längst geändert und wäre geblieben.

»Ich auch, Dad.«

Dad. Bei dieser leisen Anrede wurde Mad Dog warm ums Herz. Er schluckte schwer und kämpfte mit einer überwältigenden Rührung. »Jetzt sollte ich wohl mal zu Mariah gehen«, sagte er mit belegter Stimme, »weißt du, sie ein wenig überfallen und eine richtige Familie aus uns machen.«

Jake zuckte zusammen. »Mariah ... hat sich verändert.«

Er grinste. »Das habe ich schon gemerkt. Der Zaun ist nicht mehr da. Himmel, wie oft ich an sie gedacht habe!«

Jake nagte an seiner Unterlippe. »Ich bleibe hier und warte ...«

Mad Dog lachte. »Sicher eine gute Idee, Jake! Letztes Mal, als ich sie überraschte, hat sie mich mit einem Gewehrkolben niedergestreckt.«

»Das würde ich auch jetzt nicht für unmöglich halten.«

Mad Dog amüsierte sich über Jakes Ausdrucksweise. Er warf den Rucksack zur Baracke hinüber und sah an der Fassade des Hauses empor. Ein verliebtes Lächeln huschte um seinen Mund.

Bei allen Heiligen, er konnte es kaum erwarten, sie zu sehen, sie in die Arme zu nehmen. Seit er gegangen war, hatte er sich leer und leblos gefühlt. Er brauchte Mariah, um glücklich zu sein.

Immer noch lächelnd strich er Jake übers Haar. »Bis gleich, Jake. Ich muß um meine Braut werben.«

»Viel Glück, Dad.«

»Danke dir! Und ich habe die Liebe auf meiner Seite.« Mit einem breiten Grinsen schritt Mad Dog über den schneebedeckten Hof und sprang die durchhängenden Verandastufen hinauf. Er drehte den Knauf leise um und huschte hinein.

Das Haus empfing ihn wie zuvor mit seiner warmen, tröstlichen Ruhe. Im Wohnzimmer hörte er das Kaminfeuer knistern, und das zischende Brutzeln des Schinkens drang aus der Küche zu ihm.

Sogleich marschierte er weiter.

Mariah kniete in der Ecke vor der Kühlkiste. Es dauerte einen Augenblick, bis ihm auffiel, daß sie nichts Braunes trug. Das Haar hatte sie im Nacken zu einem lockeren Zopf geflochten, der bis zur Taille reichte und am Ende von einem rosafarbenen ausgefransten Band zusammengehalten wurde. Ihr Kleid war hellblau, übersät mit winzigen gelben Blumen.

Sie stand auf und drehte sich um.

Lässig lehnte er sich gegen den Türrahmen, verschränkte die Arme und lächelte sie an. »Hallo, Liebste!«

»Matt ...«, hauchte sie. Die gelbe Steingutschüssel, die sie in der Hand hielt, fiel zu Boden und zerschellte.

»Ich bin zurückgekommen.«

Sie starrte ihn an und öffnete die Lippen. Ihre Wangen waren hochrot und ihre Blicke zuerst warm und herzlich. Doch dann straffte sie sich. Ihr Gesicht nahm diesen abweisenden Ausdruck an, den er so gut kannte. »Nein, stimmt nicht.«

»Was?«

»Gute Antwort, Matt.« Sie trocknete sich die Hände an einem Geschirrtuch ab und trat einen Schritt zurück. »Ich sagte, du bist nicht zurückgekommen, sondern du bist hier. Das ist ein Unterschied.«

Er runzelte die Stirn. »Ich bin zurückgekommen.«

Sie rang sich zu einem Lächeln durch, aber ihr Blick blieb wachsam und mißtrauisch. »Das ist wundervoll für Jake. Er hat dich vermißt. Die Baracke wird Samstag hergerichtet, wie immer. Bis dahin kannst du deinen Schlafsack benutzen.«

Ein bißchen Ärger, sonst nichts. Mit einer aufgebrachten Frau werde ich allemal fertig. Mad Dog schenkte ihr sein charmantestes Lächeln und ging auf sie zu, die Daumen in den Taillenbund seiner abgetragenen Levis gesteckt. »Wie ist das, Liebste, hast du mich auch vermißt?«

»Na ja, schon ...«, erwiderte sie gepreßt. »Eine Zeitlang.«

Verblüfft blieb er stehen. »Und dann nicht mehr?«

Sie lächelte dünn. »Inzwischen bin ich erwachsen geworden.« Ihre Blicke begegneten sich, und diesmal lag weder Wachsamkeit noch Abstand in ihren Augen. Nur Aufrichtigkeit. »Du hast mich verändert, Matt. Zuerst, indem du in mein Leben getreten bist und dann, indem du mich verlassen hast. Dadurch habe ich gelernt, auf mich selbst aufzupassen.«

Mad Dog wurde unsicher. Er war überzeugt gewesen, sie würde ihm um den Hals fallen und ihn mit Küssen überschütten, bis er keine Luft mehr bekam. So hatte er es sich unzählige Male vorgestellt, hatte sich im Geiste ihr heißbeglücktes Wiedersehen ausgemalt. Nicht im Traume wäre er auf einen Empfang mit gemischten Gefühlen gekommen.

Der Gedanke setzte ihm zu. Ihm wurde mulmig zumute. Er seufzte und fuhr sich verlegen mit der Hand durch sein schulterlanges Haar. Er hatte doch nicht einen so weiten Weg zurückgelegt, um die einzige Frau aufzugeben, die er je geliebt hatte. Die er je lieben würde.

Er biß sich auf die trockenen Lippen und schaute sie an. Diesmal nicht mit frechem Grinsen oder verführerischem Charme. Sondern mit Hoffnung und Ergebenheit. »Ich will dein Leben noch einmal verändern«, flüsterte er. »Indem ich bleibe.«

Sie zuckte zusammen. »Dann bleib in der Baracke.«

»Du hast mich nicht richtig verstanden.«

»Nein, du hast mich nicht richtig verstanden. Du ...« Die Stimme versagte ihr. Tränen traten ihr in die Augen, und sie wich seinem Blick aus. »Du hast mir das Herz gebrochen ... ich brauche dich nicht mehr.«

Mad Dog fühlte ihren Schmerz. Mitgefühl und ein schlechtes Gewissen nahmen ihn in die Zange, bis ihm das Atmen weh tat. Er faßte tief in seine Tasche, tastete nach dem billigen Ring, den er in Albuquerque erstanden hatte, und zog ihn heraus. Er wischte ihn ab und wünschte sich sehnlichst, er wäre aus Gold. »Ich liebe dich, Mariah, und ich will dich heiraten, damit du, Jake und ich eine richtige Familie werden.«

Sie sah weder ihn noch den Ring an. »Ha!«

»Und übrigens ... ich war beim *Lonesome Creek Ledger* und habe einen festen Auftrag bekommen, für das Blatt zu schreiben.«

Sie schnappte nach Luft und schaute zweifelnd auf. »Du hast einen festen Auftrag angenommen?«

Seine Lebensgeister bekamen Oberwasser. »Zweimal die Woche muß ich Artikel schreiben. Ich dachte, damit können wir ein paar Rechnungen bezahlen und mir bleibt noch genug Zeit, mich um den Obstgarten zu kümmern.«

Sie knetete ihre Hände und wich seinem Blick wieder aus. »Oh!«

Er spürte eine leise Schwäche, ein Zögern in ihr. »Heirate mich!«

Ihre Augen schlossen sich gequält. Erst nach einer Weile öffnete sie sie und schaute ihn an. »Nein, ich habe kein Vertrauen, daß du bleibst.«

»Sag mir, daß du mich nicht liebst, Mariah. Sag es mir, dann gehe ich wieder. Sonst bleibe ich die nächsten hundert Jahre und mache dir jeden Morgen einen Antrag – bis du endlich ja sagst.«

Mariah. Ein warmer Schauder der Erregung lief ihr bei der Art und Weise, wie er ihren Namen sagte, über den Rücken. Es klang so unerhört zärtlich. Erinnerungen bestürmten sie und weckten gegen ihren Willen die Gefühle wieder, die sie für ihn gehegt hatte.

Lieber Himmel, wie sie ihn vermißt hatte!

Sie umklammerte das Spülbecken und erzwang ihre innere Abwehr – aber sein durchdringender Blick, sein herzliches Lächeln verfehlten ihre Wirkung keineswegs.

»Mein Gott, Matt!« Sie seufzte und spürte die Tränen in den Augen. Unmöglich konnte sie lügen und ihm auftischen, sie würde ihn nicht lieben. Eine solche Absage wollte ihr beim besten Willen nicht über die Lippen. Sie liebte ihn so wie ihr Leben, brauchte ihn ebenso dringend wie die Luft zum Atmen.

Er kam näher, blieb dicht vor ihr stehen, faßte sie aber nicht an. Mit seiner entwaffnenden Offenheit blickte er ihr in die Augen. »Habe ich dich je belogen, Mariah?«

»N-nein.«

Seine Hand glitt unter ihr Kinn. Es war nicht mehr als ein hauchzartes Streicheln, das ein feines Beben in ihrem Magen erzeugte. »Ich bleibe«, flüsterte er, und sie bemerkte seine Ergriffenheit.

Sie schaute auf, sah ihm in die Augen, in denen stumme Verzweiflung und ein Rest von Trauer lag – und war verloren. Hier ging es um die Wahrheit, sie konnte nicht guten Gewissens sagen, daß sie ihn nicht liebte. Nicht einmal, wenn er ihr unzählige Male das Herz bräche. Die Tage ihres Selbstschutzes waren vorüber. Jetzt fühlte sie sich stark genug, um nach dem zu greifen, was sie haben wollte. Stark genug, um an ihn, an sich selbst und an ihre Liebe zu glauben.

Zögernd schenkte sie ihm ein zaghaftes Lächeln und begann zu weinen. »Oh, Matt!« hauchte sie und breitete ihre Arme aus. »Warum hast du so lange dazu gebraucht?«

Barbara Taylor Bradford

Straße der Engel

Roman

Das faszinierende Porträt zweier außergewöhnlicher Frauen, die sich den Herausforderungen des Lebens stellen – von Barbara Taylor Bradford, der »First Lady der amerikanischen Unterhaltungsliteratur«.

(Brigitte)

Alle glauben an Selbstmord. Doch Vivienne Trent, Ex-Frau und Vertraute des Toten, hegt einen Verdacht. Die Journalistin beginnt, Sebastian Lockes Leben zu recherchieren, und als sie in Frankreich auf die todkranke Gräfin de Grenaille stößt, weiß sie, daß hier der Schlüssel zur Wahrheit liegt. Doch es steht zu befürchten, daß die Gräfin entschlossen ist, ihr Geheimnis mit ins Grab zu nehmen …

Blanvalet